# Luz de los muertos

*Luz de los muertos*
María José Rivera
Primera Edición
© María José Rivera, 2014
© Sobre esta edición: La Pereza Ediciones, Corp
Editor: Ernesto Pérez
Diseño de cubierta: Alejandro F. Romero
Imagen de portada: *Cuestión de tiempo* © Misladis González Barco

Impreso en Estados Unidos de América

ISBN–13: 978-0692366196 (La Pereza Ediciones)

ISBN–10: 0692366199

www.laperezaediciones.com
10909sw 134ct
Miami, Fl, 33186
USA

# LUZ DE LOS MUERTOS

# María José Rivera

La Pereza Ediciones

*A Elena, in memóriam*
*A Rolando Menéndez, quien empeñó su enorme instinto literario*
*en la mejora de este texto*

*…y si no hay sentido en morir*
*por lo que ya no existe,*
*tampoco por lo que existe*
*morir tiene sentido.*

Oscar Kessel.
*Revelación y leyenda de Juan Sebastián Elcano*

PRIMERA PARTE

# EL CAZADOR

Una mañana de finales de mayo, el tren regional procedente de Teruel con destino Valencia se detuvo como todos los días en la estación de Cubillo vigilado por un tipo flaco con uniforme azul marino. Eran las nueve menos veinte. El hombre de mediana estatura que esperaba en el andén se puso en pie. Minutos antes, sentado en un banco, había cambiado sus botas de montaña por unos mocasines negros que estaban sin estrenar. Vestía traje de verano gris claro sin corbata, y llevaba en la mano una maleta negra de marca irreconocible que, a buen seguro, no le había costado más de treinta euros en cualquier mercadillo de la zona. Era difícil calcular qué edad tenía. Las arrugas de su cara o el blanco intenso de su pelo decían que rondaba los sesenta y tantos, pero la agilidad de movimientos desplegada para subir las escaleras del convoy podría haber correspondido a un muchacho. Cuando el tren reanudó la marcha, el jefe de estación levantó la mano en señal de saludo, y Antonio Zarco, que así se llamaba el hombre, le respondió del mismo modo. Su tímida sonrisa no tenía nada que ver con la naturaleza de sus oscuros pensamientos.

La ventanilla del vagón tenía la persiana bajada hasta la mitad y él la subió del todo. Viajar hacia el este suponía ver saltar al sol de una parte a otra del pasillo en cada curva. Al hombre no parecía importarle el sol, ni los puentes, ni los terraplenes, ni la torre de la iglesia, ni la rambla medio seca que discurría en la hondonada. Miraba las elevaciones de la Sierra de Javalambre, pero tras ellas aparecían en su mente otras montañas más altas, más verdes y mucho más lejanas. El tren se metió en un túnel y al salir las referencias habían cambiado. Detrás de la ventanilla, el monte bajo se alternaba con los campos de cultivo ya segados y de vez en cuando con grupos de almendros. A la izquierda, la carretera nueva discurría orgullosa, con seguridad, como sucede con las autovías muy deseadas. Al hombre parecía agradarle ese paisaje duro y sin concesiones.

En la estación siguiente había una mujer de cutis blanco y curvas mal puestas esperando al tren. Antonio Zarco la vio sentarse dos filas delante. Un matrimonio subió poco después. Viajaban con dos chicos que se iban pasando el *discman* de mano en mano; en otra parada aparecieron siete personas más, en otra...

El tren entró en la Estación del Norte de Valencia poco antes del mediodía. Antonio Zarco se quedó por el vestíbulo unos minutos observando el *trencadís* modernista que recubre sus bóvedas curvas, con cerámicas vidriadas llenas de naranjas y flores de azahar. La luz entraba por todas partes, aunque lo hacía con tanto sosiego que el hombre, nada más salir al exterior, tuvo que cerrar los ojos. Sin prisas, cruzó la calle Játiva para dirigirse a la estación de metro. Hacía calor, pero en ningún momento se quitó la americana.

De pie, frente a las vías, esperaban dos muchachas de piernas larguísimas con sendos mini shorts vaqueros. Su forma de vestir no parecía llamar la atención de Antonio Zarco, pero sí la de un par de cuarentones pertrechados para otro viaje con portafolios y maletín. El metro se detuvo con suavidad y el andén quedó vacío. Cuando reanudó la marcha, el pasillo estaba lleno de maletas y así continuó hasta la parada final.

En el aeropuerto de Manises cada cual buscó su sitio. El hombre se dirigió al mostrador de la compañía Spanair que decía "Madrid" seguido del número de vuelo. Pasó el control y esperó en la puerta de embarque B2. Una señora le preguntó:

—¿Puede decirme la hora?

Se notaba por su acento que era hispanoamericana.

—Las dos menos cuarto —contestó, pero lo hizo con acento neutro. Había tanto en juego que no podía permitirse ni la más mínima debilidad.

Dio la espalda a la mujer de manera brusca para escaparse al bar. Pidió un bocadillo de atún con aceitunas y una caña. Luego compró el periódico y se entretuvo leyendo hasta que la megafonía anunció la salida del vuelo. El hombre se puso aún más serio.

Cuando llegó a Barajas, a las seis de la tarde, se había transformado. Salió del avión bajo una fina lluvia vestido con polo de color verde y vaqueros. El traje gris completo estaba ya en la maleta envuelto en la bolsa de plástico con la que entró al aseo del aeroplano. Cualquiera podía pensar que no era el mismo hombre que había subido en la pequeña estación de Cubillo, provincia de Teruel.

En la segunda planta de la Terminal 4 se puso en la cola del mostrador de Iberia en el que debía conseguir la tarjeta de embarque. Tras pasar un control policial, bajó a la planta –2 con el fin de coger el tren lanzadera camino de la T4S. De ahí se dirigió a la planta –1 para pasar otro control más severo, pasaporte incluido, que daba acceso a las puertas de embarque en la planta primera. Miró con atención las pantallas que anunciaban las salidas. Cuando tuvo claro adónde se tenía que dirigir, en lugar de sentarse pasó el rato recorriendo pasillos. A las nueve de la noche dejó definitivamente el vagabundeo y se fue al bar. Con mucha calma comió una pizza y volvió a beber cerveza. Una hora después estaba frente a la puerta R11, destino Santo Domingo.

Nada más encontrar su sitio en el pasillo de la undécima fila se quedó dormido, y no despertó hasta que el reloj del Boeing 747 Jumbo, ya con la hora local de destino, volvió a marcar las once de la noche. Era como si el tiempo se hubiera detenido. Al llegar a la isla seguía siendo muy de noche. Hacía muchísimo calor. Miró al cielo: aún faltaba casi una semana para que hubiera luna llena.


El conductor de la guagua resultó ser un tipo dicharachero que llevaba todos los ritmos del Caribe en la sangre.

—En Punta Cana hay aeropuerto —le informó nada más conocer el destino de su cliente.

—Ya sé, pero tengo un viaje con fechas fuera de lo normal y no ha podido ser —contestó el hombre con humildad, como disculpándose.

Tres horas largas de trayecto hasta que la guagua le dejó en la puerta de su hotel, un gueto de cuatro estrellas, gran vestíbulo, suelos de mármol, botones serviciales, habitación enorme, cama enorme, cuarto de baño enorme, vistas al mar, vistas a la piscina, palmeras, brisa, todo incluido, todo de la empresa Mundalia S.A., el Paradise. El hombre anónimo volvió a llamarse Antonio Zarco.

El mozo de equipajes cerró la puerta de la habitación 504 con cinco dólares más en su bolsillo y el turista recién llegado se quedó solo. Entró al aseo para lavarse las manos y en dos minutos salió.

No tenía ganas de dormir, ni de deshacer la maleta, ni de revisar el contenido del minibar, ni de poner la televisión, ni de volver al balcón de la terraza para mirar el paisaje de palmeras, ni de darse un baño. Desplazó la cama hacia la pared de la habitación que daba al cuarto de baño y colocó una silla encima. Con mucho cuidado, logró subirse manteniendo el equilibrio y comprobó que la rejilla del aire acondicionado se podía quitar con una simple manipulación; lo hizo, y detrás de ella apareció el hueco del falso techo de escayola que escondía una fealdad de cables y tuberías muy poco "turística". Ese recinto oscuro era lo único en toda la habitación a lo que el hombre parecía no estar dispuesto a renunciar. Bajó de la torre móvil y al pisar suelo firme suspiró. No se oía ningún ruido. Volvió a lavarse las manos y a continuación abrió la ventana y se tumbó en la cama mirando el cuarto creciente de la luna; a los pocos minutos ya estaba dormido.


Pasó cinco días en el Paraíso Terrenal con la sonrisa puesta, con el bañador puesto, con el vaso de zumo de mango puesto, no desentonaba. Sólo bebía alcohol en la comida, cerveza, y una piña colada para escuchar a la orquesta después de cenar. Lo demás zumos y más zumos.

La segunda noche estuvo bailando con una muchacha morena y curvilínea llamada Gladys que le insinuó que le gustaría ir a España. Antonio sonrió: la chica no se había dado cuenta de lo errado de su tiro. Gladys llevaba un vestido azul eléctrico muy estrecho y muy corto con escote palabra de honor. Era difícil para él poner la mano en algún sitio en que no se notara el calor de la piel de la chica, o mirar hacia ella sin que apareciera ante sus ojos alguna zona inquietante. Gladys en ningún momento disimuló que se sentía halagada porque el hombre le cediera el paso de una forma tan galante o porque esperara en pie hasta que ella se sentaba. Era tan útil para Antonio aquella exhibición de buenos modales que volvió a repetir la misma experiencia cada día, pero tenía que esforzarse para que no se le notara lo bien que su cuerpo entero seguía el ritmo de la música.

El sexto día la recepción del hotel le proporcionó un coche de alquiler. Dijo que iba a Higüey a hacer compras, pero nada más alcanzar la carretera continuó al lado del mar en dirección a la provincia de El Seibo. Hasta que en un momento dado se detuvo: estaba en ninguna parte. Permaneció parado una hora, dos, hasta que en sentido contrario vio acercarse una camioneta roja. Poco después los dos hombres se abrazaban con gran emoción. Zarco ya no era Antonio, el turista de Punta Cana, el guardián de la Sierra de Javalambre, sino Elkin.

Tenían un plano en las manos y discutían frente a él de forma sosegada inclinados sobre el capó del coche de alquiler. Estuvieron así un buen rato y cuando todo parecía estar hablado, le tocó el turno a una breve transacción. El otro, de bigote negrísimo y camisa a cuadros, le entregó un paquete alargado.

—Tome.

Y él contestó con brevedad extrema.

—Gracias.

Luego cada cual se fue por donde había venido. Y Elkin entonces dejó paso otra vez a Antonio Zarco.

Cuando llegó al hotel subió a la habitación y escondió el paquete en el hueco del aire acondicionado. Aún le dio tiempo de bañarse en la playa, cenar y bailar un rato con Gladys, que en esa ocasión llevaba breve top amarillo y vaqueros, y que se había peinado con raya al medio.

Pasó tres días más siendo Antonio en el limbo del perfecto turista, algo preguntón, eso sí, demostrando curiosidad e interés por conocer los rincones del complejo. A nadie le extrañó. ¿A quién no le gusta contar a sus amistades cómo son los hoteles en los que ha estado? Por caprichos del servicio de comedor, coincidió en la mesa con una pareja extremeña en viaje de novios, Manolo y Tania. Ellos tampoco notaron ningún giro raro en su forma de hablar, sólo le preguntaron si era aragonés y Antonio contestó que sí. Prometió que la víspera de la marcha de ellos, cuatro días después, los acompañaría a Santo Domingo a conocer la casa y la tumba de Colón, la catedral de Santa María, la calle El Conde y algún que otro museo que estaba en la guía, y que luego darían una vuelta por el puerto.

—El taxi saldrá más barato si somos tres —añadió la muchacha—, ya estamos hartos de excursiones organizadas y además con este bochorno...

Manolo le preguntó si quería comer con ellos al día siguiente y Antonio Zarco le dijo que no, que prefería dormir hasta la tarde, que se encontraba muy cansado. De hecho nada más volver a su habitación colgó el cartel de "no molesten" y se convirtió en Elkin.


Durante más de quince horas, todo el que pasó por delante de la puerta 504 pudo verlo. Hasta las camareras tuvieron que esperar al anochecer para hacer la cama. De haber entrado, se hubieran llevado una sorpresa: la habitación estuvo vacía casi todo ese tiempo. El hombre, aprovechando la madrugada y el aburrimiento del recepcionista de noche, salió a escondidas del hotel con el paquete alargado y fue caminando hasta la carretera. Iba vestido con una vieja camiseta verde y tejanos. No lejos de allí le esperaban un Nissan Vanette blanco muy viejo y dentro una moto Aprilia de pequeña cilindrada. Encontró las llaves de ambos vehículos sobre el asiento delantero.

Sabía bien adónde quería ir y cómo hacerlo. Fue un trayecto solitario y dada la distancia entre el punto de partida y el de llegada, demasiado largo. La furgoneta sonaba a sinfonía de ruidos y de temblores, pero funcionaba a la perfección. La carretera era estrecha y apenas estaba señalizada, pero a esa hora de la madrugada se encontraba vacía. Los focos cansados de la Vanette escrutaban una oscuridad rodeada de bosques cada vez más prietos. Tenían una ayudante de lujo: la luna llena.

Cuando Elkin llegó a la calle Eliodoro Portillo, en el extremo oriental de la playa de Torre Maldonado estaba a punto de amanecer. Los gallos cantaban a lo lejos entre una algarabía de pájaros voladores. Se veían casitas bajas, calles vacías y establecimientos pequeños con pocas ganas de madrugar, nada extraordinario. El mar se oía muy cerca, se intuía a través de la bruma, se olía.

El otro hombre, supo Zarco tiempo después, el de la camioneta roja, era uno de los pocos que se encontraban ya a esas horas en su lugar de trabajo en el cercano municipio de El Seibo, provincia de El Seibo. Como había hecho a lo largo de las semanas anteriores, antes de que saliera el sol ya estaba en el taller de reparación de motocicletas.

–Hay mucho atrasado –dijo más de una vez para justificar el repentino celo de los últimos meses.

Y era verdad: los pequeños vehículos de motor se amontonaban por el local y apenas podían cerrar la puerta cada noche.

Al lado del taller había otro almacén de trastos viejos con la puerta cerrada. Al resto de los mecánicos les hubiera sorprendido que dentro no estuviera la vieja furgoneta blanca del jefe, esa que antes ni siquiera podía arrancar. El hombre permaneció en su puesto de trabajo hasta las siete de la tarde, hora en la que se acababa la jornada laboral, como bien podrían atestiguar su jefe y sus compañeros si fuera necesario.

Elkin aparcó la Vanette al lado de un monovolumen ocre. Se puso allí mismo un viejo pantalón militar encima de los vaqueros y una gorra. No percibió ningún signo de actividad en la calle Eliodoro Portillo hasta que poco antes de las seis de la mañana, cuando el sol atravesaba la raya del horizonte, vio un tipo canoso con camiseta y pantalones cortos asomarse un momento por el balcón de la terraza de una de esas casas amables con vistas al mar. Era justo la que él buscaba.

Elkin se apeó del vehículo, sacó la moto de la Vanette y la dejó aparcada junto a la acera. Luego volvió a subir a la furgoneta, puso el rifle en el asiento, cogió dos revólveres de fabricación rusa, dos Nagant del calibre 7.62 con silenciador, uno en cada mano, y fue caminando por la calle Eliodoro Portillo con paso seguro en absoluta soledad. Se detuvo frente al número cuarenta y nueve, abrió la puerta de abajo sin mucho esfuerzo, subió las escaleras, se puso el pasamontañas y destrozó el cerrojo de un tiro. Luego un tiro más y Txoko quedó tendido en el pasillo, un tercer disparo y Fito ni se enteró, estaba en la cama. Elkin se quitó el pasamontañas y cuatro, Canelo le miró a los ojos antes de caer al suelo. Volvió a ponerse el pasamontañas. Cinco, el pestillo del baño cedió y allí estaba Yonu. No le interesaba. Le dejó muy mal atado a la cisterna del váter con la boca tapada por una tira ancha de cinta aislante.

Tampoco ningún testigo le vio salir, y Elkin no cometió el error de quedarse para ver qué pasaba. Dejó en la Vanette los revólveres

19

Nagant, los pantalones de viejo militar, la gorra y el pasamontañas, cogió la moto y se fue hacia la carretera. Cuando llegó, en el cielo había desaparecido hacía tiempo el círculo blanco de la luna llena.

Sólo hubo especulaciones. Algunos dijeron que los ruidos del arma se parecían mucho a los del tubo de escape.

—¿Ruidos? —preguntó alguien que parecía estar mejor informado.

Todos callaron, no podían contestar. Otros más aventurados hablaron incluso de un coche americano grande de color azul invierno, y de un tipo joven bien vestido rebuscando en los cajones de los armarios de los muertos, y de otro que había salido corriendo, y... Mientras la playa se llenaba de confusión, la policía llegó al número cuarenta y nueve de la calle Eliodoro Portillo de Torre Maldonado. Allí, tal y como había previsto Elkin en su plan, tampoco estaba ya Ibon Uribe Goicoetxea, alias Yonu.

Dejó la Aprilia en el mismo sitio en que había encontrado la furgoneta blanca y se fue caminando con paso rápido hacia la verja del Paradise. Estuvo merodeando por los alrededores hasta que tuvo la seguridad plena de que nadie podía verle. Entonces se coló en el jardín, alcanzó las casetas de las duchas y esperó la hora de la siesta. Cuando vio que el hall se había despejado, se atrevió por fin a subir las escaleras de los cinco pisos que llevaban a la habitación 504.

Encendió el televisor. En el canal informativo del hotel sonó la variación inicial del canon de Pachelbel, los dos compases del bajo continuo que daban paso a los primeros violines, poniendo música a un mensaje de bienvenida al Paraíso. Elkin se quedó rígido. Con la segunda variación de los violines primeros y la entrada de los segundos, la empresa pedía disculpas por el hecho de que alguna aplicación del programa no iba a estar operativa hasta unas semanas después. El canon continuó dando entrada al tercer grupo de vio—lines, mientras la pantalla informaba al cliente de que tenía acceso a las películas de pago. Finalizó la secuencia con el fragmento más brillante, una apoteosis de cuerda y flautas que deseaba feliz estancia en el hotel Paraíso de Mundalia S.A. Y vuelta a empezar, el autor de la carátula había elegido cuatro variaciones nada más que se repetían de forma machacona con sus mensajes dentro. El hombre hizo un gesto de desconsuelo, pero fue incapaz de accionar el mando a distancia para buscar otro canal menos doloroso.

Tumbado en la cama, mientras sus dedos seguían los movimientos del arco que hacía vibrar las cuerdas de un violín genérico, imaginó que esa misma tarde la Vanette se pararía frente al mar en un lugar solitario donde habría una barca pequeña, quizás con un sencillo motor fuera de borda. Y que el conductor se subiría en ella con todas las armas y con la ropa militar hasta perderse en el horizonte. Y que el barquero tiraría los revólveres Nagant, y que pondría el rifle en posición vertical con el pasamontañas y los pantalones atados a la madera, y que dejaría que se hundieran dando un suspiro similar al que a Elkin se le escapó mientras decía:

—Asunto concluido.

El conductor de la furgoneta no podría decir lo mismo hasta diez horas después. Tras el retorno a tierra, todavía le quedarían una serie de tareas pendientes que debería resolver con urgencia esa misma noche. Tendría que volver a El Seibo para poner la vieja Vanette de su jefe en el garaje que había junto al taller del que nadie más que los chatarreros se acordaban. Luego se montaría en la camioneta roja e iría en busca de la moto Aprilia para devolverla también al taller. Y llegaría por fin a su casa de El Seibo bien pasadas las cinco de la mañana.


El cartel de "no molesten" de la habitación 504 del Hotel Paradise siguió colgado del pomo de la puerta hasta la hora de la cena. Los recién casados de Cáceres bromearon.

—¿Te ha picado la mosca del sueño? –preguntó él.

Les dijo que era culpa del calor.

—No estoy acostumbrado.

La noticia tardó dos días en llegar al Paraíso–Mundalia S.A. Como el setenta por cien de los clientes y la cuarta parte de los empleados eran españoles tuvo cierto eco, pero en el resto del país era un incidente raro, nada más. Los clientes del Paradise parecían muy contentos de que no se supiera nada relevante del autor. Querían pasar página y continuar como si nada. El comentario más suave que se oyó también resultó ser muy significativo:

—Se lo tenían bien merecido.

Sólo una turista zamorana llamada Soledad, que era profesora de historia de enseñanza media, se quejó de que la gente se tomara la justicia por su mano y repitió varias veces que la vida era sagrada. El sermón de la señora tuvo poco éxito.

El jueves Antonio fue con la pareja madrileña a ver la Zona Colonial de Santo Domingo de Guzmán; en taxi, por supuesto.

—¡Lejísimos! —dijo Tania—, ¡más de doscientos kilómetros!

Manolo cambió de unidades.

—Ciento cincuenta euros —se quejó, era quien llevaba la contabilidad del reciente matrimonio.

Antonio Zarco sonrió a ambos.

—Y ya, muchacho, no se altere, lo hecho, hecho está.

El tono en que habló hacía que la frase sonara aún más fatalista, pero él se mordió la lengua. Pensó que debía haber dicho, "no te apures tío, ¿para qué está el dinero?".

Los recién casados se iban el día siguiente a Nueva York.

—El fin de semana nada más —dijo Tania. La ciudad del perfecto *sky line* iba a ser el último de acto de su viaje nupcial.

Bailó cada noche con Gladys, que estaba cariñosa de forma progresiva, nada más.

—¡Podría ser su padre! —comentó a los jóvenes cacereños, evitando decir, esta vez con éxito, "podría ser su papá".

Siguió levantándose tarde, y las camareras se acostumbraron a ver el cartel de "no molesten" colgado del pomo de la puerta más allá de la media tarde. Hasta el momento de su marcha, que tuvo lugar cuatro días después de la de los novios de Madrid, fue un turista modélico y, con la excepción del dispendio del taxi, bastante austero.


Recorrió el camino de vuelta con el único sobresalto de un retraso en el Aeropuerto Internacional de las Américas, que se propagó en forma de onda expansiva al resto de los tramos del viaje, sin otra consecuencia, por fortuna, que la pérdida de tiempo. La prensa española había recogido ya el suceso de Torre Maldonado. Y el cielo de Madrid seguía de color pizarra.

A las once y cuarto, dos semanas largas después de su salida, el viajero, vestido otra vez con el traje gris claro, volvía a la estación de Cubillo. Y allí, fijo como un mástil, estaba el jefe de estación.

—¿Qué hay, Antonio?, ¿de vuelta?

—Sí señor, aquí estamos —el hombre se sentó en el banco de la sala de espera, y se quitó los zapatos negros tipo mocasín para ponerse otra vez las botas.

—¿De vacaciones? Tienes buen colorcico.

—Claro, señor, vengo de Benidorm.

—Te gusta Benidorm, ¿eh? ¿Y qué tal te ha ido?

—Todo bien, la playa sobre todo, y el hotel muy bueno.

—Tienes suerte, ya me gustaría a mí… Ventajas de estar soltero, aunque maño, no sé cómo puedes aguantar solo allá arriba sin ver un alma, con la nieve que ha caído. Y encima sin coche.

—El invierno ha sido largo, sí señor, pero yo soy hombre de campo. Y no estoy tan solo, si lo necesito puedo llamar al servicio forestal. Alguien tiene que vigilar el monte, ¿cierto? El primer año pasé frío, bastante, ahora —se calló un instante: en su cabeza dijo "ahorita"—. Ahora —repitió al reanudar el discurso— ya estoy acostumbrado.

—Por cierto, te vi tocar con la rondalla el día del Pilar.

—Hago lo que puedo, no tengo tiempo para bajar a los ensayos tantas veces como quisiera, pero en fin… La verdad es que el grupo suena muy lindo —Zarco sonrió—. Bueno, me voy corriendo a buscar al perro, y luego a la marcha, que aún me queda un trecho. Si no le importa le dejo la maleta en la sala de espera.

—¡Quita, quita!, yo te la guardo.

El jefe de estación recogió el banderín en una mano y la maleta en otra, y se metió en su despacho.

Antonio conocía el camino. Primero la senda de la estación recorría un trecho arbolado que iba en suave descenso hacia la antigua carretera. Allí había que torcer a la derecha para precipitarse en el primer tramo de la uve, una pendiente pronunciada, en cuyo punto más bajo se oía el ruido de agua de la Fuente de los Siete Caños. Zarco pensó que ese sonido reconocible, el que esperaba al abrigo del cuadro de bancos rara vez vacíos que la acompañaban, era el mejor regalo de cualquier paseo. A su lado el antiguo lavadero parecía demasiado quieto. A partir de ahí la cuesta rectilínea se echaba hacia arriba como una tabla inclinada. En la cima, y también a la derecha, abriendo paso al resto del pueblo, estaba el cuartel de la Guardia Civil.

—¿Permiso?

23

—¡Hombre, cuánto tiempo! —al guardia civil Enrique Gómez le tocaba ese día hacer el turno de puerta—. ¿Se han acabado las vacaciones?

—Eso parece. Oiga, busco al sargento.

—Lo siento, tiene servicio. ¿Es por el perro?

—Sí, hay que subir a casa cuanto antes. Debe de estar en el patio.

—Voy a por él, espera un momento.

Nada más verle, el perro echó a correr hasta quedarse junto a sus piernas con el rabo en movimiento. El hombre se agachó para acariciar el lomo del animal. Tenía la cabeza del mastín encima del hombro, y su morro junto a la oreja. Escuchó el jadeo de un fuerte ladrido seco, rotundo, seguido de un par de lamentos agudos que se prolongaron en forma de silbido. Antonio abrazó la flaca anatomía del perro a la par que pronunciaba unas palabras para que el animal recuperara la calma.

—Junín, machote, tranquilo, tranquilo, ¡ya estoy aquí!, ¿lo ve?, ¿lo ve, machote?, estoy aquí como le dije. ¡Ande, no sea desagradecido! Dele las gracias al sargento.

— Nada, Antonio, este perro es el juguete del cuartel.

—Y dígale al sargento que el domingo tenemos partida de mus.

—Eso no hace falta que se lo recuerde.

—Entonces no le entretengo más. ¡Vamos, Junín!

Nadie en Cubillo conocía otro Junín que no fuera el perro de Antonio, el vigilante solitario de la Sierra de Javalambre. Hasta el sargento de tráfico que mandaba en el cuartel de la Guardia Civil se hubiera extrañado de haber sabido que así se llamaba también una de las calles más emblemáticas de la ciudad antioqueña de Medellín.

Pero el hombre, seguido por su perro, antes de emprender el camino de vuelta a la estación de ferrocarril fue hacia la el pueblo, cruzó la Puerta de Marzo y se quedó mirando la fachada de piedra de la casa palacio de los Hidalgo. Pasó unos minutos allí, en silencio, apoyado en sus paredes de piedra, sin moverse y después deshizo el camino.

Tardaron muy poco en volver a la estación de ferrocarril, aunque se pararon un momento en la Fuente de los Siete Caños. Antonio no quería tener que desviarse durante el ascenso a la sierra, ni para pasar por el Torrente de la Tricuesa, ni por el Pozo de

Ronda. El animal bebió en el abrevadero, mientras el hombre llenaba una botella que llevaba en el bolsillo de la americana gris.

Al llegar a la estación, Antonio dio las gracias al jefe. Y con la maleta en la mano, se fue caminando a paso de marcha seguido por el mastín. Atravesaron plantaciones recientes de encinas que esperaban el milagro de la trufa negra, el oro reciente de Cubillo. Dejaron atrás la ermita de las Santas Cruces hasta perderse en un bosque empinado de matorrales, carrascas, y algún que otro sabinar. Anduvieron y anduvieron, una, dos, tres, cinco horas, con la maleta a cuestas. Era un caminar mecánico, en el que el paisaje pasaba desapercibido. Al principio abundaban los pinos, pero a medida que iba subiendo y el terreno se hacía más agreste, aparecía un bosque ralo de paraguas construido a base de sabinas chaparras. Bajo cada estructura redondeada podía haber un animal escondido, liebres, conejos, perdices, codornices y algún reptil pequeño, o al menos así se lo parecía al perro, que de vez en cuando echaba una carrera y rebuscaba inquieto.

Antonio pisaba fuerte, no quería dejarse sorprender por las piedras mal agarradas al suelo, y no necesitaba ningún GPS para orientarse por la sierra. Pasó por encima de los restos de una trinchera construida en la guerra civil por el bando republicano, una de las muchas zanjas y fortificaciones que había por el Barranco del Horno. Y un poco más adelante pasó junto a un refugio para soldados construido con cemento y camuflado bajo un recubrimiento de piedras al que le faltaba el elemento vegetal. Se paró a echar un trago de agua de la botella y el perro se detuvo también. Luego ambos reanudaron la caminata.

Poco a poco la tarde iba cayendo, y el hombre y su perro seguían su ascensión. Asomó la luna en cuarto menguante y la marcha continuaba, y el fresco de la noche, y el silencio del monte que no era silencio sino rumor. Antonio atravesó el territorio de las aves rapaces de la zona, atento por si veía algún ave nocturna de ojos redondos, un mochuelo, un búho, o una lechuza. O un zorro. Aquello no se parecía en nada a la Sierra de Javalambre que veían los esquiadores, la de los hostales, cabañas de madera, remontes y telesillas. Ni a la de las rutas de senderismo que iban hacia el pico Javalambre, o al Javalambre bis. Lo que tenía bajo los pies era un lecho rocoso moldeado por la erosión constante de la lluvia y de los vientos, sobre el que de vez en cuando se intuía la sombra de alguna sabina rastrera.

Hasta que, casi en el techo de aquella parte tan solitaria de la sierra, en una terraza natural excavada en la ladera oriental, estaban su casa, su banco de madera y su árbol. El mastín corrió hacia allí y se quedó mirando una a una las sombras de todos esos elementos que apenas veía en la oscuridad. Tenía los ojos brillantes, y no cesaba de mover el rabo. Era un perro raro: todos los demás movían el rabo cuando estaban intranquilos, pero él no, él lo hacía para reprochar al hombre cualquier intranquilidad recién superada.

No era una cabaña sino una verdadera casa de piedra construida a conciencia, con la puerta barnizada y las tejas bien puestas por las que sobresalía la chimenea. Tenía planta rectangular, un solo piso y cinco ventanas. Un poco más apartado había un montón de leña tapado con una lona, y una caseta para el generador. Al otro lado estaba el árbol, una encina verde oscuro de copa redondeada. Y apoyado en la pared frente a la encina, el banco donde Antonio se sentaba las noches de luna llena.

Se agachó y buscó debajo de una piedra lisa: allí estaba la llave. Los forestales que traían los víveres cada martes, si la nieve lo permitía, nunca se olvidaban de dejarla en su sitio. Dentro, junto a la puerta, encontró una fila de botellas de butano grandes y pequeñas, un bidón de gasoil y media docena de garrafas de agua. Sobre el banco de la cocina vio tres cajas de madera con alimentos. El hombre sonrió: el Land Rover de reparto siempre llegaba bien surtido de combustible y comida.

El interior de la casa era un espacio amplio en el que sólo estaba tabicado el dormitorio y un modesto cuarto de baño. Antonio se dejó caer en la mecedora de rejilla que había frente a la chimenea y el perro se tumbó a sus pies.

—Ya no me importa más nada —dijo en voz baja.

El último acto del cazador había terminado, la última batalla del guerrillero también. Encendió la lámpara dc camping gas que había junto a su asiento, y de pronto, por fin, se sintió muy cansado.

# PEDRO DE LA SERNA

El delegado de Melvin para América Latina se ajustó el cinturón de seguridad y de forma automática miró por la ventanilla del avión. Era una noche sombría iluminada apenas por las luces amarillas del aeropuerto. Sobre la pista de despegue caía una lluvia temerosa e insistente de comienzos de verano que no iba a servir más que para ensuciar los cristales del aparato. Miró el reloj: a esas horas ya no habría nadie en la oficina.

La compañía Melvin ocupaba el piso veintidós del edificio de oficinas Fujitsu, conocido en todo Madrid por el enorme anuncio de neón parpadeante que la casa japonesa había colocado, previo pago, en la azotea del rascacielos. El territorio Melvin del complejo Zona era un espacio amplio sin apenas tabiques, donde las divisiones se hacían a base de ligeras mamparas. Sólo había tres despachos individuales para los jefes, y a menudo estaban vacíos. Dirigir la empresa desde Haarlem ya no resultaba ninguna utopía si la elección del personal era la adecuada. Los grandes cristales del edificio también estarían mojados esa noche, pensó Pedro. A través de ellos la ciudad se vería distorsionada pero en paz.

La firma holandesa había aterrizado en el complejo Zona cinco años atrás con el objetivo de generalizar el uso de las Unidades GPS en España y en Sudamérica, más allá de unos límites muy específicos o algo elitistas que parecían su reducto obligado en el sector civil: seguridad de vehículos, protección y localización. Melvin contaba con una propuesta en firme del gobierno de Castilla-La Mancha para la utilización de terminales receptores GPS en el sector agrícola, la llamada "agricultura de precisión", y también como apoyo a las tecnologías de reconocimiento del territorio. Los directivos, así aparecía escrito en los informes, estaban encantados con el sistema de las autonomías, que podían multiplicar por diecisiete el volumen de sus negocios, y ya tenían la mirada puesta en los campos del otro lado del Atlántico.

27

Pedro de la Serna empezaba a disfrutar a sus treinta y siete años de las ventajas de una carrera profesional bien orientada. La organización estricta de los horarios y el orden corpuscular que había habitualmente en su mesa no le transmitían sensación de frío sino de seguridad. Él era así, sentir que el mundo funcionaba a base de leyes físicas, y no de azares caprichosos, le hacía mucho bien. El ingeniero de Melvin Pedro de la Serna necesitaba la razón para casi todo. Pero tras su separación de Gema, esa comodidad organizada y previsible se estaba convirtiendo en aburrimiento. Habían sido cuatro años de convivencia que acabaron en nada: ni nostalgia, ni tristeza, ni alivio, ni recuerdos. Apenas pensaba ya en ese pasado inmediato y tampoco se había preocupado por saber qué había sido de ella. Pero eso sí, notaba a menudo la succión devoradora del vacío.

Vestía camisa a rayas celestes y blancas y un correcto traje azul marino que le hacía parecer lo que era: un pasajero en viaje de negocios. Y antes de desconectar el teléfono, llamó a su madre. Fue una conversación muy breve: cómo has pasado la noche, buen viaje, cuídate, hasta la vista y poco más. Y en ese poco estaba siempre el mismo tema disfrazado de pregunta: "¿Vas solo?". Desde que se había separado de Gema su madre estaba obsesionada. Y si conociera a Judith sufriría un desmayo, pensó Pedro después de colgar. Luego sacó el periódico que llevaba en la cartera. Echar un vistazo a la prensa cada mañana era para él tan importante o más que el café, y leerla con detenimiento por la noche tan imprescindible como sentarse en el sofá. Le gustaba empezar por la última página y así lo hizo ese lunes de comienzos de junio, mientras esperaba que el avión con destino Santo Domingo levantara el vuelo. Cuando la azafata cerró el compartimento de equipajes que tenía encima de la cabeza, Pedro dio la vuelta al periódico para enfrentarse a la cruda realidad de la primera plana, la que había leído la noche anterior en Internet: "Hallados muertos tres etarras en su refugio de la República Dominicana". Se trataba de Ander Etxeberri Idriozola, alias Canelo, Mikel Aranzadi Zalbide, alias Fito, y Sabino Zulaika Izko, alias Txoko. No se sabía nada del cuarto inquilino de la casa situada en el pueblo costero de Torre Maldonado. Ion Uribe Goicoetxea, alias Yonu, había desaparecido sin dejar otra cosa que sus huellas.

Una escueta coletilla completaba la noticia del misterioso crimen: "Fuentes dominicanas hablan de un ajuste de cuentas dentro de la banda, sin descartar la hipótesis de que el móvil del crimen pueda ser otro". Uno de los sospechosos era el propio Yonu. El periodista recogía mucha información de los etarras abatidos, sobre todo de Etxeberri. En los años ochenta había sido el jefe del Comando Hegoalde, al que se había unido Yonu a comienzos del 2002 tras la desarticulación del Comando Levante. Una foto de Yonu acompañaba el reportaje.

El avión empezó a recorrer la pista de aterrizaje, luego aceleró y lentamente, con mucho esfuerzo, se fue elevando. Pedro se distrajo leyendo la cartelera y a continuación, como tenía por costumbre, buscó la página de necrológicas. No es que Pedro de la Serna estuviera bajo de moral por culpa de la noticia de los etarras. Ni tampoco se veía acosado por instintos perversos. Lo hacía siempre así porque ése era el territorio periodístico de su amigo Gregorio Espinosa, McGregor o Goyito, según las circunstancias. McGregor se había aposentado diez años atrás como plumilla en aquella sección del diario tan segura, y no tenía intención de moverse a no ser que fuera con los pies por delante, como sus clientes.

Pedro pensaba que todas las esquelas decían lo mismo hasta que un día Goyito le dio una clase magistral sobre el género periodístico, una lección gratuita de marketing, literatura y sociología aplicada.

—En realidad son anuncios publicitarios con una importante carga informativa, construidos en forma de microrrelatos. El que paga manda.

Goyito era un esteta en el arte funerario escrito. Empezó hablando de las pirámides, los menhires, los panteones, el miserere, el Requiem de Mozart y las plañideras, hasta llegar a la esquela, el monumento más humilde del ramo, el menos duradero. La teoría de McGregor era que la muerte había ido perdiendo la batalla con el paso de los años, y que en la actualidad estaba relegada a las últimas páginas de los periódicos.

—Pero a pesar de todo a los lectores les interesan las esquelas, tío, es así de claro —McGregor tenía la costumbre de mirar por encima de las gafas—. En el recuadro de ribetes negros no vemos el rostro enigmático de los muertos anónimos, sino el nuestro. Uno piensa, "podría ser yo". Tampoco aparece el careto bien conocido de los difuntos ilustres, que son los que ocupan páginas enteras, pero poco importa: esos no lo necesitan.

—Para nada.

Pedro, en el avión que le llevaba a Santo Domingo, leyó una de esas esquelas que, con toda probabilidad, había pasado por las manos de Goyito.

—Podríamos decir que son un diálogo cultural con los muertos —había dicho también McGregor—. Te buscaré algún libro de estilo, pero te recomiendo "Sostiene Pereira", o la autonecrológica de Borges.

Desde aquella charla con Goyito, Pedro leía las notas de condolencia con otros ojos.

La noche anterior también había buscado la información meteorológica de Santo Domingo en la edición electrónica del *Nuevo Diario*: máxima 34° C, mínima 23° C, parcialmente nublado. Y en las páginas de noticias nacionales estaba la imagen de un hombre con traje de verano color grano de maíz frente a un atril. A pie de foto había una leyenda escrita con el lenguaje comprimido de los titulares de la prensa hispanoamericana: "Doctor Washington Vargas reconoce no se han producido avances investigación suceso de Torre Maldonado". Pedro había pulsado el enlace "leer más", y allí se decía que el responsable del caso de los etarras asesinados había hecho tales declaraciones en la embajada de España, Avenida de la Independencia, en la ceremonia inaugural de una muestra de fotografías sobre los desastres del tifón Nora en Río Arriba y El Recodo. La Oficina Técnica de Cooperación AECI iba a hacerse cargo de reparar parte de los daños de la conducción de aguas y Vargas se disculpaba ante la embajadora por no tener con qué dar las gracias.

Cuatro azafatas, dos en cada pasillo, sirvieron la cena sin que Pedro se despegara un milímetro de sus reflexiones. Cuando el refrigerio terminó se apagaron las luces. Estaba cansado. Recostó el respaldo de su asiento y cerró los ojos.

El personaje que le esperaba en el aeropuerto Las Américas de Santo Domingo blandía el cartel con su nombre como si fuera un árbitro sacando la tarjeta roja. Iba vestido a lo Juan Luis Guerra:

traje negro, camisa blanca y una especie de bombín hebreo que dejaba detrás su pelo largo recogido con una goma. Las diferencias esenciales con el cantautor dominicano eran dos: una que medía uno sesenta, y la segunda que el perímetro de su cintura no bajaba del metro y pico. Tenía la barba descuidada de tres días, síntoma inequívoco de cierta coquetería, y un par de ojos negros que valían un Potosí.

—Demetrio Bravo, para servirle, me envía el señor Cisneros. No, por favor, esta maleta no pesa nada, yo la llevo. ¿Y el viaje? ¡Qué bueno, qué bueno! Por aquí, sígame. No, ninguna molestia, al contrario...

El tipo sabía que su voz era muy suave, y que sus ojos también eran suaves, y que tenía modales de salón florentino. Y que iba vestido como Juan Luis Guerra, aunque midiera uno sesenta y tuviera un metro largo de cintura. El tipo era un seductor, se notaba a la legua. Es fácil ser seductor cuando uno mide uno ochenta y cabe en la talla cuarenta y seis, por eso el mérito de Demetrio Bravo era más que notable. De cualquier forma, Pedro de la Serna, que padecía aduanofobia en estado intermedio, se encontraba muy bien después de la tensión de pasar la frontera del aeropuerto. Y eso a pesar de que la temperatura, fuera de la influencia del aire acondicionado, rozaba los ciento cuatro grados Fahrenheit.

Les esperaba un taxi de lujo marca Mercedes Benz, blanco, blanquísimo, con asientos tapizados en piel blanca, blanquísima. Una vez dentro, Pedro escuchó el clic del cierre automático de todas las puertas.

—Aquí no se puede ir más que así, bien guardadito —comentó Demetrio Bravo—. En el menor descuido abren y te dejan "pelao".

El taxi les llevó por una autopista recién construida que dejaba a un lado el mar, y al otro, cultivos de maíz y algodón. Pedro apenas pudo verlos porque estaba ya demasiado oscuro. Lo mismo le había pasado a Antonio Zarco días atrás al volver de Punta Cana. Cosas de la luna.

Demetrio Bravo era un perfecto cicerone y sus explicaciones tenían el tono de una retórica talentosa pulida a base de práctica. Pedro, después de unos cuantos kilómetros, ya podía decirlo con conocimiento de causa: Demetrio Bravo era un seductor, por mucho que tuviera la talla cien.

Y la ciudad parecía una pista de circo. En cada semáforo había un saltimbanqui, un equilibrista, un tragafuegos, un rapero-giroscopio, o un malabarista pidiendo el precio de la entrada. Santo Domingo era un circo en el que Demetrio Bravo hacía el papel de jefe de pista o de público, según el momento. En cada parada circense, después de la actuación seguida con una verdadera sonrisa satisfecha, Demetrio Bravo bajó el cristal de su ventanilla, alargó la mano, y a tenor de lo que podía verse en las caras de los artistas, los dejó bien contentos. Sí, el tipo era un seductor. No obstante Pedro fue testigo de que había excepciones. Al pie de uno de los semáforos Demetrio Bravo el seductor se mantuvo con la vista al frente más tieso que un pincho de cactus.

–A ese no le conozco –dijo sin más.

Era un chico delgado que hacía virguerías con un balón de fútbol.

El hotel de cinco estrellas estaba situado en un edificio muy alto con estupendas vistas al mar. ¿Qué más se podía pedir? Tampoco en ese punto a Pedro le decepcionó Demetrio Bravo. A buen seguro la elección había sido suya. Se olvidó de ETA y de Ion Uribe Goicoetxea alias Yonu. Durmió como un faraón en una cama cuadrada de dos metros por dos muy parecida a las que había en el Paradise de Punta Cana.


Alrededor de las once de la mañana recibió una llamada.

–¿Señor De la Serna? Al habla Blanca María Hugarte, secretaria particular de don Víctor Cisneros. ¿Cómo le fue el viaje? ¿Descansó bien?

Pedro pensó que todo el preámbulo era una cadena de eufemismos encaminados a enmascarar la crudeza de la única pregunta que le interesaba, y la única también que la señorita Blanca María no se atrevía a hacer: ¿cuándo coño va a venir?

–Estoy a punto de salir –mintió. Ni siquiera se había duchado–. ¿Ha llegado ya a su despacho el señor Cisneros?

–Sí, ¡por supuesto!, ¿cómo no?, está aquí desde bien temprano.

Las oficinas de la Corporación Dominicana de Taxis Río Ozama, Corporación Cisneros en el argot popular, reflejaban con fidelidad el organigrama de la empresa: don Víctor Cisneros lo era todo. La compañía de taxis, que operaba en el área metropolitana de la capital, ocupaba un inmueble de dos plantas situado en una avenida de edificios de construcción reciente.

Cisneros era inteligente, tenaz, osado y exhibía una confianza infinita en sí mismo. No le gustaba gastar, no tenía vicios caros, y mantenía un férreo control sobre su extensa familia. Quería localizadores vía GPS para sus taxis, y Melvin se los podía proporcionar. Sus intenciones eran claras: rastrear los movimientos de los empleados y controlar sus ingresos registrando las ganancias.

—Además de optimizar el tiempo de respuesta a la llamada del cliente, claro.

—Claro —repitió Pedro con cierto retintín.

El proyecto incluía la colocación de pantallas táctiles en el respaldo del asiento delantero del taxi. Luego estaba el asunto de la publicidad que podría pasarse en los monitores. Cisneros llamaba a todo eso "gestión de flotas basada en un Sistema de Posicionamiento Global", y así pensaba vendérselo al personal de su empresa. Era también una cuestión de imagen.

Existían muchas zonas oscuras en el sistema, y Pedro tuvo que poner al corriente a Cisneros de las posibles deficiencias. Esa era la forma de trabajar de Melvin, decir las cosas claras desde el principio. El área metropolitana de Santo Domingo estaba dividida en 158 cuadrantes, y Melvin consideraba que eran insuficientes. Había que mejorar el mapa urbano

—¿Cuál es el criterio de asignación de vehículos? ¿La cercanía o la zona? La cercanía dificulta un poco su organigrama, pero créame, es mucho más eficiente

—Y más caro, supongo.

—No crea. ¿Y la seguridad? ¿Le preocupa la seguridad?

Don Víctor miró al cielo y abrió los brazos. La reunión acabó con un apretón de manos y la palabra final del dueño.

—Adelante. Y ahora, le invito a comer.

Pedro estaba contento, y nada más acceder a Internet con su portátil dio la buena nueva a Madrid. Tenía que quedarse unos días más para ajustar los detalles del contrato, pero la parte del león había concluido con éxito.

Se fue al hotel sin atreverse a desafiar aún el bochorno de la tarde. Estuvo trabajando hasta que ya de noche sonó el teléfono.

Demetrio Bravo le tentó con un plan muy atractivo: cena y salón de baile.

—Nada de turistas: es un sitio para dominicanos —matizó.

Se detuvieron frente a un luminoso de colores rosa y verde. "El Ripiao" estaba situado en el primer piso de una vieja casa del casco antiguo próxima a la catedral. Había que subir por una escalera de piso irregular. Nueve escalones, un rellano, nueve escalones más y el visitante accedía por fin a la sala. Se trataba de un espacio largo lleno de gente y de humo.

Casi nada resultaba interesante al margen del baile, que no era poco. Demetrio Bravo consiguió, previo pago, una mesa con vistas, una botella de ron y dos vasos. Se había vestido para la ocasión con gorra de visera hacia atrás al estilo yanqui, el mismo traje negro con sabor a bachata, y un lazo dorado de bombonera que hacía el papel de corbata.

Demetrio Bravo el seductor conocía a las mujeres que mejor bailaban, aquellas que servían de cebo en la pista. Llamó a una de ellas, buena piel, buen escote, buena minifalda, buenos tacones... Pedro rehusó la invitación con expresivos movimientos de brazos y cabeza. Demetrio Bravo no tuvo más remedio que bailar. A Pedro no le extrañó que fuera el mejor.

Bebieron demasiado ron esa noche. Y a las dos de la mañana Pedro estaba tan borracho que cuando se acercó una mujer alta y le sacó a bailar, en vez de decir no como había hecho hasta entonces se sintió encantado. La cogió fuerte y le colocó la mano derecha sobre las nalgas sin más miramientos. La chica hundió la cabeza en su hombro. Pedro se dijo que su pelo olía a champú de avena y sus pechos a colonia mezclada con sudor. Tenía la bragueta a punto de estallar. Notó la lengua de la mujer a lo largo de su cuello. Era fea la condenada y tenía escuela. A su lado Demetrio Bravo hacía otro tanto con su pareja. Había tenido más suerte: la suya era un bombón. A Pedro tampoco le extrañó nada.

Cuando volvieron a sentarse las mujeres se disculparon y en pocos minutos estaban de nuevo en la pista con otros clientes.

—¿Cómo le fue? —preguntó Demetrio Bravo con una sonrisa.

—No tan bien como a usted.

—No me mire tan feo que aquí no se pueden hacer preguntas. La de cara de ángel sabe manejar cualquier metralleta.

—¡Cielos! ¿Hay bandas organizadas?

—Bueno… Esa muchacha tan linda milita en el Ejército de Liberación —Demetrio Bravo miró alrededor—. La mayoría son salvadoreñas.

Esa fue la respuesta que hizo que Pedro de la Serna se atreviera a hacer "la" pregunta.

—¿Qué se dice por aquí del asesinato de los tres etarras?

El dominicano se encogió de hombros. Estaba fumando su Macanudo con una técnica muy depurada que consistía en llenar la boca de humo, saborearlo, y luego exhalarlo lentamente.

—Poco, salvo que es un asunto bien raro. Por acá la gente es muy tranquila.

—¿Se sabe algo del asesino?

—Parece que fue el otro muchacho, el que vivía con ellos en Torre Maldonado, y que después de hacer el encarguito voló. Al menos es lo que he oído. No sé, ¿a quién le importa? Todos los días hay muertos así, robos, peleas… Por eso don Víctor se ha empeñado en poner GPS en los taxis.

Muertos así no, pensó Pedro sin atreverse a llevar la contraria a Demetrio el seductor, muertos así no había todos los días. Y Cisneros también tenía otras razones para poner sistemas GPS en sus taxis además de la seguridad. Pero a él no le interesaba desviar la conversación hacia esos derroteros

—Torre Maldonado… —se le ocurrió de forma instantánea. Incluso se sorprendió a sí mismo de estar diciendo aquello—. ¡Qué casualidad! Me parece que tengo que ir allí mañana o pasado.

—¡¿¿A Torre Maldonado??!

Pedro, ante semejante tono de extrañeza, dio un paso atrás diplomático y reversible.

—Si fuera posible, claro, hay que aprovechar el tiempo. ¿Está lejos?

—Bastante pero no hay problema. Yo le llevo, estoy a su disposición, órdenes de don Víctor. Creí que querría visitar otros lugares mucho más sabrosos, esta isla es muy bella, señor de la Serna —Demetrio Bravo sonrió de manera irresistible—. ¿Puedo llamarle Pedro?

¿Quién podía negar a Demetrio Bravo una petición semejante? ¿Y quién sería capaz de rehusar su compañía para recorrer la isla?

35

Tenía que buscar alguna excusa para ir a Torre Maldonado. Se dijo que lo pensaría al día siguiente con más calma. El ron hacía que aquella etapa de su viaje sonara hasta razonable.

Cuando salieron de "El Ripiao" eran más de las tres de la madrugada. Una hora larga de conversación en el vestíbulo del hotel no le había servido para saber si Demetrio Bravo escondía alguna fiel esposa en la recámara. A él seguía persiguiéndole el síndrome del divorciado.

—¿Intercambiamos números de celular? —había preguntado Demetrio Bravo al despedirse—. Es lo más práctico.


Salieron poco después de las ocho de la mañana. Demetrio Bravo conducía su propio Ford. Iba vestido con guayabera verde legionario, pantalón beige y gorra con los aros olímpicos de Pekín 2008. Pedro, con pantalón corto y camiseta de Tintín, llevaba la ropa seria en una bolsa de mano. Teóricamente, iba a trabajar.

Aquel viaje descubrió el primer defecto de Demetrio Bravo: era una tortuga timorata pegada al volante. Cuando llevaban unos treinta kilómetros, Pedro sugirió que él podía hacer un relevo y los dos respiraron aliviados.

—Los uniformados están por ahí —advirtió Demetrio Bravo.

No parecía necesario: a Pedro de la Serna jamás le habían puesto una multa de tráfico. Les hicieron parar una vez, enseñaron los papeles y adelante. A Pedro sólo le asustaban los policías de aduanas de los aeropuertos extranjeros. Allí se sentía desvalido, sin país, sin embajador ni cónsul... En medio del campo no, y menos con Demetrio Bravo.

Pedro no había buscado ninguna excusa convincente para justificar el viaje a Torre Maldonado como había sido su propósito. Se le ocurrió una sobre la marcha: el azar.

—Melvin —dijo—, ha elegido al azar varios lugares para pasar una encuesta. El objetivo es pulsar los usos y costumbres de las zonas del Caribe alejadas de las grandes ciudades. Uno de los sitios seleccionados desde Holanda es precisamente Torre Maldonado.

Demetrio Bravo debía de creer que en Melvin-Holanda estaban medio locos, se dijo Pedro mirando de reojo a su acompañante. Pero no estaba arrepentido: le apetecía ir a Torre Maldonado, y punto. En sus días libres podía hacer lo que le viniera en gana. Además, sabía por experiencia que, a veces, el hecho de que una explicación fuera en extremo inverosímil la hacía más creíble. La gente tenía tendencia a pensar, de forma bastante crédula, que a nadie se le ocurriría algo tan absurdo a no ser que fuera verdad. Supuso que eso era lo que le estaba sucediendo a Demetrio Bravo en esos momentos.

Mentía porque le daba pereza contar la verdad, pero esa estupidez le causó más de un problema. Sostener una mentira poco rato es fácil, hacerlo a lo largo de doce horas seguidas no tanto. Extrapolar la situación a un periodo más largo estaba fuera del alcance de sus cálculos. Ni se le ocurrió imaginar lo mucho que podía costarle a "uno" actuar años y años como si fuera "otro".

Al llegar a Torre Maldonado, Pedro se puso el pantalón largo y la camisa que llevaba en la bolsa del maletero. No tuvo más remedio que buscar una tienda de electrónica, la única que encontraron. La puerta estaba pintada de azul y a cada lado había una ventana-escaparate con los cristales sucios. Entraron a un espacio tubular, construido con ladrillo rojo y encalado después sin ningún entusiasmo estético. Se veían en los estantes algunos ordenadores, unas cuantas máquinas de fotos, relojes *made in China* y sobre todo teléfonos, muchos teléfonos móviles.

El mostrador estaba vacío.

—¡Señor! —gritó Demetrio Bravo.

Nadie contestó, pero cuando iban a marcharse escucharon una voz que salía del extremo oscuro.

—¡Un momento, estoy en el closet!

Un tipo con bigote emergió entre las tinieblas arrastrando los pies y ajustándose el cinto de los pantalones. En un par de minutos Pedro supo que allí Melvin no tenía nada que hacer. Tampoco le preocupó demasiado.

—Si quiere algo más, vayan al Seibo.

El dependiente escribió una dirección en la hoja de un cuaderno escolar. Entonces Pedro se arriesgó a hacer la pregunta.

—Oiga, señor, ¿está cerca la casa en la que mataron a los tres terroristas de ETA?

—Eso depende de si van andando o en coche —pensó que aquel hombre debía de tener un ascendiente gallego muy marcado—. Por la orillita del mar son unos seis kilómetros, no más. Fue así como tan potente el caso… Misterioso, entiéndame.

Se puso otra vez la camiseta de Tintín y condujo el Ford por una calle apenas asfaltada que discurría paralela al mar. Se trataba de una zona de casas bajas construidas con planos a mano alzada en el mejor de los casos, entre las que se colaban pasillos de suciedad. Los aparatos de aire acondicionado asomaban al exterior en un intento de contener la avalancha calórica que se les venía encima. La calle Eliodoro Portillo estaba vacía a causa de un sol disuasorio, que se precipitaba por las paredes e iba directo hacia unas pocas sombrillas clavadas en la arena.

Había esperado que la atmósfera del lugar guardara de algún modo la huella de una tragedia cercana. No la halló. Aquel pedazo de playa estaba en los confines del mundo feliz, y la casa número cuarenta y nueve aún más allá. Todo lo que veía alrededor no era más que un escenario preparado para "Giselle" en el que algún director de escena caprichoso se había empeñado en representar "Macbeth".

Entraron en un restaurante sin pretensiones presidido por un espejo que además servía de marco expositor a estampas y fotos familiares. Había cinco mesas de manteles azules y sillas de plástico blanco. El pescado fresco, eso sí, resultó ser excelente.

—Me pregunto cuántas veces han comido aquí Etxeberri y los suyos —Pedro estaba mirando alrededor—. Detrás de cada vasco hay un gourmet exquisito.

—Permiso, voy a tomar nota —Demetrio Bravo sacó un cuaderno minúsculo del bolsillo de su pantalón—. Al señor Cisneros le gusta estar bien informado de estas cosas.

Cuando volviera a Madrid, pensó Pedro, le iba a echar de menos.

Camino de vuelta pararon en El Seibo para buscar la dirección que les habían dado en Torre Maldonado. Otra vez Pedro tuvo que vestirse de forma adecuada. El empleado, un joven de camisa salmón y pelo negrísimo, accedió a contestar sus preguntas. Allí sí tenían localizadores GPS.

—¿Han adquirido muchas personas aparatos Melvin en el último año?

—Muchas no, señor, siete no más —contestó el joven con precisión milimétrica; y añadió una matización muy oportuna—, pocas pero muy fieles, señor.

Pedro leyó la lista para no desairar ni al dependiente ni a Demetrio Bravo, nada más. Luego la dejó con indiferencia sobre el mostrador. En el último lugar, por orden alfabético, aparecía el nombre de Gabriel Ignacio Villegas Mazón. En El Seibo y alrededores se le conocía como "Gabo el colombiano".

# EL CAZADOR

De todas las apuestas que Elkin iba a hacer, ésa era en apariencia la más insensata y a la vez la menos insensata. En su juventud había sido un buen jugador de billar americano y era consciente de que cualquier bola de recorrido largo que salía del palo, tenía que ir de banda a banda con todos los cálculos encima. Mientras Elkin desarrollaba el plan trazado con precisión milimétrica, en la retaguardia Antonio Zarco necesitaba tener las espaldas cubiertas. Sabía cómo hacerlo. Muchos años atrás, en la selva brasileña, había tenido la oportunidad de admirar la habilidad mimética del *bichofolha*, que le permitía desplazarse por la selva con su disfraz vegetal sin ser notado. De vuelta a La Cordillera escribió en un cuaderno de notas el resultado final de sus reflexiones.

*"El insecto hoja más parece una hoja que un bicho; hasta el jugo que le da color al cuerpo es verde. Con ese cuentico se confunde con el medio y despista a sus enemigos. Si no se siente en confianza, no más se queda quieto durante horas. Puede decirse que es un animal raro, precavido, solitario, individualista y amante de los bosques".*

Se quitó el plumífero y lo dejó en el perchero del bar Venecia justo al lado de un anorak y un casco de la Agrupación de Tráfico. En contra de lo que solía hacer, cogió una silla de asiento redondo y se dirigió a la mesa donde el sargento estaba recibiendo una soberana paliza en la partida de mus: no tenía ni una sola haba seca, ni un solo palillo. Como único suboficial, ostentaba el mando del cuartel y lucía con orgullo el galón de las tres franjas amarillas. Vestía el uniforme de tráfico, camisa reglamentaria, cinto, cazadora, pantalón estrecho y botas. Se decía de él que se le daba mejor el baile que las cartas.

La estrategia de Elkin había colocado al cura de Cubillo en una de las bandas principales de la partida de billar: la de la respetabilidad. Antonio se sentó junto a él. Mosén Pascual nunca jugaba al mus, pero le gustaba mirar, comentar lo que pasaba en la mesa y sobre todo dar consejos.

Las palabras eran cortantes, rápidas: envido, envido más, el envite es un convite, paso, tanto, mano, habla, no hay mus, aquí estoy, acepto, ¿por qué no?, subo… Aquel era un idioma nuevo para Antonio. Se oía también algún que otro movimiento de sillas, como si la tensión acumulada hubiera que soltarla de vez en cuando. Y el insecto hoja, que era el que más motivos tenía para estar intranquilo, seguía quieto.

Tardó Antonio poco tiempo en entender el lenguaje de gestos que utilizaba cada jugador para comunicarse con su pareja. En una sierra más lejana que la de Javalambre, La Cordillera con mayúsculas, existía un manual de las señas que se utilizaban cuando había extraños delante, y que todos tenían obligación de conocer. Eran muy parecidas a las del mus: subir las cejas, guiñar un ojo, cerrar los dos, tocarse el lóbulo de la oreja, levantar la vista al cielo, o los hombros, mover la cabeza, sacar la lengua y ponerla en diversas posiciones…

Mosén Pascual estuvo en el bar media hora escasa.

—Este cura tiene faena —dijo refiriéndose a sí mismo.

Cuando se levantó de la mesa, Antonio le siguió con la excusa de que quería estirar las piernas. El insecto hoja empezaba a moverse.

—Se ve muy difícil, uno se embota con tanto nombre.

—La verdad es que siento irme. ¡En fin! Por cierto, no le había visto antes por aquí.

—Es que no sé jugar.

—Pues a aprender toca. Pasar todo el día solo no es nada recomendable. Venga a verme cuando quiera, y así charlamos un rato. —El cura iba a salir pero pareció arrepentirse. Se volvió hacia Antonio.— Por cierto, ¿le gusta la música?

—Toco algo la guitarra, pero no tengo estudios.

—Pues está usted en el pueblo adecuado: en Cubillo hay banda y rondalla. Si quiere participar se lo comento al director. Ya sabe lo que se dice, que la música ayuda a olvidar las penas.

—¡Qué bueno! La verdad, me encantaría.

Antonio tenía una sonrisa contenida que siempre le había dado buenos réditos, y con ella dijo adiós al mosén en la puerta del Venecia antes de volver de nuevo a la mesa de mus. Allí seguía aún su otra baza de hombre respetable.

41

Al terminar la última partida la mesa quedó vacía y cada cual tomó su camino. Antonio siguió al perdedor hasta la barra, y allí se sentaron los dos en sendos taburetes altos.

—Remala suerte la suya.

—Malísima, aunque no todo es suerte —el sargento parecía aliviado al haber puesto punto final a su calvario—. ¿Sabe jugar?

—Ya me gustaría. Uno completamente se despista con tanto nombre. Es enrevesado.

—Aquí, si no fuera por el mus, las tardes de domingo en invierno no sabría con qué entretenerme. ¿No se juega a las cartas en Colombia?

Elkin no podía contestar que en La Cordillera un grupo de camaradas había inventado una baraja muy especial. Con dibujos sencillos y frases cortas, las cartas explicaban de forma pedagógica cómo se hacía una emboscada, dónde era más efectivo poner una bomba o cómo evitar los detectores de explosivos. Las figuras llevaban las imágenes de los cabecillas del ejército, políticos y autoridades locales. Era una forma eficaz de que los hombres tuvieran siempre presente la cara del enemigo.

—No señor, en mi pueblo no.

Lo dijo con humildad, como disculpándose. El sargento era bastante más alto que Antonio, y al mirarse, desde arriba y desde abajo, la diferencia entre ambos parecía aún mayor. En el pasado ese mismo efecto hizo que más de uno se confundiera. Cuando el enemigo se daba cuenta de quién era su contrincante, Elkin ya le había tomado la delantera.

—¿Qué quiere tomar?

—Un café con leche, pero me sentiría más en confianza si le invito yo.

El sargento se encogió de hombros.

—En fin, hablemos de otra cosa. ¿Qué tal por la sierra?

—Ha caído una nevada bien rica. El invierno definitivamente está comenzando.

—Más faena para nosotros los de tráfico.

Antonio Zarco sonrió al escuchar la palabra "faena".

—Se trabaja duro por las carrascas.

—Parece que la trufa va bien, sí. Por cierto, no he visto a su perro en la puerta como otros días.

—He bajado solo. El pobre Junín está mal. Nos tenemos el uno al otro, ya sea para lo bueno, ya sea para lo malo. Con mucho sentimiento voy a tener que buscar otro perro. Si se entera usted…

—Eso es fácil.

El insecto hoja acababa de dar un gran salto.


Cuando llegó a la sierra, ya bien entrada la noche, lo primero que hizo Elkin fue ir a la caseta del generador y sacar la caja de cartón escondida en un hueco que había entre la máquina y la pared. Dentro había un reloj Omega de los años sesenta detenido para siempre y una vieja carpeta. La abrió. La luz redonda de la linterna recorrió los cuatro ángulos de una foto vieja de color sepia. Se veía en ella a dos hombres desiguales. Uno era el joven Etxeberri casi irreconocible, con jersey de lana, pantalones estrechos y barba prieta. El otro un cura grande con sotana y chapela. En el reverso se leía, "Año 1965. Frente Militar. IV Asamblea". Tras esa foto había otra de él mismo con Etxeberri bajo una leyenda escrita a mano que decía: Entrenamiento 1969.

La mano de Elkin buscó una tercera instantánea. Se trataba de un recorte de prensa de mediados de los años ochenta pegada con mucho cuidado a un pedazo de cartulina blanca. Ander Etxeberri, "Colmillo blanco" para él, Canelo para el resto, tendría entonces cerca de cuarenta años. Era recio, de baja estatura, y miraba a la cámara apoyado en la baranda de piedra de un viejo puente. Iba en mangas de camisa y sonreía. A su derecha había dos jóvenes, Sabino Zulaika con aspecto de estudiante de ingeniería, gafas de concha negra, pelo revuelto y polo de marca, y Mikel Aranzadi, el típico chico guapo de barrio obrero que había adoptado la estética de camiseta negra y vaqueros ajustados. A su izquierda estaba una mujer a la que el periódico identificaba como Miren Mugarra Iturrioz, "la francesa", una matrona de pelo rojo que fue, hasta su detención en un control de carretera, la compañera sentimental de Etxeberri.

Después le tocó el turno a una cuarta fotografía, la de una mujer joven de cuello elegante y ojos claros que miraban al objetivo. El hombre pasó su dedo índice sobre aquel rostro satinado, y luego por la guitarra que se veía apoyada en la pared, y por el cuadro que había detrás de la imagen. Se puso las gafas. Sus ojos cansados miraron con dulzura el lienzo y después se detuvieron un instante en el nombre del lugar que había atrapado el pintor: "Salón de la casa de los Hidalgo". En el reverso de la foto alguien había escrito con pluma estilográfica otros dos nombres, uno debajo del otro:

El Carmen
Laureles

La quinta fotografía mostraba a Zarco mucho más joven, agachado, lavándose en un río junto al primer Junín.

Y en el fondo de la carpeta había un sobre blanco. Elkin no se atrevió a sacar la sexta fotografía.


De las pocas cosas del pasado que guardaba en la caseta del generador, lo más importante para él, después de las fotografías, eran sus cuadernos de notas y un libro viejo. Dejó los cuadernos en su sitio y cogió el libro. Estaba cosido de manera tosca, primero en grupos de veinte hojas, y luego los montones volvían a unirse hasta conformar la totalidad del volumen. El encuadernador había protegido el lomo con una franja superpuesta de color azul viejo que cubría todo ese proceso artesanal. Tenía por tapas sendos cartones duros, y en una de ellas se leía el título escrito a mano con letra redondeada de caligrafía:

El Capital
Carlos Marx
Tomo Primero: El proceso de producción del capital.

Se lo llevó a la casa. Fuera el viento del norte hacía vibrar los cristales, dentro, la luz salía a golpes discontinuos por el cuadrado de la chimenea. El hombre estaba de pie, con el libro en las manos. Iba vestido con ropa deportiva, cazadora y pantalones vaqueros, pero llevaba zapatillas de estar por casa. El perro estaba tumbado junto al fuego, y él lo miraba de vez en cuando con preocupación. Por un momento pasó por su cabeza la idea de que tanta precaución era

44

exagerada. La desechó en seguida. No podía permitirse el lujo de involucrar a nadie más. Él y sólo él.

Estuvo un rato pasando hojas del libro y al final se detuvo en la sección segunda, capítulo IV, punto 1: "La fórmula general del capital". Lo dejó abierto encima de la mesa. En una pequeña estántería había un tubo de pegamento y un paquete de folios. Cogió unos cuantos, extrajo un bolígrafo del bolsillo trasero del pantalón y escribió, "29 de noviembre de 2003". Después se agachó junto al perro, lo acarició, y volvió otra vez al libro. Acercó una silla a la mesa, se sentó.

Los párrafos del punto 1 estaban numerados del uno al 26, y a todos los pasó por alto. El encabezamiento del punto 2 decía: "Contradicciones de la fórmula general". La numeración continuaba allí con el número 27 hasta llegar al 31. Elkin buscó el 29 y leyó en voz alta: "Examinemos el proceso de circulación en una forma...". Contó las letras, "una, dos,..., once", y se detuvo. "La e".

Buscó otro papel y con paciencia dibujó una cuadrícula formada por tres filas y veintisiete columnas. En la primera puso el alfabeto completo con mayúsculas. En la segunda lo mismo, pero empezando por la E. A continuación sustituyó el bolígrafo por lápiz y goma y elaboró en papel aparte una tercera fila. Colocó en ella las letras de la segunda fila y luego, goma en mano, fue desplazando hasta el final las que aparecían en el nombre del mítico líder Jorge Eliécer Gaitán, una a una, de forma secuencial, reorganizando con paciencia la hilera en cada paso. Cuando hubo completado la construcción de la tercera fila, la colocó debajo de la segunda.

Escribió "BUSQUE A CANELO" y acto seguido, con mucho cuidado, posición a posición, letra a letra, tradujo el mensaje de la primera a la tercera fila. Recortó las letras de los titulares de un periódico viejo y las fue pegando sobre un folio en blanco. Cuando hubo terminado examinó el conjunto: "HREGRŇ F KFZŇXD"

Se quedó mirando el papel, pero por encima de las gafas vio que el perro no se había movido. Estaba tumbado junto al fuego, tenía los ojos cerrados y por su respiración sonora se le escapaba la fatiga. Ese animal había sido un calendario para Elkin. Sus diez años de vida eran el recuerdo diario de lo que le quedaba por hacer. Cogió la silla y se dirigió hacia él para acompañarle en su lenta agonía.

Las mismas manos que tantas veces habían disparado el fusil cavaron un hoyo debajo del árbol; después, con mucho cuidado, puso el cuerpo del perro y lo cubrió de tierra. Se quedó sentado en el banco esperando alguna señal. Sólo cuando vio salir a la luna el hombre fue capaz de entrar en la casa, buscar un sobre, y escribir la dirección,

Gabriel Ignacio Villegas Mazón
Los Cajuiles, El Seibo
República Dominicana

Y así lo dejó, sin remitente.

Tuvo que esperar al día la Constitución para terminar lo que había empezado. Dejó el sobre sin remitente en el buzón de correos municipal de un pueblo que no era Cubillo. Luego volvió otra vez al monte. El jeep de los forestales le recogió por el camino.

—¿Qué haces aquí? —preguntó el conductor al verle en medio de la sierra.

—Nada —contestó mientras se metía al coche—, Junín murió hace unos días y me sentía solo.


Lejos de allí, en su casa del popular barrio de Los Cajuiles, el insecto palo llamado Gabriel Ignacio Villegas Mazón acababa de recibir una carta. En un cuaderno que Elkin escrito allá en La Cordillera también había una breve nota sobre el compañero del insecto hoja.

"*El insecto palo tiene muchos nombres, en Caldas le dicen bichopalo, en Cundinamarca caballo de bruja o tembladera, según sea uno de supersticioso y por acá paloviviente. Va con un disfraz de camuflaje con el que uno simplemente cree que es una ramita. Le gusta vivir sobre espinos bien difíciles. Rara vez abandona su guarida, y a medida que se hace viejo va volviéndose cada vez más calmao.*"

Gabo era un hombre de esqueleto poderoso, del que, como bien sabía Zarco, a primera vista se podía pensar que estaba algo gordo. Y también resaltaba el tono demasiado negro de su bigote en comparación con el resto del pelo, a no ser que se conociera que usaba tinte *Just for men* una vez por semana.

Meses después le contaría a Elkin lo que había sucedido. Él también guardaba en la balda superior de su armario ropero un ejemplar muy viejo del primer tomo de "El Capital", cuyo capítulo VI, tenía los 31 primeros párrafos distribuidos de forma poco equitativa entre los puntos 1 y 2. Al principio le resultó un esfuerzo traducir el mensaje de su antiguo camarada, había perdido el hábito después de tantos años, pero letra a letra el ejercicio de composición iba cobrando forma. "No se me desespere, compadre, que hay cosas que no se olvidan", había dicho en voz alta sin darse cuenta. Miró la fecha que encabezaba el escueto texto y repitió exactamente la misma operación que había hecho Elkin, pero a la inversa. Escribió las tres filas de letras que componían la clave y poco tiempo después "HREGRÑ F KFZÑXD" se había convertido otra vez en "BUSQUE A CANELO".

A Gabo satisfacer esa petición de Elkin no le iba a resultar nada fácil, y así se lo dijo cuando se encontraron en una carretera solitaria de la República Dominicana. Con los años se había acostumbrado a vivir muy tranquilo con la rutina del día a día y aquello le obligaba a moverse fuera de su hábitat. El tiempo transcurría sin que encontrara ninguna pista en los medios de comunicación y la gente que pasaba por el taller de motocicletas no parecía conocer absolutamente nada. Estaba sin saber adónde recurrir.

Cierta noche del mes de marzo, un poco antes de las ocho, sintonizó TSDH, un canal de televisión privado emitido desde Santo Domingo que se dedicaba sobre todo a la información de los establecimientos hoteleros de la ciudad. Se trataba de uno de esos centros emisores humildes en los que el vocero, Carlos Andrés Cienfuegos, lo era todo. Cada hora TSDH emitía en un pequeño espacio informativo local. A continuación lo completaba con alguna entrevista en el "estudio" de TSDH, una habitación situada en el sótano de la vivienda del omnipresente propietario, director, redactor, periodista, etc. En esa ocasión el elegido era Feliciano Cabrera Meléndez, un industrial cafetero que había sido invitado por TSDH para hablar de un antepasado suyo llegado a la isla caribeña a finales del siglo XIX desde la lejana Castilla. Preguntado por el rastro de descendientes de españoles en la República Dominicana, Feliciano Cabrera hizo un recuento de los nombres y lugares que él conocía. En esa nómina, citada de memoria, incluyó sin titubear a los etarras Ander Etxeberri Idriozola, Mikel Aranzadi Zalbide, Sabino Zulaika Izko e Ion Uribe Goicoetxea. Dijo que eran residentes en la ciudad de Torre Maldonado, añadiendo a continuación que el gobierno, tras el fracaso de la tregua de ETA, estaba considerando su expulsión del país. Gabo, que apenas había empezado a cenar, estuvo a punto de atragantarse.

El resto fue muy fácil. Tres días después ya sabía el nombre de la calle y el número. En Torre Maldonado eran varios los que conocían casi todo acerca del refugio de los terroristas vascos.

Esa misma noche Gabo tenía sobre la mesa unas cuantas hojas de papeles de distintos colores, que habían sido lanzadas al aire con propósitos publicitarios. Miró la fecha en un calendario de "Talleres Zonano" que tenía colgado en la pared. Escribió el mensaje en un cuaderno cuadriculado. A continuación cogió el libro de claves y lo tradujo. Fue recortando, una a una, varias letras mayúsculas de distintos pasquines y luego pasó un rato pegándolas en un folio en blanco.


Mientras miraba la partida de mus, el sobre que acababa de darle el cartero mordía el pecho de Antonio Zarco desde el bolsillo interior de la chaqueta. Continuó allí como cada domingo por la tarde. El juego ya no era un completo misterio para él, e incluso de vez en cuando podía sustituir a un jugador que faltaba a la cita por cualquier circunstancia. Al terminar se fue charlando con el sargento calle abajo hasta llegar a la carretera y allí siguieron los dos hacia el cuartel. Ese día ni siquiera pasó por delante de la casa de los Hidalgo. Cuando se despidieron, Antonio iba acompañado de un nuevo Junín, más juguetón, más inquieto y mucho menos obediente que movía la cola.

Durante el trayecto tampoco sacó la carta del bolsillo. Iba a paso más rápido de lo habitual a pesar de que llevaba al perro en brazos. Llegó jadeante y sudoroso y se metió en la casa sin tan siquiera mirar al cielo. La atmósfera nítida le había regalado un millón de estrellas. Sentado ante la mesa, se olvidó de los juegos del perro y abrió por fin el sobre. Dentro había una fecha, 28 de agosto, y tres líneas escritas con letras recortadas de distintos pasquines callejeros. Elkin sacó "El Capital" de su escondite, hizo las correspondientes manipulaciones con las letras del alfabeto y por fin escribió:

C ELIODORO PORTILLO CU-NU
TORRE MALDONADO

El insecto hoja suspiró. Su perro simplemente siguió dando vueltas alrededor de la mesa hasta que Antonio lo cogió en brazos y se sentó con él en la mecedora.

—Junín, machote, no me mire tan feo —dijo mientras rascaba el vientre del animal—. ¿Es que usted no puede estarse quieto ni un momentico?

# PEDRO DE LA SERNA

Melvin, a través de la empresa argentina VINAP de capital público, trataba de situar sus radares en algunos aeropuertos del país de los gauchos para reemplazar a los antiguos. Con paciencia vaticana, día tras día, había ido recibiendo la rutina desganada de los sucesivos "aún no". Y por fin, una semana atrás, un correo de VINAP mató de golpe todas las incertidumbres. De inmediato Pedro cogió el teléfono y llamó a Haarlem. Las instrucciones que recibió eran claras: al día siguiente se le esperaba en la oficina central para preparar la firma del contrato. E inmediatamente después, le advirtieron, tendría que viajar a Buenos Aires. Buscó un vuelo a Ámsterdam en Internet, preparó la cartera y el portátil, y a las nueve de la noche ya estaba en su casa completando el equipaje con un escueto maletín de viaje.

Lo que no podía Pedro ni imaginar era que a la vuelta su pequeño trolley negro pesaba más de los diez kilos permitidos al equipaje de mano por culpa de los catálogos de papel satinado que le habían dado en la central. Pagó el plus de facturación exagerado habitual y una boca metálica se tragó su maleta en el aeropuerto de Schiphol con alegría.

Ya en Barajas la rueda del equipaje se fue vaciando y al final sólo quedaron tres residuos: una señora flaca de aspecto enérgico, una bolsa de viaje de color granate que descansaba sobre la cinta rodante sin encontrar destino y Pedro. La puerta del vestíbulo cerró el paso de los tres hacia el mundo real. Largos minutos más tarde, la cinta agónica se paró de golpe. Clac.

En los aeropuertos pasan cosas...

Pedro dijo una palabrota neolítica sin cuota alguna de refinamiento. Estaba rabioso. Estaba enfadado. Esa maleta ausente guardaba la clave de la negociación que tendría que hacer en Argentina. Y su vuelo para Buenos Aires salía al día siguiente.

Escuchó una voz a su lado llena de consternación.

—¿Y ahora qué hacemos?

Pedro señaló el mostrador de reclamaciones y los dos desafortunados, la mujer y él, se dirigieron hacia allí. Suspiraron al unísono al ver que sólo había una persona delante. Cuando les llegó el turno, rellenaron los impresos de la reclamación.

–Dentro de hora y media aterrizará otro vuelo procedente de Ámsterdam –dijo el empleado con amable impotencia–. He dado aviso. Si hay suerte, a lo mejor sus equipajes llegan ahí.

Pedro decidió esperar y la mujer también.

–Ni siquiera podemos ir al bar –se quejó él sintiéndose más aislado que nunca.

–Cinta número quince –siguió informando el hombre de la ventanilla–, a no ser que cambie a última hora. Estén atentos al monitor.

La señora y él se sentaron en dos sillas que había junto al teléfono público. Desde allí podían vigilar con un ojo la pantalla de llegadas y con el otro la oficina de reclamaciones. Ella se llamaba Emilia Casas. Pedro pensó que la mujer estaba nerviosa. Quizás, especuló, era la primera vez que le pasaba un contratiempo semejante. Pronto se enteró de que eso sólo era cierto a medias.

–Llevo más de veinte horas de avión –informó la mujer para romper el silencio tímido que se había instalado entre ellos–. Vengo de Vancouver vía Ámsterdam.

–¿Viaje de placer? –preguntó Pedro casi por cortesía.

–No, de trabajo. Mejor dicho, he ido a recoger un premio.

–¡Enhorabuena! –Pedro estaba ahora más interesado por la señora–. ¿Y qué premio le han dado?

–No, el premio no es para mí, yo sólo lo he recogido. Todos los méritos son de FAVICE.

Pedro abrió los ojos de par en par. Conocía de manera bastante vaga las actividades de FAVICE, y lo primero que aprendió de Emilia Casas fue el significado de las siglas: Federación de Asociaciones de Víctimas Colaterales de ETA. Quedaban excluidos de forma explícita, dijo la mujer, militares, policías, políticos, sindicalistas, famosos en general y empresarios importantes. Sólo tenían cabida las víctimas casuales del terrorismo etarra, los que no eran objetivo preferente de la banda. Ella, durante la espera, no dejó de hablar de FAVICE. Trabajaba allí todos los jueves. Pedro la escuchó sin pestañear. Estaba asombrado de que la pared que encerraba la palabra casualidad tuviera tantos recovecos.

Emilia le contó que ETA había asesinado a su marido en el ochenta y dos. Estaba haciendo un relato minucioso de cómo había sucedido cuando la cinta número quince empezó a escupir equipajes. Allí, en los primeros lugares, aparecieron el trolley de Pedro y la maleta rígida de Emilia Casas.

Sin dejar de pensar en FAVICE, Pedro llegó a casa al filo de las tres de la tarde. Primero una ducha y después, con cierta mala conciencia, se entretuvo viendo en Eurosport un resumen de la carrera de Fórmula I que había tenido lugar dos semanas antes en Shanghai. Había que deshacer una maleta y empezar con la otra, la que necesitaría para su viaje a Buenos Aires. Antes de acometer esa tarea para él tan poco estimulante, anotó en su agenda la dirección que había escrito Emilia Casas en el reverso de la ya inservible reclamación de su trolley: calle de Las Heras, número 32, primer piso, puerta 2.


Y una semana después miraba el edificio desde la acera. Le pareció viejo y en mal estado, pero sus balcones tenían hermosas filigranas de hierro y la puerta también. "Esta calle me recuerda a Nueva Chork", se dijo imitando el acento porteño. Tras aparcar el coche, pulsó el timbre y subió las escaleras a toda prisa. En el número cinco del tercer piso leyó "FAVICE", y debajo, "Horario de oficinas: de 19h a 21h.". Imaginó que el personal era voluntario y que ese tiempo se lo restaban al descanso. FAVICE debía de ser una especie de súper cadena de moléculas que se habían visto abocadas a trabajar todas para una y una para todas.

Aquel recibidor de techos altísimos era posiblemente la mejor habitación del piso. Y en medio estaba Emilia Casas. Ella le reconoció enseguida y se puso muy contenta.

—Ya no le esperaba.

El centro de la pared frontal estaba ocupado por una gran paloma de Picasso y junto a ella, con letras minúsculas y apretadas, aparecía la lista completa de las víctimas mortales de ETA. Demasiadas.

—¿Podría consultar los archivos? Sólo será un momento.

Pedro vio cómo a Emilia Casas se le congelaba la sonrisa.

—¿Es usted periodista?

—No, qué va. Me interesan los temas de actualidad, como por ejemplo el asesinato de los tres etarras del Comando Hegoalde.

—En FAVICE no hacemos declaraciones al respecto —notó que la voz de la mujer también se había petrificado—. Sepa que repudiamos todo tipo de actos que vulneran la ley. Nosotros exigimos que los asesinos paguen sus culpas después de un juicio.

—Y yo también.

—Me alegro —Emilia Casas cambió de tono—. Tengo el deber de decírselo, se ha acercado algún periodista amarillo con cierto morbo y por ahí no pasamos.

Entraron en una habitación mucho más oscura pero con idénticos techos altos. Las letras que había en la etiqueta de un archivador de carpetas colgantes formaban una palabra que salía a la superficie con la fuerza de un bajorrelieve: "ETA". Por orden cronológico, fue recorriendo las "acciones". En 1980 la lista de muertos de los llamados colaterales era tan larga que Pedro se asustó. Los había de todas las profesiones, industrial, peluquero, empleado de seguros, camionero, abogado, taxista, mecánico, agente comercial… Le resultó doloroso leer que el peluquero había muerto con un par de peines viejos en el bolsillo o que el taxista era un asiduo del programa "Hoy por hoy" de Iñaki Gabilondo. En 1981 los asesinados casuales eran dos, una concejala socialista del País Vasco y su escolta, y la asociación advertía al lector que si quería más datos debía dirigirse al PSE-PSOE. En el 83 estaba el amplio expediente de un industrial madrileño. En el 87 encontró a dos catalanes, un mosso d'esquadra, de cuyos datos se decía que estaban en poder del Ayuntamiento de Barcelona y una empleada de banca con un dossier adjunto muy documentado. Y cuando llegó al 93, Pedro leyó una fecha, 9-11, un lugar, Madrid, un responsable, el *"Comando Hegoalde"* y cuatro nombres: Ángeles García Lara, Juan David Silva Arango, Manuel Piedrahita Halcón y Sebastián Lillo Iranzo. Los dos últimos compartían una voluminosa carpeta en la que se leía, por ejemplo, que trabajaban en una empresa de transportes. Buscó después el nombre de Juan David Silva Arango, pero la carpeta colgante estaba vacía. Volvió a la cuarta víctima, Ángeles García Lara, y otra vez la información era abundante: había viajado por medio mundo con las partituras de la "Coral Puente de Vallecas" bajo el brazo. A continuación fue pasando una a una por las víctimas mortales de ETA de las que se ocupaba la organización, y en todas encontró una gran cantidad de datos..., excepto en la de Juan David Silva Arango. Salió al vestíbulo.

—No hay nada sobre uno de los asesinados por el Comando Hegoalde —dijo a Emilia Casas —Se llama Juan David Silva Arango.

Pedro escuchó un suspiro seguido de un carraspeo.

—¡Ah, sí! —la mujer parecía salir de un largo sueño—. Lo siento, no disponemos de ningún dato de esa persona, y eso que lo hemos intentado. Tampoco sabemos nada del entorno de la víctima. ¿Por qué ese vacío?, se preguntará. ¡Quién sabe! Debe de tener una explicación que desconocemos. Igual es una tontería. O quizás no.

—Todos tenemos derecho a llorar a nuestros muertos en silencio, ¿no le parece?

—Soy psicóloga —Emilia Casas parecía querer empinarse sobre su estatura mientras decía no con la cabeza—. Además de mi propia experiencia, llevo en FAVICE desde su fundación y en todos estos años no he visto nada parecido. Para los afectados, poder compartir nuestras vivencias supone un gran consuelo.

—¿Miedo?

—No, es ilógico. Los que molestan a ETA son personas muy señaladas. Las demás víctimas son sólo efectos colaterales.

Pedro siguió en la búsqueda de posibles justificaciones en el terreno de lo psicológico y la mujer las fue desmontando una a una sin que se hiciera la luz. Aventuró una última antes de darse por vencido.

—O a lo mejor, lo que intenta la familia es olvidar el pasado.

La réplica le dejó mudo.

—El recuerdo —repuso ella con la voz pausada de una almea oriental— sólo reabre heridas en quienes tienen algo que ocultar.

Mientras volvía a casa, puso un CD con todas las versiones que había encontrado en la red de "Going home": Mark Knopfler joven o maduro, con Dire Straits, solo o en compañía, en Londres o en Gijón, a veces céltico, otras suave. Pedro, cuando le interesaba algo, se convertía en un obseso. Esa misma tarde una obsesión le había mantenido dos horas revisando el archivo de FAVICE. Y mientras conducía, tal obsesión se mezclaba con otra, la del sonido rasgado de una guitarra. No creía en las casualidades. Estaba convencido de que él compartía ciertos poderes premonitorios con las minúsculas ranas de la China continental, o con los pájaros de los mares del sur que anunciaban con su huida la llegada de un tsunami. Y aquella carpeta colgante vacía de datos era para Pedro una fuente emisora de sugerencias.

Cuando llegó a casa buscó por Internet. Ion Uribe Goicoetxea, tenía un historial de lo más completo. Había sido miembro del Comando Levante, responsable de un atentado muy famoso en la costa malagueña en 1988, en el que habían muerto dos marines americanos de la base de Rota que estaban allí de vacaciones, víctimas nada casuales, por tanto. El comando había sido desarticulado por la Guardia Civil siete años atrás. Cayeron todos sus componentes menos Ion Uribe Goicoetxea alias Yonu, un etarra hasta ese momento legal salido de la *kale borroka*. A sus colegas apresados les esperaba una larga, larga estancia en la cárcel. Él, decían todas las informaciones, continuaba libre.

Pedro dejó Internet y estuvo trabajando un rato más vigilado por el póster gigante de Cindy Crawford que todos sus amigos envidiaban. Miró por la ventana: la ciudad tenía emanaciones de alquitrán. Apagó el ordenador y, como tenía por costumbre, recogió la mesa con pulcritud hasta que no quedó fuera de sitio más que un folio en blanco y un bolígrafo. Abstraído como estaba, escribió una columna compuesta por cinco líneas cortas, todas con el mismo texto: "Algo que ocultar".


Nada más abrir la puerta, Pedro se quedó tieso cual estatua de lansquenete.

—Nos hemos equivocado.

Judith miraba la escena con idéntica expresión de extravío.

—Pues aquí pone número tres.

El féretro estaba cubierto por una bandera tricolor de tamaño Big Big Mac con el escudo de la segunda república. En la parte frontal, donde en buena lógica debería estar Cristo, la Virgen o algún Caronte con olor de santidad, se veía la cara juvenil de una miliciana en pleno éxtasis de mitin. "Esmeralda Moliner, La Molinerita, arenga a la población en defensa de Madrid, 1936", leyó Pedro a pie de foto. Un poco más arriba, en la morada habitual de nubes y arcángeles, había una gran franja amarilla con ribetes rojo y morado que cruzaba la sala de parte a parte, "Asociación de Mujeres Antifascistas". Dos columnas salomónicas situadas a ambos lados del escenario completaban la iconografía con sendos vivas a la república. Tras asimilar todo aquel decorado, a Pedro, que tenía vista excelente, no le extrañó que las coronas de flores también fueran tricolor, ni que la leyenda de una dijera, "Los Camaradas del Quinto Regimiento no te olvidan", y la de la otra, "A nuestra compañera de lucha. Centuria Thaelmann, Brigadas Internacionales".

Tras el primer impacto, Pedro, que iba a cerrar la puerta convencido de estar en el funeral equivocado, descubrió el cogote de Goyito en uno de los primeros bancos de la derecha, que sobresalía unos quince centímetros por encima de los demás. A su lado, vio el corte de pelo geométrico de Lola, la mujer de Goyito. En esas circunstancias, quizás por asociación de ideas, le recordó al casco del ejército prusiano.

—Parece que el funeral de la abuela de Marina sí es aquí —dijo por lo bajo.

—¿Tú sabías algo de "esto"? —preguntó Judith.

Él la miró: Judith siempre vestía de luto. Pedro pensó que todo aquel estallido de color le tenía que resultar, cuando menos, inquietante. A él no le gustaba el *look* gótico de su algo más que acompañante, pero tampoco se encontraba con autoridad sentimental como para hacerle alguna sugerencia al respecto. Y su madre mucho menos.

—La familia de Marina es muy de izquierdas, pero claro…

Se colocaron en el penúltimo banco. Pedro buscó a Marina en la parte delantera de la sala y enseguida distinguió el pelo amarillo y rizado de su amiga del alma sobre un abrigo de paño negro. La conexión entre Pedro y Marina se había producido una mañana de domingo en el Retiro, hacía ya mucho tiempo. Con un año escaso, él se acercó tambaleando al cochecito donde estaba ella y los dos niños, sin prejuicios de clase, se descubrieron mutuamente. Al lado de Marina, Pedro vio el cogote de Claudio, su marido, que se extendía a ambos lados hasta tropezar con dos orejas ejemplares. Tras ellas, circulaban las patillas de sus gafas.

—¿Ves a Luis? —preguntó a Judith.

Por toda respuesta, Judith señaló hacia el pasillo central. Allí estaba la coleta pálida del siquiatra loco y la melena roja de Tina.

Mucho más tranquilo, Pedro lanzó una mirada panorámica a toda la sala y entonces se sintió como un bebé. Descubrió que la lógica interna de aquel acto fúnebre tenía sus raíces en los nonagenarios que la ocupaban en su casi totalidad. Los camaradas antifascistas que quedaban vivos parecían estar echando sus últimos estertores en el entierro de La Molinerita, el nombre de guerra, nunca mejor dicho, de la abuela fallecida de Marina.

Pedro se distrajo cuando la anciana de las JSU se puso a hablar de las contradicciones del movimiento obrero respecto al feminismo, al que la CNT consideraba burgués. Miró a Judith que parecía muy interesada en ese tema. Los breves encuentros entre ambos se producían más o menos con periodicidad mensual. Tenía un despacho de procuradora que compartía con una socia, y les iba razonablemente bien. El resto era una nebulosa cómoda. Hasta cierto punto Judith, con su pinta gótica, le recordaba a Tina, pero en otros aspectos se parecía a su ex. Pedro se lo había dicho a Marina un mes atrás, en la cola del cine, mientras Claudio compraba un cucurucho gigante de palomitas.

—¿Se parece a Gema? Ese no es ningún punto positivo para Judith —había contestado Marina.

—Es lo que hay.

—No sé lo que esperas, ¿fuegos artificiales?

—No te rías que la cosa es seria.

—Ya lo veo.

—Pero Judith tiene una cualidad que la hace muy superior a Gema: a ella tampoco le apetece pasar la noche entera conmigo. Una vez ya sabes, se levanta con cualquier excusa, va al baño, se da una ducha y después desaparece.

—¿Me estás contando una sesión de gimnasio?

—No seas borde. Quiero decir que así se evita lo peor del matrimonio: el despertar.

—¡Qué triste es oírte hablar así, tío! —Marina arrugó la nariz.

—La culpa la tienen el cine y la esperanza que uno tiene respecto al sexo, al amor, la pasión o lo que sea.

—Concreta —exigió ella.

—Caray Marina, es obvio. Hace mucho que no me pongo histérico esperando en un bar, y ni me acuerdo de la última vez que empecé a dar saltos después de recibir una llamada. Y lo grave es que eso me parece malísimo cuando debería calificarlo como buenísimo. Por culpa del cine uno tiene la idea de que lo bueno es pasar el mayor tiempo posible con las hormonas alteradas.

—Y lo es.

—No me digas eso que me deprimo.

El batintín de una canica de cristal sobre el suelo hizo que el pensamiento de Pedro volviera a la sala del velatorio. El hijo mayor de Marina salió tras ella y la buscó por debajo del féretro entre los pliegues de la bandera tricolor. El niño encontró por fin la bolita y volvió a su sitio.

El acto fúnebre acabó con el himno de Riego y la Internacional, por ese orden. Los viejos se pusieron en pie con el puño en alto y Goyito también. Al terminar, alguien gritó:

—¡Viva la República!

Pedro se sorprendió a sí mismo contestando:

—¡Viva!

Los familiares de La Molinerita accedieron a una sala más íntima en la que se daba paso al acto de cremación. El resto salió al vestíbulo. Una superviviente de la FAI habló de la evolución de la izquierda a lo largo del último medio siglo. Las obsesiones son difíciles de olvidar y Pedro aprovechó un inciso en la conversación para hacer un corte a la memoria de los viejos.

—¿Piensan ustedes que ETA es un movimiento de izquierdas?

—Al principio sí lo fue, qué duda cabe, tenían el mismo enemigo que nosotros —quien contestó fue la feminista frustrada—. Eran jóvenes rebeldes, de la clase obrera y estudiantes. Los torturadores del régimen se ensañaban con ellos.

—¿Y luego? —insistió Lola.

—Luego empezaron a matar —repuso un ex artificiero. A Pedro le sonó contradictorio que fuera precisamente ese hombre quien hablara de tal modo.

Luis intervino de manera rotunda.

—A menudo, en este tipo de análisis uno se olvida de que los grupos están formados por individuos, o se pasa por alto el marco antropológico del que habla Víctor Turner, del concepto de *liminalidad*, del *emic* contra el *etic*. La *etnicidad* en sentido estricto es inseparable de la capacidad cognitiva para crear estructuras de realidad simbólica.

Se hizo el silencio. Luis tenía un modo particular de hacer que cualquier discurso, por muy enrevesado que ya estuviera, se volviera aún más oscuro. Guardaba en su mente tortuosa una colección de ideas, de las que solía sacar conclusiones peregrinas en opinión del noventa por cien de los que escuchaban. Tina, se dijo Pedro al ver cómo miraba a su marido, pertenecía al diez por ciento restante. Lola interrumpió con sutileza prusiana la deriva de un tema que corría el peligro de volverse críptico.

—No te vayas por las ramas.

—Es curioso cómo se ha desarrollado entre ustedes el espíritu de la solidaridad —reflexionó Pedro mirando a los camaradas de La Molinerita que seguían en el vestíbulo.

—Estamos aquí para acompañar a la familia de Esmeralda, pero también porque nos sentimos muy orgullosos del pasado. Del de ella y del nuestro —el acento americano de la brigadista Thaermann hizo sonreír a Pedro.

—Esa debe de ser la clave —Goyito parecía estar hilando un discurso oblicuo que aún se encontraba en estado evanescente—, la visión que uno tiene de su pasado.

Contó a trompicones que, años atrás, cuando empezó en el periódico, le encargaron hacer un reportaje sobre los nichos de los sin techo. Luis, mientras mesaba cruelmente su barba, hizo un inciso para explicar a los ancianos republicanos que Goyito era el responsable de la sección de obituarios en su periódico. McGregor, desde la atalaya de su 1.90, reanudó la historia diciendo que un indigente había muerto de frío en la calle.

—El pobre hombre tuvo un entierro bien triste: asistimos el cura y yo, nada más, ni un amigo, ni un familiar…

Un mes después, poco más o menos, el periódico recibió el encargo de publicar su esquela. Venía de parte del único hijo del fallecido. Había estado en prisión y en esos momentos tenía un buen trabajo. Le daba miedo que, con el revuelo periodístico que se había organizado a raíz del reportaje, su patrón se enterara de ese pasado.

—Algo que ocultar… —dijo Pedro, y nadie pareció darse cuenta.

El coche de Pedro fue el primero en salir del tanatorio. Eran las seis de la tarde y la ciudad aparecía llena de sombras azules. Unos coches llevaban luces de cruce y otros no. Pedro había leído que el proceso por el que los conductores tomaban la decisión de encender los faros se parecía mucho a una enfermedad contagiosa, que se iba propagando de vehículo en vehículo partiendo de un solo infectado lumínico. En pocos minutos la pandemia se habría apoderado ya de las calles de Madrid y llegaría hasta los escaparates. Pedro pensó que parecía poco delicado fornicar después de un entierro. Miró a Judith.

–Te llevo a tu casa, ¿no?

La de Pedro estaba situada en el piso octavo de un edificio blanco de los años cuarenta, en el límite entre el barrio de Salamanca y Chamartín. Subió a la azotea, un espacio desnudo donde sólo había viejas chimeneas y antenas parabólicas. El ruido del tráfico llegaba muy amortiguado. A la izquierda vio los edificios de la Plaza de España, a la derecha los del complejo Zona y la torre Picasso, y en medio una cacofonía de tejados. Al mirar hacia abajo, tropezó con una barrera de muros y ventanas cerradas. "Algo que ocultar", se dijo de nuevo. Distinguió la silueta móvil de la bandera que ondeaba en el Archivo Histórico Nacional. A Pedro no le gustaban las banderas.

Después de analizar los sucesos del día y sus propios pensamientos sólo encontró una forma de explicarlos: la química. Además de dopamina, endorfina, feromonas y otras fórmulas bien conocidas, debía de existir algún compuesto responsable de las obsesiones. "Podría llamarse *obsesionina*", propuso para salir del paso. No había otro modo de justificar, dedujo de forma automática, su fijación creciente por el triple crimen de Torre Maldonado. Empezaba a estar hechizado, se dijo, químicamente hechizado. Con probabilidad alta, dedujo, se hallaba ya bajo el influjo de algún sortilegio externo que le mantenía sin ton ni son en estado de vigilancia insensata. Aunque la gente, reflexionó, solía llamar con otros nombres a esas búsquedas obsesivas, químicamente obsesivas, a las que se veían abocados muchos humanos por imperativo de la naturaleza. Todo era debido a la química eficaz de la *obsesionina*. Y empujado por ella, a Pedro le quedaba una única opción: seguir adelante.

Era ya de noche y hacía un frío mesetario que nada tenía que ver con la humedad del mes anterior. Al pasar por una farmacia, Pedro vio que el termómetro marcaba un solitario grado centígrado. A pesar de todo, había mucha gente por Arturo Soria y las luces de los escaparates anunciaban una segunda tanda de rebajas. Caminaba a paso rápido. Viró hacia la izquierda para entrar en la calle de Alcalá y allí hizo una llamada perdida. Siguió caminando en zigzag hasta que se detuvo ante el número cuarenta y cinco de una calle ancha. Allí le estaba esperando la enormidad de Goyito, con plumífero rojo, tres vueltas de bufanda negra y manos en los bolsillos.

—Llevo cinco minutos aquí plantado.

Al otro lado de la calle, el termómetro de una segunda farmacia marcaba ya cero grados.

Subieron las escaleras y se pararon frente a la máquina de café. Para quien no estaba acostumbrado como Pedro, la redacción de un periódico le tenía que parecer un caos de ruidos y habilidades dispersas. Aquello no tenía nada que ver con el orden, la pulcritud, la calma, el silencio y la organización de las oficinas de Melvin. Cuando Pedro llegó frente a la mesa de su amigo, dejó los dos vasitos de plástico en una esquina con cierta aprensión: no había podido encontrar servilletas. Después se sentó en una silla que había justo de espaldas a la pantalla del ordenador. Las piernas de su amigo le obligaban a mantener una postura muy incómoda.

—Te vas a reír de mí, pero vengo a pedirte un favor un tanto..., exótico —Pedro probó el café e hizo una mueca de disgusto. Se llevó la mano al bolsillo, sacó un papel doblado y se lo entregó a su amigo. Goyito leyó en voz alta.

—"Juan David Silva Arango, asesinado por ETA el 9 de noviembre de 1993". ¿Qué significa esto?

—¿Sería posible saber cómo era su esquela, quién la encargó y quién la pagó?

—Chico, me dejas grogui. Siempre has sido un tanto obsesivo, pero esto se pasa de la raya.

61

—Espera que te cuente —Pedro hizo un relato somero de sus obsesiones, pero sin nombrar a la *obsesionina* por prudencia—. Tengo la corazonada de que en esa esquela sigue dormido un dato, un pequeño dato... Este caso es interesantísimo, no recuerdo nada parecido. ¿Crees que estoy loco?

—No lo creo, lo sé —Goyito le miraba con cierta pena—. ¿No te convendría hablar de esto con Luis? —Pedro, horrorizado, dijo que no con la cabeza—. ¿Y de dónde quieres que saque semejante información?

—En sitios como este no se tira nada. Ya sabes, la memoria histórica.

—De ahí a resucitar trece años después la sección de obituarios hay un abismo.

—Debe de haber algún periodista de lo fúnebre bastante viejo.

—Jubilado.

—Mejor, un jubilado dispone de más tiempo libre. Tengo una gran fe en los empleados con manguitos de las antiguas oficinas.

—¿En qué cabeza cabe pretender sacar algo de las esquelas?

—La culpa es tuya. Me dijiste una vez que cada esquela era un retrato sociológico, y yo me lo creí.

—Tiene razón tu madre: lo que te hace falta es una docena de hijos.

—Sí, congelados.

—Por cierto, ahora que hablas de congelados, ¿fuiste a esquiar?

—Tres días, a Sierra Nevada, con Luis y Tina. Y con Judith...

—¡Vaya!

—Vaya nada. Sois una gota malaya.

Antes de despedirse de Goyito, Pedro sacó un pañuelo de papel y limpió los dos círculos marrones de café infecto que habían quedado sobre la mesa.

# EL CAZADOR

Desde aquel fatídico nueve de noviembre, Elkin no había hecho más que pensar en ello. Cada noche de buen tiempo, durante diez años eternos, se sentaba en el banco de madera mirando la luna para pensar en ello. Cada noche de mal tiempo, durante diez años eternos, sintió el vaivén de la mecedora y notó el calor del fuego de la chimenea pensando en ello. Por la mañana, al despertar, era su primer pensamiento y en el campo, mientras vigilaba el estado de los caminos o recogía la maleza con un rastrillo o arreglaba las casetas de piedra que servían de guarida en el invierno para animales y personas, seguía igual. Y a la hora de comer, sentado en cualquier claro del bosque, lo mismo. Y jugando con el perro, el Junín de turno que a comienzos de ese frío mes de diciembre estaba ya muy viejo. Cuando bajaba a Cubillo los domingos de verano, al amanecer, todo el camino lo pasaba pensando que nada más llegar al pueblo tenía que ir deprisa al bar Venecia. Que allí, en cualquier mesa de mármol, encontraría *El Heraldo de Aragón*. Y que a lo mejor, con suerte, en algún lugar del periódico estaría agazapada la noticia. Y en caso contrario, podía esperar hasta la tarde, solo, con un ojo en la pantalla del televisor por si se hacía un alto en la programación para dar un flash urgente, ese que se resistía a aparecer. O desde que se instaló el ordenador del Venecia, buscando noticias por Internet.

Supo de la noticia con bastante retraso. Había salido de su refugio de madrugada, como hacía muchos domingos, casi por disciplina, en compañía del viejo perro. Las primeras nieves cubrían las laderas escalonadas, pero en esos momentos el blanco sólo se conservaba junto a los obstáculos de rocas y matas sin sol convertidos en ventisqueros. Hacer el trayecto viendo amanecer era la mayor de las recompensas que tenía el caminante.

Se detuvo antes de llegar al pueblo para quitarse el pasamontañas. Por aquella época, Antonio Zarco aún no se había decidido a jugar al mus, ni mantenía ninguna relación especial con el sargento de la Guardia Civil, ni con el mosén, ni hacía otra cosa que no fuera darle vueltas a la cabeza. Ni siquiera tenía móvil, aunque sabía que debía hacerse con uno urgentemente. Pero le gustaba ir al Venecia, pisar su suelo de madera, leer el periódico y últimamente, de tarde en tarde, conectarse a Internet.

Dejó la ropa de abrigo colgada en el perchero. Fue hacia la barra, pidió un café y, como hacía siempre, cogió el *Heraldo de Aragón* del día anterior, el único que había en esos momentos a la vista. Ese día acertó.

"Vacaciones de etarras", decía el titular modesto de una columna alargada. El autor del artículo, más de opinión que de información, se explayaba sin mesura atacando la política anti-terrorista del gobierno anterior, y hacía un repaso de los deportados o exilados en distintos países de América Latina. Denunciaba la existencia placentera que llevaban, frente al dolor causado a sus víctimas. Acusaba también al gobierno actual de no hacer nada por remediar la situación, incluso le culpaba de ampararla por motivos que al periodista le parecían espurios o al menos poco claros. Asimismo, recriminaba a los países americanos implicados por amparar el terrorismo.

Había una relación de los que, presuntamente, gozaban de esas vacaciones tan inmerecidas. Cuando Antonio Zarco leyó los nombres de Ander Etxeberri Idriozola, alias Canelo, Mikel Aranzadi Zalbide, alias Fito, y Sabino Zulaika Izko, alias Txoko ni siquiera se entretuvo en el cuarto, Ion Uribe Goicoetxea, alias Yonu, porque se interpuso un escueto "en alguna playa del Caribe". En ese preciso instante, Zarco volvió a ser Elkin. Pidió una copa de coñac y otro café para hacerse él mismo un carajillo bien cargado. Estuvo un rato frente al ordenador. Después se levantó, pagó la cuenta y salió a la calle. El viento seguía siendo helado, pero él ni siquiera se puso la bufanda.


El antepenúltimo acto del cazador también comenzó junto a la vía del ferrocarril. Antonio Zarco se presentó allí antes de las ocho de la mañana. Estuvo yendo y viniendo por el andén con las manos en los bolsillos, hasta que pasó un tren de mercancías. El jefe de estación, tras recoger el banderín, se le acercó.

—El correo va puntual, once minuticos faltan. ¿A Valencia?

—No señor, a Benidorm. Me alcanza para una semana larga de vacaciones, de viernes a domingo.

—¡Vaya!, no te veo yo en las discotecas de Benidorm.

—Pero en un baile del INSERSO quién sabe, jefe. Dicen que hay buen ambiente por allá y a mí me gusta rumbear.

—Y tanto. Se lo pasan de miedo. Mi suegra va todos los años una o dos veces, las que le dejan. Se lo conoce todo, Mallorca, Benicassim, Salou, Fuengirola... Desde que se quitó el luto de viuda no para. Con la excusa del sol...

—Es que aquí hace mucho frío, señor, demasiado.

—¡Vaya Navidad hemos tenido! Así que a Benidorm.... ¡Bien que haces!, no se puede estar tanto tiempo solo allá arriba.

—No, que uno se vuelve raro.

Antonio Zarco pensó que al jefe de estación las despedidas ya no le decían nada. Él sí miró hacia las montañas. Cada paso que estaba dando, le alejaba de Javalambre y en su lugar aparecía el perfil mucho más abrupto de La Cordillera.

Lo primero que hizo al llegar a la Estación del Norte de Valencia fue ir al aseo. Como era viernes, los andenes estaban llenos de pasajeros. Salió de allí con pantalón de pana negra y jersey beige de cuello alto.

Mientras iba en el autobús, miraba el mar sin verlo, miraba los naranjos sin verlos, miraba los campos de arroz y a los campanarios sin verlos. Sólo estaba atento al tráfico. Desde el mismo infierno, cualquiera podía enterarse por la red de que ese día y por idéntica autopista, viajaba también un autobús del INSERSO con pensionistas procedentes de Bermeo, Munguía, Lemóniz, Mauri y Bakio. Y que su destino era el hotel "Las Adelfas" de Benidorm, tres estrellas, un clásico.

Cuando Antonio Zarco llegó a la recepción, el autobús de los vascos ya estaba vacío. Buscó el programa de actividades en el tablón de anuncios. Allí había una lista, "Grupo Bermeo", y dos nombres, con un añadido entre paréntesis al lado de cada uno que decía: Bakio. La caza empezaría a la hora de la cena.

Eran dos mujeres, dos amigas, una viuda, la otra soltera. Elkin hizo un retrato rápido de cada una. La viuda era grande, pelirroja de bote, divertida, vital, la otra irónica, independiente, con pelo corto rubio nórdico de bote también, y escote atrevido. A Elkin le gustó sólo la soltera, pero creyó que era la otra la que ofrecía mayores posibilidades.

—Nos veremos en el baile —les dijo cuando salían del autoservicio. El insecto hoja había cambiado su acento y su manera de expresarse.

Y ellas respondieron que sí, que claro que sí, que no faltaba más, que estarían encantadas y se fueron riendo hacia el ascensor.

Por mucha playa y por mucha excursión que prometiera el INSERSO, Benidorm era la noche en una sala de baile. La primera en aparecer fue Marichu, la soltera. Iba vestida con blusa fucsia adornada por un ribete de pedrería, falda negra de gasa, pendientes gigantescos y tacones de vértigo. Saludó a Zarco con una sonrisa radiante.

—¿Y Patrito?—preguntó él.

—Está hablando por teléfono con sus hijos, enseguida viene —aclaró Marichu.

—Pues la esperamos bailando, ¿no le parece?

Era un verdadero placer para él bailar con una mujer como Marichu. No parecía necesario hablar de otra cosa que no fuera el suave coqueteo de "qué guapa está", o "qué bien baila", o "qué ojos más bonitos tiene". Lo demás era cosa del cuerpo, de la mano en la cintura, del roce mejilla a mejilla. Elkin había sido un buen bailarín, por mucho que Antonio Zarco lo hubiera olvidado. Sintió por primera vez en muchos años el peso de la soledad de la Sierra de Javalambre.

Cuando vieron a Patrito, dejaron la pista y se sentaron con ella en una mesa redonda con sillones de mimbre. Iba vestida de color zanahoria, con chal y todo. Zarco la invitó a bailar, y ella se levantó de un salto sin poder disimular su alegría.

—Así que de Bermeo...

—No, nosotras somos de Bakio.

—¡Bakio! No conocerá usted a un cura llamado don Severo Ojánguren.

—¡Cómo no!

—Un buen amigo de mi hermano, que en paz descanse. También era sacerdote. Don Severo está muy mayor, el pobre.

—¡No vivirá solo! Ya sabe que los curas viejos a veces...

66

–¡Qué va! Está en el asilo de Nuestra Señora de Loreto, a pocos kilómetros de Vitoria. Es un sitio muy bonito.

El insecto hoja que habitaba en la selva siguió camuflado.

–Me alegro. ¿Y qué tal por Bakio?

No hubo necesidad de añadir mucho más. Patrito habló del pueblo, del campeonato de pelota vasca, de varios festivales veraniegos, de las fiestas patronales, del chacolí... Cuando se sentaron en la mesa con Marichu, la conversación se centró en un duelo verbal entre las amigas y en ningún momento salió a colación don Severo. Antonio bailó con una y con otra de forma alternativa, con orden milimétrico. Había más mujeres que hombres en la sala de baile del hotel "Las Adelfas". Nadie le disputó su puesto.


Llegó a la estación de autobuses de Vitoria al filo de la media noche. Seguía lloviendo de forma suave pero persistente. Salió a la calle Los Herrán con la idea fija de que cerca de allí tenía que existir alguna pensión barata. Y así fue, había una a medio camino entre la estación y el polideportivo de Zumárraga: Hostal Marcelina. Y junto al cartel, una estrella solitaria.

Cuando entró en la Residencia Virgen de Loreto, eran las once en punto de la mañana. Iba con todas las de la ley, traje gris incluido. La humedad llenaba la atmósfera y subía hasta chocar con una zona compacta hecha de nubes grises.

–¿Don Severo Ojánguren? –preguntó en recepción.

Los ojos de la religiosa se abrieron detrás de los cristales graduados. El mensaje era claro, y Elkin lo entendió enseguida: el viejo cura recibía muy pocas visitas.

Esperó y esperó sentado en un sofá de escay marrón rodeado de paredes blancas. Por la ventana se veían los arbustos del jardín cubiertos de escarcha.

Elkin pensó que, en aquella residencia para viejos, don Severo se tenía que aburrir muchísimo. Cómodo sí, y bien atendido, y limpio, y con calefacción, pero estaba convencido de que todo eso no sería suficiente para el que necesitaba sobre todas las cosas ser admirado. ¿A quién le iba a contar el cura sus grandezas? ¿A los otros ancianos del centro? El cazador los veía pasar delante de la puerta, en bata y zapatillas de cuadros, sin rumbo, pasillo arriba, pasillo abajo, los días de lluvia no se podía hacer otra cosa. Pensó que la vejez era terrible. ¿A las monjas? Ellas estarían siempre hartas de trabajo. Además lo que tenía que contarles el viejo no eran historias al gusto de paladares tan finos. ¿Los militantes de la nueva ETA? Ni siquiera sabrían ya quién era don Severo. Elkin se mantenía al margen de un conflicto que ni entendía ni le importaba. Lo que él tenía con ETA era algo muy distinto.

Don Severo abrió la puerta con dificultad, y el insecto, que le vio a través de los cristales antes de que entrara, le esperaba vestido de hoja. Por muy viejo que fuera, el cura nunca dejaría de cultivar hasta el mínimo detalle lo que él llamaba "el estilo vasco", el que según don Severo era el producto de todas las tradiciones, de todos los mitos. "No lo llamaba raza, sino etnia", recordó Elkin, "nació ya con todo ese barullo en la cabeza." Andaba apoyado en un bastón de campesino con nudos irregulares para que pareciera recién salido del árbol. Y, cómo no, llevaba la boina poco metida en la cabeza y ligeramente ladeada a la derecha.

El cura metió las manos al bolsillo de su pantalón y sacó las gafas de cerca. Tardó en reaccionar.

—¡Elkin, hombre de Dios!, ¿qué haces aquí? ¡Mecá, vaya sorpresa! ¿Qué cuentas, majo?

El insecto hoja había olvidado ese tipo de abrazos. Don Severo olía a espuma de afeitar y a café con leche. Posiblemente, se dijo, acababa de desayunar.

—Se me ocurrió preguntar por usted en una iglesia, San no sé qué, y enseguida me dieron esta dirección…

—¡Bien hecho!

—Sabía que yo estaba en España, ¿no?

—Eso sí, pero nada más. ¡Mecá! ¿Y qué haces por aquí?

—Vine a visitar a una prima que recién pasó la gripa. Este año viene durísima.

—¿Y tú dónde vives, majo?

—En Madrid. Trabajo en la construcción, como muchos.

—¿A quién se le ocurre?

—Uno simplemente sobrevive. Hay que enfrentar los cambios.

El insecto hoja tenía que ser paciente por necesidad y esperar muy quieto mientras observaba lo que sucedía alrededor. El cura le enseñó la residencia, y salieron al jardín a pesar de que hacía un día muy malo. Don Severo hablaba de los viejos tiempos y de los nuevos. Lo único que le interesaba era su propio conflicto. Hasta dijo que podía comprender el que Elkin hubiera dejado la lucha armada.

—Bah! —repuso sin inmutarse , no digo que lo vuestro no fuera oportuno en su día, pero no se puede comparar. Se quedó mirando al techo y luego reaccionó cambiando de tema.— Albañil…, qué vueltas da la vida.

—Aprovecho el tiempo antes que la vida me dé más duro.

Don Severo tenía que ir al lavabo.

—Son las dichosas pastillas —se quejó.

El tiempo corría y Elkin tuvo que dominar la impaciencia.

—Oiga don Severo —dijo cuando el anciano volvió—, yo tengo el capricho de invitarle a comer, ¿qué le parece?

Al viejo se le llenaron los ojos de luz. Elkin pensó que hacía mucho tiempo que no salía de aquel encierro.

—¡Mecá!, no creas que no me apetece, pero el dichoso régimen…

—No quisiera perjudicarle, pero se puede comer rico y hacer régimen. Yo tampoco estoy para grasas.

Es lo que menos me importa. Tengo el colesterol medio bien, pero el azúcar... Y de las piernas qué te voy a contar.

—También eso tiene apaño, don Severo.

—Voy a avisar, que si no se enfadan.

—Parece que le tratan muy bien...

—¡Hombre, ayudo mucho a las monjas! No sé qué harían sin mí.

Fueron a un restaurante pequeño y oscuro de manteles blancos, con resplandores de vino malva y menú para buenos comedores. Era la una del mediodía y estaba vacío. Eligieron mesa junto a la ventana, uno frente a otro. Elkin se arriesgó enseguida

—Una botella de Rioja.

La camarera llenó los dos vasos. Al cura le gustaba el vino y si entraba o no en el régimen ya poco le importaba.

—Un día es un día —dijo como fórmula de brindis. Zarco sonrió—. ¿Aún tocas la guitarra?

—Aún.

—¡Mecá, qué tiempos!

Primero fue una sopa excelente, sin sal por supuesto, y cuando llegó el pescado ya iban por la segunda botella de vino. Don Severo estaba locuaz:

—Y cuénteme, ¿qué ha sido de los muchachos? Iñaki Yrigoyen, de Ibon Sánchez Mújica, de…

—¡Ay hijo!, de todo hay. Sánchez Mújica abandonó, Yrigoyen está en la cárcel, otros viven en Iparralde, otros en el exilio... Hice lo que pude, pero ya ves. ¿Cuándo fue la última vez que hubo entrenamiento conjunto?

—En el setenta y dos.

—¡Mal año! Veníamos del juicio de Burgos y los ánimos estaban calientes. El cisma entre políticos y militares por poco se carga la VI Asamblea. Recuerdo que un día Pertur me preguntó, "¿qué hacemos don Severo?". Él era un marxista como tú, le interesaba más la lucha de clases que la causa nuestra. Yo nunca he entendido ese lío: o estás con una o con otra. Se lo dije con esas palabras.

Elkin se encogió de hombros como si lo entendiera. La presa acababa de colocar su cuello al alcance del insecto hoja.

—Recuerdo que Etxeberri hablaba de Pertur. Eran amigos, ¿no? Estudiaron juntos o algo así.

—¡Mecá que si eran amigos! Es verdad, ahora recuerdo que tú coincidiste con Canelo una vez. Pero todo se acabó, Pertur está muerto y Canelo en el exilio.

—¿Dónde?

—Bien lejos. En la República Dominicana.

—¡Hombre, qué casualidad! Estuve una vez por allí. ¿En qué parte de la isla?

—A mí nada más me ha llegado lo que te cuento.

El vaso de don Severo volvió a estar lleno. Sin el menor síntoma de emoción, el insecto hoja siguió impasible.

—¿Y Monchu Aratz Mitxelena? Le llamábamos el gordo...

—Sigue en chirona. Le visité hace unos cinco años o seis y ya no era el mismo.

—¿A qué cárcel fue a parar?

—A la de Soto del Real. Con los detenidos del 11—M, ahora aquello es un polvorín.

—¿Y Edurne Jaúregui Zabalza?

—Sigue en pie, ¡mecá, qué dura es!

—Eso sí me lo creo. ¿Y...?

El cazador hizo el recuento que el cura esperaba, nada más. Don Severo Ojánguren tenía la nariz colorada y no se daba cuenta ni de que el restaurante iba llenándose poco a poco, ni de que la segunda botella de vino se agotaba.

# PEDRO DE LA SERNA

El Fokker procedente de Bogotá aterrizó en el aeropuerto de Medellín, en las inmediaciones de Río Negro, algo después de la media noche. Iba con una hora larga de retraso. Los dos únicos pasajeros a los que no les esperaba nadie tomaron un taxi en plena oscuridad, ante la atenta mirada de cinco muchachos uniformados y de sus cinco sub-fusiles UPM45 de fabricación alemana. Pedro salió el último y además iba medio dormido, pero al ver el dispositivo de seguridad se despertó enseguida. Los soldados le parecieron demasiado jóvenes y demasiado frágiles para manejar las metralletas que llevaban. Hizo un cálculo rápido que le llevó a concluir que, con armas la mitad de potentes, se hubieran sentido el doble de cómodos. Era la primera vez que viajaba a Medellín. La leyenda de la ciudad de los sicarios, del cártel de Escobar y de las gordas de Botero le atraía de manera enfermiza; y esa forma tan obvia y contundente que tenían los militares de vigilar el aeropuerto no le defraudó.

El hombre que le esperaba también tenía cara de sueño. Pedro hizo el segundo cálculo rápido de la noche y llegó a la conclusión de que Gerardo René Yagüe Vivas rondaba los cincuenta años. Eso le sorprendió: pensaba encontrar a un hombre mucho más viejo. Era delgado, vertical, e iba peinado con la pulcra raya a la izquierda que, recordó Pedro, solía caracterizar al estudiante modélico de los Jesuitas. Cuando estuvieron frente a frente, Yagüe hizo un simulacro de saludo que incluía una ligera inclinación de cabeza. A Pedro le hubiera podido parecer que tales maneras correspondían a la protohistoria, pero la sonrisa de aquel hombre que le miraba por el balcón de unas gruesas gafas de montura negra era todo menos antigua.

—¿Cómo le fue el viaje?

—Bien, con un poco de retraso, siento que haya tenido que esperar a estas horas. Podía haber cogido un taxi.

—La culpa es de la dichosa tormenta —Pedro miró sus zapatos. Se sintió avergonzado de que estuvieran tan sucios y los de Yagüe tan brillantes.

—Yo ya tenía la preocupación de si se suspendería el vuelo o no. Demos gracias a Dios.

—Menos mal que esos aviones son muy seguros.

—El Señor no nos ha abandonado todavía.

Que una persona con las responsabilidades de Gerardo René Yagüe sacara a relucir tan pronto la dependencia del hombre frente a los designios de la providencia le resultaba algo extraño. Tenía delante a un excelente ingeniero formado en Seattle, a un técnico municipal con poder y visión de futuro, a una especie de dandy de los zapatos y a la vez a un hombre que se sentía al borde de ser dejado de la mano de Dios. Pedro no podía adivinar si lo que subyacía detrás de ese abandono divino era sólo pura formalidad. Había hablado con él tres veces y en todas ellas le pareció que sus palabras escondían un cierto fatalismo, como si al bien hubiera que ponerlo a prueba de tanto en tanto para no equivocarse.

El contrato de Melvin tenía por objeto asesorar a diversos grupos de constructores y especialistas en infraestructuras del área que rodeaba la ciudad, en todo lo que hiciera referencia a los aparatos de mediciones topográficas que comercializaba la firma holandesa. Gerardo René Yagüe, como técnico municipal en el área de urbanismo, había organizado esa especie de gira estelar y Melvin se la había encargado a Pedro de la Serna. No era la primera vez que viajaba con ese mandato casi publicitario. Muchas otras ciudades de América estaban teniendo problemas de superpoblación similares, pero para Melvin y para Pedro la pionera había sido Ciudad de Méjico.

—¿Qué acogida ha tenido su idea entre los empresarios? —preguntó a Yagüe.

—Se dará usted cuenta de que hay ganas de hacer las cosas bien.

Los muchachos-soldados que vigilaban el aeropuerto tenían puesto el dedo en el gatillo y Pedro pensó que no lo soltarían hasta que no vieran desaparecer al último de los coches tras la primera curva de la carretera. El ingeniero Yagüe, como le llamaba su secretaria cuando contestaba al teléfono, había llegado al aeropuerto en un Grand Cherokee verde metalizado. El chofer colocó los equipajes en la parte trasera sin dejar de tatarear el ballenato que sonaba en la radio e incluso, cuando los dos pasajeros se hallaban ya sentados, la música siguió a todo gas. Mantener una charla inteligente le hubiera costado gran esfuerzo con el cansancio que tenía encima.

El Hotel Experiment estaba situado en la zona residencial de El Poblado. Pedro hubiera preferido uno céntrico, pero el señor Gerardo René puso una serie de pegas sutiles y él no quiso forzar la situación. Sabía que en Melvin estaban preocupados por su seguridad y que la dirección de Haarlem había exigido garantías. A excepción del mozo de equipajes que le condujo al interior paraguas en mano, por la calle no se movía ni el viento.

Con el pijama puesto encendió el televisor para enterarse de las noticias locales. Tras un barrido por todos los canales, concluyó que sólo había un tema repetido en todos ellos: la elección de Miss Colombia. El país, casi al borde de la guerra civil, vivía pendiente de un puñado de señoritas en bañador, a quienes presentadoras rubia platino intoxicadas de Botox vapuleaban sin piedad. El concurso era un verdadero culebrón que pudo haber visto todos los días que estuvo en Colombia, aunque no lo hizo. Las bellas desfilaban al son de los acordes de "*Bitter sweet symphony*". A Pedro tal conjunción le pareció casi una metáfora: "*I'm here in my mold, but I'm a million different people*". A salvo de los sub-fusiles UPM45, se durmió con el tranquilizador pensamiento de que la candidata con más posibilidades era la señorita Santander.


Le despertó el desorden horario del jet lag ayudado por la primera luz del amanecer. La habitación le pareció más grande que la noche anterior. Se trataba de una suite pintada de verde jade que incluía dormitorio, baño, sala de estar y una pequeña cocina. Desde la ventana, se veía un sol nada tímido que llegaba por el oriente dispuesto a borrar todo vestigio de lluvia. Recordó que era domingo y que tenía libre hasta las tres de la tarde, hora en que el ingeniero Yagüe iría a recogerle para hacer un recorrido por la ciudad. Se vistió y como le había recomendado su anfitrión, pidió que le subieran el desayuno.

—Permiso.

La doncella llegó con una bandeja que olía a café, en la que no faltaba ni el jugo de mango, ni la macedonia de frutas, ni una tortilla francesa. Iba despacio, ponía cada cosa en su sitio con delicadeza, casi con mimo. Al terminar se quedó quieta. "Lenguaje universal", pensó Pedro mientras le daba las gracias con un dólar en la mano.

Salió a la calle. Se dijo que le convenía comprar algún periódico local para ir conociendo la ciudad. Intento inútil: después de caminar un rato se convenció de que la amplia avenida estaba en Neptuno. Dio media vuelta y al hacerlo se quedó petrificado: tras la verja del edificio residencial que tenía al lado, un cañón de fusil le seguía los pasos. Aquello era diferente a lo sucedido en el aeropuerto: él, y no otros, era el objetivo móvil de aquella cacería. No tenía posibilidad alguna de hacer otra cosa más que seguir adelante con el corazón en batería, hasta que, al rebasar el jardín de la casa contigua, ese Rambo neptuniano dejó paso a otro pertrechado con igual celo. La secuencia se repitió en cada cambio de manzana, y cuando entró en el hotel no pudo evitar un suspiro de esponja abisal.

—¿Puedo colaborarle en algo? —preguntó el recepcionista.

—Sí, aconséjeme —miró el reloj: eran las nueve de la mañana—. ¿Dónde puedo encontrar un periódico?

El taxi le dejó frente al Centro Comercial Sandiego. Pedro compró por fin *El Colombiano* y estuvo leyéndolo un rato junto a una taza de café. El bar se hallaba lleno de familias enloquecidas por la publicidad, nada extraordinario, pero las noticias económicas hablaban de una inflación disparatada, de las tasas a los combustibles, de la llamada "canasta pública de servicios básicos" que, por lo que dedujo Pedro, estaba famélica, y por supuesto de las FARC.

Después dio una vuelta por los comercios, entró en la joyería Cano por recomendación de Lola. Había mucha gente. Le gustaron en especial unos pendientes con la forma de sol inca en espiral para su madre, pero uno de ellos tenía el cierre estropeado.

—Estará listo mañana a las cinco de la tarde —dijo la dependienta.

—A esa hora no puedo venir, tengo faena —contestó él.

En la joyería se hizo un silencio respetuoso, expectante, que sólo fue capaz de romper la dueña del comercio.

—¿Es usted torero?

Tras deshacer el malentendido, salió de allí con el respeto del respetable bastante menguado.

Tenía en mente buscar un taxi de vuelta al hotel cuando vio uno de esos autobuses imposibles que recorrían la ciudad con alegría. Cambió de planes. Estaba de muy buen humor y además se sentía torero; no pudo resistir la tentación de meterse dentro.

La ensalada de colores de la carrocería se tornaba puro surrealismo en el entorno del conductor, un tipo vestido de amarillo y violeta que apoyaba sus bien servidas posaderas en un cojín de ganchillo rosa capote con forma de corazón. Había distribuido por todo el cuadro de mandos del vehículo una cantidad indeterminada, pero no escasa, de vírgenes, santos y señoritas en bikini recortadas del Play Boy. La música tronaba y el tipo se removía sobre el corazón sin importarle demasiado ni el volante ni los pasajeros que subían y bajaban en cada parada. De ese control prosaico se ocupaba otro individuo mucho más gordo vestido con el mismo uniforme, que además ponía una voz añadida a la música estridente del CD. Pedro miraba todo aquel paisaje humano con regocijo. No podía comprender cómo cabían en el mismo país tantas metralletas y tanto jolgorio.

Por un momento, pensó que estaba en el Irán de Jomeini y que aquel autobús de colorines era sólo para mujeres. Alrededor se escuchaban las voces de ellas.

—Mamita, ¿hasta dónde vinieron esos pendejos?

—No sé, dígaselo a su hermano.

—Trajeron plata, mija, para que vea.

—¿Cómo así, mi amor?

Le resultaba entretenido. En una de las paradas, el gordito número dos abrió la puerta para que entrara una pasajera muy distinta. La rubia espectacular tendría unos dieciocho años. Iba vestida con zapatos de tacón altísimo y un vestidito al que, según el tercer cálculo colombiano de Pedro de la Serna, le faltaban dos tallas como mínimo. Las conversaciones de las mujeres cambiaron de temática.

—A esa vieja yo ya la tengo vista por Envigado en un carrazo.

—Es la amiga del Moro Santos.

—Bien operadita se la ve. Esa conoce bien la toxina botulínica.

—¡¿Quéee?!

El cobrador se acercó a las habladoras con cara de Bulldog.

76

—Se me callan, que esto no es una peluquería.

Pedro vio el rótulo del Hotel Experiment por la ventanilla y se dijo que le apetecía continuar el viaje hasta el final. Se fijó en que la chica rubia parecía fatigaba, en que a pesar del maquillaje tenía la piel de un pálido color canela, en que le lloraban los ojos y en que se tocaba demasiado la nariz. Ella se bajó frente a unos apartamentos nuevos de alto nivel. Pedro pensó que esa belleza de futuro marcado era una parte de Medellín que aún no conocía.

Volvió al hotel en un taxi y esperó la llegada del ingeniero Yagüe limpiándose los zapatos y tratando de juntar los trozos de ciudad que había visto. Cuando llegó, se fueron caminando cuesta abajo hasta otra calle tan ancha como la de El Poblado.

—Avenida de Las Vegas —informó Yagüe.

Allí se dirigieron a una estación del metro. Recorrieron la línea central que discurría en paralelo al río Medellín. Pedro empezó a entender al ingeniero. Acostumbrado al metro de Madrid, aquello era un templo de respeto, de limpieza y de buenos modos.

—Estoy impresionado.

—Es como si al entrar aquí a uno le entrara la civilización por las venas —comentó Yagüe haciendo que sus dedos empujaran el émbolo de una supuesta jeringuilla. El gesto le recordó a la chica que vendía sus dones en Envigado—. El Señor nos está diciendo cuál es el camino.

Al llegar a la estación de Acebedo se bajaron para tomar la línea K. El Metrocable subía, cabina a cabina, a las llamadas comunas nororientales suspendido en una maraña de cables altísimos. Los viajes de Pedro como empleado de Melvin no salían nunca del trozo del primer mundo que había en cualquier sitio. Aquello era una excepción para él. A sus pies, un amasijo de viviendas míseras cubría por completo la ladera de la montaña. La conjunción del poderío técnico con la arquitectura vanguardista hacía mucho más doloroso el contraste entre el teleférico y lo que había abajo. Vio desde las alturas una pobreza honda y a la vez extensa. Miraba alrededor y se resistía a situar a las personas que estaban a su lado en un lugar tan indigno. Imaginó que la chica rubia del autobús-colorín salía de una de esos habitáculos de cartón y hojalata y caminaba sobre sus zapatos de tacón altísimo por calles llenas de basura; que subía al Metrocable y que de pronto su vida cambiaba de golpe. Pero al final del trayecto, en Envigado, volvía a meterse otra vez en el mismo túnel engañada por el espejismo de un coche rojo, varias rayas de coca y unos cuantos dólares.

—Para salir de aquí uno haría de todo.

—Usted piensa que Dios se ha olvidado de los de ahí abajo, ¿cierto?

—Más o menos —Pedro se puso en guardia ante esa nueva alusión a lo divino.

—Yo no lo veo así. No me mire tan feo, lo que quiero decir es que Él quiere que todos ayudemos a resolver esta vaina.

Cuando dejaron el Metrocable, fueron caminando hacia el centro. Caía una lluvia suave que apenas molestaba a nadie. Las calles se sucedían a los ojos de Pedro cada vez con más luces. Yagüe eligió la carrera 49 para cenar. El restaurante estaba situado en una terraza con jardín situado en un primer piso, el último del edificio. Desde allí, se veía de cerca el ajetreo nocturno de la ciudad. Gentes afortunadas entraban y salían de los comercios y librerías y luego se perdían entre los numerosos transeúntes.

—Esto es el paraíso.

Una pareja de gemelos cantaba entre los comensales. Los camareros servían sin cesar bandejas paisa. Por debajo de la mesa Pedro descubrió uno de los secretos de su compañero: don Gerardo René tenía un movimiento reflejo obsesivo que consistía en frotar con frenesí el zapato izquierdo en la pantorrilla derecha y viceversa.

Por el extremo norte apareció un grupo de niños de la calle.

—¿Qué llevan? —Pedro se refería a unas bolsas negras hinchadas como globos que les tapaba la boca y la nariz.

—Es sacol, una especie de pegamento que usan los zapateros. Los chamos se pasan el día esnifando en el Parque Bolívar junto a la estatua ecuestre del libertador, imagínese qué ironía.

"*You know the one that takes you the places where all the veins meet*". Esa fue la frase de "*Bitter sweet symphony*" que Pedro repitió en el pensamiento.

De vuelta al hotel, buscó la ubicación de la carrera 49 en el mapa. Sólo entonces se enteró de que esa vía céntrica tenía otro nombre mucho más popular: calle Junín.

Pasó tres días de total agobio yendo de unos empresarios a otros, pero el mayor de sus logros lo consiguió en el edificio ultramoderno de la nueva sede de las Empresas Públicas. Sin que nadie más se diera cuenta, las palabras de Yagüe fueron derivando hacia una especie de fórmula académica por la que salió de allí investido como Doctor de la Serna. Y en el otro platillo de la balanza, la situación más traumática por la que pasó durante las largas sesiones de trabajo tuvo lugar en la entrada al Banco Nacional. El amplio pasillo de la entidad financiera estaba flanqueado por dos filas de hombres con traje de camuflaje y armamento pesado de fabricación americana.

—¡Qué manía tienen en este país con las armas! —comentó a Yagüe que era quien caminaba a su lado.

La mirada severa del ingeniero le devolvió a una realidad que no podía desprenderse ni de sus mitos toreros ni de sus males ni de sus miedos.

Cuando el trabajo acabó, Pedro sólo tenía ganas de estar solo.

—Nos veremos en el Parque Berrio —dijo Yagüe respetuoso.

Los empresarios habían preparado una cena en su honor. La precaución del ingeniero hizo que tuviera que conocer el centro de la ciudad con una especie de guardaespaldas redondo y chistoso llamado Carlos Mario.

Al salir del Museo de Antioquia, sin darse cuenta, el guía se fue metiendo por una serie de calles estrechas hasta que llegó a una muy especial. En ambas aceras tenían sus humildes oficinas los *escribidores* que aún sobrevivían en la ciudad: mesa, silla y máquina de escribir. Se fijó en uno de ellos. Tendría casi ochenta años, pero su aspecto ascético y una fortaleza a prueba de seísmos parecían envolverle de arriba abajo mientras aporreaba las techas de una vieja Olivetti.

—Es Jairo Ortega, un exguerrillero del M19 —informó Carlos Mario en voz baja.

—¿Qué escribe usted? —preguntó al hombre—. ¿Cartas de amor?

—Ya no, señor —el hombre tenía una chispa azulenca en los ojos que le hacía parecer aún menos viejo—. Hoy día, ¿quién no tiene un celular pa decir cosas bonitas? Ahorita yo sólo relleno impresos, documentos oficiales y todas esas vainas.

Pedro escuchó otra vez la palabra "vaina" y sonrió. Los clientes de Jairo Ortega, pensó con nostalgia, ya no pedían cartas de amor:

79

dedicaban su tiempo en exclusiva a rellenar los formularios que sostenían la omnívora burocracia colombiana. Se quedó mirando al ex subversivo. Sin demasiada lógica y por vez primera en todo el viaje, pensó en ETA, en Etxeberri, en Yonu y en la personalidad escondida de Juan David Silva Arango.

A los pocos metros la ciudad volvía a cambiar de tono. Pasear por el centro de Medellín era un festival de eurovisión con toque tropical. En los puestos callejeros había mangos, aguacates, sandías, pitahayas, plátanos de todo tamaño y una enorme variedad de frutos cuyo nombre preguntaba a Carlos Mario y olvidaba sin remedio segundos después.

—No me cabe en la cabeza cómo hay tanta miseria por allá arriba —dijo mirando hacia la colina en cuya ladera se asentaban las comunas nororientales.

—No se olvide su merced de la guerrilla y del narcotráfico…

Por asociación de ideas, Pedro estuvo a punto de flagelarse de nuevo con ETA. Pero la ciudad dio la vuelta a esos pensamientos negativos a base de música callejera. Carlos Mario parecía encontrarse en su ecosistema. Identificaba sin dudar las vueltas antioqueñas que se escuchaban entre los puestos de frutas y verduras, las sabaneras, las redovas… Y se asombró al descubrir el ritmo de una rumba de los pies de un vendedor y el giro de cadera en los pantalones vaqueros de un ama de casa risueña.

Sentados los dos en un banco del Parque Berrio, con las gordas de Botero delante, Pedro fue conociendo los excesos de una ciudad de excesos a través de la fruta, de la música, de la escultura y del verbo imparable de Carlos Mario.


Les recogió el Cherokee poco antes de las siete de la tarde. El restaurante estaba situado en la parte alta de la ciudad y la vista era espléndida. Yagüe explicó a Pedro la estructura del Valle de Aburrá, donde se asentaba la ciudad siguiendo el curso del río Medellín. En el interior, esperaban los empresarios vestidos de empresarios y sus esposas vestidas de esposas de empresarios; la del ingeniero Yagüe no se encontraba entre ellas.

Pedro estaba aturdido. Pasó toda la cena tratando de contestar a unos y a otros de forma profesional. Por medio estaba siempre la incertidumbre política del país. Le pareció que los empresarios tenían la esperanza de poder pasar por encima de ella. Ninguno le supo responder de forma convincente cuando preguntó si, en esos momentos, la pobreza era causa o efecto de la violencia.

Cuando terminó la cena, sonó la música y la secretaria de Yagüe le invitó a rumbear, palabra textual de ella que hizo sonreír a Pedro. La perspectiva de relajarse, al menos por un rato, le puso muy contento. La chica tenía el pelo lacio con raya en medio e iba vestida con un traje pantalón beige muy correcto. Pero por debajo de la chaqueta, se veía un top extraordinariamente incorrecto. Se sintió vigilado por una docena larga de pares de ojos. Por la forma de acercarse y de decirle "doctor", no le cupo ninguna duda de que la secretaria quería guerra y que, al mismo tiempo, era consciente de que ambos tenían que guardar las apariencias.

—¿Cómo te llamas? —preguntó a la chica por cortesía, pero mirándola a los ojos.

Había hablado varias veces con ella sin traspasar nunca ese escalón. Y notó con cierta sorpresa que estaba intentando acercarse al estilo inimitable de Demetrio Bravo.

—Catherine Disneyworld, doctor.

Se quedó erguido cual palmera ilicitana y tras mantener la parálisis un segundo, supo que era verdad. No pudo evitar un movimiento vibratorio compulsivo a la altura de las piernas que le hizo perder el compás.

De vuelta a su asiento, oyó el clásico tintineo de vasos anunciando algún discurso. Cuando hubo silencio, se levantó un tipo fuerte que llevaba traje azul marino y corbata color yema de huevo.

—Doctor De la Serna, tenemos un regalico para usted —Pedro se dijo que la voz le salía modulada al gusto de sus propios oídos.

Se trataba de una caja de cartón bastante mal envuelta en papel rojo satinado. Pedro lo abrió con una sonrisa encantadora que duró justo hasta ver lo que había adentro.

—¡Hostia!

Eran dos orejas y un rabo recién cortados a algún pobre toro.

—No se asuste. Son los premios para el torero.

El ingeniero se había ido de la lengua, pensó mirando a Yagüe de reojo.

—Aquí no hay respeto ni para la muerte —oyó que decían por la izquierda.

Salió del restaurante con los trofeos taurinos a cuestas. Se despidió de Yagüe a la salida del restaurante haciéndose el sueco para que no se le escapara Catherine Disneyworld. Al comprobar que la secretaria no tenía ninguna intención de hacerlo, se puso muy contento.

Tomaron juntos un taxi. Antes de entrar en el hotel, Pedro buscó un contenedor de basura para tirar allí la caja sanguinolenta, pero no vio ninguno. Soportó a duras penas la mirada gozosa del portero de noche mientras esperaban el ascensor. Por fortuna Catherine podía pasar sin los preámbulos amorosos. Al cerrar la puerta de la habitación ya se había quitado de encima la mitad de la ropa. A él le hubiera gustado más que cada uno desvistiera al otro, pero por lo visto había prisa. Él la siguió después de dejar en la nevera la caja con las amputaciones del toro.

La secretaria de Yagüe tenía pechos enhiestos de silicona y lo que no esperaba, un culo inmenso de Botero, plegado sobre sí mismo y a la vez terso como un globo aerostático. La oyó jadear mientras se echaban ambos sobre la colcha. Ni siquiera necesitaba, le dijo al oído, la protección del preservativo, pero él se lo puso por si acaso. Cuando tuvo el pene dentro, se apoderó de ella una especie de hipo compulsivo que mecía la cama de izquierda a derecha con cada "doctor". A Pedro todo aquel traqueteo le resultaba muy estimulante y la libertad de movimientos de su, no obstante, bien adosada pareja más todavía. Tuvo que hacer verdaderos esfuerzos para que aquello durara algo más que un suspiro. Aun así, media hora después Catherine Disneyworld ya estaba en la ducha. La luz del cuarto de baño salía por la rendija como una parte más del sopor. La vio vestirse a toda prisa y luego sentarse a su lado.

—Lo siento mucho doctor, pero cuando salgo de noche mi mamá me espera despierta.

Pedro simuló estar apenado.

—Aún no son ni las doce…

La secretaria eficiente buscó su cuadernillo de notas en el bolso y arrancó una hoja.

—Aquí tiene, dirección y e-mail privado. ¡Qué lástima que tenga que irse tan pronto para España, doctor!

—Sí, qué lástima.

Pedro lo decía de verdad. Una semana entera de doctorado nocturno con Catherine Disneyworld podría haber sido la bomba.

Cuando se quedó solo volvió a acordarse de la nevera. No estaba tranquilo pensando en el susto que podría llevarse la doncella. Sin poderlo evitar, una cadena de asociaciones de ideas le llevó hasta la matanza de Torre Maldonado. Bajó a recepción con las partes nobles del toro en la mano.

—¿Dónde puedo tirar "esto"? —preguntó al portero de noche después de explicar lo que pasaba. El tipo le había hecho un guiño muy significativo con su ojo izquierdo.

—Déjemelo a mí, señor. Para los frijoles.

Se quedó mirando al conserje, un hombre joven con pelo de cuervo. El fantasma de Catherine Disneyworld vagaba aún por su cabeza. Respondió dejando en el aire un interrogante implícito.

—Muchas gracias…

—Píodoce, señor, a su servicio.

Pedro puso cara de asentimiento discreto y se fue a su habitación.

Ya no tenía sueño. Sobre la mesilla de noche había una radio despertador. En la sintonía de Caracol Radio, sonaba la música introductoria de un programa. Cuando se hizo el silencio, escuchó la voz del locutor:

*"Muy buenos días. Aquí iniciamos esta cita con todos los secuestrados en Colombia. A quienes están en el terrible papel de secuestradores les pido que nos permitan las radios, para que los mensajes lleguen a los secuestrados".*

Quien habló primero fue una señora llamada Celia Patricia Irigoyen. Se dirigía a su marido retenido por las FARC en algún lugar de la selva desde hacía siete años. Le contaba que su nieta María Julia estaba muy linda, y que tenía que resistir aunque sólo fuera para conocerla. Le decía que le amaba y que toda la familia pensaba en él todos los días y que tenía que conservar la esperanza y que seguían luchando. Pedro escuchó atónito todos los mensajes de la noche. Pensó que disponía del día siguiente entero para dormir. Cuando terminó la emisión, sin ser consciente de ello, se puso a tatarear, *"I can't change my mold, no, no, no no, I can't change"*. Tenía

83

delante otra vez las contradicciones de una *"Bitter sweet symphony"* colombiana.

Le despertó el timbre del teléfono.

—Buenos días, le habla Gerardo René. Mi esposa dice que usted no ha tenido la oportunidad de visitar el campo colombiano y que a lo mejor le gustaría venir con nosotros a Siete Vientos.

Pedro contestó que sí medio dormido.

María Eugenia, la esposa del ingeniero, era una mujer muy guapa. Yagüe dijo al presentarla que tenía veinte años menos que él. Sus labios le parecieron a Pedro los más sensuales que había visto en su vida, y a pesar de ellos, se dijo, la mujer del ingeniero dejaba tras de sí una sensación duradera de paz. Iba vestida con falda de vuelo de color azulete, camiseta blanca y zapatos planos. Llevaba el pelo recogido de manera informal con un pasador de madera clara. Durante el viaje hacia el valle, Pedro se enteró que era aficionada a la pintura y que trabajaba en una oficina de urbanismo. Y de que con casi total seguridad, ni el ingeniero ni su esposa sospechaban de la doble vida que llevaba Catherine Disneyworld. Se sintió mucho más seguro.

Los campos que se veían desde el inevitable Cherokee, esta vez conducido por el ingeniero, eran los mejores para el ganado que Pedro podía imaginar. Iban por una carretera estrecha pero bien cuidada a la que habían accedido atravesando el municipio de Itagüí en constante subida. De vez en cuando se veían a ambos lados algunas fincas por las que aún se podía seguir el rastro de sus dueños.

—Aquella es de los Ochoa —dijo María Eugenia.

Estaban cada vez más cerca de los montes. El campo seguía verde, frondoso. Como cada día había amanecido con sol, pero las nubes iban cubriendo el cielo poco a poco. Yagüe y su esposa informaban de manera puntual y precisa de los elementos que seguían apareciendo en el paisaje. A Pedro le pareció que evitaban darle un exceso de datos que no podría retener. Durante los intervalos de silencio, tenía que hacer verdaderos esfuerzos para que no se le cerraran los ojos.

El Cherokee siguió avanzando por aquella carretera verde constantemente amenazada por las nubes. Cuando llevaban un par de horas de viaje, llegaron a un cruce. A mano derecha salían dos caminos separados por una cadena de setos espinosos que luego se iban abriendo hasta los confines de las montañas. En uno de ellos había un cartel que decía, "El Carmen" y en el otro "Hacienda Montoya". Y al fondo a la izquierda, asomaba el campanario de la iglesia de Siete Vientos.

—¡Cómo me acuerdo de El Carmen! —Yagüe suspiró—. Una finca lindísima con caballos, gallinas, chanchos, borregos cimarrones, verracos, perros uruguayos, pavos, de todo. Conocí al doctor Jorge Iván de soltero; me refiero al dueño. ¡Qué lástima! Lo mataron a finales de los años setenta.

—¿Quiénes?

—Buena pregunta, sólo Dios lo sabe. Unos dicen que la guerrilla, otros que los paramilitares de Escohotado... Hubo recompensas por matar y por callar. Millones de pesos.

Pedro se abstuvo de hacer preguntas. Yagüe seguía ordenando el estante de sus recuerdos.

—Fue una época muy difícil —continuó la mujer del ingeniero—. Lo mataban a uno y listo. La guerrilla tenía un campamento a dos pasos no más, en La Cordillera, ¿ve esos montes? —Pedro asintió.

—Allí estaba el cuartel de los insurgentes que operaban por acá —Yagüe hizo el matiz señalando con el dedo.

—¿A qué facción de la guerrilla pertenecían? —preguntó Pedro. Se había despejado de repente.

—Al M19 —contestó María Eugenia.

—Eso fue ya al final —matizó Yagüe—. Antes se hacían llamar "Movimiento Revolucionario Jorge Eliézer Gaitán".

—Me suena vagamente ese nombre. ¿Han desaparecido?

—Más o menos —el ingeniero, por cuestión de edad, podía retroceder en el tiempo con mayor cúmulo de conocimientos—. Unos dejaron la lucha armada con el M 19 y otros acabaron en el velatorio. Las buenas noticias se acabaron con el asesinato de Pizarro. Una oportunidad perdida.

—¡Cuántas veces he oído esa frase!

La reflexión de Pedro sólo tenía la pretensión de ser un lamento, pero Yagüe le dio la vuelta.

—Ahora se habla mucho de Israel, pero en los años setenta se entrenaban allí los grupos terroristas más potentes de la época.

—¿Por ejemplo?

—El IRA, ETA…

—¡ETA! —repitió Pedro empujado por una subida en pico de su *obsesionina*— Nunca me lo hubiera imaginado.

—Eso fue hace tiempo, cuando los guerrilleros se decían seguidores del Che. Ahorita no hay más que pelaos analfabetos, casi todos campesinos, que sólo están en la guerrilla por la plata, por la coca y porque no se ubican en ninguna otra parte. Por eso se ve tan difícil negociar con ellos.

Pedro se preguntó si hablaba de las FARC y del FLN o de ETA. Las diferencias le parecieron mucho más superficiales de lo que parecía. La hambruna de ideas que la prensa atribuía a los cachorros de ETA le resultaba comparable a la de los jóvenes campesinos colombianos captados por la guerrilla.

—Gracias al Señor hoy día está todo muy tranquilo por acá —Pedro se dio cuenta de que el ingeniero había cambiado el tomo melancólico de su voz por otro luminiscente—. Yo nací en Siete Vientos, ¿sabe usted?

Siete Vientos era un pueblo de una sola calle con cuestas endemoniadas…, donde vivía una comunidad evangelista en la que el ingeniero Yagüe se llamaba sólo el "hermano Gerardo" y su esposa "la hermana Eugenia". El resto de los "hermanos" estaba compuesto por lo que Pedro llamó "una colección de intelectuales santos pero inútiles". El pobre "hermano Gerardo" de zapatos impolutos se pasó el día arreglando grifos y cisternas, poniendo tejas y colocando enchufes.

Pedro dio un paseo largo por las afueras del pueblo carretera abajo y cuando llegó a la verja de El Carmen, se quedó allí mirando La Cordillera. Ya de vuelta, desde su cuarto situado en la primera planta de la casita que con tanto esfuerzo iba construyendo el ingeniero evangélico, la noche también era una sinfonía dulce y amarga. Había luna nueva, nada más.

Dos días después de volver de Colombia, Pedro estaba en la cocina haciéndose una tortilla francesa cuando sonó el teléfono.

—Ya lo tengo —escuchó sin más.

Era Goyito. Supo enseguida de qué se trataba.

—Espera, voy a por papel y lápiz —Pedro tenía un pequeño *kit* para tomar notas sujeto a la nevera con un imán—. Cuando quieras.

—No te precipites, tío. ¿Cómo piensas pagarme?

—Te invito a cenar. Tengo ensalada y tortilla francesa.

—Así no vamos por buen camino.

—Y una botella de ron antioqueño.

—Bastante mejor, pero no es suficiente, ni siquiera con un cambio de menú.

—Pues pide otro extra.

—El póster de Cindy Crawford.

Pedro sabía de sobra que esa imagen en blanco y negro era la envidia de todos los amigos.

—Te haré una copia.

—Vale, y la cena la dejamos para el sábado. ¿Cómo te ha ido por Medellín?

—¡Uyyy!, ya os contaré, que hay mucho. Tengo un cacao mental importante.

—¡No jodas!

—Pero ahora a lo nuestro.

—Apunta. La esquela del tal Juan David Silva Arango se publicó el día 10 de noviembre del 93. Es muy simple, sólo dice: "Tus compañeros del Instituto Clara Campoamor de Brito no te olvidan". Y la factura está a nombre de una tal Paloma Iriarte Casalarreina.

# EL CAZADOR

Llegó a Lendiaurri a media tarde con chándal, zapatos de monte y una mochila. Como buen cazador, Elkin empezó a seguir el rastro de la presa con mucho cuidado, sabiendo que en la selva se podían invertir los papeles en cualquier momento. El autobús le dejó a diez kilómetros del pueblo, junto a un polígono industrial. Allí se había rescatado del olvido una tradición metalúrgica vasca dos veces centenaria y otra más reciente, donde cabían muebles de cocina, material de construcción y carpintería metálica. El insecto se vistió de hoja para mirar sin ser visto y esperó escondido en una vieja plomería abandonada. Sacó el calendario que llevaba en la cartera: 15 de abril del 94. Pasó un par de horas observando el escaso ir y venir de los operarios. Descubrió que cada cual parecía ir a lo suyo, que los saludos eran escasos y que cuando dos se cruzaban, al menos uno bajaba la cabeza. Y sobre todo que unos andaban erguidos, con confianza, mientras otros miraban a derecha e izquierda antes de llegar a cualquier esquina.

Era viernes y tenía todo el fin de semana por delante. El viaje a Lendiaurri había comenzado a las ocho de la mañana, su hora de salida habitual de las obras del nuevo ayuntamiento de Brito de la Sierra. Trabajaba de vigilante nocturno para la misma empresa de construcción que, pocos años antes, había reconvertido el cuartel del Regimiento de Artillería de Campaña n° 13 en la Universidad Carlos III. En Madrid empezaba a hacer buen tiempo, pero sobre los plásticos que cubrían el material más delicado había visto restos de lluvia. En el polígono industrial de Lendiaurri las señales del mal tiempo eran mucho más recientes.

Se preguntó varias veces qué hacía allí, sentado en el suelo con la espalda apoyada en un edificio en ruinas. La respuesta podía tener muchos matices. Un ruido próximo de pisadas le puso en estado de alerta. El viandante pasó de largo y siguió caminando junto a la pared de la fábrica abandonada hasta desaparecer. Antonio Zarco cogió un guijarro de yeso que había en el suelo de la antigua plomería y lo desintegró con sus dedos. Él no confiaba ni en la ley ni en la justicia ni en la capacidad del sistema para corregir los errores; sólo creía en sí mismo, no en el que era en esos momentos, sino en el que había sido.

Zarco acudió a Lendiaurri con el aliciente de saber más de su enemigo. Durante el trayecto había estado entretenido leyendo el extraño testimonio de un ex etarra. *"Decía Sartre que estábamos condenados a ser libres. Yo tenía que optar entre ETA o estudiar una carrera. Militar en ETA constituía un cursillo acelerado sobre la vida y sobre la muerte. El verbo que utilizábamos era morirse, en sentido activo, no el pasivo morir. El etarra no moría, se moría por propia voluntad al servicio de la causa. Por el contrario, la necesidad de matar venía de fuera. La idea estaba en el pensamiento de Sabino Arana y su concepto de Euskadi ocupada. En mi pueblo, ETA se parecía mucho a Robin Hood..."* El misterio de esas palabras y de otras apenas había empezado desvelarse.

Su objetivo en ese viaje era ambiguo, pero se dijo que aquel pueblo de saludos esquivos podría ser un punto de arranque. Pensó en su rival y en él mismo. Una suerte de casualidades combinadas les había llevado al conflicto que sólo se podía resolver a favor de uno y con la muerte del otro. Ese era el fin último de aquella visita a Lindaurri, el único que estaba claro para Antonio en esos momentos. El gallo de pelea tenía que levantar la cabeza poco a poco, la pasividad y sobre todo el complejo de culpa le estaban matando. Él o su rival, concluyó, no cabían los dos juntos en el mismo rodete. Echó de menos su antiguo cinturón de pólvora, el carácter expeditivo con que repartía muerte, su viejo código de barras. Si existía una sola oportunidad, combatirían hasta que sólo uno venciera. Era su forma de morir en sentido activo por la única causa que permanecía en pie en el ideario del viejo guerrillero.

El polígono industrial se vació al caer la noche. Por precaución, Zarco continuó escondido hasta que dieron las dos de la madrugada. Entonces, con el paso elástico de otros tiempos, entró en el pueblo.


Los caseríos de cuento de hadas que había a las afueras le hicieron pensar que Lendiaurri era muy diferente a lo que Canelo y el cura de Bakio les habían contado en La Cordillera; pero a medida que iba metiéndose dentro, surgía el otro lugar, el de las calles viejas, el de las casonas de piedra y madera, el de las paredes pintadas con "Gora ETA" y grafitis del hacha y la serpiente, el de la de la plaza porticada, el de la librería clausurada por un amenazante, "Vamos a por vosotros, cabrones cipayos". Y finalmente, encontró las fotos de los héroes oficiales del pueblo cuando eran jóvenes, Ander Etxeberri Idriozola, alias "Canelo", Mikel Aranzadi Zalbide, alias "Fito", y Sabino Zulaika Izko, alias "Txoko", que se mostraban a los ciudadanos bien iluminadas en el balcón del ayuntamiento bajo una leyenda incomprensible para él: "*Gogoan Zaitugu*".

Pero no era eso lo que le tenía desconcertado. Aquello nada se parecía a los pueblos míseros de La Cordillera ni tampoco a las calles de Belfast de *En el nombre del padre*. En Lendiaurri se notaba un bienestar que no había en sus recuerdos de Colombia. Tampoco encontró allí barrera divisoria alguna entre los dos bandos, tal y como había visto en la película irlandesa. Todo parecía agradable pero confuso, o confuso y sin embargo agradable. Sus pasos apenas sonaban sobre unos adoquines atados por tensores prestos a ser lanzados en cualquier trifulca. Bajo los focos del alumbrado, volaban mariposas gamma recién llegadas. Pensó que ninguna lectura podía explicar de dónde nacía el desvarío de esos insectos que se creían cigüeñas.

Al oír un leve ruido de pasos, se escondió. Dos hombres revisaban los bajos de un coche aparcado frente a una librería.

—Parece que no hay nada —dijo uno con apenas un susurro.

Casi a la vez, escuchó otro par de sonidos aún más minúsculos. El primero era una puerta que se cerraba con demasiado sigilo, el segundo el chirrido leve de una contraventana. Después se oyó el misterioso canto de un búho. Y luego otra vez la nada.

Recorrió todos los rincones de Lendiaurri notando en cada momento los síntomas apenas audibles del recelo. Ningún libro de los que había leído era capaz de describir el hermetismo de ETA, el propio y el impuesto, como ese pueblo de miedo y de silencios. Se dijo que había poco más que hacer en aquella ronda nocturna, excepto llenar la botella de agua en una fuente; y menos cuando empezara a clarear.

El monte era negro, casi tanto como el de La Cordillera e igual de húmedo. En la zona baja próxima al pueblo predominaban las encinas y los eucaliptos, pero a medida que iba subiendo, empezaron a aparecer pinos altos y hayedos umbríos. Los cinco meses que llevaba en el fango hacían que su corazón marchara mucho más acelerado que sus pies y que, de vez en cuando, a medida que la cuesta se empinaba, le faltara la respiración. Eso era algo que ningún cazador podía permitirse y Elkin lo sabía.

Poco a poco, el cielo se iba tiñendo de gris metalizado. A la par que se abría la luz, comenzó a caer por todo el bosque un calabobos pertinaz que se colaba entre las ramas de los árboles. Las nubes del norte chocaban contra la barrera de los montes y se quedaban allí para siempre. Elkin levantó la cara. Se dijo que, cuando terminara la cuesta y la pendiente se hiciera de bajada, haría un alto en el camino a ninguna parte para descansar. Estaba ebrio de sueño.


Le despertó el ruido de un conejo a la fuga. El cielo seguía de color mercurio pero al menos el sirimiri había cesado. Comió pan con aceitunas negras y queso que llevaba en la mochila y después dejó aquel lugar frondoso para enfilar la cuesta que descendía hacia el valle. Poco a poco, fueron desapareciendo las hayas. En su lugar crecían robles viejos y se abrían praderas de horizontes curvos que hacían crujir hojas bajo sus pies. En el valle había un silencio mágico de ramas. Le hizo pensar en los aquelarres, brujas, duendes, y sortilegios que había leído en un libro de mitología vasca. Antonio Zarco estaba seducido por aquel entorno traslúcido, que sólo estaba quieto para los sentidos externos.

Anduvo buscando señales de ganado en un roquedal hasta que vio el caserío. Se trataba de un edificio rectangular de dos plantas orientado al este, en el que esquinas, puertas y ventanas estaban aparejadas con grandes sillares. La pared de la planta inferior había sido encalada, pero la del piso superior sostenía un entramado de maderas a la vista colocadas a veces en posición vertical, otras en horizontal y algunas oblicuas. El tejado de dos aguas tenía un gran alero y poca pendiente; Elkin pensó que allí no debía de nevar tanto como parecía. Por encima despuntaba una chimenea, de la que salía humo del mismo color que el cielo. Y desde la pradera que servía de preámbulo a la casa, un hombre con boina y mono azul le observaba. Elkin miró alrededor. Ninguna otra parte del valle parecía habitada.

El instinto le hizo reconocer en esa figura solitaria ciertos rasgos de cazador. Su forma de esperar a la posible presa era la de alguien desconfiado, nunca temeroso, que intentaba abarcar todo el flanco del entorno, y en última instancia, dispuesto al ataque. Elkin continuó bajando sin inmutarse, atento a cualquier cambio. Se dijo que el factor sorpresa estaba de su parte y que el otro se sentía seguro en su feudo; esa era una posición óptima para él.

El hombre estaba sentado en un taburete de ordeño junto a una cruz funeraria de piedra arenisca. Tenía ojos de perdiz, bigote almidonado y nariz poderosa. Su economía de gestos se veía compensada por un físico imponente. Elkin tenía que buscar una estrategia basada en esas primeras impresiones y en su instinto. Colocó el valor de la inmovilidad en primer plano, la fidelidad a sí mismo en el segundo y en el tercero la fuerza de las convicciones de quien visita cada día una tumba.

A golpe de cincel, alguien había escrito *"Gogoan Zaitugu"* en la superficie pétrea de la losa mortuoria. Elkin volvía a leer esas palabras. Un poco más abajo había un jarrón con flores silvestres recién cortadas que tapaba el nombre del muerto. Detrás del túmulo aparecía la silueta de una vaca con cencerro que miraba en posición estática; Elkin se dijo que, de haberse movido, el sonido de la esquila hubiera retumbado por todo el valle. En la puerta del caserío vio un letrero: "Gainzaraín Etxea".

—¿Crees en las brujas? —preguntó el hombre como fórmula de saludo.

Elkin le miró de frente y tardó en contestar. Se oyó un sonar de ramas. Otra vaca salió de su escondrijo de detrás de la casa y luego tres más. Había que poner en juego el valor. La representación había comenzado.

—No señor —un cazador tenía que tener siempre un punto de chulería, sabía Elkin—. Digamos que me he perdido.

—Y digamos también que no te creo —el hombre apoyó su cara en la mano derecha y el brazo en su rodilla—. ¿Qué haces aquí?

Elkin se ajustó la mochila, un gesto de debilidad que de inmediato compensó con creces.

—No quisiera parecer grosero, pero tengo tan pocas ganas de hablar con usted como usted conmigo, así que buenos días.

Los ojos redondos del hombre del mono azul mostraron el primer síntoma de respeto.

—No pareces *txakurra* —lo dijo despacio, mirando de frente, pero sin cambiar de postura.

—¿*Txakurra*? —la palabra a Elkin le sonó a insulto.

—Policía o guardia civil.

Ese era un punto de apoyo sólido para Zarco.

—Soy un viejo comunista, nada más —Elkin hizo esa matización sonriendo—. ¿Y usted?

—Yo hago las preguntas.

Había mucha frialdad en esa orden, se dijo Elkin, mucha rabia amarga contenida, mucha arrogancia. Notó que los músculos del hombre se habían tensado y que el juego floral entre los dos corría el peligro de torcerse. Antonio decidió provocarle aún más con un desplante calculado. El hombre, en cuanto vio que Elkin iba a marcharse, respondió de forma automática. Se puso en pie de un salto y con agilidad de luchador de esgrima sacó una metralleta de detrás de la lápida. Zarco, como tenía por costumbre, fue aún más rápido.

—PM40 Schmeisser de 9 mm. Parabellum —comentó Elkin con rostro impasible—. Excelente arma pero muy vieja. ¿Funciona?

—¿Quieres comprobarlo?

Otra prueba, se dijo. Muy bien. Aceptaría. Las Armas funcionaban siempre, sabía Elkin, aunque sólo fuera como símbolo.

—¿Por qué no?

—Tienes los cojones bien puestos —el hombre sonrió. Se puso en pie con el placer con que muestran su estatura los hombres altos. Anduvo unos pasos hacia Antonio siempre con el arma presta—. O a lo mejor estás loco. A nadie se le ocurriría venir por aquí a estirar las piernas.

—Y a nadie se le ocurriría vivir solo en un caserío rodeado de.., ¿cómo ha dicho?

—*Txakurras*.

—Eso, *txakurras*.

—Pero entiendes de armas —Elkin notó que el tono del hombre había rebajado la dosis de soberbia e incluso denotaba cierto respeto.

—Tengo más o menos tu edad —Elkin lanzó otro órdago al adoptar sin más el tuteo del otro—. Estuve en Angola, ¿y tú?

—Yo no he necesitado salir de aquí para saber lo que es la lucha revolucionaria

Las palabras "lucha revolucionaria" tenían un deje de orgullo y otro de añoranza. Esa, recordó Elkin, también había sido su causa. Parapetado ya tras una personalidad que el otro parecía dar por buena, Zarco siguió conduciendo el diálogo.

—O sea, que eres un patriota vasco.

—Di de una vez lo que estás pensando —el hombre se cruzó de brazos y abrió las piernas. Elkin había visto ese gesto muchas veces, hacía años, en la Cordillera.

—Etarra.

—No, etarra no, ex etarra —a Elkin le pareció que el hombre tenía ganas de decirlo desde el principio—. Si eres *txakurra* lo siento, no tengo cuentas pendientes con la justicia —el hombre se fue hacia la vaca del cencerro y le acarició el lomo.— Me acogí a la amnistía del setenta y siete. Hace años que dejé la lucha armada.

Era conveniente para Elkin que la coraza del otro se empezara a resquebrajar mientras la suya permanecía intacta. El solitario quería comunicarse. Antonio Zarco volvió a recurrir al arma infalible de la adulación.

—Eso son palabras mayores.

El tiburón acabó mordiendo el cebo.

—Lo son. ¿Quieres un vaso de vino?

Elkin se levantó el pantalón del chándal y señaló la cicatriz que tenía un poco más arriba de la rodilla. El hombre se puso en pie y enseñó su cuello y su hombro. Elkin sabía que cuando un soldado hablaba de sus heridas de guerra con otro soldado ya no había nada que temer. El primer objetivo de Antonio Zarco acababa de ser alcanzado.


La cocina del caserío era una sala amplia, con fogón de hogar bajo cubierto por una campana, cuyo borde servía para sostener piezas de cerámica y de cobre. Las paredes parecían un museo que se prolongaba desde la primera hasta la tercera crujía, que era donde estaba ubicado el establo. En la exposición se podía seguir la historia de ETA desde mediados de los años sesenta hasta finales de los setenta. Había muchas fotos: del frente Militar de ETA en distintos puntos de los montes, de lugares de encuentro y refugios, de armamento y de zulos por dentro y por fuera; fotos de comandos trabajando, de gudaris estudiando un plano o haciendo una pintada, de encapuchados con metralletas británicas Sten MK II y granadas de mano, de militantes preparando explosivos, temporizadores de reloj, equipos de megafonía, multicopistas, lanzadores de octavillas y minas; uno de ellos, radioteléfono en mano, incluso le pareció que era Etxeberri.

—Una Mauser 7.92 con bayoneta —señaló Elkin—. Se parece al Winchester.

—La mayor parte de todo esto había pertenecido a la resistencia francesa de la segunda guerra mundial —Koldo, así se llamaba el hombre, miraba las fotos extasiado mientras se mesaba el bigote. Elkin dedujo que así pasaba muchas horas del día.

—Lo imagino. Aquí hay una pistola Star de 9 mm. ¡Cómo pasa el tiempo!

—Era la acopia del Colt americano fabricada en Eibar.

Había fotos de sesiones de entrenamiento, de prácticas de tiro y de guerrilla con armas ligeras, de sabotajes a emisoras de radio y televisión y centrales eléctricas; recortes de prensa, carteles, algún que otro cómic… Koldo Gainzaraín, que parecía muy contento de haber encontrado alguien con quien hablar de sus obsesiones, le ofreció el porrón. A Elkin se fijó en las *ikurriñas*. Había muchas: en postes, campanarios, balcones, estadios, lomas, pegatinas. Y con las siglas de ETA repetidas una y otra vez. La mística guerrillera le trajo muchos recuerdos, pero no se sintió identificado con todo aquello. Le sobraban banderas y le faltaba su pueblo. Y por encima de todo, le sobraba el Comando Hegoalde. Elkin, tras probar el vino en bota que le ofreció Gainzaraín, quiso saber por qué el antiguo *etakide* había construido ese museo sin visitantes. Preso de una ensoñación cuasi mística, el hombre del mono azul le miró.

—Nadie viene a verlo, unos porque ya no soy de los suyos y el resto porque lo fui hace años.

Había llegado el momento de avanzar.

—¿Esta zona es tierra de etarras? —preguntó Zarco.

Gainzaraín se quitó la boina y contestó que sí, que por aquellas montañas habían nacido unos cuantos, que sólo quedaban en el valle los gudaris que habían dejado la lucha armada, que había muchos en las cárceles y que los que estaban en activo se refugiaban en *Iparralde*. Era, dijo, mucho más seguro. Elkin aludió al santuario francés y la cara del ex etarra hizo una mueca de desprecio. Contó que Francia ya no hacía la vista gorda y que allí sólo había sitio para los miembros activos. Luego hizo un juicio de valor hacia sus antiguos compañeros de armas que a Elkin no le pasó desapercibido.

—Viven a la suya. Se creen salvapatrias y no se dan cuenta de que Euskadi no es la Bolivia de los años sesenta.

Elkin pensó antes de rematar el comentario que las lecturas de los etarras debían de ser tan previsibles como las de los hombres de La Cordillera.

—No, no lo es. Ni tampoco el bosque de Sherwood en tiempos de Robin Hood.

El antaño terrorista se rio por primera vez de forma abierta. A Zarco no le interesaba mantener una discusión ideológica con Koldo Gainzaraín: la información que buscaba era de otra ralea. Comentó que algunos debían de estar quemados después de tanto tiempo en la clandestinidad. El dueño del caserío corroboró esa hipótesis mientras se levantaba de la mesa y sacaba una lata de olivas rellenas y otra de berberechos para acompañar al vino.

—En los pueblos de por aquí no se puede hablar de casi nada, pero siempre hay alguien que se va de la lengua.

Unos meses atrás, añadió, había escuchado Koldo en la taberna de Lendiaurri que ETA estaba retirando de la primera línea a unos cuantos comandos. Desde la caída de la cúpula en Bidart, la nueva dirección prefería echar mano de los legales. Eran más jóvenes. Para los demás, dijo, estaba la cárcel o el exilio. Elkin, que sólo tenía en mente al Comando Hegoalde, sospechó que Etxeberri y los suyos se alejaban cada vez más de la justicia.

En las paredes del caserío había dos fotos de una muchacha muy hermosa. En una de ellas iba vestida con pantalones estrechos, cazadora de cuero y botas; en la otra, con un vestido estampado y zapatos de tacón. Koldo Gainzaraín, al darse cuenta de que Antonio la miraba, se levantó de la mesa para quedarse en pie frente a las dos fotografías. Zarco fue detrás.

–Es Amaia, mi mujer –explicó con las manos en los bolsillos–. Cuando la conocí llevaba una trenza atada con tres cintas, verde, roja y blanca. Supe enseguida que estábamos en el mismo lío –ese, se dijo Elkin con envidia, debía de haber sido un momento sublime–. Murió hace tres años, pero aún manda en todo esto –su gesto abarcó todo el espacio–. Fíjate en esa foto –era la de los zapatos de tacón–, se puso así de guapa para la boda de su hermana. Al final no fuimos porque el novio era catalán. Por aquí se decía que un foxterrier es un foxterrier y un setter un setter.

Elkin pensó que aquello era una ironía sutil y exagerada, pero luego rectificó: Koldo Gainzaraín iba en serio. El ex etarra explicó que el setter era un animal hermoso y civilizado, que el foxterrier a su lado resultaba primitivo y sin encanto, y que ambos eran cazadores y testarudos. Cuando estaba completando la disertación se oyó un ruido de esquirla y el hombre del caserío salió de la casa a ver qué sucedía.

Elkin se quedó solo. Pensaba en el setter, en el foxterrier y en la imposibilidad de que el agua se mezclara con el aceite. Buscó en los pasillos de su memoria alguna paranoia semejante que dividiera el género humano en dos mitades disjuntas, intransferibles y desequilibradas, en las que todo lo bueno se hubiera quedado en una y todo lo malo en la otra. La encontró enseguida, pero sólo dentro de lo que él pensaba era el mundo de las mujeres: de un lado estaban las Amaias-setter y del otro las putas-foxterrier. Sentado en la cocina de Gainzaraín Etxea, mientras esperaba al dueño de la casa, centró su atención en una de esas últimas, la que mejor conocía. María la Ecuatoriana tenía unos treinta y cinco años y algunos kilos de sobra que no molestaban a clientes como Elkin. Sus ojos eran pequeños lo mismo que su nariz y su estatura, pero la boca no, la boca de María la Ecuatoriana estaba fruncida hacia afuera. Llevaba el pelo corto y rizado teñido de rojo tierra, con algún que otro detalle de tonalidad que variaba de semana en semana. Le gustaba pintarse las uñas con dos colores, rojo granate de fondo y después, junto al dedo, dibujaba un semicírculo plateado con forma de cuña que servía de remate; y tenía una colección de zapatillas provistas de borla que solía combinar a su modo con cualquier bata de colorines. Esas eran las armas inocentes de María la Ecuatoriana para neutralizar la potencia de los zorros que acudían a la Pensión Guayaquil. Casi tres años antes, Antonio había llegado al prostíbulo como un ciclón, más limpio que una piedra de río y con cita previa. Lo que sucedió dentro a Zarco le pareció incluso monstruoso. Cuando el zorro trataba de escabullirse ella lo acorralaba y le hacía introducirse en su guarida una y otra vez. Elkin pensaba que María la Ecuatoriana estaba hecha de un material distinto al de Amaia, y que a lo mejor sus riñones eran amarillos o su cerebro tenía cinco lóbulos. Jairo Ortega, recordó el guerrillero, cuando oía hablar de ese modo sobre las putas, decía que muchos hombres tenían prejuicios maniqueos sobre las que él llamaba "proletarias del amor" y se enfadaba mucho: decía que no era propios de un marxista. Pero, a pesar de todo, tras semejante bautismo, Antonio volvió al prostíbulo de la Pensión Guayaquil en numerosas ocasiones antes del nueve de noviembre. Después le había resultado imposible.

Koldo regresó del campo con los pantalones azules de proletario llenos de barro y se acercó al grifo para lavarse las manos. Elkin no podía revelar los oscuros pensamientos que le habían asaltado en su ausencia y además le quedaba en la mochila una cuestión más para al antiguo terrorista vasco.

—¿Qué significa "Gogoan Zaitugu"?

La voz de Koldo se hizo casi inaudible.

—Te recordamos.

Elkin salió de "Gainzaraín Etxea" con el estómago lleno y un café caliente que entonaba el cuerpo. El valle entero estaba envuelto en la luz de la noche.

—Las nubes han hecho un hueco para que salga ilargi y ahí está —el ex etarra miró la luna.

Explicó el dueño del caserío que el vocablo ilargi procedía de la conjunción de otros dos, "hilen argia", "luz muerta", "luz de los muertos"... Elkin sintió una punzada de dolor por todo el cuerpo.

Koldo Gainzaraín le despidió diciendo que en el monte estaría a merced de los espíritus maléficos y que corría el peligro de desaparecer. Lo hizo sonriendo bajo su bigote enhiesto, pero Elkin sabía que en su interior más recóndito los mitos de la tierra seguían en pie. Aquel hubiera sido un excelente puesto de vigilancia y de entrenamiento, todo a la vez, pero por razones obvias tenía que buscar otro. Dejó atrás la leve oquedad de un valle con cencerros y vacas. Necesitaba estar en forma. Y también a él le quedaba la tarea de rendir cuentas ante otro setter del nunca extinto matriarcado.

–Margot.

La mujer estaba sentada en el banco de uno de los panteones con capilla más antiguos, más artísticos y más grandes de los que había junto a la pared del cementerio. Llevaba chaqueta negra, falda negra, medias negras, zapatos negros y bolso negro. Sus dedos sostenían un rosario de cuentas negras. El pelo, liso y oscuro con algunas canas bien visibles, se lo había recogido de manera muy simple. Una telaraña de venículas hacía difícil ver el pigmento verde claro de sus ojos.

Al escuchar la voz, ella pareció salir de una sesión de hipnosis prolongada. Volvió la vista despacio. Tenía las manos crispadas.

–No le oí llegar. Ande, siéntese.

El hombre obedeció con idéntica lentitud y los dos volvieron a quedarse en silencio. Todas las tumbas que había en la pared de la capilla, a derecha e izquierda, estaban recubiertas por losas de mármol de extraña blancura lilial. Elkin vio alrededor una lista desorganizada de nombres y fechas. Sólo le interesaba un nicho de aquella cámara mortuoria.

La leyenda estaba escrita con letras doradas. Sobre ellas incidían las primicias de un sol anticiclónico, que se empezaba a colar por las aberturas sin cristales de la puerta. Elkin buscó el olor a tormenta ya vencida que había en el exterior y sólo encontró una atmósfera devaluada por suspensiones de polvo a la deriva. Cada piedra sostenía un búcaro de base sólida también de mármol blanco. En el que ellos miraban había un ramo de rosas ya marchitas y en los demás nada. Antonio Zarco cerró los ojos

–Hoy es martes –dijo sin querer.

Todos los martes, a primera hora, la clase de segundo de BUP del Instituto de Brito tenía Lengua Española y luego Matemáticas. Eran detalles a los que antes no había dado importancia.

–Martes... Otro martes –repitió la mujer con voz de eco.

Ella descubrió el viejo reloj Omega en la muñeca de Elkin y sonrió. Ese instrumento de medir el tiempo que ya no podía medir nada, sabía el guerrillero, estaba ligado en el recuerdo de ambos a la verbena de Tuperedó. Elkin comprobó agradecido que había mucha nostalgia en esa forma de mirar.

—El viernes pasado vi a los pelaos.

Elkin estaba resentido con ellos. Les había visto charlar, reír, hacer bromas. Quiso preguntar a Margot cómo podían hacer eso, pero ella le interrumpió poniendo su mano izquierda sobre las de él. Antonio Zarco se sobresaltó al volver a notar la suavidad de un tacto que había estado ausente durante tanto tiempo. Y tras ese gesto leve resurgió en Elkin una esperanza insensata. Sin poderlo evitar se preguntó si aún era posible al menos que lloraran juntos. Para el maltrecho corazón de Elkin, ella ya era la única. Si Margot no reprochaba a los chicos que sonrieran, ¿qué podía hacer él?

—¡Son tan jóvenes!

—¿Y la muchachita rubia? —Antonio la había visto salir del instituto con pantalón vaquero y blusa verde— Ella al menos debería estar triste.

El día en que Elkin los vio por última vez, los chicos iban a lo que calificaba como "ese polideportivo maldito". Elkin tenía en la cabeza la calle Lázaro Aroca, el número 93 y el marcador sin números de un partido de fútbol que nunca iba a empezar: "I.B. Brito de la Sierra contra la Academia Sebastián". Margot interrumpió un silencio peligroso para los recuerdos.

—He olvidado las flores.

Zarco abrió la bolsa de plástico que llevaba y sacó dos orquídeas blancas. Era inevitable que en aquellos momentos pensara en las orquídeas que había regalado Margot antes de que naciera Juan David.

—¡Qué lindas!

Y poco después, cuando ella y el niño ya se habían ido para siempre, cada vez que veía árboles colonizados por flores de plantas epifitas casi tan hermosas como las orquídeas, escribía en su cuaderno y se acordaba de Margot.

*"La plantica está clavada en el tronco. Uno diría que se aprovecha del árbol no más que lo justo para sobrevivir. No se dedica a sacar el jugo a nadie. Ella sola se fabrica el alimento y va a la suya, sin molestar más que un poco. Tiene una espiga grande medio roja medio amarilla, ¡qué linda! Da miedo que se quiebre con el peso. Como la plantica está subida en lo alto del árbol, a la flor*

*le llega la luz como quien dice a la cara. Si estuviera en el suelo ya se habría muerto".*

Margot también había dicho que las orquídeas eran muy lindas. Otra vez la esperanza insensata quiso saltar más lejos. Pero fue sólo un momento, porque de inmediato Elkin la vio estremecerse.

- ¿Tiene frío?

Antonio Zarco intentó quitarse la chaqueta y ella se lo impidió. Margot entonces hizo una pregunta de apariencia trivial.

—¿Ha salido ya de trabajar?

—Recién lo dejé.

—¿Cómo así?

Para Elkin ese segundo interrogante estaba de más.

—Usted ya debería saber por qué —el hombre había bajado la voz pero a pesar de todo le pareció que el sonido retumbaba en la bóveda del techo—. Van pasando los meses y no hay nada. Es mi turno.

El cuerpo casi ingrávido de la mujer se levantó con rapidez.

—¡No se puede tomarse la justicia por su mano!, ¿entiende?, ¡ni siquiera por lo que pasó! —a Antonio Zarco le dolió el desprecio que se había colado en los hermosos ojos de Margot—. No cambiará jamás. Después de la vida que ha llevado tiene ya un defecto de fábrica.

Elkin, furioso, se puso a pasear alrededor de Margot. No podía entenderla. ¿Qué quería, que se quedara todo como estaba? Le preguntó a voces que a quién le importaba el asunto más que a ellos dos. Era muy raro que Elkin, el frío Elkin, perdiera los nervios de aquel modo. Margot se había quedado rígida, con su discurso de siempre, con el dedo acusador apuntando hacia el pecho de Zarco: que la policía estaba haciendo el trabajo que le correspondía, que Elkin no podía ser juez ni verdugo, que se lo había repetido mil veces, que así funcionaban las cosas en el mundo civilizado, que existía la ley, que todos tenían que cumplirla, que no hacerlo era meterse en la selva… Antonio Zarco se sentó otra vez junto a ella. Estaba tan abatido por dentro que no pudo ni protestar. Intentó recuperar la calma. Salió de la capilla y dio una vuelta por el cementerio. Una mujer limpiaba una lápida muy simple sin techo ni paredes. Las hojas secas de los árboles se movían libres por el suelo, dando saltos menudos, como caballitos de mar. Desde aquel puesto

101

de observación, cualquier recinto acotado le parecía una forma estúpida de ahogo. Cuando notó que su pulso se hacía rítmico entró de nuevo en la angustiosa capilla y se sentó otra vez junto a Margot. La paciencia, recordó que había dicho Koldo Gainzaraín, era una virtud indispensable para tratar con cualquier setter.

—Es un asunto entre ellos y yo —insistió con suavidad.

Ella le miró desde arriba. Margot siempre estaba arriba, se dijo Elkin.

—No lo es.

Antonio comprobó con angustia lo lejos que estaba de Margot. Ella continuó la perorata: que no se podía ir por ahí haciendo la competencia a esos mal nacidos, que había que dejar ese trabajo a quienes les correspondía, que lo contrario era ponerse a su nivel… Escuchar eso de labios de Margot era doloroso para Elkin y aun así dejó que ella terminara su razonamiento. Entonces argumentó que no podía quedarse así, mano sobre mano, mientras los asesinos se las pasaban tan tranquilos. Elkin se puso en pie mirando los reflejos dorados de la tumba. Era posible, añadió que no consiguiera nada o tal vez sí, el tiempo diría. Aquello para Antonio Zarco era un juramento.

—Les estaré esperando siempre. Es la única cosa que me queda por hacer en esta vida —se volvió hacia ella—. Y no necesito la aprobación de nadie.

—Ustedes y ellos son iguales.

—Yo voy a hacer todo lo que pueda —Zarco había recuperado la frialdad.

—¡Lo que pueda! —Margot se puso en pie de un salto—. Entonces no tenemos nada de qué hablar.

La mujer se marchó a paso rápido. Elkin no le quitó la vista de encima mientras avanzaba por el camino recto de los cipreses hacia la puerta. Él se quedó allí, en la soledad de una vela parpadeante, limpiando las letras doradas de la tumba con un pañuelo que llevaba en el bolsillo de la cazadora. A través de la piedra blanca, creía notar la levedad del ataúd. Elkin sabía por experiencia que el alma de los buenos, cuando abandonaba el cuerpo, lo dejaba mucho más ligero. Escribió en un papel *"Gogoan Zaitugu"*. Las orquídeas se habían ladeado por culpa del viento, que llegaba del exterior cargado de primavera. El hombre buscó piedras pequeñas para sujetarlas, pero antes dobló el papel y lo puso en el fondo del jarrón.

Al día siguiente Antonio Zarco se acercó a la obra del ayuntamiento nuevo de Brito para llevarse al perro. A la hora de buscar un nuevo trabajo sólo tenía en la cabeza dos nombres: Cubillo y la casa de los Hidalgo. Esa vez tuvo suerte. Una semana más tarde dejó Madrid y se fue a la Sierra de Javalambre.

# PEDRO DE LA SERNA

El tren iba bastante vacío a esas horas, y la calle, con su población habitual de amas de casa y jubilados, también estaba tranquila. Al otro lado de la acera las paredes de ladrillo del centro escolar aparecían medio ocultas por una fila de árboles, pero el edificio tenía una arquitectura tan característica que no resultaba nada difícil identificarlo. Atravesó pasillos en silencio y fue a Secretaría, luego a Dirección, después a la Sala de Profesores... En el Instituto Clara Campoamor de Brito de la Sierra todos sabían de la muerte de uno de sus alumnos en atentado de ETA, pero ningún profesor se acordaba de la fecha del suceso, ni de que ese chico tan poco afortunado se llamó un día Juan David Silva Arango. El claustro docente había cambiado en su totalidad desde el año 93. Pedro preguntó por Paloma Iriarte Casalarreina con mucha menos fe, y en efecto, nadie la conocía. Dio una tarjeta al director por si acaso y salió de allí con una sensación rara en el estómago producida por la merma de *obsesionina* que se estaba produciendo en su organismo. Cruzó la calle y regresó al tren con las manos en los bolsillos y la expresión de quien se encuentra perdido. La hora volvía a ser otra vez de gran actividad, pero en la siguiente parada encontró asiento y se entretuvo mirando sin ver el trozo de vagón que se reflejaba en el cristal de la ventana. Bajó en la Puerta del Sur, en Alcorcón, para tomar la línea 10 hasta Nuevos Ministerios. El sol resultaba molesto. Compró el periódico y se fue caminando con paso ligero.

Pero el sábado de esa misma semana sonó "La Cucaracha" en el teléfono móvil de Pedro. Estaba trabajando en el ordenador con el pijama puesto. La voz femenina del otro lado de la línea se oía muy bajito.

—Usted dejó su teléfono el Instituto Clara de Campoamor de Brito y yo..., en fin, me he permitido llamarle...

—Estupendo, me alegro —un flujo extra de *obsesionina* empezó a circular en su sangre—. Dígame.

—Es que, verá, yo sí conocía a Juan David Silva…, creo que preguntó por él…

—Así es, la escucho.

—Fue alumno mío. Perdón, primero me presento, soy Josefina Gil Fernández…, profesora de Biología…, estoy jubilada desde hace casi ocho años… Juan David era un estudiante excepcional, de sobresaliente alto, listo como él solo, educadísimo…, un líder, ¿cómo le diría yo?, de los que arrastran.

—¿Qué sabe de su familia?

—Que eran colombianos y poco más.

—¡Vaya!, ese es un dato importante —Pedro aún tenía vivo el recuerdo de su último viaje—. ¿De qué ciudad?

—Ni idea. Por aquella época el chico vivía con su madre en Brito, una señora muy discreta, muy especial. Fue horrible. La pobre mujer no debió de poder soportar los recuerdos, porque se fue del pueblo.

Se oyó el timbre de la puerta. Era el pesado del sexto con la convocatoria de una junta de vecinos en la mano.

—Perdone un momento, doña Josefina.

Pedro se lo quitó de encima enseguida y reanudó la conversación telefónica mientras recorría el pasillo que llevaba a su estudio.

—Disculpe. Me estaba hablando de la madre.

—La recuerdo como una mujer…, diferente, no sé cómo explicarle, elegante, refinada. Además, los sudamericanos suelen ser muy abiertos, por lo menos entre ellos, pero a esa señora no le gustaba relacionarse. La sensación que tengo es que estaba muy sola, pero de manera voluntaria.

—¿Sabe dónde vive ahora?

—Hace años la vi una vez pero no recuerdo ni dónde ni cuándo ni cómo —la mujer parecía molesta consigo misma—. Soy un desastre.

—No se preocupe —Pedro pinchó sobre la cara amarilla de un *smiley* lloroso.

—Sí me preocupo. Mi cabeza está cada vez peor.

—¿Y qué me dice del hijo?

—El chico era otra cosa, ya le conté, un líder. Entre él y su novia llevaban todas las actividades del Instituto. ¡Qué tiempos!, ya no hay chavales como esos.

—Así que Juan David tenía novia…

—¡Sí, sí, cosas de la edad. Estaban llenos de proyectos, ¡vaya pareja! Querían comerse el mundo.

—¿Paloma Iriarte Casalarreina?

—Paloma, Palomita, Palo, Palomín…, así la llamaban sus compañeros. De los apellidos no me acuerdo pero de esas tonterías sí, hay que ver cómo es la memoria de los viejos. Una chica con luz, no sé si sabe a qué me refiero. Tampoco he oído nada de ella en todos estos años. Una lástima pero en cuanto salen del Instituto se olvidan de nosotros. En fin, espero haberle ayudado.

—Claro que sí, doña Josefina, es usted muy amable —Pedro, en el panel de rostros online, echó de menos el de una abuelita sonriente; prometió crearlo—. Por cierto, no sé si conoce una asociación de víctimas de ETA llamada FAVICE.

—Sí, he oído hablar de ella. ¡Ay Dios mío!, por desgracia aún es necesaria.

—Allí tienen datos de todos los asesinados menos de Juan David Silva. ¿Sabe por qué? Me pareció raro.

—No se extrañe, ya le he dicho que su madre era muy reservada y no me la imagino en ninguna asociación... ¿Va a escribir un libro?

—Aún no sé. Pero en fin, muchas gracias. Y una última pregunta. ¿Sabe si la chica siguió estudiando? ¿Alguna profesión en especial?

—Segura no estoy, pero casi. Debió de hacer Medicina o algo de la rama sanitaria, sí, me jugaría el cuello —Pedro se preguntó si existía un *emoticono* con estetoscopio—. Hay cosas que no pueden cambiar, señor De la Serna. Como le he dicho, fui su profesora de Biología.

—¿Le importa si la vuelvo a llamar?

—¡Claro que no! Estoy a su disposición, pero mi memoria ya no es lo que era.

—Bueno, pero si recuerda algo más, ya sabe mi número.


Había pasado un mes desde su vuelta de Brasil. Hacía uno de esos días de finales de marzo en los que el invierno parecía lejano y las vacaciones de Semana Santa próximas. Eran ya las siete de la tarde y la gente del despacho empezaba a desfilar en dirección a la puerta de salida. Acababa de recibir un correo de Demetrio Bravo con varias fotos de ambos, por separado, como suele pasar cuando dos viajan juntos. El seductor miraba a la cámara como sólo los guapos sabían hacer. Pedro estaba de muy buen humor esa tarde. Estiró los brazos y bostezó sin ningún complejo, como lo hubiera hecho Demetrio Bravo. En el último cajón de la mesa seguía intacta la botella que había traído de la República Dominicana. Le pareció que era el momento adecuado para echar por la borda una virginidad tan antinatural en el ron. Fue a la máquina de agua del despacho, cogió un vaso de plástico y se sirvió un par de dedos a la salud de Demetrio Bravo y sus poses de estrella. El tipo tenía luz, pensó y de inmediato se quedó sorprendido. Esa expresión no formaba parte de su vocabulario, pero le había surgido de forma espontánea. Demetrio Bravo tenía luz. Poco a poco la frase de doña Josefina se fue haciendo en su memoria mezclada con altas dosis de *obsesionina*. La misma luz que Paloma, Palomita, Palo, Palomín.

La sonrisa de Demetrio Bravo y su guayabera verde melón desaparecieron de la pantalla. Pedro escribió el nombre completo en la página de Google: Paloma Iriarte Casalarreina. Tras una breve búsqueda, surgieron unos cuantos resultados en los que se separaban los tres componentes, Paloma, Iriarte y Casalarreina. En uno solo estaban los tres juntos. Se trataba del Hospital Tierno Galván, Servicio de Endocrinología y Nutrición, en concreto de un ciclo de charlas que llevaba por título "Obesidad excesiva y hábitos alimenticios". Pedro leyó el calendario y los títulos, el horario y sobre todo que estaba impartido por la doctora Paloma Iriarte Casalarreina.


El viernes, a las siete menos cuarto de la tarde, Pedro llegó al viejo edificio del hospital situado en la calle Diego Rivera. Preguntó por el Aula del centro y en pocos minutos ya estaba sentado en la tercera fila.

Se sintió como un criptozoólogo que descubriera, en una misma área geográfica, al monstruo del lago Ness, al Yeti, a una docena de calamares gigantes, al dragón de Comodo, al fósil de la alucigenia y al celacanto del cretácico. Allí había una verdadera colección de horrores que desafiaba cualquier distribución estadística respetuosa con la campana de Gauss. Verlos así producía el efecto de un apuñalamiento sensorial. Y no era por culpa del sobrepeso que tenían encima, ni tampoco porque Pedro hubiera descubierto en ellos síntomas de enfermedad. No recordaba haber visto nada semejante. Parecía que la naturaleza hubiera condenado con la extinción a la fealdad excesiva, y que ya sólo quedaran ellos. El ejemplar sin apenas cuello se había puesto una pajarita que, al no poder jugar otro papel, hacía de babero; otro tenía bigote daliniano, nariz de silla y cuerpo de Bulldog; la señora-montaña, un ojo opaco y el otro no, se había pintado el pelo-montaña de azul queso de Cabrales. Y la del modelo Coco Chanel escrutaba la oscuridad con las gafas de sol puestas, intentos imposibles por ocultar un rostro torcido. Aquel era un barrio de dinero, recordó Pedro. Cerró los ojos y los imaginó devorando con la boca abierta platos exquisitos saturados de calorías carnívoras, o pidiendo a cualquier camarero asustado y lleno de glamour un café con mucha leche condensada. Eran desastres sin arreglo en medio de la opulencia. Pedro echó de menos a los otros, a los gordos de Botero, a los gordos con gracia, con atractivo, con sex appeal como Demetrio Bravo. Y a los gorditos bellísimos de piel reluciente como Marina. Y también a los encargados de decir a los gordos que no debían seguir siendo gordos. Sin esa triple vertiente, aquella reunión de expertos en la buena mesa estaba muy coja para Pedro. De manera casi anecdótica, se había colado en la sala un pequeño número de desocupadas y desocupados con peso equilibrado Y, reflexionó sobre sí mismo, al menos un curioso.

Se dijo que aquella sala era un lugar de monólogos. Había una distancia mórbida entre la plataforma oval de la presidencia y el resto de los mortales. Él, por lo menos, no lograba traspasarla. Las sillas se extendían a lo largo con un pasillo divisorio a medio camino entre lo académico y lo cuartelero. Pensó que, con una distribución distinta de los espacios, aquella cámara de ecos cambiaría de manera radical. Sobre la mesa de la conferenciante se veía un portátil abierto y el proyector mostraba ya el título del día: "Enfermedades asociadas a la obesidad". Según había leído en la página Web, esa era la tercera charla de un ciclo largo, que se iba a prolongar hasta julio con periodicidad mensual. El tema del día, se dijo Pedro, tenía por objeto convencer a los más escépticos con el único argumento que podía conmover sus cimientos: la salud. Se encontraba incómodo en aquel lugar, era consciente de que estaba fuera de sitio. Su mano izquierda abrazó la muñeca derecha, y contó hasta ochenta y ocho pulsaciones por minuto. Y además tenía calor.

Por la puerta que había junto a la mesa presidencial, apareció una mujer joven con bata de color verde tímido que dedicó una sonrisa a la galería de monstruos antes de ponerse frente al ordenador. Sacó de la carpeta que llevaba unos cuantos folios y los colocó sobre un pequeño atril que había sobre la mesa, en el que Pedro ni siquiera se había fijado. Llevaba en el cuello un colgante con la Mano de Fátima de cinco dedos. Pedro sintió compasión por ella. Pensó que, con semejante auditorio, iba a necesitar muchos amuletos de la suerte.

*"Podemos decir, sin temor a equivocarnos, que las personas obesas tienen una esperanza de vida corta. En términos estadísticos ronda en torno a diez años menos que la de los no obesos. Se debe a la enorme cantidad de enfermedades asociadas al sobrepeso, como la diabetes mellitus tipo 2, las enfermedades cardiovasculares, la hipertensión arterial, ciertos tipos de cáncer…"*

Pedro dedujo que era exigente con las palabras. Parecía esforzarse por encontrar el verbo preciso, el sustantivo exacto, ese adjetivo escueto pero imprescindible que nadie era capaz de sustituir por otro más adecuado. Con la ayuda de su ordenador, avanzaba segura por un terreno que le era propicio. En compañía de su voz tranquila y persuasoria, el fondo azul de la pantalla fue llenándose de esquemas con simplicidad. Todos los ojos de la sala estaban dirigidos allí cuando se abrió la puerta y entró un rezagado con monstruosidad bien reconocible por simple inspección: se trataba, supo Pedro al ver el tamaño de su base arquitectónica monumental, del mismísimo Bigfoot. La conferenciante levantó la vista y esperó a que hubiera silencio; tras ese breve paréntesis, la charla continuó en el mismo tono que antes. Pedro notó que a él la interrupción sí le había hecho perder el hilo. Simuló concentrarse otra vez. A pesar de que su vista parecía dirigida a los gráficos *power point* de la pantalla, no era así.

Observó que cualquier magnitud llevaba consigo el relativismo de las comparaciones. En aquella sala del Hospital Tierno Galván, rodeada de monstruos, la belleza lo tenía muy fácil. Mientras escuchaba una retahíla de inconvenientes de la obesidad, intentó medir el impacto de aquel accidente genético que se repartía de manera fortuita. Pensó que la naturaleza se tomaba muy en serio la supervivencia. Ninguna inversión le parecía suficiente para perpetuar las especies: ahí estaba el colorido imposible de los peces tropicales o las plumas del pavo real. Se dijo que si el espíritu pudiera abstraerse, la belleza constituiría un valor económico en sentido amplio y poco más. Pero era difícil pasar por alto algo tan evidente como aquella chica con bata verde. La belleza se veía incluso en la penumbra rota apenas por la luz del proyector.

Pero también sabía Pedro que la belleza necesitaba un poste receptor y por algún motivo que iba más allá de consideraciones estéticas, él se sentía excitado. Notaba que sus ojos estaban abiertos de forma inverosímil, que el sudor se apoderaba de sus manos, que un ciempiés peludo corría por sus piernas y que le molestaba el pantalón. "Es de libro", se dijo haciendo un recuento minucioso del manual de los síntomas. Le disgustaba resultar tan previsible.

Un ruido estridente hizo que la sala volviera la cabeza. A Lily Monster se le había caído el bolso. Mientras la mujer de pelo manta recogía sus pertenencias esparcidas por el suelo, Pedro, ayudado por la confusión, estudió con más detalle las contradicciones materiales de esa belleza. Se dijo en primer lugar que era de una naturaleza muy diferente a la de Catherine Disneyworld. Cuando alguien le preguntaba cuál era su tipo de mujer, no sabía qué contestar y buscaba aquellos prototipos que podían transmitir esa emoción de la que hablaba Marina. En abstracto podía decir que le gusta el pelo liso, y el de la doctora Iriarte era ondulado, que le iban más las morenas y ella era rubia, que no había ojos como los claros y los de aquella mujer eran de color negro infinito. Cualquier empleado de Melvin sabía muy bien que una cosa era la teoría y otra la práctica. Pedro volvió a tomarse el pulso. Durante un par de minutos, ella permaneció estática analizando un determinado gráfico, con la columna vertebral curvada, ligeramente vuelta hacia atrás. Desde el asiento de Pedro se podía ver cómo sus vértebras se juntaban y se separaban en cada respiración, en cada palabra que dedicaba a su auditorio.

Trató de adivinar de dónde salía esa luz que había llamado la atención de doña Josefina y se fijó en los ojos de la doctora. La característica más destacada era la forma con que los párpados se agarraban a ellos y se plegaban cuando los mantenía abiertos. Y el brillo y... Pedro se llevó la mano izquierda a la boca. Acababa de darse cuenta de que los ojos de la doctora y los de Demetrio Bravo eran dos Potosíes gemelos. Él lo había llamado seducción, doña Josefina luz. A veces, se dijo, era difícil dar con la palabra adecuada. Le gustó más pensar en ella como si fuera la reencarnación de Demetrio Bravo que como una clónica de Cindy Crawford. El dominicano seductor, pensó, sí necesitaba remedios contra la obesidad, pero a lo mejor Demetrio Bravo delgado ya no era el mismo.

La charla terminó sobre las ocho menos cuarto. Y la Doctora Iriarte, que no había podido superar el síndrome monólogo de la sala, se fue sin escuchar las virtudes de la alcachofa, que recitaban, por turnos, un murciélago orejón californiano y el delfín del Yang Tse.


Pedro era en extremo obstinado cuando le interesaba cualquier cosa, una cualidad muy apreciada en la esfera Melvin. Estuvo mordiendo acera por delante de la entrada principal del Tierno Galván sin poder separarse de allí a una distancia superior a cien metros. La temperatura nocturna era todo lo suave que podía ser al comienzo de la primavera. Había gente que iba y venía bajo el alumbrado, pero Pedro, apostado en la entrada, sólo tenía ojos para ver la luz laboriosa que se filtraba por los cristales del hospital.

Ella salió por fin a la calle Diego Rivera y torció a la izquierda con paso rápido. Pedro siguió la estela sonora que iban dejando sus zapatos de tacón, *tin, tin, tin*... Vestía falda azul índigo y jersey blanco de cuello alto. De vez en cuando tenía necesidad de agarrar el asa del bolso para que no se deslizara por el hombro. Entonces en la muñeca derecha asomaba el aro rotundo de una pulsera de ámbar. Se había recogido el pelo en una coleta que bailaba con el diapasón veloz de sus pasos y cuando giraba lo hacía en sentido contrario al de su cabeza.

La MIR endocrinóloga se dirigió a toda prisa hacia la boca iluminada de un supermercado que aún permanecía abierto. Pedro estudió el perfil sociológico de los artículos que compraba: una botella de leche desnatada, pan tostado, papel de aluminio, vinagre de Módena, filetes de pavo envasados al vacío, un bote de sopa instantánea, yogures y habas congeladas. Aquél carrito era muy revelador para él, incluso le resultaba familiar. Con probabilidad uno, se dijo, la persona que lo empujaba pertenecía al subgremio de los solteros que tenían el valor de comer solos en casa. Cogió un paquete de pilas y pasó por caja antes que ella. La doctora se entretuvo un rato en el quiosco que había a la izquierda, junto a la puerta. Compró un par de libros y salió.

De nuevo Pedro caminaba detrás de la doctora sin preocuparse por retener cuáles eran las calles por las que pasaba. Y cuando menos lo esperaba, la chica se detuvo y dejó la bolsa del súper en el suelo. Él se paró también, mirando a derecha e izquierda. Tampoco estaba previsto en los cálculos de Pedro que la doctora-ama de casa se volviera lentamente; y mucho menos que se le quedara mirando a los ojos con tanta incomodidad.

—¿Por qué me sigues? —su pulsera de ámbar estalló bajo la luz del farol.

—¿Yo?... —"es inútil, tío, te ha pescado", se dijo. Tenía que enfrentarse al desagradable dilema: verdad o mentira. En principio optó por una versión *light* de la primera—. Bueno..., es absurdo que te diga que no..., supongo.

—Déjate de historias y contesta. ¿Por qué me sigues? —insistió. Estaba muy seria.

—Disculpa, resulta algo difícil de explicar... —Pedro se pasó la mano por la frente—. Para resumir diré que he oído hablar de ti.

—¿De mí? —su voz sonaba cortante. Había gente en la calle y ella parecía, al menos, sentirse segura—. ¿Dónde?

A menudo, cuando trataba con los clientes de Melvin, Pedro tenía que reaccionar con rapidez ante una pregunta comprometida. Vagar por el mundo vendiendo aparatos GPS le había convertido en un embustero mucho más convincente de lo que jamás hubiera podido imaginar. La idea instantánea se coló sin más en su boca

—En casa de mi tía.

En el rostro de la bella doctora apareció una mueca de irritación.

—Es lo más absurdo que me ha pasado en mucho tiempo. ¿Tu tía?

—Josefina Gil Fernández, ¿te suena?

—¿La profesora de Biología?

—Exacto.

112

—¡Vaya! —la doctora Iriarte parpadeó tres veces seguidas— ¿Y qué ha sido de ella?

Pedro se lanzó al vacío con un salto mortal de doble tirabuzón cruzado.

—Murió.

—No lo sabía —ella puso cara de compungida.

Pedro respiró aliviado.

—Ya era mayor.

—¿Y qué te contó de mí? —se notaba aún la desconfianza, pero estaba intrigada y eso era bueno, se dijo Pedro.

—Fue a raíz de una noticia del periódico, hará medio año o así —ella no le quitaba los ojos de encima—. Algo relacionado con el asesinato de unos etarras en la República Dominicana. Mi tía me contó que eran los que habían matado a un alumno suyo de Brito. Dijo también que el chico entonces tenía una novia que había estudiado medicina. Y que trabajaba en el Hospital Tierno Galván.

—¿Doña Josefina lo sabía?

—Por lo visto —Pedro quiso salir cuanto antes del atolladero—. Y de pronto esta misma mañana, buscando por Internet, ¡zás! —la mano derecha de Pedro dio un golpe imaginario—, aparece el anuncio de la charla con tu nombre. Tenía curiosidad, eso es todo. Disculpa.

—Vale, pero debías haberte presentado en lugar de ir detrás de mí de esa manera. Me has asustado, hay locos sueltos por todas partes.

—Tienes razón, perdona, la verdad es que no me he atrevido. ¿Qué podía decirte?, "oye, es que resulta que tengo una tía que...", bla, bla, bla. Compréndelo —Pedro calibró que ya había bastante y cambió de tono—. Por cierto, estupenda charla.

—Gracias, tú no la necesitas.

Tuvo que desechar todas las fórmulas que se le ocurrieron para devolver el cumplido por falta de altura. Demetrio Bravo, se dijo, hubiera aprovechado la oportunidad cien veces mejor.

—No sé, parece que te he caído gordo... —Pedro vio por fin que la chica sonreía. Tenía que conformarse—. Por cierto, ¡vaya auditorio!

Ella se rio ya de manera abierta cuando Pedro le habló del monstruo del lago Ness, de la señora montaña, del Yeti y del celacanto del cretácico.

—¿Te incluyes en la lista?

Al hacer la pregunta, la doctora había abierto los ojos de forma inverosímil. Pedro, a pesar de reconocer su propia torpeza, se sintió inmune al desaliento.

—¡Claro!, ¿acaso lo dudas? Mira —arrugó los ojos, torció la boca, levantó un hombro y dejó que los brazos cayeran inertes. Enseguida se arrepintió: Demetrio Bravo, se dijo a posteriori con cierta desolación, jamás haría el payaso de semejante manera. Trató de enmendarlo—. Ahora en serio, has dado unos cuantos consejos que no me vienen nada mal: cambios en el estilo de vida, alimentación, actividad física... —él aprovechó, torpemente en su opinión, la coyuntura favorable que veía en la cara sonriente de Paloma para seguir avanzando—. ¿Vives en Brito?

—No, por aquí cerca.

—Pedro de la Serna —le tendió la mano—. Oye, ¿tienes algo que hacer?

—Es muy tarde...

—Vamos, por favor, te invito a cenar —Pedro cogió la bolsa del súper. Demetrio Bravo, pensó, tampoco hubiera necesitado recurrir a semejante súplica. Él lo habría resuelto con un guiño irresistible y poco más—. El pavo que acabas de comprar no es nada apetitoso, te lo digo por experiencia.

A pesar del intento fracasado, nada más bajar del taxi Pedro se puso a bailar una especie de *"Cantando bajo la lluvia"* sin paraguas y sin técnica ante la mirada atónita del conductor. Sacó su móvil, buscó la agenda, escribió "Palo" e introdujo el número de teléfono de ella. Tras un momento de indecisión, envió un mensaje de texto: "Buenas noches, Paloma, espero que se repita". Se olvidó de que su casa tenía ascensor y de que él vivía en un octavo piso. De hecho subió las escaleras de tres en tres sin apenas darse cuenta.

# EL CAZADOR

El nueve de noviembre del 93, a las diez menos cuarto de la mañana, Antonio Zarco había recorrido ya el puesto de frutas y verduras, el de la carne y el de los congelados del mercado de Brito. Antes de comprar pan, se dirigió a la cola de la pescadería La Pinta. Y aún le quedaba por hacer la quiniela de la semana.

Había en el comportamiento de Zarco una búsqueda concienzuda del hombre medio que nunca había sido para ocultar al otro. No sólo Elkin se identificaba con el *bichofolha* de la selva brasileña, Antonio también. De vez en cuando, como medio de socialización, compraba "As" o "Marca", hacía la quiniela y discutía de fútbol. Incluso alguna tarde de domingo, al salir de la ducha, se ponía delante del espejo emplomado del baño, destapaba la botella de colonia, sacaba ropa limpia del armario y se iba a bailar a la Sala Trapiche. O pasaba por la cama de María la Ecuatoriana.

El trabajo de vigilante nocturno le venía a la medida. Estaba bien entrenado para enfrentarse a expoliadores de lo ajeno, borrachos, alborotadores y curiosos de cualquier tipología que se acercaban a las obras del nuevo ayuntamiento. Acompañado por su perro, pasaba las noches en vela con el transistor en la mano. Si estaba de buen humor, a Junín le tocaba de vez en cuando alguna ración de coplas.

Hacía recorridos cada hora por las salas en construcción del Ayuntamiento de Brito. El dibujo de la futura fachada, hecho con ordenador, estaba colocado en un panel bien visible desde fuera. A él le complacía reconocerlo mientras paseaba por el patio interior de sombras planas aún sin acristalar del edificio o cuando llegaba hasta el vestíbulo de la entrada. El suelo iba a ser de mármol y las barandas metálicas. Allí, entre ladrillos y cemento, surgía un tipo de naturaleza muy diferente a la de los bosques empinados de Antioquia. Aun así, esa casa consistorial en proyecto estaba, por su inconsistencia, más cercana a maniguas y tremedales que los árboles domesticados de la casa de campo o que el orden racionalista del

Jardín Botánico o del Retiro. Por las distintas escaleras se podía subir a las dependencias más altas. Desde arriba, resultaba fácil hacerse la ilusión de que había una cima de huella húmeda adonde sólo llegaban unos cuantos.

Si la noche era clara, Antonio tenía que esforzarse mucho más. Cerraba los ojos y veía ruinas devoradas por ortigas, muros abatidos, procesiones de lutos y viudedades. La destrucción entraba hasta el fondo de valles conquistados, perdidos, reconquistados y vueltos a perder. Abría los ojos y sólo quedaba la estructura metálica del Ayuntamiento de Brito de la Sierra. Pero la luz de los muertos seguía allí, envuelta en los chorros azulados de la luna.

No era remordimiento de conciencia lo que sentía Antonio Zarco, sino pesar porque aquello en lo que creyó se hubiera precipitado en el absurdo. Nadie recordaba cómo había comenzado el conflicto colombiano y eso para él era lamentable. ¿Quién hablaba ya de las campañas de alfabetización o de la reforma agraria o de la defensa de los obreros bananeros que llevó a la tumba a Jorge Eliécer Gaitán?, era la pregunta que se hacía. Se había ido dando de bruces con la endémica confusión de su país, la de un ex guerrillero reciclado en paramilitar, la de una revolución de izquierdas sostenida por el comercio de armas y drogas, la de militares que no obedecían las leyes de la paz ni de la guerra, la de traficantes elegidos alcaldes, senadores o congresistas. Y la que, haciendo compendio de todas ellas, había destruido San Marcos de Portuero. Ese fue para él el principio del fin, no la huida de Margot.

Al llegar a España no había tratado de buscar a Margot pero sí a su hijo. Suyos eran los días laborables de lunes a jueves, en los que acudía al Instituto Clara Campoamor para ver al muchacho desde lejos. En la otra acera, el caminante menos casual de los que pasaban por la calle seguía su evolución con asombro, a veces con cierto desasosiego, siempre con esperanza. Los viernes por la mañana los alumnos no iban al Instituto porque jugaban a fútbol en un polideportivo de Madrid. Antonio Zarco aprovechaba ese día para ir al mercado. Zarco comía pescado fresco al menos dos veces por semana. Las truchas, por ejemplo, no estaban demasiado caras y los arenques tampoco. El capítulo de frutas ya era otra cosa: soñaba con jugos de papaya, mango, pitahaya, borojó, guayaba, lulo y maracuyá. Y también con sus precios.

Con el papelito azul del turno en la mano, se puso en la cola de La Pinta. El nueve de noviembre del 93 Antonio tenía pensado que, además de truchas, iba a comprar sepia y huesos de mero para guisarlos con patatas. La metamorfosis del ex guerrillero había llegado a tales extremos que él mismo no se lo podía creer. Hacer la compra tenía otro aliciente añadido: el ejército desarbolado de las amas de casa. Antonio las veía otear el marcador del turno protegidas por carros de combate preñados de naranjas, lechugas o alcachofas y al menor descuido se lo saltaban. Rosendo el pescadero les tiraba de la lengua con comentarios picantes y frases de doble sentido con alto contenido erótico, donde tenían cabida las almejas, los mejillones, las ostras y la humilde pescadilla. Ellas se animaban. Los maridos ausentes solían salir muy mal parados. Era lo habitual en el mercado.

Ese día no.


Antonio se dio cuenta de que las miradas confluían en un estante elevado, del que salía el sonido chispeante de una radio encendida. Y de que Rosendo estaba de brazos cruzados sin que ninguna de sus clientas protestara.

—Cabrones hijos de puta —dijo una señora con el pelo cardado.

Antonio se la quedó mirando. A veces la forma rápida y directa de hablar de los madrileños, tan clara, tan escasa de sutileza, le pillaba desprevenido.

—¿Se sabe algo más? —preguntó una recién llegada con el carrito arrastras.

—No, han acordonado la zona —contestó Rosendo.

La gente se iba amontonando en torno a la radio de La Pinta.

—Hace poco que llegaron los bomberos, los Geo y cuatro ambulancias —Rosendo iba haciendo la crónica a las rezagadas.

—Menos mal.

—Cállense un momento... —ordenó el pescadero—. Dicen que aún se ve humo por todas partes. Iban a por la comisaría y la puerta blindada ha resistido bien el chupinazo. Por lo visto estaba llena de gente.

—¿Hay heridos? —preguntó otra señora bolso en mano.

Todos estaban pensando en algo peor.

—Todavía no se sabe —contestó Rosendo—, pero digo yo que las ambulancias estarán allí por algo.

—Me pone nerviosa que repitan mil veces lo mismo.

—Calma —contestó con severidad mirando a la impaciente, una embarazada muy joven con el pelo rizado—. Lo primero es lo primero.

El pescadero dijo, "calle Lázaro Aroca" y Antonio se puso rígido. El pescadero añadió que había un estudiante tendido en el asfalto y Zarco echó a correr.

Ningún trayecto podría haber sido más amargo. La gente que viajaba en el tren de cercanías y en el metro, por lo general ensimismada, comentaba con horror lo poco que se iba sabiendo. Cada zumbido de voces acercaba a Antonio un peldaño más al escenario del crimen.

—Hay cuatro muertos como mínimo —explicó un muchacho a su amiga. Ambos iban cargados con enormes portaplanos.

Antonio bajó del metro y siguió corriendo en oblicuo, sorteando a la multitud de curiosos que se dirigía hacia el mismo lugar. El olor, ¿cómo podía él dejar de analizar ese olor que conocía tan bien? ¿Y cómo no ver el humo de chimenea mal deshollinada suspendido en la atmósfera? Nubes negras perpetuamente asombradas bramaban aún desde lo alto. Y Antonio seguía corriendo.

Cuando llegó a la altura del número ochenta de la calle Lázaro Aroca, se topó con el cerco policial. Las ambulancias seguían allí. En la acera, había una bolsa de deportes de nylon color azul de Prusia. Antonio conocía muy bien esa bolsa. La veía a menudo entrando y saliendo del Instituto Clara Campoamor de Brito.

Saltó el cerco de policías y pegó un puñetazo al primero que trató de impedírselo. Se necesitaron tres más para neutralizar al hombre que gritaba. Dijo que conocía al chico, nada más, y como podía identificar a la víctima le dejaron pasar. Antonio Zarco, aún en ese momento tan crítico, actuó con la cautela de Elkin.

Los sanitarios, con el consentimiento de la policía, también le permitieron acercarse, tal debía de ser el grado de desesperación que percibieron en aquel hombre. Los cristales de la ambulancia estaban cubiertos de un vaho gris. De la camilla que había en la parte trasera sólo vio la sábana blanca. Antonio Zarco se deshizo de ella de un tirón. La cara del muchacho se había rasgado a la altura del pómulo derecho y por él salía el líquido espeso de una vena azulosa. El pecho tenía otra brecha granate que hacía caverna justo en el centro, dividiendo en dos la cavidad torácica.

Antonio miró alrededor. No podía entender por qué todos se habían rendido, por qué la ambulancia no salía en estampida hacia algún hospital haciéndose paso con la sirena. Por qué no veían como él que Juan David sólo estaba dormido, por qué no notaban que había vida en la textura de albaricoque de su cara. Pero también se preguntó por qué la cruz de madera que llevaba sobre el pecho, la que él le había regalado de niño sin que Juan David fuera consciente, no subía y bajaba al compás de la respiración. Un enfermero casi calvo volvió a colocar la sábana por encima del cuerpo de su hijo. Fue entonces cuando se dio cuenta de que había varios coches destrozados, que los cristales de los edificios colindantes estaban rotos, que la onda expansiva había entrado en una mercería, en una tienda de congelados, en un almacén de tableros pero no en la comisaría del número 102. Que el servicio de urgencia estaba atendiendo a unos cuantos heridos leves, que había otras tres camillas tapadas con sábanas blancas y que las ambulancias esperaban el permiso del médico forense para emprender la marcha.


Las calles del viejo Madrid aparecían y desaparecían a los ojos de Antonio Zarco a toda velocidad. Los vehículos dejaban pasar a las ambulancias y los peatones detenían su marcha. A esas alturas ya todos sabían qué pasaba. Él había agarrado la mano izquierda de su hijo nada más salir y no la soltó en todo el trayecto. Estaba tibia y aún no se había producido en ella la metamorfosis de la rigidez. Tenía la esperanza de que, en cualquier instante, se produjera una leve presión, un movimiento casi imperceptible; se imaginaba a sí mismo gritando al conductor, "¡no está muerto!". Nada de eso se produjo. Los dedos de Juan David permanecieron inertes entre los suyos y de ese modo el vehículo llegó a la puerta de urgencias del Hospital de la Princesa.

Las camillas enfilaron la recta de un pasillo largo y desaparecieron tras unas puertas batientes con el cartel de "Prohibido el paso a toda persona no autorizada". Se quedó solo en ese corredor tétrico, junto a una puerta de color verde. Entró en la sala de espera.

119

Al menos allí la luz de la calle entraba a través de dos filas de ladrillos traslúcidos. Los demás familiares de las víctimas mortales aún no habían aparecido. Notó que tenía la carne atirantada por el frío y que le faltaba la respiración, pero no se atrevía a ir al cuarto de baño por si se perdía ver llegar a una enfermera diciendo: "¡no está muerto!". Se agarró a una esperanza tan insensata que cualquier sonido procedente del pasillo le ponía tenso. Los segundos pasaban. Llegó el primer familiar, una esposa de lágrimas secas a la que no le salían más que quejas por la garganta. Iba acompañada de dos mujeres que también le miraban a él con cara de espanto. Poco a poco la sala de espera se llenó de gente que fue haciendo de su presencia un algo casi invisible. Y al filo del mediodía entró Margot.

A ella no le extrañó que él estuviera allí, esa fue la conclusión que sacó Antonio Zarco. Margot se le quedó mirando, sí, pero no se le acercó. Esa distancia tan elocuente hizo mucho daño al ex guerrillero. Si alguien le pedía que demostrara que era el padre de Juan David no podía presentar ninguna prueba, ningún documento acreditativo. La negativa pertinaz de Margot le colocaba en una posición de vacío lacerante. Antonio permaneció sentado en la sala de espera. Margot y él se hacían compañía mutua, aunque fuera desde lejos. Él seguía esperando que se produjera un milagro.

Y entonces, cuando ya la sala parecía estar completa, entró un grupo de estudiantes del Instituto de Bachillerato de Brito de la Sierra. El ex guerrillero los conocía a todos. Se acercaron a Margot formando un corro semicircular compacto. Ella, antes de desaparecer tras esa barrera de faldas escocesas, pantalones vaqueros y chándal, le miró largo y profundo. Antonio entendió enseguida la orden de que permaneciera en el anonimato. Para los chicos y para todos los demás, Juan David tenía que seguir siendo huérfano de padre, le decía Margot sin necesidad de utilizar palabras. En ese momento, desapareció en Antonio Zarco la absurda, la insensata esperanza. Juan David había muerto y por añadidura, sin saber nada de él.

Se levantó y salió de aquella sala de espera. Al fondo del pasillo, tras las puertas batientes, pensó, quizás el forense estuviera preparando el instrumental de las autopsias. Un cuerpo sin espíritu ya no era nada, sabía Zarco. Si su hijo no estaba, tampoco merecía la pena seguir allí. Dejó el Hospital de la Princesa y se perdió por las calles de Madrid.

El pensamiento del ex guerrillero estaba en la calle Lázaro Aroca y en la ambulancia y en el Hospital de la Princesa. ¿Por qué Madrid, precisamente Madrid? Margot se había equivocado. La Cordillera no era un buen lugar para su hijo, pero ¿y Madrid? Se detuvo ante un semáforo en rojo. Mientras cruzaba por el paso de peatones, oyó lo que preguntaba una señora con gabardina color papel reciclado a un señor gordo que llevaba las manos en los bolsillos.

—¿Quién ha sido?

Zarco se quedó parado en medio de la calle.

—Aún no hay ningún comunicado —contestó el hombre—, pero...

Los músculos del cazador se tensaron. Allí mismo, sobre las líneas paralelas de un paso de cebra, juró dedicar lo que le restaba de vida a buscar a los culpables.

Necesitaba estar solo. Cogió el tren de cercanías y en una hora estaba sentado frente al televisor de la caseta de la obra.

*"Interior confirma la autoría de ETA en el atentado que ha tenido lugar esta mañana en la calle Lázaro Aroca de Madrid con el resultado de cuatro muertos y decenas de heridos que, por fortuna, evolucionan favorablemente. Sólo uno de ellos permanece aún en la UCI. El coche bomba fue activado, sin previo aviso, por un temporizador que daba pocas opciones para escapar. El objetivo era la comisaría situada en el número 102 de la calle Lázaro Aroca, que salió ilesa. Los terroristas huyeron en un Peugeot 405 robado a punta de pistola una hora antes, a las afueras de Pinto. Abandonaron ese vehículo poco después con un dispositivo incendiario en su interior. La policía, en vista del modus operandi de los etarras, del apoyo logístico y de la infraestructura, baraja como primera hipótesis que el atentado haya sido obra de un comando asentado en Madrid. Se cree que en el vehículo había más de cincuenta kilos de explosivos."*

No era el primer atentado de ETA para Antonio, ni mucho menos. Al día siguiente de su llegada a Madrid, un coche bomba había matado a un guardia civil y a su hijo de pocos meses. A lo largo de cinco años, desde la distancia de quien creía que no era asunto suyo, habían estallado en Madrid otros cuatro coches bomba como aquel. La cadena del horror se cerraba con el par de tiros en la nuca que recibió de un ilustre profesor universitario. Antonio había

121

asistido como curioso a dos concentraciones de protesta en la Puerta del Sol. Leyó pancartas, escuchó eslóganes, oyó comentarios de la gente y sacó una sola conclusión: que no lo entendía. Las ideas que había traído en la cabeza desde Colombia a propósito de los motivos de ETA para seguir luchando parecían in situ sobrepasadas por una realidad terca.

Ese nueve de noviembre seguía sin comprender. La ETA de Elkin era la organización marxista y a la vez extrañamente altanera del adiestramiento conjunto del 69 que se enfrentaba al régimen franquista. Franco era el principal problema de ETA, creía el guerrillero. Por el contrario, pensó, la organización que había cometido el atentado de la calle Lázaro Aroca, la que ponía coches bomba, la que daba tiros en la nuca, no tenía ningún Franco enfrente. Y tampoco pretendía liberar a ningún pueblo oprimido lleno de miseria. Quien había asesinado a su hijo, se dijo mientras el televisor seguía escupiendo imágenes que le hacían temblar, no era la ETA que él conocía sino otra. Bien, concluyó, ahí estaba el enemigo a batir. No sintió ninguna emoción especial: era como luchar con un pañuelo sobre los ojos.


Antonio Zarco escuchó las exequias fúnebres de su hijo en la última fila. Desde el punto en que se encontraba hasta el ataúd, la capilla se dividía en dos mitades perfectas: en una estaban los estudiantes del I. B. Clara Campoamor, en el otro, el clan de los colombianos. Un muchacho de cara redonda y cejas pobladas pidió que se respetara la intimidad de la familia. Antonio oyó que la reina hubiera querido asistir y el Ministro de Educación y el Ayuntamiento en pleno, pero que Margot se lo había impedido a todos.

—¿Por qué, mija? —preguntó una colombiana escandalizada.

La otra se encogió de hombros.

—Porque no quiere saber nada de periodistas, mi amor.

Margot tampoco permitió que nadie la acompañara a la inhumación del cadáver. Antonio fue el único que no hizo caso a la orden y se quedó con ella. Era una exigencia muy pequeña, se dijo, sin testigos, sin palabras. El chófer colocó las coronas de flores que habían traído los estudiantes dentro del coche fúnebre y comenzó la lenta marcha por las calles del cementerio. Una campana solitaria doblaba con resonancia de yunque. Detrás iban ellos dos. Margot llevaba una mantilla negra de blonda que subrayaba las sombras oscuras de sus ojos claros. Al dar un mal paso pareció que iba a perder el equilibrio. Antonio la asió por el codo y ella le miró por primera vez.

—Es mejor así —dijo ella, sabiendo que Antonio la entendería—. Usted y yo, nada más. Le ruego que mantengamos siempre la misma discreción.

El breve cortejo llegó al pie de una gran capilla abierta. La piedra situada en el lateral izquierdo del monumento funerario había sido corrida. Dos empleados dejaron el ataúd en su nicho. Después, pala a pala, yeso a yeso, colocaron la losa de mármol blanco.

—Puso Silva en lugar de Zarco —a Antonio le dolía ese apellido en la tumba de su hijo.

—Es lo que aparece en los papeles —la voz de Margot sonó casi ronca.

—¡Poco importan ahora los papeles!

—¿Y qué quiere? ¿Qué todo el mundo se entere de que su padre era amigo de los asesinos? —Margot abrió el bolso y sacó un sobre—. Mire lo que acabo de recibir.

La carta llevaba el membrete del Ministro del Interior. Era un pésame muy cariñoso y también muy extenso. Se daban algunos datos de la investigación que aún no habían sido facilitados a las redacciones de los periódicos. Uno de ellos, el más relevante para Antonio, era el que decía que el atentado terrorista de la calle Lázaro Aroca había sido llevado a cabo por el Comando Hegoalde: Ander Etxeberri Idriozola, alias Canelo, Mikel Aranzadi Zalbide, alias Fito, Sabino Zulaika Izko, alias Txoko.

El único golpe que aún podía herir al ex guerrillero lo recibió al leer esa nota de condolencia. Fue consciente, por fin, de lo que ya no era un secreto para nadie: que no había más que una ETA. La organización que había hecho trizas el cuerpo de su hijo era también la del entrenamiento conjunto en La Cordillera.

# PEDRO DE LA SERNA

Las páginas de información internacional tenían un titular que a Pedro, por influjo de la ya omnipresente *obsesionina*, le pareció interesante: en el ordenador de Raúl Reyes, el guerrillero de las FARC abatido por el ejército colombiano, se había encontrado una conexión "impactante", ese era el adjetivo que aparecía en el periódico, entre ETA y la guerrilla. Se trataba de una solicitud de las FARC para que ETA asesinara en España a determinadas personalidades de nacionalidad colombiana. Pedro sonrió al recordar lo que le había contado el ingeniero Yagüe. La gente de Siete Vientos parecía saber bastante más del tema que el CNI y los periodistas.

Los ojos de Pedro se detuvieron en una breve noticia que la policía dominicana acababa de filtrar a la prensa. Decía que el arma con la que fueron abatidos los tres etarras del comando Hegoalde en la ciudad de Torre Maldonado era de fabricación soviética. Se trataba de un revólver nada corriente que, se creía, había entrado en el país de manera ilegal por la frontera haitiana. El articulista hacía referencia a diversas especulaciones sobre el o los autores y su relación con determinados movimientos insurgentes que operaban en el país vecino. Ese extremo parecía preocupar más a las autoridades de la República Dominicana que el triple crimen. No se daba ningún dato nuevo sobre el paradero de Yonu y su posible implicación en los hechos.

"Torre Maldonado", leyó Pedro en voz baja en el momento en que el camarero del bar Roma llegaba a su mesa con la bandeja. De manera casi automática, apareció en su cabeza la imagen redonda de Demetrio Bravo el seductor y sus ojos negros de párpados envolventes; y por asociación de ideas, la de la doctora Paloma Iriarte. En realidad Pedro no necesitaba el catalizador de Demetrio Bravo ni de ciertas dosis de *obsesionina* para acordarse de ella. Cualquier estímulo tenía el aporte energético necesario para que en su cerebro se iniciara una reacción en cadena. Suspiró. Su teléfono móvil reposaba silencioso sobre la mesa. Buscó un número en la agenda.

—¿Doña Josefina?

Se había acostumbrado a hablar de vez en cuando con la ex profesora de Biología. Al término de la breve charla, guardó el teléfono en el bolsillo, dobló el periódico, lo dejó junto a la taza de café y se puso a mirar por la ventana.


A las siete en punto, Pedro se encontraba ya en la sala de conferencias del Hospital Tierno Galván. La cuarta vez que acudía a la supuesta cita era ya muy escéptico sobre las posibilidades que tenía con Paloma. Las llamadas de teléfono, los mensajes y los correos tampoco habían tenido ningún éxito. No podía contar más que fracasos. La doctora Iriarte se había enrocado en una cadena de noes: no puedo, no tengo tiempo, este fin de semana no, no gracias... Pedro estaba a punto de abandonar. No recordaba haberse empleado tan a fondo con ninguna otra mujer. Había aguantado con elegancia de pingüino áridas exposiciones sobre índices de masa corporal, propiedades calóricas de los alimentos, factores genéticos y medioambientales, desórdenes alimentarios, y trastornos psicológicos. Sus intentos, a esas alturas ya totalmente explícitos, chocaban una y otra vez con el mismo muro. Era la última charla del ciclo o el último taller, como decía el anuncio del Servicio de Endocrinología. Esa tarde se acababa el plazo que él mismo, con Marina como testigo, se había impuesto. De sobra sabía que era imposible forzar a nadie a sentir lo que no sentía. Vista desde fuera, le había dicho su amiga del alma, la insistencia solía resultar ridícula.

Esa tarde tenía previsto cualquier desenlace, incluso aquel de probabilidad nula en el que todo salía bien. Pensó que el título de la charla, con otro humor, le podía haber resultado hasta sugestivo: "Pequeños cambios, grandes soluciones". La galería de monstruos, vestidos de verano con sedas, linos, gasas y popelines, permanecía inmune al desaliento. El teléfono empezó a vibrar en su pantalón. "¿Qué pasa ahora?". Estaba de mal humor. La pantalla tenía escrito un escueto "Mamá". Desconectó el aparato y miró alrededor. Sólo notó que faltaba Bigfoot, pero no le preocupaba. El ejemplar de masa desplazada hacia las extremidades inferiores tenía cierta tendencia a la impuntualidad.

125

La endocrinóloga dio consejos para desterrar los malos hábitos alimenticios, hizo una lista de excusas que obligaban a caminar cada día unos pocos kilómetros, explicó tretas que inducían a beber agua y enumeró una serie de trucos encaminados a respetar la dieta cuando se comía fuera de casa. Pedro la escuchó muy aburrido. Se había deslizado sobre el asiento de la silla con las piernas extendidas para dormitar. Ni siquiera hizo ademán de incorporarse cuando entró Bigfoot con pantalón carmesí y túnica color lata de bonito.

Al salir del hospital el sol estaba todavía en lo alto. Pedro tuvo que esperar muy poco en esa ocasión. La manada de hipopótamos, en formación compacta, se encaminó hacia El Mesón Alcarreño siguiendo la estela del rinoceronte blanco. Según la consigna que se había difundido por la sala de conferencias, allí iban a celebrar una sonora y a buen seguro pantagruélica despedida de su *dolce vita* alimentaria. La doctora Iriarte, después de bajar las escaleras de acceso a la puerta principal del centro hospitalario, no fue tras ellos.

—Hola —dijo al llegar junto a Pedro.

Él se sorprendió al ver aquella sonrisa de *smiley* positivo. Paloma llevaba un vestido de tirantes estampado con flores minúsculas que le llegaba a la altura de la rodilla. Los montículos brillantes de sus pechos asomaban apenas por el escote. Se había soltado el pelo, algo nada habitual. Sus sandalias hechas de tiras doradas con tacón de cuña se quedaron inmóviles.

—¿No tienes que irte enseguida? ¡Vaya novedad! —"hago voz de *emoticono* cabreado", pensó al escucharse. Esperaba que ella también lo hubiera notado.

—Pensé que me ibas a proponer algo mejor.

Pedro sacó el móvil. Habló unos momentos. "Una más, sí". Después de colgar expuso su plan sin ninguna matización edulcorada.

—Esto es lo que hay: vamos a tu casa, haces una maleta para dos días, algo de abrigo por si acaso y calzado cómodo, cogemos el metro, buscamos mi coche y nos largamos. Yo ya tengo todo lo mío preparado y listo para salir. Ha de ser rápido. ¿De acuerdo?

—Vale.

Pedro se la quedó mirando con cara de cabreo: ni siquiera había preguntado dónde. No tenía ninguna intención de ceder a Paloma ni un solo milímetro de la ventaja que, no sabía por qué, le había concedido. Caminaba deprisa y la doctora le seguía casi corriendo. Ella subió a su piso mientras él paseaba por la acera con el ceño fruncido. Paró un instante y metió las manos en los bolsillos. Aquello podía salir muy bien o muy mal, se dijo, pensando que había hecho algún descubrimiento memorable. Cualquier cosa le parecía mejor que las dudas de los cuatro últimos meses. Paloma bajó poco después con una maleta pequeña y rígida de color gris pardo. Se la quitó de las manos y la arrastró hasta la boca del metro. En quince minutos estaban junto al aparcamiento al aire libre del Complejo Zona. Miró el reloj: las nueve menos veinte.

—¿Qué hacemos aquí? —preguntó Paloma.

Pedro se dio cuenta de que no sabía nada de él.

—Espera un momento.

Metió el trolley en el maletero del coche y juntos se dirigieron al edificio Fujitsu.

—¿Éste es el sitio al que vamos? —insistió Paloma extrañada.

—No, sólo quiero enseñarte dónde trabajo. Será un segundo nada más.

Ella pasó por alto el ventanal y quiso saber cuál era su mesa. Encima del teclado, estaba el periódico abierto por la página donde se daban las últimas noticias sobre el Comando Hegoalde.

—Tengo un dossier con todas las informaciones que se publican sobre el caso —se disculpó él sin mencionar su tesis sobre la *obsesionina*—. Ésta aún no la he archivado.

—¿Por qué lo haces? —la luz del único tubo de neón que había encendido Pedro al entrar la hacía parecer casi azul.

—Porque tengo la cabeza cuadrada y cuando algo no está claro me chirría. La culpa es de mi difunta tía Josefina.

—A mí me resulta insufrible —Pedro no supo a qué atenerse con ese comentario y esperó a ver si detrás venía alguna aclaración. Pero Paloma cambió de tono y volvió a ser la chica desconocida y sumisa de esa tarde—. Tienes un buen trabajo.

Pedro dio algunas explicaciones generales. Le pareció que con aquella visita sorpresa a las oficinas Melvin, había dado un gran paso hacia el equilibrio: ya no eran dos desconocidos asimétricos que se encontraban por las calles de Madrid en una noche de verano.

La autopista exhibía resplandores de doble aurora boreal. Los faros de los coches dispersaban la luz llena de interferencias, la roja de los frenos traseros en los carriles de la derecha, la blanca insoportable de los delanteros en los de la izquierda. Parecía existir algún polo magnético que lanzaba a las partículas cargadas por trayectorias de curvas suaves, sin que se produjeran las temidas colisiones. Paloma había recostado su asiento.

—¡Qué ganas tenía de acabar —dijo estirando los brazos y poniendo las palmas de las manos detrás de su cabeza. Pedro la miraba por el rabillo del ojo.

—¿Estás cansada? —preguntó.

—Más bien harta. Siempre nos toca a los nuevos lo que nadie quiere.

—Pues yo hubiera jurado que era lo tuyo.

—¡Qué barbaridad! —Paloma bostezó—. Eso quiere decir que soy buenísima fingiendo.

—¿Ahora también?

—Tengo la guardia baja, lo reconozco. Y estoy contenta.

Los pulsos de Pedro se pararon un instante en el toc-sístole antes de continuar la macha con el toc-diástole. Se sintió algo miserable ante tal confesión de abandono.

—Te informo.

Iban a un pueblecito más allá de El Escorial que se llamaba Ofuentes, dijo Pedro. Allí estaba el Hostal Agustina. Descansarían esa noche y a la mañana siguiente irían a caminar por el monte, todo el día. Podrían hacer un alto cuando les apeteciera, aclaró, echar la siesta en el campo, charlar. En la sierra no hacía calor. Y para el domingo ya pensarían en alguna otra excursión.

—Por mí, perfecto. ¿Mañana habrá que levantarse pronto?

—No necesariamente. Podemos hacer lo que nos dé la gana.

—Pues entonces nada de madrugar.

Dejaron la autopista para circular por una carretera estrecha pero bien señalizada. Pedro puso la radio y pronto sucumbió una vez más a su obsesión musical más resistente. La guitarra diáfana de Mark Knopfler sacaba a flote los acordes celtas de *Local Hero*. Creía notar música de esferas celestes: los graves provenían de planetas cercanos, los agudos de estrellas situadas a millones de años luz. El movimiento astral escribía una partitura armónica para el intelecto de Pedro. Sacó la mano por la ventanilla. Ondas cargadas de iones fluían en el seno del viento solar y lo desviaban de su ruta. La fuerza llegaba del asiento de al lado, donde Paloma se había quedado dormida. Escuchar esa música en tales condiciones era un fenómeno muy energético para él y a la vez muy plácido. La atmósfera cálida se fue haciendo más leve a medida que el coche ganaba altura. Hasta que la aurora boreal ya no era más que los faros de un único coche perdido entre montañas.

El Hostal Agustina estaba situado a las afueras del pueblo. Se trataba de una casa blanca con puertas y ventanas pintadas de un rojo moribundo. Cuando Pedro detuvo el coche, Paloma se despertó.

—¿Hemos llegado?

—Eso parece.

—Perdona, si paso una temporada de estrés, después necesito curas de sueño.

Sacaron las maletas y fueron hacia la recepción. Pedro sabía que ella estaba alerta para ver cuál era el último paso. La mujer del mostrador, una teutona nacional, se dirigió a él. Sí, tenían reserva, sí, dos habitaciones, sí, llevaban el DNI.

—Oiga —Pedro miró el reloj—, ¿está abierto el comedor?

—Lo siento, es tarde —contestó la dueña—. Pero si se acercan al pueblo no les costará encontrar un sitio para cenar. Esta noche hay verbena.

Pedro miró a Paloma.

—¿Tendrás bastante con un cuarto de hora?


Mientras caminaban por la amplia avenida que conducía a la plaza del pueblo, Pedro rogaba a los espíritus traviesos que aquella no fuera una velada cualquiera. De momento el cielo lucía con decorado de noche americana de la Warner, lo que no era poco. Pero creía necesitar un escenario aún más espectacular. "De Big Bang", se dijo tirando por lo alto. Y Ofuentes no le defraudó.

A ambos lados de la calle crecían dos filas de árboles menudos, a los que algún jardinero con trastorno tripolar había convertido en paralelepípedos de color verde aceituní. Largo, ancho y alto eran proporciones acomodaticias a las dimensiones de sus respectivas masas foliares. Las tijeras se notaban aún en las caras perfectas de aquel apaño. No podía imaginar una mente más perversa que la que había perpetrado semejante poda.

—Parece que en cualquier momento se va a abrir un cubo de estos para que salga la Reina de Corazones —comentó. Ella sonrió.

A esa calle ancha del País de la Maravillas le siguió otra mucho más estrecha adornada con farolillos de papel. La luz de colores recreaba la atmósfera de Gion, con la salvedad de que los cerezos habían sido sustituidos por jacarandas de flores azul violeta. Paloma llevaba una camisa de seda rojo Marte y pantalones de color negro Plutón. No podía ser, por tanto, ninguna geisha del viejo barrio de Kioto, pero tenía cierto aire a concubina rubia de la Ciudad Prohibida que desataba la imaginación de Pedro.

Poco a poco iban metiéndose en el interior del pueblo. Aquella decoración oriental chocaba de forma espasmódica con las cortinas de macarrón de las puertas o con los geranios de los balcones. La senda de farolillos conducía hacia algún polo atractivo, no había más que seguir su estela. Pedro escuchaba el repiqueteo de las sandalias de Paloma sobre el suelo empedrado, nada más. En ese silencio semiabsoluto llegaron a la plaza.

Por lo que pudo deducir, él estaba bastante más acostumbrado que ella al surrealismo de las verbenas rurales, sobre todo a las del verano. En los pueblos de la sierra de Madrid, Pedro había visto ya de todo.

—Debe de ser un baile de disfraces —dijo Paloma.

Miraba alrededor con ojos platiformes. Se trataba de un recinto rectangular presidido en su centro por un quiosco vacío rodeado de más farolillos. Por los bordes del cuadrilátero, la luz del alumbrado municipal hacía que los rostros parecieran de un tono amarillo anémico. Ese al menos debía de ser el efecto buscado por los *sushigays* y las *bollimangas* que se paseaban entre las mesas al aire libre de dos bares, dedujo Pedro. Le llamaron la atención los rostros empolvados de ellos, sus pequeños labios rojos de corazón, sus cejas marcadas. Hasta ahí la plaza del pueblo era como el pub "Silk" de Chueca el 3 de marzo, cuando se celebraba el Hina Matsuri, la fiesta de las muñecas del sol naciente. El resto de su atuendo, pantalones y camisas de colores claros, tenía el sello de un minimalismo estético que le resultaba incluso masculino. Por el contrario, las aspirantes a

130

activas matronas del *sado* nipón, con sus bodys de cuero negro, a Pedro le parecían recién salidas de un juego para adultos de la *wii*. Los lugareños miraban todo aquel despliegue erótico-oriental con aparente indiferencia, pero permanecían amarrados a sus sillas sin dejar ningún asiento libre.

—Ya nos enteraremos de lo que pasa —dijo Pedro con indiferencia estudiada.

Ella parecía divertirse.

—Se me ha ido el sueño de repente.

—Tú al menos has acertado con esa blusa.

—Casualidad —la chica se llevó las manos al estómago—. Tengo hambre, ¿comemos algo?

El recinto se prolongaba hacia la penumbra tranquila de un callejón con sabor a algodón de azúcar y de guirlache, a humos de churros y buñuelos, a gritos de tómbola, a desafío con premio de muñeca con el rostro de Bridney Spears, a olores de frito y de hamburguesa. Sentados en la acera, dieron cuenta de sendos perritos calientes bien cargados de kétchup y mostaza, y un par de cucuruchos de patatas fritas. Pedro estaba resignado. Había hecho planes culinarios muy distintos para una noche tan especial como esa. Con Gema, se dijo, jamás hubiera podido cenar sentado en una acera. Ese pensamiento le produjo un profundo bienestar.

Así estaban cuando empezó a sonar la música.

—¡*"Angelitos negros"*! —exclamó emocionada una señora de pelo-escultura.

La voz solista era aguda, su acento indescriptible y los violines se adaptaban como podían a una partitura que no estaba escrita para ellos. Pedro y Paloma se pusieron en pie con el bocadillo sin terminar. Recorrieron el callejón en sentido inverso hasta llegar a la plaza.

Una orquesta de japonesas ocupaba el ruedo del quiosco. Sus rostros plegados sobre los arcos de los instrumentos denunciaban con severidad hemofílica el racismo del pintor de iglesias. *Sushigays* y *bollimangas*, postrados a sus pies, ocupaban las escaleras. La puesta en escena tenía para Pedro una plasticidad comparable a la de la Gran Vía la noche del último estreno de *Spiderman*. Cuando la Machín de ojos oblicuos hizo el bis, ya no les quedaba ni rastro de los perritos calientes. Pedro sacó un par de pañuelos del bolsillo del pantalón y ambos se limpiaron las manos. Luego cogió a Paloma por la cintura y se pusieron a bailar con cierta timidez. Pensó que Demetrio Bravo nunca tenía esos problemas.

La orquesta no seguía una línea estilística demasiado definida: cabía cualquier tipo de canción nacida entre Río Grande y el Cabo de Hornos. En circunstancias normales, Pedro no se hubiera impresionado especialmente por la profusión de palmeras, celos afilados, abandonos, palmeras, arrumacos mecidos por la brisa, más palmeras, amores bajo el sol canicular, muchas más palmeras, juramentos, promesas, otra vez celos afilados y otra vez palmeras. Las letras encendidas de las baladas latinas le solían dejar bastante frío en el mejor de los casos. Pero cuando la japonesa se puso a cantar, *"Qué me importa, negra, si te vas con él..."*, Pedro tuvo que aplicarse una severa autocensura para no tatarear también, *"...oh, no, no, no, mi diosa de ébano y rubí..."*. Él, se dijo con horror, no era Demetrio Bravo. Bailarines anónimos estaban ya en la pista, niños y viejos, pocos jóvenes. Una pareja formada por *sushigay* y oso velludo había salido también al ruedo. Pedro ni siquiera era consciente de que los veía.

La tanda de rancheras japonesas llegó con *"Yeguada de amor"*, otra prueba dura para la cantante y para Pedro. Como apenas se entendía la pronunciación de la vocalista, quien tatareaba por lo bajo era Paloma, *"...galopa, galopa, hija del huracán..."*. Acto seguido, sin dar tiempo a que las parejas deshicieran el abrazo, llegó *"Pasión fugaz, pasión maldita"*, con aquel *"...querubín míoooo..."*, un agudísimo fa con *vibratto* que llevaba la marca indeleble de una Luchita en Kimono. Sin saber cómo, quizás por el empuje de aquellos amores desgarrados pensó Pedro, se había producido un avance. Su brazo derecho rodeaba ya la cintura de Paloma y ella, en medida de reciprocidad, apoyaba la cabeza en su hombro sin ningún complejo.

En los boleros que llegaron después, los violines hacían lo que podían para imitar el rasgado de la guitarra. La temática era poco variada, *"Mujer ingrata"*, *"Mujer sin alma"*, *"Mujer fatal"*... Pedro tenía los labios muy cerca de la mejilla de ella. Sentía que caminaba sobre el vértice de un sombrero mejicano. Estaba excitado y no sabía qué hacer, si seguir adelante o poner la marcha atrás. Y cuando llegaron los tangos, esperó que se produjera un acelerón y a la vez temió que ella pisara el freno.

No sucedió ni lo uno ni lo otro.

*"Me revienta tu presencia, pagaría por no verte;*
*si hasta el nombre te has cambiado, como has cambiado de suerte.*
*Ya no sos mi Margarita, ahora te llaman Margot."*

Paloma, a pesar de que la música de los violines seguía sonando, se quedó quieta.

—La madre de Juan David se llama Margarita –dijo como si acabara de descubrir que la rueda era redonda–, pero cuando vivía en Medellín la llamaban Margot. Contra todo pronóstico, Pedro no maldijo la interrupción que había echado al traste con una atmósfera tan propicia. "¡Medellín!", repitió para sus adentros inundados ya de *obsesionina*. La curiosidad aporreaba otra vez su cabeza.

—Algún día podríamos ir a verla. Estuve en Medellín hace poco –la justificación le pareció poco consistente–. A lo mejor le gusta que le cuente lo mucho que ha cambiado la ciudad en los últimos años.

—La verdad es que desde el entierro de Juan David no he vuelto a saber nada de ella. Me hubiera sentido mejor acompañándola, pero simplemente desapareció. No dijo ni adiós –el silencio de Paloma se prolongó pero él sabía que aún faltaba algo–. De la noche a la mañana me quedé sola.

Pedro se preguntó si estaba robando lo que no era suyo. Los bailarines se hallaban otra vez muy cerca, pero sintió que la sombra del muerto se había colado entre los dos. Y entonces la solista nipona cantó una versión de *"Bésame mucho"* que a Pedro, de puro trágica, le recordó a la de Édith Piaf.

El camino de vuelta al hotel fue muy melancólico. Cogidos de la mano atravesaron la plaza del sol naciente. Lejos quedaron farolillos de Gion, labios lánguidos fumando narguile y pálidas concubinas de la Ciudad Prohibida, pero el vacío de Juan David Silva Arango seguía sus pasos. Después enfilaron la avenida de los paralelepípedos arbóreos desmedrados y la dejaron atrás sin haber podido despegarse de los muertos. El Hostal Agustina estaba ya a un tiro de piedra y la incertidumbre de Pedro elevaba su nivel. Subieron las escaleras con las llaves en la mano, Paloma delante, él detrás. Las habitaciones ni siquiera eran contiguas. Pedro se paró frente a la suya y ella siguió avanzando por el pasillo.

—Buenas noches —dijo Paloma.

Luego metió la llave en la cerradura, empujó suavemente y desapareció. Pedro, apoyado en la puerta de su cuarto, se reveló contra aquella pasividad, "¡por lo menos tenía que haberlo intentado!". Su furia de hojalata levantó acta del fracaso de forma teatral. Las sombras rampantes que pululaban alrededor parecían intentar poner calma. "Tampoco es una desgracia cósmica", se dijo, "él está muerto y yo no". Pero justo entonces, por la rendija que mediaba entre los visillos corridos de la ventana, entró la cara de la luna diciendo que sí lo era.

Escuchó el ruido entre sueños; de hecho no fue consciente de que era real hasta que no lo oyó por segunda vez. "¿Dónde estoy?", se preguntó con las manos abiertas sobre las sábanas. Superado el desconcierto inicial, buscó a tientas el móvil: eran las cuatro y diez de la madrugada. Se puso en pie y fue hacia la puerta.

—¿Quién es? —preguntó con la oreja apoyada en la madera.

—¡Por favor, ayúdame! —reconoció la voz de Paloma a pesar de que sonaba casi como un susurro—. Te juro que en mi cuarto hay alguien.

Ella entró de golpe y se quedó quieta en medio de la habitación. Pedro se asomó un momento al exterior: estaba vacío. Corrió los visillos de la ventana y echó una ojeada alrededor. La luz de la luna incidía sobre la superficie bruñida de su bastón de montaña. Con él en la mano enfiló el pasillo. Llegó frente al cuarto de Paloma. Su mente analítica transmitió la orden de que había que empujar la puerta con suavidad, lo justo para que las jambas la hicieran girar apenas quince grados. Miró hacia el interior: no vio nada. El espadachín entró con el bastón en posición de ataque. Al accionar el interruptor de la luz, vio tres murciélagos revoloteando por toda la habitación. Las ratas voladoras utilizaban su sonar para no chocar con los muros, pero el revuelo de sus alas extendidas hacía un ruido que rompía la noche. El ventanal estaba abierto. Pedro persiguió a los murciélagos con la toalla de baño hasta que logró que salieran de allí. Luego cerró la ventana y volvió a su cuarto.

Mientras contaba a Paloma que no eran gigantes sino membranas al viento, se dio cuenta de que, ahuyentada la primera preocupación, iba surgiendo la segunda: ella tenía pánico a los murciélagos. Pedro ni siquiera por un momento pensó en sugerir un cambio de habitaciones. Lanzó un órdago a la grande.

–Puedes quedarte aquí si quieres.

Y sin esperar respuesta se metió en la cama. Ella permaneció en pie unos larguísimos minutos y al final, sin decir nada, se acostó a su lado. Con aquella posición rígida e inmóvil, Pedro pensó que parecían Ramsés II y Nefertari. Pero el sensor de la piel de su brazo descubrió el calor que irradiaba la mano de Paloma. Y al escuchar aquella voz llena de ternura, se dijo que ella también debía de haber notado esa proximidad.

–A veces al salir del Instituto íbamos a una casa abandonada. Allí pasábamos horas y horas charlando.

–¿En Brito?

–Sí, en Brito de la Sierra. En la casa había murciélagos. Los chicos decían que a los murciélagos les gustaba poner sus patas en el pelo de las chicas y que después no las podían sacar.

–Y una vez en la cabeza, supongo que empezarían a chupar sangre como locos y se convertirían en vampiros.

–Imagínate, un trauma horroroso. La única solución era ir a la peluquería con el murciélago encima y raparse al cero.

–¿Entre esos chicos tan sádicos estaba Juan David?

–Era el peor de todos.

–Por eso te gustaba, ¿no?

–No sé –Paloma se quedó callada un instante, y Pedro pensó que intentaba medir sus siguientes palabras con precisión. Esperó la respuesta a corazón parado–. Cuando alguien te gusta es por todo o por nada –el cuello de Paloma-Nefertari deshizo su rigidez hierática para poder mirarle–. ¿No te pasa lo mismo?

Pedro se volvió hacia ella y la besó. No encontró resistencia alguna, todo lo contrario, Paloma se agarró a él como si fuera un murciélago en la cabeza de Lilly Monster. El beso era suyo, pensó para tranquilizar el primer brote de desconfianza, no de ningún chico desaparecido. Intentó racionalizar la situación. Había pasado en pocos minutos de perseguidor sin esperanzas a cazador cazado y eso, se dijo, suponía un gran avance. Pero los miedos estaban ahí,

135

miedo a estropearlo, miedo a no saber interpretar las señales, miedo a ser excesivo y a lo contrario, miedo a poner demasiado de sí mismo, miedo a sufrir una decepción.

Sin dejar de mirarla, desabrochó los botones del pijama de Paloma y después los del suyo. Ella se incorporó levemente y comenzó a pasar sus labios por el cuello de Pedro y por sus hombros y por su pecho y por su ombligo hasta dar con el obstáculo de la goma del pantalón del pijama. La boca de Pedro buscó sus pechos tibios y su mano fue metiéndose poco a poco entre las piernas de ella.

—Si voy muy deprisa dímelo. Y si te molesta algo, lo mismo.

Paloma recorrió los recovecos de su oreja derecha con la lengua y acarició su sexo.

—Estoy muy bien —susurró de manera inequívoca.

El universo erótico de los *sushigays* y las *bollimangas* llegaba a la cabeza de Pedro resumido en una sola palabra: "*silk*". Se sentía envuelto en seda recién importada de Japón. Besaba sedas de distintas texturas, escuchaba ruidos de seda desgarrada, en las yemas de sus dedos se dibujaban huellas de seda. La piel que se iba derritiendo sobre sus dudas, tenía el tacto resbaladizo de la seda y el sabor salubre del sudor. Los placeres de la seda y el sudor le empujaron al borde del abismo.

El engranaje rodaba sin ningún chasquido, con armoniosa facilidad. Pero Pedro era Pedro y en algún tramo de la ruta de la seda, había temido, tendría que surgir el destello fatal de su naturaleza discordante. "¡Qué inoportuno!", pensó dándose ánimos ante la aparición del primer contratiempo. Consideraba que el condón, a pesar de ser el instrumento más útil que se había inventado desde la rueda, al menos para los hombres solteros, estaba reñido con la esencia misma de la pasión. En el momento álgido había que hacer un paréntesis para colocar el dichoso globito. Pero, ¿qué podía hacer?

Paloma observó la maniobra con una sonrisa. Pedro se dio cuenta de que esa mirada entre irónica y próxima era el mejor antídoto contra sus miedos. Él también se rio de sí mismo.

—¿Cómo se las arreglará Bigfoot en estas circunstancias? —preguntó con naturalidad. Podía, se dijo, resultar incluso torpe.

—Si quieres te ayudo. Pareces un murciélago gigante.

—¿Intentas humillarme? —se sentía pletórico, dueño de la situación—. Debes saber que los megamurciélagos tienen fama de estar condenadamente superdotados.


Abrió los ojos y enseguida los volvió a cerrar. Los cristales sin protección dejaban pasar montañas de luz blanquecina e hiriente. Tenía el brazo dormido pero no se atrevía a moverlo para no despertarla. Tal prudencia no le impidió caer en el error que cometen el noventa y nueve por ciento de los ingenieros del ramo cuando pasan por el escaparate del último i-phone: dejarse llevar por un impulso de posesión.

—Te quiero.

Paloma se removió sólo un poco.

—Me lo paso bien contigo —contestó.

Ella volvió a quedarse dormida al instante. A Pedro, en el primer momento, tal declaración casi lúdica le supo a nada. Luego, a medida que pensaba en ello, fue encontrándole interpretaciones más positivas. Se acordó del aburrimiento latente de Gema, de la monotonía gimnástica de sus encuentros programados con Judith, de lo mecánico que había sido tocar las tetas sintéticas de Catherine Disneyworld. Pensó en la más reciente sonrisa quitamiedos de Paloma frente al desafío del preservativo. Animado por tal descubrimiento, ese "me lo paso bien contigo" fue escalando puestos. La risa había sido el tema estrella de la última velada con sus amigos. Recordó las palabras de Luis: Umberto Eco se había servido de la risa y de Aristóteles para establecer un punto de unión entre el pobre mortal y lo divino. Pedro insomne, metido ya de pleno en el terreno literario, añadió a ese razonamiento que los gatos sólo podían sonreír en el País de las Maravillas donde eran casi humanos. Y que a la *Ilíada*, como había puntualizado Claudio en el transcurso de esa misma cena, sólo le hacía falta alguna carcajada de Aquiles para ser el libro perfecto. Al fin y al cabo, se dijo, los esquimales llamaban "reírse" a echar un buen polvo. En ese sentido, las palabras de Paloma le sabían a notable como mínimo. Pensó también que la seducción de Demetrio Bravo tenía mucho que ver con el hecho de que era un tipo de sonrisa continua. Y que en el lado contrario, los fanáticos como ETA se tomaban demasiado en serio a sí mismos y a sus ideas. Acto seguido, corolario inevitable de tal cadena de razonamientos, dedujo muy sonriente que despertar con la cabeza de una mujer aprisionándole el brazo podía ser una bendición, tal y como afirmaba Marina. Estuvo a punto de gritar, "¡Vivan los murciélagos!" El psicotrópico del bienestar le iba produciendo sueño otra vez. Los ruidos de la calle llegaban más amortiguados que los del pasillo. Pedro rezó para que la camarera se comportara con sensatez y no diera al traste con aquel fragmento de gloria.


Notó el cosquilleo de la sangre que volvía a circular libre por su brazo. Paloma no estaba. Hubo un instante de temor en el que Pedro pensó que ella se había marchado, pero el ruido de la ducha no era ningún sueño. Se levantó de un salto. Sin pensarlo dos veces, entró al cuarto de baño y se metió también bajo el agua. Dos horas después se encontraban tomando un sándwich en el bar del hotel.

—¿Por qué me huías? —quiso saber Pedro.

Atacó la cerveza que acompañaba al triste panecillo de molde mientras se disponía a oír una explicación larga y meditada. Lo que escuchó descubría una Paloma llena de dudas, confusa, imprecisa; alguien que se mostraba tan insegura como él mismo.

—No sé, las circunstancias, la forma en que nos veíamos. Yo era la conferenciante, tú el público —Pedro levantó las cejas—. Pero por otra parte me gustabas. Esta última semana lo he pasado fatal. No hacía más que pensar, ¿y si no viene?, ¿y si no le vuelvo a ver?

A las diez de la noche pasaban por la calle de los cubos clorofílicos camino de la plaza de Ofuentes. No se parecía en nada a la de la noche anterior. Había desaparecido de cuajo la atmósfera oriental de prodigios inesperados y en su lugar se había instalado el tópico lugar de reunión de pueblo, con jubilados, niños en bicicleta y jóvenes mamás en el letargo dulce de un segundo o tercer embarazo. A Pedro le hubiera gustado escuchar en la máquina de discos, *"Juliet, when we made love you use to cry, you said I love you like the stars above, I'll love till I die...",* pero lo que sonaba en el bar era lo más prosaico del panorama musical francés: *"Un beach c'est un volley sur la plage...".* Agradeció que al menos el local tuviera un menú nada japonés y nada sofisticado pero convincente: jamón serrano, queso de oveja y vino tinto de la tierra. Cenaron en una mesa al aire libre casi con voracidad.

—Jamás pensé que comieras tanto. Ni comer ni otras cosas. Me tenías bien engañado.

La sonrisa de Paloma apareció embadurnada con diez toneladas de ironía.

—¿Estás cansado?

—Ni lo sueñes, forastera.

Y a medianoche entraban otra vez en la habitación del hotel. Segundos antes, al cerrar la puerta y a pesar del estado de coma flotante en que se encontraba, Pedro se acordó de Medellín, de Juan David Silva Arango y de aquella Margarita misteriosa que un día se llamó Margot.

# SEGUNDA PARTE

# EL GUERRILLERO

Según los papeles que operaban en poder de la República Colombiana a los que Elkin había tenido acceso, su trayectoria como guerrillero terminó con el fin del "Movimiento Revolucionario Jorge Eliécer Gaitán", en abril de 1990. Era totalmente falso. Sí era cierto que formó parte de la Coordinadora Simón Bolívar constituida en el 87 para negociar con el gobierno el proceso de paz, como decían algunos, pero poco más. Elkin, a mediados del 89, eligió mantenerse al margen de la lucha armada. Y ese cambio tan brusco no se produjo ni por las armas ni por la paz, sino por las desgracias de un minúsculo pueblo de indios situado a orillas de la selva. Ese municipio se llamaba San Marcos de Portuero.

Elkin y sus hombres volvieron a escuchar el ruido ronco del río que cortaba la selva desde el fondo del desfiladero. Tenían el convencimiento de que aquellos montes umbríos y espesos de naturaleza feraz seguirían siendo tan inexpugnables como dos años antes. Más abajo, donde había que llevar repelente de mosquitos para evitar el dengue y la malaria, se extendía la cuenca completa de otro río aún más grande y sus quebradas hijas. Por razones que tenían que ver con el olvido a lo indígena y el aislamiento, los guerrilleros creían que allí tampoco se habrían producido cambios relevantes. Se equivocaron.

Años antes, habían construido dos pistas de aterrizaje para helicópteros y avionetas. La tregua pactada con el presidente Betancourt no era obstáculo para que los contendientes siguieran jugando sus bazas. Orito quería habilitar un lugar de la selva para que tuvieran lugar los primeros pasos de la tan anhelada Asamblea Constituyente. Su proyecto político descansaba en el cese de la lucha armada y en eso el "Movimiento" le apoyaba.

El primer síntoma de que algo andaba mal fue el estado en que encontraron las dos pistas de aterrizaje. Habían sido bombardeadas a conciencia. Elkin no encontraba ninguna explicación. Era impensable que, con la cantidad de frentes abiertos que tenía, el ejército se molestara en aparecer por un lugar tan alejado del mundo. El ataque había sido estrictamente aéreo: no se veían evidencias de ninguna expedición por tierra. De hecho las instalaciones del antiguo campamento aparecían invadidas por la selva, nada más, lo mismo que el laboratorio.

En esos momentos echó de menos al Comandante y se lamentó de que la pierna amputada de Orito le hubiera colocado en cabeza de las operaciones ejecutivas de primera línea. Los hombres de Elkin se pusieron a trabajar en las pistas de inmediato, órdenes de Orito. Pero él, sobre todas las cosas, tenía la obligación de saber qué pasaba.


Aún estaba amaneciendo cuando se puso en marcha en dirección a San Marcos de Portuero. La arista redonda del crepúsculo recorría ya el espectro intermedio entre el amarillo y el rojo. Se acordaba bien de la condición desvaída de los azules y de la rabia pugnaz de los verdes pero del camino no tanto. Temía perderse, la selva de yarumos, palmas macanas, higuerones, ceibos y helechos exageradamente altos se había comido las antiguas señales que servían de orientación. Pero había hecho ese mismo trayecto en tantas ocasiones que a los pocos pasos ya fue capaz de redescubrirlo. Era el lugar más aislado que Elkin y sus hombres habían conocido. Los pueblos indígenas no les servían de referencia más que para lo malo: siempre parecían estar en la cara equivocada de la suerte.

A mediodía, cuando llevaba ya seis horas de marcha, llegó al punto en que la selva empezaba a dar paso al valle. Y nada más divisar los campos de cultivo empezó a notar los cambios. Desde arriba podía hacerse una idea del conjunto. Las parcelas de matas de coca eran ahora mucho más numerosas y en esa expansión se habían apoderado de la yuca y del maíz casi por completo. No encontró a nadie en los bancales. Elkin, que conocía bien los usos de los indios, no podía justificar lo que veía más que con los ojos de quien había sido testigo de algo parecido en Antioquia. Aceleró el paso, tenía prisa por llegar cuanto antes a casa de Rómulo Tajitoche.

Y a punto de alcanzar el extremo más remoto de la única vía civilizada que comunicaba el valle, se paró.

Por el camino vio a dos hombres armados. Escondido tras la maleza, trató de adivinar algo de ellos por su indumentaria. Iban vestidos con vaqueros y camisetas de algodón, verde caqui uno, el otro negra. Obviamente, se dijo, no eran soldados. Dedujo que tampoco parecían sicarios de ningún narco: a los cachorros les gustaban los pantalones militares. Ni siquiera podían ser guardaespaldas de políticos o caciques: sus amos les obligaban a vestir con traje. Uno tenía pinta de forastero, con su barba semicana y su cuerpo recio, el otro no, el otro era como Elkin, reconocible para él. Pero la categoría humana de lo forastero en San Marcos era hasta ese momento para Elkin un conjunto vacío. Las modificaciones que veía en el campo debían de tener, se dijo, un significado mucho más hondo para que en ellas cupiera un extraño. Sobre todo si llevaba rifle Remington 1743 DKL del calibre 222 para zurdo, con culata de nogal, mira Thompson, doble gatillo y correa Anchutz de color verde hospital.

Siguió escondido sin quitar la vista de los intrusos. Los vio entrar en el pueblo por la calle principal y casi única que conducía a la iglesia hasta que desaparecieron de su vista. Entonces, parapetado siempre tras la maraña de cañizos que rodeaba las casas, Elkin se fue desplazando hasta llegar a la trasera del almacén de granos de señor Rómulo Tajitoche.

Tenía que conducirse como un ladrón. La puerta estaba cerrada, pero Elkin conocía el truco: con un traqueteo suave la pestaña de madera cedería. Cerró la puerta enseguida. Cuando sus ojos se acostumbraron a la oscuridad, vio que el habitáculo estaba casi vacío y que olía a abandono. El techo lo ocupaba el mismo engranaje de poleas que servía al señor Rómulo para izar los sacos, pero estaba completamente oxidado. Se aupó sobre una silla vieja para alcanzar el ventanuco lateral. Por las calles polvorientas de San Marcos de Portuero ya no se veía a ninguno de los dos extraños.

El guerrillero se preparó para dar el siguiente paso. Por los ruidos que no oía dedujo que Humbertito estaba ausente de la casa y Javiera lo mismo. Pero la señora Perseverancia quizás... "Si está le voy a dar susto". Pero cuando abrió la puerta la sorpresa fue de ambos: la mujer le esperaba con una daga inamistosa. El guerrillero dedujo que, sólo segundos antes, la india debía de estar en el suelo con una piedra de molienda en la mano, la misma mano que en ese momento blandía el arma de matarife. A su lado vio un gran recipiente de latón lleno de granos de maíz que ya habían sido ablandados a fuego lento.

—*Chisué* —Elkin saludó al estilo indígena. La mujer hizo una seña para que cerrara la puerta y él lo hizo.

Ella seguía amenazando al intruso. Llevaba una falda larga que barría el suelo y sus ojos de antracita tenían dentro de todo menos bienvenidas. A Elkin le recordó a la señora Luciérnaga, la suegra de Trajano Jaramillo cuando iba por el campo. Juan David acababa de nacer. Por aquella época él se pasaba el día escondido para verle de lejos.

—Hable más bajo. ¿Qué hace usted por acá? ¿Será que volvieron?

Elkin no contestó a esas preguntas y en su lugar resumió con voz queda la descripción de lo que tenía delante.

—Se ve todo bastante cambiado.

La cara redonda de la señora Perseverancia era un monolito esculpido en piedra arenisca. Los indios tenían fama de parcos a la hora de exteriorizar sus emociones. Elkin había oído decir al señor Rómulo que cada noche limpiaba su espíritu a base de silencio. A pesar de tales creencias, Elkin había sido testigo de cómo se desarrollaban a la perfección las capacidades orales de los indios. Podían estar incluso a la altura del mismo Jairo Ortega, pensó tantas veces al escuchar sus relatos. Conocer al interlocutor era su única barrera, y Elkin, dos años atrás, la había traspasado. Narraban despacio, buscando siempre la palabra precisa. Hablar era para ellos una forma de conocimiento, no una frivolidad. El arte de la conversación lo utilizaban sobre todo para contar historias. Al guerrillero, aunque se lo hubiera oído cien veces, no se cansaba de escuchar a la señora Perseverancia decir que el mundo tenía tres capas, la de arriba donde estaban la luna y el sol, la intermedia, con agua, animales y plantas, y la profunda, el reino de las serpientes; o que para crear el mundo el dios Gutumaz, oculto bajo plumas verdes y azules, se había sentado en el agua rodeado de luz. De vez en cuando los indígenas andinos del sur pintaban el lenguaje con vocablos desconocidos que Elkin, si tenía un bolígrafo a mano, apuntaba en

146

sus cuadernos. Pero en esa ocasión la vieja parecía poco dispuesta a conversar.

—Así andamos. Nadie le vio entrar, ¿cierto?

Para Elkin ese recelo tampoco tenía sentido, aunque al menos la india dejó el cuchillo encima de la mesa y se volvió a sentar. Elkin pensó esperanzado que ya estaba dispuesta a permitir que él permaneciera allí.

—Seguro. No veo al señor Rómulo...

—Salió esta mañana —Ella metió la mano en el maíz y lo examinó con mimo—. Se demorará en llegar.

—¿Y el almacén?

—¿Almacén? ¡Por los espíritus del monte y del agua!, ya no hay tiendas en San Marcos de Portuero. Para todo tenemos que ir a Infantes, queramos o no queramos; que no queremos, pero así es la vida. Y no debería hablar. Claro que no. A callar se ha dicho.

Elkin había ido dos veces a Infantes. Los campesinos de la zona acudían allí cada miércoles por la mañana para vender las pocas arrobas de hoja de coca que conseguían recoger; y también mercadeaban con otros productos del campo y de sus granjas, así como con productos elaborados por ellos mismos, que iban de tejidos a todo tipo de útiles para la casa. Así era el Infantes que Elkin recordaba, algo muy distinto a lo que creyó percibir en el tono de voz de la señora Perseverancia. Al pueblo más importante del valle, año y medio atrás, tampoco le había llegado el tendido eléctrico

La vieja tiró los granos sobre un recipiente plano y circular y empezó la molienda. Elkin no se atrevió a pedir unas cuantas explicaciones que consideraba necesarias para saber qué pasaba, aunque tenía sus sospechas. El guerrillero miró alrededor: había que hacer la pregunta inevitable.

—¿Y Javiera?

—Ahorita vive en Infantes con su esposo.

Esa sí era otra noticia importante. Elkin tenía mala conciencia. Él se había metido muchas veces en la cama de Javiera con permiso de sus padres, mejor aún, con la complacencia de sus padres. La muchacha se había quedado viuda por culpa de un desgraciado accidente cuando Humbertito aún no tenía ni un mes. El guerrillero se sintió aliviado al saber, dos años después, que existía un marido.

147

—Me pareció ver forasteros por acá.

—Gentuza —la señora Perseverancia se levantó y miró por la ventana de la cocina—. No tenemos más que entierros —Elkin esperó. Tuvo la intuición de que, abierta esa vía, la india iba a estar mucho más comunicativa—. Esta tarde por fin se da sepultura a Eurípides Gómez —la vieja se santiguó—. Su viuda tiene al pobre Eurípides medio congelado. Le va poniendo hielos para que no se pudra. Sí, hielos. Hay un aparato para hacer hielos en la cantina, eso es lo único que hemos ganado. Hace mucho calor, mire si hace calor que hasta dan ganas de sentarse uno no más. Pero ellos dicen que no hay tiempo para duelos.

—¿Ellos? ¿Quiénes?

—¡Ay!, yo ya no sé. Delincuentes de Infantes. De pronto aparecen, arman una balacera, matan a uno o dos y luego se marchan.

—Habrá un por qué...

—La coca, usted debería saberlo —Elkin recibió por fin la confirmación que más temía—. No coca para hacer agua de medicina, ni para las galletas, ni para el tetero de los pelaítos, ni para mascar si uno tiene fatiga o está triste, ni para pomadas, ni para nada bueno. Es la otra, la que venden a los gringos para vicios —la señora Perseverancia se detuvo antes de subrayar la frase—. Arroz a la zorra. Mucha plata.

Dos años atrás, una mañana de mayo, el Movimiento se había comprometido allí mismo a que la hoja de coca llegara a los laboratorios secretos del narco Emiliano Céspedes "el guapo", a cambio de armas y munición. La excusa fue que la guerrilla debía dar un salto cualitativo y convertirse en un ejército capaz de llegar a la victoria final. Y que proporcionar coca a los gringos podía considerarse un acto patriótico y una táctica revolucionaria: se ganaban muchos dólares y además corrompía a la juventud del enemigo. Elkin recordaba bien que sólo Jairo Ortega había manifestado ese día su total desacuerdo. Si la nueva misión del Movimiento, dijo el escribidor, iba a ser garantizar a ciertos socios el control de los cultivos de coca a cambio de dólares, allí sobraban unos cuantos. A Pablo Escobar o a Céspedes, añadió de forma letal, para esas tareas les bastaba contar con cien sicarios.

Jairo Ortega, el escribidor de la guerrilla, era un mestizo de pelo tupido, educado con la élite blanca de Frontino, que había renunciado por rebeldía de raza a una vida placentera, que conocía desde niño a los Escobar y que sus héroes, además de Gaitán, eran Tirofijo, Sangrenegra y Desquite. De aquella época le había quedado además su afición a los libros y su aversión a la coca. Conoció a Elkin en Medellín, barrio Jesús de Nazareno en el que había nacido el guerrillero, lo peor de la capital paisa. Elkin por aquella época ya no tenía a nadie. Hasta que Orito se los llevó a los dos a La Cordillera, y les regaló a ambos una cruz de madera y un reloj Omega espectacular como el de James Bond, el mismo que el guerrillero llevaba siempre en el bolsillo porque ya no funcionaba. Comprartieron "oficios" diversos, como uno bastante improductivo con el que alcanzaron cierta fama: robador de mármol en las lápidas de los cementerios. La colaboración con el narcotráfico ponía en entredicho de manera abrupta esa moral a la carta que Elkin y los demás se habían fabricado. La idea general de entonces era que merecía la pena ensuciarse las manos. Por aquellos días el fracaso del "Movimiento" pesaba demasiado en el ánimo del guerrillero. Pero Jairo se había mantenido firme en sus convicciones, y Elkin le admiraba por ello. Y después de muchas vueltas, el tiempo le daba la razón.

La vieja Perseverancia se limpió el sudor de la frente con una mano y con la otra siguió moliendo el maíz sin descanso.

—Vienen los gringos y se la llevan toda —se refería a la coca—. Y si uno dice que no, le acontece como al pobre Eurípides Gómez, que encima se tiene que ir al cementerio lleno de hielos para que no huela.

La señora Perseverancia se levantó y fue hacia el fuego. Estaba cociendo apea sobre una plancha metálica, y mientras cataloga el estado de cocción del guiso continuó con su monólogo.

—Los muchachos se van a Infantes por la plata. De todos modos se los llevarían igual, quieran o no… Andan contentos porque les pagan en dólares, tienen ron y mujeres. Ni se acuerdan de los muertos. Pero yo soy ciega, muda y sorda.

La mujer se puso en pie. En su mano levantada había un cucharón de madera amenazante.

—Sólo le diré una cosa, compadre: ustedes tienen la culpa. Ustedes les trajeron y ahorita ya no se quieren marchar. Y si se quedan por los montes, quién sabe qué nos pasará, mi hermano. Váyanse cuanto antes. Todos. *Anaxié.*

La despedida de la india no admitía réplica. El guerrillero utilizó otra vez la puerta trasera del almacén para volver al escondite de los cañizos. Se quedó allí mirando el pueblo con ojos nuevos, aquellos que intentaban procesar las informaciones que acababa de recibir. Y lo que veía confirmaba sus peores hipótesis: San Marcos de Portuero se había convertido en un lugar sin jóvenes, sin hombres, sin tiendas y sin niños. De vez en cuando una mujer con tristeza de viuda de pope cruzaba la calle tan deprisa como podía, nada más. Algunas casas estaban quemadas, otras tenían la puerta destrozada a hachazos. Dos burros vagaban sin amo. Junto a la iglesia, una pareja de gallinazos buscaba carroña entre la basura acumulada en la plaza. La única excepción en esa regla de ausencias y presencias era Plinio José "el Orate", a quien el guerrillero descubrió sentado como siempre en el poyo, junto a la puerta del sacristán.

Elkin dominó la impaciencia que tenía por correr hacia Infantes y volvió a la selva. Debía informar a sus compañeros.

—No hagan nada hasta que vuelva, que nadie les descubra. Puede ser más de una semana, el valle es largo.

La reconstrucción de las dos pistas de aterrizaje tenía que aplazarse. Elkin se dijo que no era una tragedia. Las tan esperadas conversaciones de paz no acababan de dar resultados. El proceso prometía ser largo; que culminara con éxito era algo que sólo Orito y pocos más creían posible. En cualquier caso, se dijo Elkin, si había que utilizar como otras veces ese rincón de la selva para las reuniones, los hombres del "Movimiento Revolucionario Jorge Eliézer Gaitán" se pondrían a trabajar día y noche.


El guerrillero, con la retaguardia organizada, volvió a recorrer el camino del valle. Le esperaban tres días de marcha para llegar a Infantes. Iba disfrazado de campesino, con sombrero de paja deshilachada, falso bigote entrecano, barba más falsa todavía, gafas de falso miope con cristales ahumados, camisa de loneta color tierra, pantalones falsamente desgastados, calcetines gruesos que servían además para esconder el dinero y botas. Jairo Ortega decía que Elkin utilizaba los disfraces con templanza, como si corriera por sus venas sangre escandinava. Los tenía para casi todas las circunstancias, iba recordando mientras hacía el camino. Podía vestirse como el Che para ciertas reuniones, o llevar el rostro tapado en otras. Había representado el papel de burgués muy bien, paseando con Margot por la calle Junín, o cuando iba a verla a Laureles. Podía fingir que dormitaba sentado en la silla de un bar sin que nadie se diera cuenta de que estaba. Y detrás del disfraz de ese día tampoco había exactamente un militar del M19, sino un híbrido entre guerrillero y cazador.

La lluvia hacía molestos remolinos con las ramas de los árboles. Era difícil caminar así. Se quitó la camisa y la ató a su cintura. Entonces vio cómo la luna se abría una brecha entre las nubes negras del casi amanecer. Por ella salió un haz de luz piramidal que llenó al monte de los primeros trinos de pájaros. Un búho de ojos redondos vigilaba desde lo alto. La naturaleza sonora despertó también a los roedores, que empezaron a deslizarse sobre la hojarasca y a los habitantes de las copas de los árboles y al mono aullador y a los pequeños carnívoros... Uno de esos ruidos hizo que se pusiera en alerta. Se quedó quieto. Poco después escuchó un chasquido de hojas, un "zas" inconfundible y a continuación un estrépito repentino de lucha. Cuando terminó, el vencedor de epidermis viscosa esperaba paciente la caída de su presa, un roedor pequeño de pelo gris. Elkin sacó el cuaderno de notas que llevaba en la mochila.

*Para ir por la selva hay que llevar botas altas bien duras y caminar con una varita dándole al suelo. Así descubre uno a la Hoja Podrida antes de pisarla. Es tranquila, pero no le gusta que se la moleste. Para quitar la maleza con las manos hay que llevar guantes bien duros, que a veces la serpiente sube a los árboles. Y en las lagunas, cuidado con las ranas venenosas, que hay muchísimas y uno se confunde pensando que son mejor que la Hoja Podrida. Los indios dicen que hay una plantica sanadora de todos los venenos que crece por acá. Yo no la he visto nunca.*

Siempre que escribía en el cuaderno se acordaba de Juan David y de Margot. Se había enterado hacía un año de que vivían en Madrid. "No podía ser en otro sitio, tonto de mí", pensó Elkin. Para el guerrillero esa distancia insoportable era una tortura.

Tres días después divisó a lo lejos el campanario de Infantes agujereando el cielo. Llevaba ya recorrido un buen trecho por el terreno civilizado que marcaban dos hileras recientes de postes eléctricos cuando le dieron el alto. Se trataba de un par de mucha-chos casi niños con uniforme verde militar sin galones ni distintivos: camisa de manga larga con grandes bolsillos de pestaña, cinto para armas ligeras, pantalón estrecho, botas de cuero y metralleta al hombro. Tuvieron que apartarse para que pasara un convoy de tres camiones a toda velocidad. Detrás se hizo una polvareda harinosa.

—Qué se le ofrece, hermano —dijo el más bajo de los unifor-mados, el único que parecía tener permiso para hablar.

Elkin miró alrededor. Cien metros más adelante empezaba la valla de una gran finca, El Pichón, leyó, y en el lado opuesto del camino había otra, Rancho Mariela. Por el interior de una y otra se notaba gran actividad.

—Dicen que en Infantes hay trabajo, señor.

El silencioso le quitó la mochila de un golpe. Después de revisarla, sacó un documento de identidad desvencijado, pero en el que era legible el nombre de Oswaldo José Albeiro Moreno, nacido en el municipio de San Vicente de Orquín. El guerrillero sabía de sobra que ese lugar estaba demasiado lejos de la selva como para resultar peligroso. Se oyó otro ruido de motor impregnado en gasolina. Los tres hombres se quedaron mirando a Mercedes blanco que circulaba en sentido inverso a los camiones.

Con cada dato nuevo que pedían los uniformados, la respuesta de Elkin iba elevando el rango militar de los muchachos: primero sargento, luego teniente y más tarde capitán. Y de vez en cuando utilizaba el título indefinido de "doctor".

—Camine un ratico hasta la puerta del rancho "El Pichón", a la derecha y pregunte por Mauricio Esquilache —le dijo por fin el hablador.

Con una ojeada se hizo idea de que la gran cantidad de gente que había por allí se dividía en dos categorías. Los que tenían el mando llevaban uniforme militar y armas. Los otros eran indios cocaleros la mayoría, llegados de todas las partes del valle que, entre cosecha y cosecha, trabajaban en la ampliación de un viejo inmueble con cierta solera. Se unió a ese último bloque frente a un montón de arena que había a pie de obra. Elkin vio una carretilla solitaria y vacía y se la agenció. Parapetado tras ella, llenándola y vaciándola, recorrió el recinto para enterarse, por el simple procedimiento de preguntar con calma e inteligencia, de muchas cosas.

Se trataba de un cuartel que funcionaba al margen de la milicia regular colombiana. De hecho tenía hasta dueño, don Jaime Cáceres Montero, un rico propietario que hacía además de cacique político de la región. De esa manera tan expeditiva, a base de hombres y armas, el amo se había hecho en el último medio año con el monopolio de compra de toda la producción de hoja de coca del valle. La nave en construcción, terminada ya en sus tres cuartas partes, era un almacén.

Para su sorpresa y tranquilidad, nadie miraba hacia los montes de los que él procedía, sino hacia otros mucho más lejanos, casi invisibles donde, escuchó, se había asentado un destacamento de las FARC. Ese parecía ser el único enemigo de aquella milicia artificial y mercenaria que había construido don Jaime Cáceres Montero con la ayuda inestimable de la producción de coca del valle. Se hacían llamar "Grupos de Autodefensa del Cauce Alto". Los de las FARC querían gozar de ese mismo monopolio, le dijeron, por eso estaban ahí arriba, acechando.

A Elkin penas le extrañó que los rifles que portaban los "soldados" fueran exactamente los mismos que los que tenían ellos en la selva. Conocía bien las capacidades de los traficantes a la hora de proveer a todos los bandos. Grupos guerrilleros, narcotraficantes y caciques locales utilizaban los mismos medios para tener armas y poder. Dos años atrás, después de la tregua, el Movimiento había tomado la decisión de cambiar coca por armamento y munición. Entonces al guerrillero le vino muy bien convencerse de que aquel trato contra natura era necesario.

Durante las horas que estuvo yendo y viniendo con la carretilla, Elkin se fue haciendo la idea de cómo funcionaba el complejo. Una vez localizadas las armas y la hoja de coca, buscó el tercer pie del trípode. Y así, poco a poco, fue descubriendo flujos de movimientos apenas perceptibles. Porque la parte más interesante de Infantes no estaba en El Pichón, sino en el Rancho Mariela. Tenía pinta de ser un bunker inexpugnable. La hoja de coca salía bien resguardada de los almacenes aún sin terminar de El Pichón para entrar en el fortín del Rancho Mariela. Allí, dedujo, bien escondido, tenía que estar el edificio principal de la fortaleza, el que era celosamente resguardado por una legión de hombres bien vestidos tan numerosa como la de los falsos militares de El Pichón. Pero al Rancho Mariela sólo podían entrar los "soldados" que acompañaban a los cargamentos de sacos. Elkin necesitaba agenciarse un uniforme y no sabía cómo.

Al anochecer terminaba el turno de los hombres que trabajaban en el almacén, y entre ellos el guerrillero vio al señor Rómulo Tajitoche, que iba con otros dos conocidos también de San Marcos de Portuero, Vladimiro y Erasmo. Elkin, con la certeza de que con el disfraz que llevaba no podía ser reconocido, caminó tras ellos lo suficientemente cerca como para oír lo que decían.

—Hay más putas que moscas, compadres —era Erasmo quien hablaba—. Qué ganas tengo de llegar a casa.

—Pues a mí me espera una buena noche en Infantes —repuso Vladimiro el único que bajaba de los treinta—. Ustedes se lo pierden, pregúntele al *man* de Javiera. Miren, ahí llega. ¡Eh, Ayala, convenza a su suegro de que se quede!

El uniformado tenía una enorme cicatriz que le llegaba desde el rabillo del ojo hasta el labio.

—Sobra que le diga que ese viejo tiene un carácter horrible —contestó el aludido refiriéndose al indio Tajitoche.

—Es por su R-15 de gringo. Y por la ropa esa que lleva usted —repuso Vladimiro mirando a Ayala.

—Voy a quitarme el traje ahorita mismo, da mucho calor. Esta semana me toca turno de día —el falso militar se desabrochó la camisa y se puso a dar palmadas de Tarzán en su pecho descubierto—. A su hija le gusta la empanadita, suegro.

El señor Rómulo no parecía muy contento ni con su nuevo yerno ni con su hija.

—Esa vagabunda que haga lo que quiera —contestó el señor Rómulo sin dejar de andar—, pero Humbertito debería estar lejos de todo este desbarajuste.

El señor Rómulo y Erasmo se fueron hacia el pueblo. Elkin les vio marchar con la pena de no poder descubrirse ante ellos. Tenía que seguir a Ayala, y sobre todo a su uniforme.


A intervalos cronometrados, uno a uno, la luna de malaquita iba acompañando a los camiones durante su breve trayecto nocturno. Elkin-Ayala se escondió en la parte trasera de uno de ellos. Nada más traspasar la puerta del Rancho Mariela, el camión, acompañado de su escolta, tomó un camino a la izquierda y siguió avanzando. Desde su posición el guerrillero vio que dejaban atrás una mansión lujosa en la que casi todas las luces parecían estar en "*on*". Contó que al menos debía de haber veinte coches aparcados junto a lo que le pareció era la entrada principal, una escalinata de piedra por la que se accedía a una especie de atrio flanqueado por columnas. Elkin se quedó mirando la casa mientras el camión se alejaba de ella. Hasta que en un momento dado, una fila de árboles hizo invisible todo lo que quedaba detrás.

Media hora después el camión llegó al laboratorio, donde una recua de cuatrojos al servicio de los narcotraficantes procesaba la hoja de coca hasta convertirla en clorhidrato de cocaína. Pero para entonces Elkin ya había abandonado el camión. Caminaba escondido tras esos mismos árboles que le tapaban la visión de la casa. Vio una fumigadora, recipientes vacíos para gasolina roja, envases con restos de permanganato potásico y sacos de ácido sulfúrico, cemento y sal para procesar la hoja de coca. El lugar estaba junto a una quebrada sucia y devaluada. Las motosierras habían talado los árboles que molestaban en la instalación del complejo. Elkin no necesitaba asomarse para saber qué estaba sucediendo dentro. Dos años atrás había visto una instalación similar aunque de menor envergadura.

Dio la vuelta a la construcción y caminó hacia la oscuridad sin sospechar lo que iba a encontrar unos cien metros más allá. Se trataba de un campamento típico de cualquier guerrilla pero compuesto solamente por dos tiendas. Estaba situado en una hondonada natural del terreno, y ese accidente geográfico fortuito hacía que el asentamiento fuera invisible incluso desde el laboratorio. Amparado por las nubes que habían cubierto a la luna verdiazul, fue hacia las dos tiendas de campaña y enseguida tuvo que esconderse. Un jeep se acercaba con los faros apagados. De él salió un sicario del que Elkin sólo podía ver que llevaba camisa blanca.

—¿Hay alguien por acá? —gritó. Tenía voz de muchacho.

Las franjas iluminadas por los faros descubrieron a uno de los dos hombres que Elkin había visto el día anterior en San Marcos de Portuero.

—¿Qué sucede, hermano? —contestó el individuo en cuestión. Elkin hubiera jurado que era el diestro.

—El señor Céspedes quiere hablar con el *boss*. Es urgente. Dice que lleve los mapas.

"¡Céspedes!", repitió para sí el guerrillero. Ahí estaba el verdadero poder, el de los narcotraficantes. El ejército de sicarios, los helicópteros, las avionetas, los caballos, los coches de lujo, el laboratorio y la coca, todo era de Emiliano Céspedes Alcalá, alias "el guapo". La cabeza de Elkin retrocedió dos años atrás y un frío intenso recorrió sus huesos de extremo a extremo.

—Voy a avisarle —el guerrillero se puso otra vez en guardia—. ¡Señor, es para usted!

De entre las sombras apareció el extranjero zurdo que, sin decir nada, se metió en el jeep. Elkin vio cómo el vehículo se iba a toda prisa. Alguien encendió una lámpara de gas en el interior de una de las tiendas. La luz se prolongaba hacia fuera iluminando ángulos inéditos del espacio exterior. Había un par de Toyotas modelo 4x4 Land Cruisier Y en el lateral izquierdo un grupo electrógeno.


Esa noche, mientras esperaba paciente a que el jefe del comando volviera de la cita, Elkin no pudo quitarse de la cabeza una antigua máxima de la guerrilla: "Si hemos cometido errores, ellos tienen la culpa". La situación  le traía muchos recuerdos. Era una forma insólita de retroceder en el tiempo hacia una época que él consideraba mejor, o al menos más clara. Entonces era impensable que el Movimiento colaborara con el narcotráfico. Pero Elkin seguía convencido de que el mal estaba del otro lado y de que había que defenderse aún a costa de tener que pagar un precio tan alto.

Un par de horas después, el jeep devolvió al *boss* a su campamento. Cuatro hombres salieron de las dos tiendas para interrogarle.

—Mañana mismo a trabajar —se adelantó él.

—¿Dónde? —preguntó, "el diestro".

—En una caseta que hay a las afueras de... —el jefe extendió el mapa sobre una mesa de camping. Para entonces el diestro ya había encendido otra lámpara de gas. Leyó—, de San Marcos de Portuero.

Por primera vez en toda esa aventura por los alrededores de Infantes el corazón del guerrillero empezó a latir de manera desbocada.

—¡Se decidieron, carajo! —comentó un hombre recién llegado que parecía mayor de todos.

—Este tipo de asuntos es el que más nervioso me pone —repuso el jefe del comando—. No me gustan los secuestros.

—A mí tampoco, señor —dijo un tercero.

—Bueno… Yo sólo tengo que preparar el zulo, meter dentro al inquilino, asegurarme de que hemos recibido las armas y largarme. Ese es el trato —aclaró el extranjero con las manos en los bolsillos—. De todo lo demás os encargaréis vosotros y los de El Pichón. Hay que cuidar mucho, mucho, mucho que nadie me relacione con esta mierda.

¡El zulo!, repitió Elkin en sus adentros. Imágenes del pasado vinieron a su mente. Los que en el 68 necesitaban entrenamiento se habían convertido ya en entrenadores. ETA, pensó, había avanzado mucho.

—Tranquilo, señor, que no se va a saber nada —repuso el diestro.

—Es que el asunto es la rehostia —añadió el komandoburu—. Vaya gentuza.

A medida que hablaban, se iban deslizando informaciones vitales para el guerrillero. Por lo que escuchó, todos menos el jefe del comando eran hombres de Cáceres Montero. Las FARC pretendían romper el monopolio sobre la coca del valle, que estaba en manos de él y de Céspedes. Y el comando estaba allí para evitarlo. Pero en la disculpa que dio el diestro había un matiz terrible para el guerrillero.

—No nos eche la culpa a nosotros, señor. A Céspedes lo metieron aquí los del Movimiento Revolucionario Jorge Eliézer Gaitán. Vio que había negocio y no se ha ido.

Elkin recordó las palabras de la señora Perseverancia, "Sólo le diré una cosa, compadre: ustedes tienen la culpa. Ustedes les trajeron y ahorita ya no se quieren marchar". Se sintió mal.

Tirofijo por su parte, escuchó, había buscado la colaboración de un narco llamado Edilberto Nogales, un enemigo declarado de Céspedes. Ese hombre era el objetivo del secuestro, su rehén. Al parecer llevaba unos días por Infantes y como se creía protegido por las FARC, estaba bastante confiado.

—Se va a armar una buena —escuchó Elkin que decía el del rostro oculto.

157

—Muy buena—sentenció el jefe del comando—. Pero lo único cierto es que cuando esto acabe en San Marcos de Portuero no quedará ni Dios.

Las últimas palabras del etarra iluminaron un ángulo hasta entonces en penumbra situado en la conciencia del guerrillero. Su sentimiento de culpa se hizo enorme. Permaneció quieto en su escondite hasta que los hombres entraron en una de las tiendas de campaña. Todas las luces se apagaron menos las del cielo. Y con los músculos relajados empezó a pensar.

El komandoburu y sus colaboradores se levantaron al amanecer, pasaron el rato haciendo preparativos, cargaron los Toyotas y se fueron. Las tiendas de campaña quedaron vacías. Elkin salió de su escondite y se puso a inspeccionar. La parte externa del campamento era un almacén de intendencia muy bien provisto, pero no había ni rastro de los mapas de la noche anterior.

Entró en la tienda que ocupaban el jefe del comando y el colombiano de mayor edad. Dos sacos de dormir aparecían revueltos sobre el suelo. Vio un par de petates abiertos. Rebuscó en el primero: no encontró nada relevante. Abrió la cremallera del segundo, metió la mano hasta el fondo y dio con un objeto metálico. Era una máquina de fotos soviética de la casa Zenit, modelo francotirador, un fusil recortado captador de imágenes en el que el gatillo hacía el papel de disparador. Pensó, por la estética de aquel artilugio, que tenía pinta de ser un regalo muy poco sutil de Céspedes o de Montero. Encontró también un teleobjetivo suplementario de 500mm y cinco carretes. La idea surgió en la cabeza de Elkin al instante. Si se daba prisa y tenía suerte, se dijo, podría salvar a San Marcos de Portuero.

Apoyó la cámara-rifle en la mano izquierda, agarró el objetivo-cañón con la derecha y se puso a hacer fotos. Estuvo buscando el escondite idóneo para un fotógrafo-tirador y cuando dio con él se entretuvo preparando su lugar de trabajo. La espera mereció la pena. Poco después de las cinco de la tarde apareció el Toyota del jefe del comando y su segundo. No iban solos. Sentado junto al conductor, Elkin vio a Emiliano Céspedes exhibiendo su traje blanco, resplandor de guapo y de generoso. Se podía elegir entre el muestrario que el narco llevaba en los bolsillos: perico, bazuco, marihuana o cigarrillos Piel Roja. El jefe del comando aceptó un pitillo. El fusil de la cámara Zenit comenzó a disparar. Apareció el segundo Toyota con los otros tres hombres y para mayor suerte de Elkin, detrás llegó Jaime Cáceres Montero conduciendo un jeep. El momento estelar de la sesión fotográfica llegó cuando el komandoburu, el paramilitar y el narcotraficante se dieron la mano.

Elkin salió del Rancho Mariela y fue caminando hasta Infantes. La ciudad se había convertido en un nido de cantinas, de cuyos techos pendían bombillas anémicas de vatios recién instaladas. No le resultó difícil que, en una de ellas, un "colega" de El Pichón dijera al "obrero" Oswaldo José Albeiro Moreno, nacido en el municipio de San Vicente de Orquín, dónde vivía el "soldado" Ayala, "el de la cicatriz".

Se trataba de una fea finca de pisos construida con ladrillos endebles cuya fachada estaba por enlucir. A Elkin le esperaba otra larga espera. De madrugada salió de la casa el marido de Javiera con ropa militar renovada. El guerrillero, no obstante, siguió apostado en la calle: debía esperar a que el niño se fuera a la escuela. Por fin aparecieron la madre y al hijo. Humbertito había crecido tanto que le costó reconocerle. "Tiene cinco años menos que Juan David", pensó con nostalgia infinita. Y Javiera conservaba el aire trágico del indio Tajituche, pero estaba embarazada de manera brutal para una mujer de estatura tan pequeña.

Elkin esperó su vuelta en el interior del portal.

—*Chisué* —saludó.

Javiera dos años atrás nunca mostraba estar sorprendida y en eso tampoco había cambiado. Ni siquiera se negó a que él subiera a su casa. Un par de geranios desgreñados intentaban sobrevivir en el balcón.

Elkin explicó el problema completo y al terminar le pidió ayuda.

—Lo haré.

—Es muy urgente —Elkin le entregó los carretes de fotos—. Tres copias. Páguele lo que le pida —sacó del calcetín un fajo de pesos—. Tome.

Javiera se fue de la casa sin añadir una sola palabra, y volvió diciendo que las fotos iban a tardar dos días.

—Nos encontraremos pasado mañana en la iglesia, a las siete de la tarde —dijo Elkin—. No quiero comprometerla más de lo justo.

—En San Marcos de Portuero viven mis papás, usted sabe, y allí está la tumba de Azael. Ayala es un buen hombre, quiere mucho a Humbertito y no se escapa como... —Elkin bajó los ojos—. Pero yo seré la viuda de Azael Ramos toda la vida. *Anaxié.*


Elkin esperó a que amaneciera en San Marcos de Portuero para dejar el sobre que contenía las copias de las fotografías clavado en la puerta de la caseta destinada a ser zulo. Dentro también había una nota: "Si le pasa algo a Edilberto Nogales, al día siguiente compren el periódico". Y su correspondiente firma: "Manuel Marulanda Vélez, comandante de Las FARC".

Cuando el jefe del comando abrió el sobre, Elkin supo que había ganado. A ninguno de los tres, ni al komandoburu ni al paramilitar Jaime Cáceres Montero ni al narco Emiliano Céspedes, le interesaba enfrentarse de manera directa con las FARC, y menos todavía hacerse publicidad conjunta. El secuestro de Edilberto Nogales quedó abortado.

Lo que en aquel momento no sabía el guerrillero era que Tirofijo, a la larga, sería el ganador de la batalla. Y que su ira contra los campesinos que habían vendido hoja de coca a las autodefensas de Jaime Cáceres iba a alcanzar, dos años después, a todo el valle, incluido San Marcos de Portuero.

# PEDRO DE LA SERNA

Uno de los peajes que Pedro tenía que pagar por vivir con Paloma, sin duda el que más le disgustaba, era el de los amigos. En aquel restaurante se encontraba como un meteorito desgajado de la galaxia de los médicos. Y encima un tal Quique Rubio miraba a su Paloma con ojos de martinete en celo.

Sonó el teléfono.

—¿Pedro? Soy Josefina.

Tragó saliva y contestó a la difunta como pudo.

—Perdone, pero en este momento estoy cenando. ¿Le llamo dentro de una hora o es demasiado tarde?

—Vale, vale, dentro de una hora. Prefiero que sea esta misma noche.

—¿Quién es? —preguntó Paloma mientras Pedro volvía a meter el teléfono en el bolsillo

Y antes de que se le ocurriera una respuesta que no fuera la de la resurrección de la pobre tía Josefina, Quique Rubio hizo un comentario.

—Tú también vas con busca, ¿eh tío?

—Ya ves —contestó Pedro vestido de *smiley* cabreado.

Aprovechó la despedida de los galenos en prácticas en la puerta del restaurante para llamar a doña Josefina.

—Llevo todo el día buscando las gafas —se quejó la anciana señora—. Sin gafas no soy nadie. Hace un rato las he encontrado. ¿Sabe dónde estaban? En el vaso donde guardo la dentadura postiza. ¡Dios mío, mi cabeza es un caos!

Pedro imaginó con horror el binomio gafas-dentadura postiza, pero no podía relacionar ese dúo contra natura con la llamada.

—Tranquila...

—Total —continuó doña Josefina—, que sin gafas no podía marcar su número. ¡Con lo urgente que es! Menos mal que las he encontrado.

—¿Qué es urgente, doña Josefina?

—De repente, esta mañana, he recordado dónde vi a Margarita —una pausa—. ¡La madre de Juan David!

—Sí, sí, continúe.

—Hace bastantes años, imagínese, yo aún iba sin bastón. Fue en la ermita de la Virgen del Camino, en Aravaca. Hablé con ella sólo unos minutos. Me dijo que vivía en el pueblo.

—¡Estupendo, doña Josefina!, muchas gracias.

—Menos mal que se lo he podido contar antes de que se me olvide. ¡Qué alivio! Dormiré mucho más tranquila. Buenas noches.

Pedro pensó que quien no iba a dormir esa noche era él. Estaba ante un dilema volteriano, en el que todas las alternativas podían conducir a alguna catástrofe. La vida con Paloma sólo tenía para Pedro una mota de polvo: el asunto de doña Josefina. Cada vez que la profesora de Biología salía a colación, la bola iba engordando. En esos momentos necesitaba a Paloma para localizar a Margarita-Margot, pero tal eventualidad pasaba por admitir ante ella que le había mentido como un bellaco en el asunto de doña Josefina. Conociendo a Paloma, contarle la verdad podía ser un trauma. Y si no le decía nada y Paloma lo descubría, ese fin en potencia se convertiría en suceso de probabilidad uno. Por su profesión estaba acostumbrado a valorar los riesgos de la toma de decisiones. En una escala del cero al cien, valoró con un 70% el riesgo de la primera opción y con un 99.999…% el de la segunda. No tenía otra salida.

Nada más llegar a casa se armó de valor.

—Tengo que contarte algo…

Entre balbuceos, justificaciones, algún *mea culpa* y propósito de la enmienda, fue hilando la simple verdad de que la profesora de Biología no era su tía Josefina. Y que la buena señora estaba bien viva, aunque usara bastón y tuviera memoria de *Lithophyllum Tortuo-sum*. Pero a medida que hablaba, se iba dando cuenta de que el precio de la mentira era mucho más caro de lo que había calibrado.

—Así que doña Josefina ni es tu tía, ni está muerta… Llevas siete meses engañándome, siete meses, no un día ni dos, siete meses.

—Me salió así, sin más y luego ya no supe cómo arreglarlo. Iremos a verla, no te preocupes.

—¿Para decirle que la habías matado? No, gracias.

—Al fin y al cabo lo hice por ti.

—No, si al final la culpa va a ser mía. Te recuerdo que son siete meses, tú inventando historias de tu pobre tía Josefina y yo transmitiéndolas. Se lo he contado ya a medio Brito, a mis padres por ejemplo, que la conocían bien. "Resulta que Pedro es sobrino de doña Josefina, la profesora de Biología. La pobre ha muerto, bla, bla, bla". Y todos esos detalles de su casa, de la familia, de los veranos que pasabas con ella cuando eras niño...

Pedro se arrepintió sólo un poco de haber adornado la falsedad con tantos datos innecesarios. Se trataba, se dijo, de la eterna pugna entre el fin y los medios.

—Lo hice para dar apariencia de verosimilitud. Tú preguntabas por ella y claro...

—Me siento como si fuera imbécil. ¿En qué otras cosas me has mentido? Seguro que hay más.

—Paloma, por favor, no extrapoles —se fue acercando—. Estás haciendo un mundo de, no sé..., de un microbio.

—¡Un microbio! Déjame, por favor.


Despertó sobresaltado. Después de dar unas cuantas vueltas en la cama intentando lo imposible, se fue al salón para no molestar a Paloma. Tumbado en el sofá de flores, pensó que la *obsesionina* le había hechizado, químicamente hechizado. Con probabilidad alta, dedujo, se hallaba bajo el influjo de algún sortilegio externo que le mantenía sin ton ni son en una vigilancia insensata. Se preguntó incluso si su dependencia afectiva de Paloma descansaba peligrosamente en una pulsión ilógica, que no sabía cómo se había colado en su cerebro.

Un flash neuronal repentino hizo que Pedro saltara del sofá y se pusiera en pie. "Algo que ocultar... ¿Y si la culpa del mutismo de Margot la tiene alguna secta?" Imaginó una secta hermética, peligrosa, exigente, con ritos semi-satánicos, y con sus creencias, que tuviera atrapada a Margarita Arango y le impidiera comunicarse con el mundo exterior. Una secta del calibre de ETA. No podía descartarse ninguna hipótesis, por muy descabellada que pareciera. Aunque fuera un tanto rocambolesca.

La pantalla del ordenador mostraba una página de la edición digital del *Nuevo Diario* de Santo Domingo, con un mapa completo del Caribe. En principio a Pedro le pareció que aquello era un patio de vecinos. Por deformación profesional, contabilizó que la mancha azul iba desde el paralelo 8 latitud norte hasta el Trópico de Cáncer y del meridiano 60 al 88. Sobre fondo turquesa, el mar parecía una enorme balsa acotada por una leve cenefa de tierras apenas continentales, alargadas y estrechas, y por otra de archipiélagos en hilera. La frágil barrera terrestre de América Central, se dijo Pedro tratando de adivinar los entresijos de aquel campo vectorial de fuerzas perpendiculares, luchaba de manera casi heroica por mantener aislados los dos grandes océanos y a la vez servía de puente entre ambos brazos del continente. El resto del círculo estaba compuesto por una cohorte de ínsulas que no acababan de encontrar su sitio, pensó al leer varios carteles de propiedad que había en el mapa: Reino Unido, Francia, EEUU... Y por el Canal de Yucatán, el Mar Caribe se metía en el Golfo de Méjico y ensanchaba su espacio, midió Pedro de nuevo con cartografía Melvin en mano, hacia el oeste hasta alcanzar el meridiano 98, y por el norte, hasta el paralelo 30. Desde las Islas de Barlovento y de Sotavento hasta Nueva Orleans, desde Florida al istmo de Panamá, se extendían las aguas del calentador terrestre, uno de los fabricantes de corrientes viajeras, tornados y tormentas tropicales más reputados del planeta. Aquel recinto a Pedro le parecía el vórtice de varios desastres.

Había acudido al periódico precisamente para ver cuáles eran los partes meteorológicos de la zona previstos para la semana. Tenía que viajar casi de inmediato a Nicaragua, un recorrido rápido que apenas le permitiría saborearlo. En el ordenador se encontró con el anuncio de un amago de tormenta que, según el periódico digital dominicano, comenzaba a hacerse notar en las aguas del Golfo que envolvían la cara oeste de la Península de Yucatán. Navegó por las páginas del diario electrónico buscando malas noticias. Había sombras planas proyectadas sobre la pared por la luz del flexo y la tarde parecía un decorado de teatro chino. Por pura casualidad, se dijo, no existía aún ningún otro elemento de inquietud. Subrayó en su cabeza el adverbio "aún" y se centró otra vez en el tiempo. El *Nuevo Diario* no decía nada acerca de cuáles eran los datos que alimentaban esa hipótesis meteorológica tan adversa.

Un breve arpegio de tuberías le situó en su estudio. Se dijo que, por salud mental, lo mejor era dejarse de huracanes, tornados y desastres varios e ir a ayudar a Paloma. Desde que ella se había trasladado a su casa, Pedro escudriñaba el ruido de la fontanería con otro humor. Aquel flujo sonoro de aguas, a veces tan impúdico como la cisterna del váter, era una pantalla líquida que mostraba el discurrir de la casa.

Cuando entró en la cocina Paloma acababa de abrir la puerta del lavavajillas. Llevaba un vestido largo y vaporoso que tapaba todo su cuerpo y que, de forma contradictoria para Pedro, la hacía parecer semidesnuda. Ella se movía entre cacerolas y hortalizas como la bailarina pompeyana dibujada en el jarrón preferido de su madre. Mientras hacía la lista mental del equipaje que tenía que llevar a Nicaragua, el mimo con que Paloma iba preparando los ingredientes de la ensalada a Pedro le produjo una gran emoción. El modo en que ella solía conducirse le resultaba extraño. La casa de sus padres era totalmente distinta. Odiaba sobre todo el salón, genuina *cacharroteca* de añoranzas decimonónicas y yesos enmohecidos. Su padre, ingeniero de Telefónica y ávido tecnólogo que sólo creía en el futuro, se pasó la vida huyendo del olor a naftalina. Gema, en muchos aspectos, había sido una edición nueva de su madre. Paloma, se dijo Pedro, tenía mucho más que ver con Marina. Era hija de un empleado de ferretería de Brito que, con el tiempo, peseta a peseta, pudo hacer realidad dos aspiraciones: independizarse para montar una tienda de marcos y molduras, y que sus dos hijos fueran a la universidad.

Se sintió aliviado.

—¿Por qué no vienes conmigo?

La agarró por la cintura y le dio un beso largo en el cuello. Ella dio un respingo casi eléctrico y se soltó.

—No puedo.

—Por favor... Te voy a echar de menos un montón. ¿Y si me pierdo?

—Ya. Otro cuento chino.

—¿Y no te apetece ni un poquito...? Voy a estar varios días fuera.

—Déjame.

Los ojos de Paloma seguían subrayados con sombras oscuras.

Le costó más de una hora cruzar la aduana del aeropuerto Augusto C. Sandino de Managua: había una espesura atravesada de turistas de Dakota Norte que impedía el avance. Lo pasó francamente mal al ver los problemas de una señora con el cutis de color pulga a cuyo pasaporte, escuchó, no le cabía ni un cuño más. Cuando Pedro logró salir de allí, una fila de nubes bíblicas se había instalado en el trono del cielo. "Lo que faltaba", pensó recordando que se encontraba cerca del Golfo de Méjico.

Un taxi sin taxímetro y sin GPS le llevó a la ciudad. El mozo de equipajes del Hotel Cisneros se encargó de negociar con el conductor el precio de los diez kilómetros de la carrera. Era de agradecer. Lo hacía, dijo el muchacho de facciones gruesas vestido de botones Sacarino, para evitar que el viajero pagara precios abusivos. Pedro vio la negociación desde lejos. Más que un botones o mozo de equipajes parecía discípulo de Al Capone. De cualquier modo, Pedro estaba seguro de que aquella discusión a dos sobre la tarifa no iba a desequilibrar el balance final. Era, se dijo el mozo de equipajes, una forma capitalista de socializar la riqueza que hubiera escandalizado a Sandino: la plusvalía, que inevitablemente correría a su cargo, se iba a repartir entre el taxista y el chico de casaca roja y fez.

Cenó en el bufete del hotel con turistas americanos procedentes de Knoxville, Tennessee, que al día siguiente iban a ver el volcán de Cosiguina, "*the most beatiful Ligh of the Pacific Ocean*", y se fue a dormir. A la mañana siguiente, muy temprano, buscó al botones Sacarino y le pidió que le consiguiera un taxi y negociara con él un precio para todo el día.

—Mi hermana tiene carro y le podría costar la mitad, señor.

No estaba Pedro como para discursos laborales y mucho menos para ligar con hermanas de un botones con cara de bruto.

—Se lo agradezco, pero necesito justificar los gastos con alguna factura seria.

Sacarino le miró.

—Usted no más dígame lo que quiere. Uno sabe muy bien cómo manejar esas huevonadas, señor.

La hermana, llamada Lita Álvarez para servirle, resultó ser además un eficiente esbirro del botones. Se trataba de una mujer joven situada en las antípodas de la lujuria, pero sonriente y muy educada, que según le dijo, estudiaba Economía en la Universidad. Con ella Pedro recorrió lo que la "taxista" llamaba "ciudad campestre" o "no ciudad", que le pareció más bien un *donuts* gigante. El terremoto del 72 había convertido el centro de Managua en un agujero negro. Con el impacto la masa capitalina se había desplazado hacia la periferia para sobrevivir. Ninguna actuación gubernamental posterior fue capaz de contrarrestar esa fuerza centrífuga.

Pero lo que le preocupaba a Pedro era averiguar si existía en el universo Melvin algún navegador GPS que tuviera incorporado el libro de instrucciones de Barrio Sésamo, tal y como les habían pedido el Ministerio de Transportes e Infraestructura de la República Nicaragüense. Aquel era un microcosmos sin ley conocida. Pocas calles tenían nombre, y en consecuencia había que organizarse con "a la derecha de", "cerca de", "alrededor de", "más allá de" o el más nostálgico "de donde fue". La taxista sin papeles Lita Álvarez tenía una especie de esquema hecho a mano.

—Saldremos por la Loma de Chico Pelón hacia la Montaña, luego viraremos por la avenida en dirección al Lago hasta salir a la casa Ricardo Morales Avilés, después arriba, hacia el Gancho de Caminos hasta la Casa de los Encajes cruzaremos Ciudad Jardín y volveremos por el sur a la Loma de Chico Pelón. ¿Qué le parece?

La metamorfosis sufrida con los años por los mismísimos puntos cardinales hacía preciso que hasta los habitantes de Barrio Sésamo tuvieran que contar con traductores como Lita Álvarez. El éste estaba "arriba" y el oeste, menos mal, se dijo Pedro, "abajo; "el Lago" era el norte, y el sur, suspiró Pedro ante esa bendita casualidad, seguía siendo "el sur", aunque a veces era "la Montaña". Al pasar por el Gancho de los Caminos se bajaron del coche para pasear junto a puestos de fritanga, canastas con bolsas de mango dulce, chile en conserva y peroles de chicha.

—¡Qué lío de cables! —comentó Pedro. Tampoco acababa de entender la lógica de aquel sistema de cableado eléctrico.

—La Eléctrica no sabe cómo controlar a los managuas ilegales. A cada permiso de conexión le salen diez chupones.

Y a Melvin, pensó Pedro, le iba a costar una "huevonada" adaptarse a una realidad tan confusa.

Cenó en el barco de Drake, una réplica de "El Venado de Oro" recomendada por la eficiente Lita Álvarez, paseó con su guía un rato por el Mercado de Oriente y a las once casi en punto llegaba al hotel.

Esa noche escribió un correo a Haarlem explicando algunas posibles soluciones que le habían sido sugeridas por la estudiante de Economía Lita Álvarez. Le costó descubrirlo, pero detrás de aquella aparente desorganización existía una lógica precolombina oscura sólo para los no iniciados.

Después se preparó mentalmente para telefonear a Paloma, pero no calculó demasiado bien la diferencia de horarios.

—¿Te he despertado?

—Claro que no, acabo de llegar al hospital.

—¿Ya?

Pedro se arrepintió enseguida de lo que ella podría calificar como sombra de duda. El silencio que escuchó al otro lado de la línea no hizo más que confirmar la llegada de otra tormenta.

—¿Ya? ¿Y dónde quieres que vaya a las ocho de la mañana, al entierro de tu tía Josefina? Te recuerdo que yo siempre digo la verdad, no como "otros".

—Perdona, no…

—Para colmo tu madre telefoneó anoche y me echó una bronca descomunal porque dice que no la llamas. Estoy harta, la tiene tomada conmigo.

—Verás, es que ella…

—Tengo mucho trabajo, adiós.

La baja tensión afectiva de aquella despedida produjo remolinos en su estómago. Y no era la única turbulencia de la noche. Pedro consultó el mapa de isobaras del diario *La Prensa.com*. El embrión de tormenta tropical había virado primero hacia el Lago y luego hacia "arriba", camino de La Habana. Estaba crecido, pero por el momento no existía aún ningún dispositivo de alerta ni en Yucatán, ni en Cuba, ni en Florida.

Más tranquilo, paseó virtualmente por el resto de las noticias del periódico managüense. Pero el hechizo había saltado el océano para instalarse con él en Barrio Caribe.

*"Eusebio Arzaluz, alias Paticorto, ayuda a sus compañeros"*.

El responsable logístico de ETA, decía el diario, había creado en los años noventa una trama que incluía al Frente Farabundo Martí, a conocidos sandinistas, al ELN y por supuesto a las FARC. La responsabilidad de coordinar al casi centenar y medio de terroristas vascos que seguían en la región con el teórico estatus de refugiados, se la había reservado el propio Paticorto, el que fuera asesor del Ministerio del Interior con el primer gobierno sandinista, el azote de la Contra, el gran conocedor de la zona junto con Mikel Anza. De hecho, la sede de las actividades de ETA en Centroamérica estuvo hasta hacía poco, leyó Pedro con angustia, en Managua. La capital de Nicaragua se había convertido en un centro mundial de tráfico de armas, al que acudían tanto los narcos como las guerrillas. Además los movimientos subversivos americanos al margen de la ley y los traficantes de coca, rurales por excelencia, querían aprender los métodos terroristas propios de grupos urbanos comprando los servicios del IRA y de ETA. La matanza de Torre Maldonado, analizaba el periodista, a pesar de quiénes habían sido sus víctimas, tenía el sello de los "socios" de ETA. Y la desaparición de Yonu, escribía el articulista dejando en el aire la duda de las medias verdades, también. Eso sí, concluía el periódico con gran claridad, contando siempre con el dinero de la coca y de la compra ilegal de armas.

La droga y el tráfico de armas, en el contexto del suceso de Torre Maldonado y del misterio de Juan David, eran nuevos para Pedro. Notó cómo la *obsesionina* empezaba a circular por su sangre. De golpe se le abrieron nuevas perspectivas en las que no había pensado antes. Drogas y tráfico de armas se movían en torno a sectas herméticamente ideologizadas que nada tenían que ver con el inofensivo *Hare Krishna*. Y funcionaban a base de una estructura piramidal inquebrantable que, según empezaba a descubrir en ese viaje, sintonizaba bien con la disciplina castrense de las guerrillas hispanoamericanas y ETA. ¿Estaría allí la explicación de Torre Maldonado y del comportamiento errático de Margot?

Con semejantes datos en la cabeza, a Pedro le costaba dormir. Estaba furioso. Al día siguiente le esperaba un largo deambular por la ciudad con Lita Álvarez y un GPS de prueba en la mano. Y después una cadena de largas conversaciones con los políticos de turno y trabas burocráticas y... "Me voy a caer de sueño". Se levantó y buscó por el hotel al botones Sacarino. No lo encontró, pero un sustituto suyo aún más joven le ofreció amablemente una partida de cartas.

—Como las que se hacían en donde fue la cantina El Nilito —informó el chico.

Cuando entró en el bar y respiró la atmósfera de alcohol, tabaco y sudor que rodeaba a la timba, declinó la invitación y se fue otra vez a la cama.


Dos semanas después de volver de Nicaragua, en concreto un viernes por la tarde, se encontraba en el despacho del complejo Zona. No le apetecía demasiado volver a casa. Paloma se había ido a Brito para asistir a la comunión de sus sobrinos, y él tenía más o menos vetado acercarse a allí por el asunto de doña Josefina. Además, aún tenía una cita en su agenda. Miró el reloj: ya no podía tardar. Se levantó y en ese preciso instante sonó el timbre.

Al otro lado de la puerta esperaba una edición juvenil de Demetrio Bravo llamado Waldo de Jesús Chávez Lacayo: igual perímetro, la misma sonrisa de seductor y una melena rizada que se movía a derecha e izquierda registrándolo todo. Era también, se dijo Pedro al cabo de media hora con regocijo infantil, la versión salvadoreña de la Rana Gustavo, el tipo más dicharachero de Barrio Caribe. El salvadoreño resultaba apabullante. En los cincuenta minutos que duró la entrevista habló de todo, incluso de su extensa vida sentimental. Con veintisiete años, Waldo de Jesús contaba ya con esposa, dos hijos, amante fija en un "dancing" de Alcobendas, la ciudad en que vivía, y para no perder la forma, alguna que otra Nabuconodosorcita de labios morados dispuesta a ser sacada del tiesto de vez en cuando.

El amante voraz prestaba sus inestimables servicios como responsable para El Salvador de la "Red Europea de Solidaridad con Centroamérica" con sede en Madrid, que tenía en proyecto reconstruir un puente sobre el río Huiza destruido por una riada. Melvin había recibido una petición de ayuda del propio Waldo de Jesús y en la propia central. El salvatruche aprovechaba al milímetro las informaciones que tenía acerca del trabajo que la multinacional holandesa estaba haciendo para la oficina municipal encargada del control de tráfico de San Salvador. Contaba con una lista bien nutrida de multinacionales que lavaban sus culpas y aliviaban sus impuestos con ayudas a su país.

—Hay fotos —dijo con voz de espía ucraniano.

—Podrías enseñármelas.

—Mañana vienes a mi oficina —sacó una tarjeta y se la entregó.

Le gustó el tuteo: hablaba casi a diario con algún país americano y estaba saturado de tanto señor y doctor.

Se enteró también de que Waldo de Jesús Chávez Lacayo, además de su trabajo en la "Red Europea de Solidaridad con Centroamérica" era profesor de los Cursos para Inmigrantes que organizaba el ayuntamiento de Alcobendas, se ocupaba de los "equipos informáticos" de todo el inmigrante que se lo pedía, estaba a punto de montar algo así como una "Gestoría Económica para Asuntos Bancarios" que actuara en la red de locutorios del pueblo y tenía el rango de cantante solista en un grupo musical folclórico formado por caribeños. El ubicuo, hiperactivo y seductor Waldo de Jesús era el paradigma de inmigrante integrado.

Tomaron café en la cafetería Roma y se despidieron con un hasta mañana que a Pedro le pareció prometedor. Una vez en su casa vacía, y pese a la tentación de un lecho de látex recién comprado, Pedro, internauta impenitente, consultó las noticias locales y ahí estaba un nuevo retazo del sortilegio:

"*Caso asesinato de diputados: hallado arsenal de armas*"

Como le había sucedido en Nicaragua, los vericuetos de la noticia volvieron a activar su glándula secretora de obsesiones. El periódico hacía referencia al asesinato de tres diputados relacionados con el narcotráfico ocurrido meses atrás. Las investigaciones policiales habían establecido la conexión entre ese crimen, supuestamente cometido por delincuentes *maras* a sueldo, y el descubrimiento casual de un escondite donde se guardaban armas y explosivos. Un campesino había tratado de reparar el, desde hacía cuatro o cinco años, mal funcionamiento de un viejísimo aljibe situado en las montañas. Apenas el campesino puso el pico sobre un muro del interior, se produjo el derrumbe de un muro. Detrás estaba el polvorín. El periodista comparaba el suceso con otro que había tenido lugar más de diez años atrás, el llamado caso del buzón de Santa Rosa. Una explosión accidental en Managua había conducido al hallazgo de un arsenal propiedad de cierta rama autónoma del Frente Farabundo Martí salvadoreño. El responsable del lugar, por encargo de ciertos disidentes del FMLN, era el etarra Eusebio Arzalluz Tapia, alias Paticorto. El articulista se preguntaba si en esa ocasión, además de los narco colombianos, no estarían detrás algún movimiento subversivo y la propia ETA. Se recordaba al lector la larga historia de las extrañas relaciones de amor-odio entre las tres sectas: la guerrilla colombiana, los narco y los terroristas vascos. Y el suceso de Torre Maldonado volvía a salir en esa extraña mezcla como un ingrediente más. A Pedro, ávido de encontrar explicaciones, poco a poco se le iba encendiendo una luz en el cerebro.

Llamó a Paloma.

—No te puedes ni imaginar lo que acabo de descubrir.

—¿Otro resucitado?

Esa pregunta cargada de rencor le contuvo. Le jorobaba cada vez más "la situación" con Paloma. "No tengo que justificarme ante nadie", pensó después de colgar el teléfono. El reproche no sólo iba dirigido a ella, sino también a todos sus amigos. ¿Acaso se justificaba el corredor de fondo que, con el estímulo diligente de la *obsesionina*, preparaba cada madrugada de invierno una maratón? ¿O el alpinista que emprendía la escalada del décimo ochomil con idéntica carga en su riego sanguíneo? ¿O el escritor aficionado hormonalmente pletórico tras emborronar la página cuatrocientas de su libro bajo la luz del flexo? No, se dijo, todos ellos estaban predestinados por la química a hacer locuras, las que les movía su particular hechizo y lo que pensara el mundo les traía sin cuidado. En realidad Pedro no estaba arrepentido por las mentiras sobre doña Josefina. Pensó que las volvería a repetir, incluso a multiplicar con tal de notar algún avance en el camino marcado por el sortilegio. "No", repitió, "no voy a pasarme toda la vida pidiendo perdón. Ni siquiera a Paloma".


El día siguiente por la mañana fue a la "oficina" de Waldo de Jesús, que no era otra cosa que el aula del Centro Cívico Distrito Centro de Alcobendas. Según se veía en un vídeo espeluznante filmado por él mismo, los niños de un pueblito cercano al puente siniestrado, con el agua hasta el cuello, ayudaban a que los coches, convertidos en barcas, "vadearan", era un decir, para cruzar el río por la "módica" cantidad de dos dólares. El transporte terrestre, contó Waldo de Jesús, con la carretera panamericana a la cabeza, era imprescindible para las exportaciones de café y goma de bálsamo. Le enseñó también el proyecto de reconstrucción del puente y un presupuesto que Pedro guardó en su cartera junto con una copia del vídeo.

—Los pelaos no son más grandes que mi Omar de Jesús —ese era el nombre de su hijo de ocho años. La niña, según le oyó decir, tenía uno menos.

—Cuando vaya a El Salvador me gustaría hacer unas cuantas fotos. Me las han pedido desde el gabinete técnico.

—Me lo dices y te preparo un *tour* por mi país.

El salvadoreño se despidió de él con una disculpa de lo más verosímil.

—Todos los sábados almorzamos con mi mamá política, pero después me gustaría que conocieras a mi familia. ¿Puede ser? Si quieres ven con la tuya.

Pedro disculpó a Paloma como pudo, pero aceptó la invitación: se sentía solo.

A las tres en punto Waldo de Jesús le esperaba en la boca del metro. Iba de la mano de sus dos hijos, Omar de Jesús, un morenito repeinado y Saray, la niña, vestida de hada. Detrás de los tres, con bastante mala cara, estaba Wendy, la esposa. Llevaba el pelo teñido de un amarillo tan amarillo que a Pedro le pareció la peluca de Black Canary.

—¿Es usted casado? —preguntó la rubia *post-it*.

Se le notaba tensa. No le extrañó: la promiscua vida sentimental de Waldo de Jesús no la debía de tener muy contenta.

—Más o menos —contestó Pedro sin ánimo de precisar "su situación".

Ella le lanzó una mirada severa. Wendy, se dijo Pedro, debía de pensar que era otro crápula como su marido. "Su situación", temía él, seguía siendo un asunto en el aire.

Al cabo de un rato, sentados los cinco en una cafetería del Bulevar Salvador Allende, el rostro de Wendy había cambiado.

Waldo de Jesús añadía a sus múltiples dones el de ser un padre divertido, y un marido atento y encantador. Pedro se dijo que si contaba a Paloma los avatares matrimoniales de la pareja salvadoreña, le convenía añadir al discurso narrativo ciertos tintes severidad y eliminar de raíz cualquier muestra de simpatía hacia Waldo de Jesús. Y eso, añadió Pedro, cuando se trataba de individuos del gremio de los encantadores, no era nada fácil.

Su visión de las cosas fue cambiando en el curso de la tarde. Quizás, reflexionó al descubrir la sonrisa limón de Wendy, que parecía haberse olvidado de las infidelidades de su marido, mendigar el perdón de Paloma era una estrategia equivocada. Las mentiras acerca de doña Josefina ya no podían enmendarse. Si ella no era capaz de superarlo, a lo mejor, muy a su pesar, aquella relación no merecía la pena.

Al anochecer Waldo de Jesús se deshizo sin más de su familia.

—Los niños necesitan descansar.

—Y los adultos también —repuso Wendy otra vez en ascuas.

El salvadoreño se despidió de ella en la boca del metro con un luminoso buenas noches, mi amor,

—Me voy a acompañar a Pedro a Madrid.

—No hace falta —se disculpó Pedro.

Se sentía culpable, pero la propuesta, como alternativa a un sábado noche solitario, era seductora. Waldo de Jesús no se volvió atrás. Mientras decía adiós a los suyos con la mano, agarró a Pedro por los hombros. Y cuando Wendy y los niños desaparecieron de su vista se frotó las manos.

—¡Por fin solos! ¿Tienes hambre?

—No estaría mal probar algo típico de El Salvador. Supongo que conocerás algún sitio.

—¡Montones, *brother*! En Madrid hay más hispanos que en "Niuyork".

Después de un largo periplo por el subsuelo madrileño, emergieron a la superficie y se dirigieron hacia el restaurante "La Hormiga Remolona". Cenaron queso, chicharrón, frijoles, camarones y yuca frita.

—Y ahorita vamos a tomar ron, tengo la garganta triste.

—La verdad es que no me apetece bailar —susurró Pedro horrorizado. Se temía lo peor.

—Y a mí tampoco —el salvadoreño dio un sonoro golpe en la mesa—. Hay mucho de qué hablar, mi amigo.

Paseando por las calles nada tranquilas de esa parte de la ciudad, Pedro se encontró de golpe con otro capítulo de la sociología de un barrio tomado por la inmigración.

"Colectivo Vasco-Venezolano" —leyó el cartel en voz alta.

Se trataba de la planta baja de un edificio que pedía a gritos una restauración. Waldo de Jesús se quedó mirando la puerta pintada de verde.

—Uno no sabe a qué político español se le ocurrió la idea de extraditar vascos al Caribe, pero desde luego la cagó. Por allá andan mezclados traficantes de armas, narcos, revolucionarios y unos cuantos bienintencionados fáciles de manejar.

Allí estaba otra vez el entramado de las sectas, pensó Pedro el hechizado. Los exilados vascos, dijo Waldo de Jesús mientras caminaban hacia algún sitio desconocido para Pedro, no para él, contaban y habían contado con importantes apoyos desde México hasta Argentina, que actuaban como un verdadero caballo de Troya. No sólo servían para asegurar el suministro a ETA de armas y material explosivo, como el temido C4. También tenían capacidad propagandística para introducirse en movimientos pacifistas ciudadanos como las Madres de la Plaza de Mayo argentinas y asociaciones vascas en Venezuela, Colombia y Centroamérica. Habían tomado parte activa, según el salvadoreño, en las campañas con las FARC contra Uribe y Garzón, a quien la guerrilla colombiana apodaba "el señor de la tortura".

Cerró la espita de las informaciones cuando llegaron a la cantina "La bella Habana", un antro oscuro con música contradictoria entre Porno para Ricardo y Silvio Rodríguez.

—Este tugurio es cojonudo.

—Se llama talento, *brother*.

Segundos antes Waldo de Jesús había comentado a Pedro que en El Salvador, quién sabía por qué, se bebía más vodka que ron y que había que volver a las raíces; y que tal y como afirmaban algunas fuentes, ETA tenía la consigna de alimentar el delirio de Venezuela ante el temor de una invasión desde cierto lugar al que Waldo de Jesús llamó "Gringuilandia".

175

—Y cuando algún etarra está en peligro echan una mano, supongo —añadió Pedro haciendo chocar su vaso de ron con el de su compañero mientras escuchaba a Porno para Ricardo—. Estoy pensando en el que salió ileso de la matanza de la República Dominicana, ¿has oído hablar del caso?

—¿Quién no? —la voz de Gorki Águilas hacía un diagnóstico severo del "coma andante"— Pero que nadie se moleste en buscar allí —repuso el salvadoreño después de saborear el trago.

—No piensas que haya sido la propia ETA la que se quitara de en medio a los tres —Waldo de Jesús dijo que no con la cabeza—. Ni que el que escapó fuera el asesino —el salvadoreño volvió a hacer otra negativa—. Y los GAL tampoco —Waldo de Jesús repitió el gesto—. ¿Entonces?

—Ajustes de cuentas, mi hermano, es probable que con coca de por medio. O con algún traficante de armas. O con todo revuelto.

—Anoche leí un artículo sobre tres diputados asesinados en El Salvador.

—Cada semana hay algún caso de esos en mi país o alrededores. Hace menos de un mes, en una playa de Honduras, aparecieron doce colombianos sin cabeza. Fíjese qué salvajada, mi hermano —Waldo, de forma gráfica, pasó el filo de su mano-guillotina por su cuello—. A otros les cortan los dedos o la lengua o con una buena balacera se acabó, pero a estos desgraciados les tocó peor suerte. Tenían muchos contactos con las FARC y a la vez traficaban con coca para los gringos. A saber qué pasó.

—Puerto Rico, Haití y Cuba están muy cerca de la República Dominicana —en la mente de Pedro se iba dibujando el mapa de Barrio Caribe—. A lo mejor Yonu ya está por allí, ¿no crees?

—En Puerto Rico no, seguro. Los gringos también van a por ese pájaro, mi hermano. Oí que el tipo ese, Yonu, hace años, osó matar a algún gringo así que lo tendría bien difícil en Puerto Rico. Y Haití para salir del ogro a lo mejor, pero enseguida a volar, mi hermano. Mira hacia el otro lado, *brother*. Apuesta por Cuba y ganarás. Sé lo que me digo.

—Bien. Supongamos que el etarra de Santo Domingo hubiera llegado a Cuba. ¿Cuál sería según tú su siguiente paso?

—Podría contestarte que los *maras* andan siempre disponibles, que Managua está bien cerca y Venezuela lo mismo, y que en

Colombia algunos lo acogerían con mucho cariño. Pero con los yanquis pisándole los talones, no lo creo. Si ese hombre hubiera matado a sus compañeros ya no estaría en este mundo mi *brother*, y si no, habrá querido salir pitando del patio trasero del imperio para volver a Europa. Y con dólares en el bolsillo, para hacer bien ese trabajito tan delicado, no hay nada mejor que la Triple Frontera.

Según Waldo de Jesús, entre Argentina, Brasil y Paraguay había una región tradicional de contrabando y actividades ilegales, que, con Ciudad del Este a la cabeza, se había convertido además en una verdadera lavadora de dinero negro. La afluencia de turistas a las cataratas de Iguazú habría hecho muy fácil, según él, el "rescate" del etarra.

—Entonces tú piensas que Yonu está ya a este lado del Atlántico.

—Me jugaría el cuello.

—No he oído decir nada de eso.

—Pues yo sí, pero no en los periódicos de acá sino el los de allá. En Centroamérica aún hay mucho que arreglar, además de los puentes y lo del vodka —Waldo de Jesús, creyó Pedro, había hecho ese par de añadidos con amargura—. Pero no sé qué hacemos tú y yo conversando de estas pendejadas. Eres algo así como técnico y comercial en el mismo paquete, ¿no?

—Eso es, de GPS.

Waldo de Jesús, cómo no, tenía una curiosidad infinita. Pero no conocía Aravaca ni tenía especial relación con la colonia colombiana.

—Cada país funciona a su manera —dijo en tono de disculpa—. Yo soy salvadoreño, no más.

Desde la puerta abierta de la cantina, Pedro vio cómo una ráfaga de viento del este iba barriendo los restos de la tarde que aún se encontraban en el suelo.

Se despidieron en el metro otra vez. Pedro llegó al portal de su casa y subió en el ascensor convencido de que Waldo de Jesús, el cronista más dicharachero de Barrio Caribe, iba en esos momentos camino de algún *"dancing"* de nombre desconocido en busca de alguna Peggy bien dispuesta. Tenía la cabeza embotada. Cada vez que tenía algún contacto con Sudamérica notaba los efectos de alguna violación estridente a la simetría del cosmos. Por su cabeza se paseaba un surtido de ideas de lo más variado: Medellín, etarras guardando arsenales, Radio Caracol, etarras convertidos en asesores políticos, el atolón de Managua, gringos tomando el sol, C 4, Madres de la Plaza de Mayo gritando Gora ETA, armas, la playa de Torre Maldonado, guerrilleros narcotraficantes, *kale borroca*, dólares, individuos seductores, triples fronteras, comunas nororientales, sicarios, maras y cachorros de ETA, música, coca, niños con el agua al cuello, niños esnifando sacol, niños fumando bazuco, niños que sueñan con la lucha armada, niñas góticas, niñas mises... En una segunda fase, tras depurar las partículas redundantes, se quedó con tres de los bosones fundamentales, las tres sectas que actuaban en el embrollo: guerrillas, cocaína y ETA; y con un fermión aglutinante muy masivo: el dinero; y con la perenne confusión cuántica del algo que ocultar. "¡Vaya lío!", se dijo ya bajo la ducha.

Entonces, con el agua resbalando por encima de sus pies impregnada de espuma, le vinieron a la memoria unas palabras de Waldo de Jesús bien inteligibles, a pesar de que a partir de la quinta ronda de un guarapo sin marca, la lengua del salvadoreño se había vuelto espesa. Pedro recordó también que una ampliación de la carátula del disco *"A mí no me gusta la política pero yo le gusto a ella, compañero"* colgaba de la pared. Y que el salvadoreño había medido mucho sus palabras.

—Yo ya no sé ni lo que entiendo ni lo que no entiendo. Sólo te digo, *brother*, que lo que dura más de la cuenta se vuelve podrido.

Por un momento había aparecido en la cabeza de Pedro el dichoso embuste de doña Josefina.

—Hombre...

Waldo de Jesús no se refería a los siete meses que había durado su presunto pecado contra la verdad, sino a los años y años que llevaban funcionando las sectas involucradas.

—Al final las guerrillas revolucionarias y ETA —añadió el salvadoreño sin tener en cuenta la protesta de Pedro—, no han hecho más que joder al pueblo. Lo mismo que la coca.

Onda Latina Radio emitía una loa de Silvio Rodríguez a los imprescindibles que se pasaban la vida luchando. ¿Imprescindibles o empecinados?, pensó Pedro que habría preguntado Waldo de Jesús.

Necesitaba contárselo a Paloma pero ella estaba en la dichosa comunión. No podía esperar al día siguiente, pero a la vez le daba miedo. Había mucho en juego y ya no quería permanecer callado. En esa ocasión se preparó para salir de la retaguardia con frialdad, sin recurrir a la ironía y al mal humor. Después de varias vacilaciones, cogió el teléfono y empezó por la parte fácil, que por supuesto no era la de la primera comunión.

—Uno se entera de muchas cosas hablando con la gente. Por ejemplo, lo más probable es que Yonu esté desde hace tiempo en el sur de Francia. Ya verás como no tarda en caer, como todos.

—¿Ahora vas de adivino? —el tono de suavidad resbaladiza que utilizó Paloma confirmó sus peores expectativas—. Imaginación no te falta, desde luego.

En fin, pensó Pedro, *alea jacta est*. Su tono cambió de voltaje de manera radical.

—Cuando vuelvas a casa tenemos que hablar seriamente. Mientras tanto piensa en el infierno en que nos hemos metido y valora con calma si te compensa que estemos juntos. Yo llevo unos cuantos días haciéndome esa pregunta y ahora mismo no sé la respuesta.

Escuchó unos ruidos casi imperceptibles que se desplazaban a trompicones por el tejido celular de la telefonía móvil. Era el pelo, pensó Pedro, e imaginó el gesto de Paloma colocando un mechón detrás de la oreja, en la que a buen seguro se apoyaría el material negro tungsteno de su aparato receptor. Luego llegó un sonido gaseoso de respiración y acto seguido, por fin, su voz.

—Si eso es lo que quieres lo haré, no te preocupes.

El clic metálico de la desconexión digital le sumió en un vacío aún mayor. Se sirvió un vaso de ron salvadoreño. No había tenido la oportunidad de hablarle de la *obsesionina*, la poción mágica del hechizo segregada por quién sabía qué glándula; ni de los efectos del encantamiento. Ni tampoco de los buscadores de oro y otras quimeras, de los que daban la vuelta al mundo en bicicleta; ni de los obstáculos que había que salvar por impulso del hechizo, de las mentiras acerca de doña Josefina, de cómo arreglar el entuerto. Ni de que a él tanto reproche le estaba haciendo daño. Ni de que le daba miedo que llegara de su boca una puya, un comentario despectivo, una indirecta envenenada de pelusilla. Ni de que ella había estirado la cuerda en exceso y como decía Waldo de Jesús, lo

179

que duraba más de la cuenta se volvía podrido. Ni siquiera le había dado la oportunidad de matizar sus palabras con un suave, "joder, Paloma, entiéndeme, no necesito nada más. ¿Es mucho pedir?".

Tampoco había podido contarle un hecho que a él le parecía casi imposible de descubrir fuera de la influencia de Barrio Caribe: que ETA, las guerrillas, los traficantes de armas y de drogas eran sectas, se movían como sectas, se auto-alimentaban como sectas, se organizaban como sectas. Y además que en el Centroamérica interferían unas con otras, se amaban, se odiaban, se confundían y a menudo se necesitan para sobrevivir. ¿Por qué había desaparecido Margarita Arango?, hubiera preguntado a Paloma de manera retórica. Por culpa de alguna secta, le habría respondido él sin dar tiempo a que ella reaccionara. Dado el perfil colombiano de la historia, Pedro le habría dicho que descartaba el tráfico de armas. La secta que tenía atrapada a Margot, según sus cálculos, tenía que ser la guerrilla o el narcotráfico, no sabía aún cuál de las dos. Lo sucedido tras la muerte casual de Juan David, le podía haber contado a Paloma, no era más que una historia de venganza entre sectas. O bien los narcotraficantes o bien la guerrilla colombiana se habían vengado de ETA en la playa de Torre Maldonado.

Pero Paloma había colgado el teléfono sin darle ninguna opción. "Como no vuelva a llamar pronto", se dijo apurando el vaso en un intento de no perder ni el ron ni la iniciativa, "esto se acabó".

# EL GUERRILLERO

Cuando Gabo llegó corriendo al campamento de La Cordillera, Elkin supo de inmediato que algo malo había sucedido. El insecto palo tenía el rostro desencajado y las botas llenas de barro negro. Acababa de amanecer en las montañas, pero los guerrilleros trabajaban ya en tareas logísticas. Elkin miró alrededor mientras sus manos acariciaban la cruz de madera que le había regalado el comandante muchos años atrás: en el espacio llano del campamento vio a Orito, a ocho hombres más y a cuatro guerrilleras. Cerca de La Pelirroja, apoyado en un árbol, el escribidor hacía anotaciones en su cuaderno azul ceniza. Jairo Ortega levantó la vista y a Elkin le sorprendió que mirara a Gabo como si tuviera la culpa de que el día se hubiera emborronado de repente.

—¡Dónde se metió, hermano! —aún se escuchaba de fondo el croar de las ranas y la algarabía desarticulada de los pájaros.

Lo primero que temió Elkin fue que se hubiera abierto un nuevo frente de dimensiones apocalípticas para el que no estaban preparados. Pero esa madrugada la noticia que traía Gabo era de otra índole. Detrás de él se escondía un viejo pequeño, peludo y tembloroso, que no dejaba de manosear su sombrero de paja. Elkin lo conocía de vista. Se trataba de Aureliano Fernández, un empleado del padre de Margot Arango.

—Dejaron pasar más de un año hasta que anoche se presentaron en El Carmen —dijo Gabo mirando al guerrillero—. Han matado al doctor Arango y a ocho y medio más.

Elkin dio un salto hacia delante. Estaba temblando.

—¿Ocho y medio?... ¡Hable, rápido!

—La señora Victoria y Margot por suerte se quedaron en Medellín —terció Gabo y Elkin le agradeció tan rápida aclaración—. Ella está bien, ¿verdad Aureliano? —el viejo de barbas y bigotes espesos asintió—. El embarazo sigue adelante, no se preocupe.

181

A Elkin la atmósfera volvió a parecerle un fluido emoliente. Aureliano, tras esa fugaz resurrección, se acurrucó de nuevo detrás de Gabo y siguió dando vueltas y más vueltas a su sombrero.

—Mientras Aureliano se va tranquilizando, cuéntelo usted —ordenó Orito. El comandante también se había quedado pálido.

El insecto palo respiró agitado y comenzó el relato. Dijo que Jorge Iván Arango se hallaba solo en la casa grande de El Carmen cuando se presentaron los asesinos.

—Bueno, solo no —matizó—, quiero decir que su esposa y su hija no se encontraban en la finca, nada más. Trajano Jaramillo se había ido a Siete Vientos.

El encargado de la finca, informó el insecto palo, pasó por casa de su suegra, la señora Luciérnaga Canales. Siempre lo hacía cuando iba al pueblo a pesar de que la vieja, explicó Gabo, tenía un genio endemoniado. Elkin vio que La Pelirroja coronada de rescoldos asentía. Después, continuó el insecto palo, Trajano Jaramillo se fue tan tranquilo a la cantina de Siete Vientos. Allí le dieron la noticia.

—¿Cómo así que el doctor Arango se encontraba en El Carmen? —preguntó Elkin. Estaba rabioso con todos. Incluso con los inocentes. Incluso con los inocentes muertos. Y sobre todos ellos, con el padre de Margot—. ¡Le dijeron mil veces que se mantuviera bien lejos de la finca! Sabía mejor que nadie que ni Emiliano Céspedes ni Escohotado le querían por El Carmen.

—A lo mejor el señor Arango tenía que tratar algún asuntico con Trajano Jaramillo —sugirió Melinda Tirado tratando de entender qué había impulsado al doctor a ir a El Carmen en un momento tan peligroso.

—A ver, piense usted —le recriminó Jairo Ortega—. Es imposible que Trajano fuera a ver a su suegra a Siete Vientos si sabía que el amo iba a llegar a El Carmen.

Gabo puso su mano sobre el hombro de Aureliano.

—¿Está mejor, compadre? Ande, no tenga miedo, repita a estos camaradas lo que me contó hace un ratico.

El aludido tragó saliva. Sus ojos redondos y enrojecidos apaciguaron por un instante la ira de Elkin. Dijo que los asaltantes llegaron como las tropas de Atila pero en carros, con haces de armas verticales entre las rodillas. Que llevaban la cara cubierta. Que salieron en bandada, los fusiles por delante, como quien tiene la ley

182

de su parte, dejando salir una luz pálida por la puerta trasera de la camioneta donde llevaban las armas. Que tres de ellos reventaron la puerta de la casa del amo, subieron la escalera y acribillaron al doctor Jorge Iván Arango. Que luego siguieron por el pasillo para ir a por Conrado Morales y su amante Virtuosa. Que a la vez otros dos asesinos entraron en la vivienda de Trajano Jaramillo. Que descargaron en Ana Alicia, su esposa, y en su hijo no nacido casi un kilo de plomo. Que dieron la vuelta y entraron en el almacén. Que tumbaron la puerta y dispararon contra la familia entera de Gustavo del Río, quien no tuvo tiempo ni de ponerse los pantalones. Que en todas las estancias se tomaron la molestia de rasgar las telas que encontraron, ya fueran cortinas, colchas, sábanas o ropa. Y que sólo se salvaron Aureliano Fernández, escondido en la potrera nada más oler la pólvora, y los hijos mayores de Trajano, que dormían en lo alto de la casa. Los niños, Amanda y Junior, de ocho y once años, tuvieron el sexto sentido de seguir allí juntos y acurrucados, bajo la cama, desde que los despertó el primer disparo.

—Ahorita están al cuidado de la señora Luciérnaga. ¡Pobres pelaos!

Una vez completada la orgía, continuó el viejo, los últimos hombres en volver a los carros, borrachos de sangre y ron, quisieron rematar la destrucción quemando las casas. Rociaron la puerta principal de gasolina y lanzaron una tea prendida. Entonces empezó a llover fuerte, muy fuerte, dijo Aureliano mirando al cielo ya casi azul. La llama se apagó y los últimos mocha cabezas, que era como llamaba a los paramilitares por su afán a la guillotina, encendieron los faros de los carros. Se dieron a la fuga aullando contra el doctor Arango, a quien llamaban a gritos "médico de la guerrilla". En su huida, concluyó Aureliano, despertaron también a los sementales de la potrera y a todos los demás animales, incluso a los que descansaban lejos, en la vaquería. Aureliano Fernández dijo que sólo se incorporó cuando los coches traspasaron la valla de El Carmen. Las elipses de los faros delanteros, continuó narrando del viejo mientras dibujaba óvalos con el dedo, siguieron proyectando haces de azufre amarillo sobre la oscuridad del camino. Insectos voladores inyectados en sangre le seguían por todas partes, añadió cerrando los párpados.

183

—¡Por las nalgas de María Magdalena! —blasfemó Aureliano—. Parecían cocuyos endemoniados.

Durante horas y horas dijo haber conservado en la retina el recuerdo púrpura de las luces traseras. Continuó escondido hasta que volvió la oscuridad. Con el rugir de los motores y el estrépito de las balas los caballos se habían encabritado. Contó que los animales relinchaban y que intentaron en vano saltar los tablones de la cerca para escaparse de aquel infierno repentino. Y que escuchó también el vagido apocalíptico de los bueyes y el maullido de ánimas en pena de los gatos.

—¿Pudo ver sus caras? —insistió Orito— Recuerde, viejo.

—Iban camuflados como así —Aureliano se llevó la palma de la mano al comienzo de la nariz—, y un servidor estaba bien escondido, señor, pero... —se tapó la boca asustado de sí mismo—. ¡Soy hombre muerto!

El comandante, lo sabían todos, no tenía ninguna estima por los hombres como Aureliano, que para él representaban el estereotipo negativo del paisa: pícaro, siempre dispuesto a sacar beneficios. Se avecinaban muchos cambios en el campamento. Los desastres de la última campaña le habían acabado de convencer de que necesitaban aliarse con otros insurgentes: era obvio que un grupo tan pequeño no podía resistir por sí solo el acoso de tantos enemigos. El comandante, por su condición de inválido, sólo se reservaba el puesto de mediador en las ya próximas conversaciones con el M19. Su renuncia forzosa había convertido a Elkin en el responsable real del "Movimiento Revolucionario Jorge Eliézer Gaitán", pero Orito seguía conservando la autoridad moral que se necesitaba en esos momentos. Desenfundó su revólver. La Pelirroja, que trataba de instaurar el reino del orden en la anarquía caótica de la intendencia, dejó sus quehaceres para ayudarle a ponerse en pie. Tras un periplo sentimental intenso, el comandante había acabado en sus brazos pálidos y pecosos.

—Elija cómo quiere morir.

Orito, muy despacio, fue acercando la punta de su revólver a la frente de Aureliano. Él se puso de rodillas.

—¡No dispare, no dispare! Está bien, que sea lo que Nuestro Señor Jesús de Nazaret quiera —contestó el viejo santiguándose tres veces y tragando saliva a continuación—. Sólo vi la cara de uno que se quitó el pañuelo antes de subir al carro: era Fredy Ariel Escohotado.

—¿Y Montoya? —preguntó Melinda Tirado.

—No reconocí a nadie más.

—El negro —sentenció el siempre heteróclito Jairo Ortega—, espera que sus amigos Céspedes y Escohotado le regalen las tierras del doctor sin mancharse las manos. Ya les devolverá el favor de alguna manera, no se preocupen.

—Algún día la pagarán todos.

Y con esa frase de Orito se terminó el interrogatorio.

—Me voy —anunció el guerrillero, que se había mantenido en silencio durante toda la exposición de Aureliano.

Ninguno se atrevió a impedírselo, pero Gabo, que le acompañó durante un trecho del camino, le recomendó varias veces que tuviera precaución.

—Más por Margot y su mamá que por usted. Andan diciendo que El Carmen se ha convertido en un nido de subversivos. Han puesto vigilancia por todas partes —el insecto palo respiró hondo—. El muy cabrón de Escohotado tiene la ley colombiana de su parte, ¿qué me dice, compadre?

Una lluvia menuda caía sobre los plantíos de yuca, maíz y plátano. Más allá, empezaban a verse hojas elipsoidales de coca.


Elkin había soñado con que Margot y Juan David se incorporaran a la vida de la guerrilla, pero bastó un ataque del ejército para darse por vencido: la vida de los insurrectos no estaba hecha a la medida de los niños. En pocos minutos, el zumbido de una avioneta de la contraguerrilla había dejado vacío el claro del bosque que ocupaba la mesa grande donde los subversivos planeaban sus acciones.

Y tres meses después, mientras caminaba a paso rápido por la ladera del monte de vuelta al campamento, tras haber pasado la noche con ella y el niño, cuando su cruz de madera estaba ya en la garganta de Juan David, aún tenía más dudas. Pensaba que desde la muerte de su padre, Margot vivía en una nebulosa. Parecía curada del hechizo romántico y un tanto sin sentido que había alimentado respecto a la guerrilla, y eso era bueno para él. A pesar del desafío de

Escohotado, Elkin se las ingeniaba para acudir con cierta frecuencia a su cama. Sabía de sobra que la sensualidad entre los dos se había incrementado con el progresivo avance de su vientre. Y después del nacimiento del niño esa sensualidad se depuró hasta convertirse en un destino compartido. Pero tras la tragedia de El Carmen, en la cabeza de Margot se habían producido algunos cambios que preocupaban al guerrillero.

Elkin echaba parte de la culpa a su madre. Doña Victoria rechazaba de raíz la "locura" de Margot. Ellas dos, que antes tenían una relación difícil, se habían unido en el dolor tras el asesinato del doctor Arango. El guerrillero entendía bien que doña Victoria le odiara. Pero el viraje de Margot tenía mucho que ver con la repulsión hacia la violencia que había crecido en ella tras la matanza de El Carmen.

A Margot aún le quedaban varias cosas por entender, creía el guerrillero. Antes vivía en un castillo de convicciones frágiles hecho a medida, y tras la tragedia se había enrocado en la torre de piedra de su madre, una construcción de seguridades muy sólidas. Elkin había recelado de aquella inconsciencia pasada de ella respecto de la guerrilla tanto como en esos momentos temía su lucidez excesiva, la que escuchaba de vez en cuando en la radio: él no cabía bien ni en una ni en otra.


—¿Cómo está Juan David? —preguntó La Pelirroja al verle aparecer por el campamento.

Le gustaba el nombre que Margot había elegido para el niño: Juan como su abuelo, el padre de Antonio Zarco, y David como el padre español de doña Victoria.

—Mejor imposible.

—¿Y Margot?

Elkin no contestó esa vez. Melinda Tirado, que estaba de guardia, dejó su fusil en el suelo. Siempre tenía las uñas negras y se limpiaba la boca con el revés de la manga,

—Margot y su mamá están bien bravas —comentó Jairo Ortega—. He oído lo menos siete entrevistas en Caracol Radio y por lo que cuentan, aparecen en televisión casi cada día. Dicen que esperan respuestas de la ley y nada más que de la ley.

186

—¿Respuestas? —La Pelirroja se había puesto en jarras—. ¿De la ley? No me haga reír. Las autoridades le dirán que esperen, que hay que seguir investigando y así pasarán los años hasta que nadie se acuerde de los crímenes de El Carmen. Siempre pasa lo mismo. ¿Cómo es posible que la señora Victoria y Margot aún confíen en los mandamases y en la justicia de este país de corruptos?

—Se agarran al testimonio de los hijos de Jaramillo, que no estuvieron todo el tiempo escondidos debajo de la cama como se creía —aclaró el escribidor—. Pero dos pelaos son poca cosa.

—¿Poca cosa? —La Pelirroja miró al escribidor con cara de furia— ¡Vaya despropósito!

—Eso dicen los del gobierno —se defendió Jairo Ortega—, no se enfade conmigo. Yo sólo les cuento lo que se habla por ahí. Ustedes saben bien que ahorita mismo no hay acusados por la matanza de El Carmen.

—¿Y desde cuándo las autoridades escuchan los testimonios que no les conviene, compadre? —Melinda Tirado también parecía indignada— La Pelirroja tiene toda la razón. Más bien lo que puede pasar es que a los pelaos de Jaramillo les suceda lo mismo que al doctor Arango.

Elkin oyó a unos y a otros sin intervenir, en la discusión. Él sabía bien lo que tenía que hacer, pero había preferido aplazar esa tarea hasta después del nacimiento de Juan David. Estaba impaciente por terminar de una vez.


—Ahí viene —dijo a Gabo.

Desde su punto de observación, los guerrilleros vieron que una pareja de vigilantes muy jóvenes, con fusiles en la mano, se ponían en pie. A su lado había un par de motocicletas viejas. Apareció a lo lejos un Chevrolet rojo camino de Siete Vientos. La ladera del monte hacía una leve elevación y tras ella desapareció el vehículo. Elkin accionó el cronómetro. Cuando el Chevrolet apareció de nuevo, los vigilantes se volvieron a sentar y reanudaron la partida de cartas. Elkin paró el cronómetro. Los guerrilleros se miraron.

—Dos minutos y medio. ¿Es suficiente? —preguntó el insecto palo.

Elkin hizo una seña afirmativa con la cabeza nada más y los dos hombres comenzaron a moverse con sigilo hacia atrás, arrastrándose como topos subterráneos, hasta que dejaron de ver a los jugadores de naipes. Entonces se levantaron y siguieron caminando a toda prisa con idéntico sigilo.

—Decidido: será mañana —anunció Elkin cuando llegaron a un terreno rocoso.

—Recapacite, ¿y si se lo piensa mejor?

Elkin puso la mano derecha en el hombro de su amigo y sonrió. Luego sacó un plano de la mochila, lo puso en una piedra lisa y los dos se inclinaron sobre él.

—Aquí nos quedamos —señaló el guerrillero—. Y ahorita a descansar. Hay que vigilar la casa desde antes de la amanecida.

Elkin no podía dormir. No había informado a Margot, ¿para qué?, pensó con el ronquido de Gabo al fondo. Mientras estuvo embarazada, no se había atrevido a hablar con ella de ese tema. Pensaba que se debía de sentir vulnerable a causa de su estado físico. Tras el nacimiento del niño, a medida que disminuyera la tensión, tendrían que volver a ella el valor y la seguridad de antes. Margot le conocía bien. Estaba seguro de que desde el funeral de su padre ella sabía lo que él iba a hacer.

Al alba guerrilleros vieron desde lo alto que la puerta de la casa se abría por fin. Luego, sin prisa, el Chevrolet rojo se puso en marcha. Elkin miró su reloj Omega, y el tiempo empezó a correr.

Una piedra enorme situada en el centro de la carretera se interponía en su camino. El coche frenó en seco. Gabo, metralleta en mano, hizo salir al conductor, subió al vehículo y continuó el viaje como si nada hubiera sucedido. Elkin ató las manos y los pies de Escohotado y le tapó ojos, oídos y boca sin ninguna contemplación. Luego le puso un capirote negro. A golpe de fusil, obligó a que Fredy se arrastrara hacia la cuneta. Cañizos, matorrales y maleza servían de parapeto. Estuvieron los dos inmóviles hasta que Elkin escuchó el sonido de las motocicletas. Volvió a mirar el reloj: perfecto. Los vigilantes, tras observar desde su posición cómo se alejaba el Chevrolet, volvían a Siete Vientos. Aflojó las cuerdas de los pies de Escohotado y después, con el mismo sigilo, ambos emprendieron una lenta ascensión.

188

Pero no fueron muy lejos. Cuando llegaron al lugar donde poco antes estaban los jugadores de cartas, Elkin obligó a que Escohotado se arrodillara. Preparó el escenario con cuidado, como hacían los etarras cuando ajusticiaban a algún reo, pero conservando la estética de las montañas colombianas, donde el valor de los gestos era otro. Hizo un círculo de piedras alrededor del condenado. Abrió su mochila y sacó una colección de objetos que había ido obteniendo con paciencia durante meses. Fue dejando alrededor el pequeño maletín de urgencias del doctor Arango con el que se había servido para amputar la pierna de Orito, un delantal de cuadros de Ana Alicia con el bolsillo rasgado, un oso de trapo, la petaca de cuero de Gustavo del Río, un zapato de su mujer, tres cuadernos de sus hijos, las gafas de Virtuosa, la navaja de Conrado Morales... El ritual, había aprendido Elkin, formaba parte de la liturgia. Por eso no quiso la muerte de Fredy nada más. El guerrillero no quería manifestar con ello una actitud estética sino instrumental. Era su forma de comunicarse con lo que él consideraba sagrado por medio del ajusticiamiento de un hombre que había trasgredido todas las normas que Elkin respetaba, que había perdido el respeto al Movimiento desde la derrota de la última campaña. Y que se paseaba por todas partes con la frente levantada al lado de amigos ricos y poderosos. Jairo Ortega decía que la naturaleza programaba hombres como Escohotado porque para que existiera el bien tenía que haber mal. El mal de Céspedes se llamaba dinero, pero para Fredy Escohotado el mal era un bien en sí mismo. El escribidor lo llamaba Apofis como la serpiente faraónica empeñada en romper la armonía del cosmos, el asteroide gigante que amenazaba al valle, el culpable de que los atardeceres se tiñeran de rojo.

En ningún momento imaginó Elkin que aquel juicio sumarísimo a Apofis Escohotado le iba a costar tan caro, que sería el detonante para que Margot desapareciera con Juan David dejándole solo. Allí mismo, ante esos testigos inertes, Elkin acercó el cañón del revólver a la nuca encapuchada de Fredy Ariel Escohotado y disparó.

—Bueno —dijo Paloma muy escéptica—. A ver qué pasa.

Dejaron el coche aparcado en zona azul y comenzaron la búsqueda. Para desolación de Pedro, Aravaca era América Latina en femenino pero en plural. Resultaba evidente que el alto standing de las casas de la localidad requería mucho servicio doméstico y así se lo comentó a Paloma. Como era domingo, se las veía libres y relajadas conversando en corros por nacionalidades.

Preguntaron en tres de esos grupos de mujeres inmigrantes: ninguna sabía quién era una colombiana llamada Margarita Arango.

Paloma paró a una señora delgada, que caminaba con las manos en los bolsillos de su gabardina de color polen.

—Por favor, ¿dónde está la ermita de la Virgen del Camino?

La mujer pareció dudar, pero les dio la información que buscaban con una gran solvencia.

—En realidad —susurró Pedro—, a quien necesitamos localizar es a una señora colombiana que se llama Margarita Arango. ¿La conoce?

—Sí, por supuesto.

Esa rápida respuesta sorprendió a Pedro.

—¿Y dónde podríamos encontrarla?

En un reloj cercano sonaron las doce campanadas del mediodía. La señora volvió a detenerse y miró a lo alto. Y tras el último toque comenzó la explicación.

"Villa Lugano" estaba situada en una zona de grandes mansiones rodeadas de jardines amurallados que protegían la intimidad de forma numantina. La rotulación de las calles era al menos incierta y había que ir mirando casa por casa. Por fin dieron con una puerta de garaje, con un buzón y con una tarjeta blanca que tenía escrito el nombre de la villa.

—Por favor, Margarita Arango... —Paloma parecía amedrentada frente al portero automático.

—¿De parte de quién? —preguntó la voz que salía del otro lado.

—Paloma Iriarte, de Brito de la Sierra.

—Esperen un momento, por favor.

—¿De qué vivían Margarita y su hijo en Brito? —preguntó Pedro.

—Ni idea. La verdad es que no hice nunca esa pregunta. No me suena que trabajara. Tal vez tenía una pensión.

Oyeron que los pies de "la voz" se alejaban, pero en pocos minutos se abrió la puerta de servicio. Y tras ella apareció una exótica filipina de unos cincuenta años vestida de uniforme azul claro. Siguieron a la doncella oriental por una senda estrecha abierta entre el césped que bordeaba la valla, hasta llegar a dos hileras de rosales sin rosas que conducían a una escalinata. En lo alto, en medio de una portalada maciza, estaba Margarita Arango.

Mientras Paloma se dirigía hacia ella, Pedro tuvo la oportunidad de observarla. No se parecía en nada a lo que había imaginado. Era de estatura superior a la media y muy esbelta. Su cuello largo salía recto entre las solapas de una camisa blanca, visible a pesar del jersey de lana grueso que llevaba. Iba con pantalones negros y mocasines de suela plana. Aquella forma de vestir, a pesar de su simplicidad, tenía un aire que a Pedro le hizo dudar. Pero lo más sobresaliente estaba en la longitud del pelo: le llegaba casi a la cintura e iba recogido en una trenza entrecana que caía por el centro mismo de su espalda. Le gustaban las mujeres de pelo largo. Al acercarse más, vio un óvalo perfecto de facciones pequeñas de camafeo y unos ojos muy claros. Había cogido las manos de Paloma entre las suyas y miraba a la muchacha con una sonrisa que a Pedro le pareció verdadera.

La criada de uniforme azul se metió en la casa dejando la puerta abierta. El suelo de mármol blanco hacía de espejo a la silla de ruedas que había en el vestíbulo. Paloma hizo una presentación que a él le pareció de régimen: nombres y nada más. Tras algunas disculpas básicas no demasiado sentidas sobre el asunto de doña Josefina, la pareja se había dado un periodo de prueba. "La situación" no estaba para alegrías.

—Mucho gusto —Margarita le tendió la mano—. Vamos adentro que hace frío.

No fueron a ningún cuarto de estar para el servicio, sino que atravesaron el vestíbulo y llegaron al salón principal. En Villa

191

Lugano, Margarita Arango no ejercía funciones ni de criada ni de mujer de compañía. Era la señora de la casa.

Paloma, se dijo Pedro, también tenía que estar asombrada ante semejante descubrimiento, por eso apenas se atrevía a hablar. Replegada en un sillón pequeño de tapicería granulosa, iba contestando la batería de interrogantes de la señora. Tal vez estaba intimidada por un escenario tan inesperado, o quizás se veía aún como cualquier novia adolescente delante de su futura suegra. Pero había, reflexionó, algo más. Él también se sentía como un reptil delante de una reina. Pedro se removió en su asiento hasta quedar con una postura tan recta como la de la señora. Se dijo que aquella mujer haría buen papel hasta en el palacio de Buckingham. Hizo un esfuerzo por relajarse y recuperar el control. El mayor síntoma del poder de Margarita Arango era ese: que estando ella delante, los demás se vieran obligados a ser como no eran.

Los recuerdos del Instituto de Brito iban saliendo por boca de la señora Arango. Y cuando llegó el nombre de doña Josefina, Pedro tragó saliva y Paloma bajó la cabeza. Margarita recordó lo mucho que la apreciaba Juan David. Esa fue la primera vez que habló de su hijo muerto. Lo hizo con sencillez, sin muestras de dolor, con paz e incluso, hubiera jurado Pedro, con cierto afán de justificarse, consciente de lo que pasaba por la cabeza de Paloma. Ella, ante esa pequeña grieta abierta en su interlocutora, fue recuperando la confianza en sí misma.

Sabiendo que ninguna de las dos reparaba en él, miró alrededor. A su madre le gustaría mucho esa gran sala, pensó. Los muebles eran ligeros, aptos para soportar figuras ingrávidas como la de Margarita Arango, y las alfombras también. Por todas partes se veían mesas cuasi-inútiles, pues sólo servían para contener bandejas de plata, figuras de porcelana o alguna lámpara de luz tenue con pantalla de medusa transparente. Pero sobre todo Pedro se fijó en los cuadros. Calculó que todos habían sido pintados por la misma mano y que, por su estilo, debían de pertenecer a la primera mitad del siglo veinte. Estaba casi seguro de que entre los entendidos en pintura de esa época, la firma era conocida. No le cupo duda de que todos los óleos tenían un gran valor. Allí, se dijo, había mucho dinero invertido.

La palabra "dinero" produjo en su cerebro un trueno metálico de Juicio Final con sonido de fanfarria. La *obsesionina* empezó a circular a chorros por sus venas principales. Primero notó por todo su cuerpo la rigidez de un insecto atrapado en ámbar, luego la reacción contraria le llevó a levantarse de la silla de un salto. Las dos mujeres le miraron asombradas. Él, parcialmente arrepentido, fue hacia un óleo en el que se veía al rey Alfonso XIII con un traje de gala algo más elegante que el del botones Sacarino, pero igualmente rojo. Y luego se quedó mirando otro, en el que se veía un salón que no era el de Villa Lugano, sin gente pero con muchos síntomas de vida: un delicado clavicémbalo de color greda con las partituras abiertas sobre el atril, una mesa costurero con el bastidor ladeado como si alguien lo acabara de dejar, unos naipes sobre el tapete verde de una mesa, el fuego de la chimenea y un ventanal al fondo del que procedía toda la luz. Pedro leyó con curiosidad la leyenda: "Salón de la casa de los Hidalgo". Ellas continuaron charlando sin sospechar, esperaba él, que sobre su cabeza hechizada acababa de caer la manzana de una gran teoría.

Ya en el coche, después de salir de Villa Lugano camino de la carretera de La Coruña, Pedro estalló.

—¿No te das cuenta? —preguntó sin esperar la respuesta—. Esa casa, esos muebles, esos cuadros. ¿Qué sentido tiene que Margarita y su hijo vivieran en Brito de la Sierra en un piso alquilado de cincuenta metros cuadrados teniendo un palacio como ese? ¿Por qué tanto misterio? —Paloma le miraba con asombro—. Menos mal que no se te ha ocurrido preguntar de dónde había salido todo aquello. "Algo que ocultar", ¿no te das cuenta? —insistió—. Siento tener que decírtelo, pero Villa Lugano huele a coca que apesta. Los etarras mataron por casualidad al hijo de un narcotraficante y el tío se vengó.

Ella, que seguía con muchísima desconfianza los efectos del encantamiento, le miró por el espejo retrovisor con ojos de búho.

—Conduce más despacio, por favor. No pierdas el norte como de costumbre y deja de hacer cávalas descabelladas —parecía molesta y Pedro, tras escucharla, lo estaba de verdad—. ¿Quieres otra explicación? Margarita cuidaba a un inválido, ¿vale? Has visto una silla de inválido en la entrada, ¿no? —Pedro asintió—. Supón que él fuera un señor muy rico y que al morir le hubiera dejado toda su fortuna en agradecimiento por los servicios prestados.

Pedro se contuvo.

—Muy bien, haya paz y sigamos por esa línea —se agarró fuerte al volante para controlar su ira—. Puede ser incluso que el inválido se casara con ella. Margarita es una mujer realmente guapa.

—Eso me cuesta imaginarlo, y si la conocieras un poco más pensarías lo mismo. Siempre me pareció muy soberbia. No aparatosamente soberbia, ya me entiendes. No iba con la cabeza alta mirando por encima del hombro, pero sé que en su fuero interno se consideraba superior al resto de los mortales.

—¿Era madre soltera?

Paloma dudó.

—No lo sé. Juan David no conoció a su padre, ni jamás vio en casa ninguna foto suya —Pedro la miró incrédulo—. Recuerda que estás conduciendo, no te despistes. ¿Por dónde iba? ¡Ah, sí! Sólo sabía que su padre se llamaba Ignacio Silva. Hablábamos a menudo del tema, a pesar de que le dolía muchísimo. Para su madre era un tema tabú, a lo mejor estaban divorciados, un divorcio problematico. Eso explicaría hasta cierto punto el comportamiento de Margarita y su venida a España. Después de morir Juan David no creo que se casara con nadie, aunque todo es posible.

—No debe de ser demasiado difícil averiguarlo, y si heredó un fortunón del inválido tampoco. Empezaremos por ahí, pero tengo malas vibraciones sobre este asunto. Las he tenido desde el principio.

—¿Y cómo vamos a enterarnos? —preguntó ella incrédula.

—Lo pensaré.

En realidad, se dijo, no podía hacer otra cosa: estaba hechizado. Y bastante molesto.


Todos los amigos parecían haber admitido de buen grado la hipótesis de la *obsesionina* menos Paloma.

—A ver, cuenta —ordenó Pedro dirigiéndose a Marina.

Ella se hallaba ubicada en el incómodo intersticio que marcaba el centro geométrico de uno de los sofás floreados: el de cuatro plazas. Siete pares de ojos la observaban

—Hice lo que me dijiste, aunque no sé si va a ser contraproducente para tu salud mental —Marina comenzó el relato—. Seguí a la señora de servicio desde que salió por la puerta. Pan, pan, pan, llegamos a la parada de autobús. Subí tras ella y encontré asiento a su lado. Entonces la abordé. "¿Trabaja usted en el número 15 de la calle de Las Parras?". Sonrisa de las mías, respuesta positiva de ella. Yo vuelta al ataque. "Me ha parecido verla hace un par de días." "¿Dónde?" Imaginación al poder, muchachos. "Acabo de terminar una sustitución en Correos." Puso cara de pena, y yo continué hacia delante. "Si no encuentro algo me iré al paro." Inventé una vida familiar desastrosa, la mía poco más o menos, pero con toques de tango arrabalero. Lo siento Claudio, tú saliste bastante mal parado. No podía arriesgarme a que me pillara en un renuncio, y cuando se miente hay que conservar todos los trozos de la verdad que sea posible. Qué os voy a contar que no sepáis, ¿eh, Pedrito? La mujer tenía ganas de repartir compasión. Así estuvimos un rato, con la lágrima floja. Por fin me lancé en plancha. "Tu casa es buena. Con una viuda nada más...". Mirada ojo de plato de ella. "¿Viuda?" Yo insistiendo. "Sí, eso me dijeron, del inválido." Agarraros que viene curva. "No, no era su marido, qué va. Pobre viejo, estaba casi ciego, paralítico..." Yo inmune al desaliento. "¡Lo que es la gente! Hasta me habían dicho que ella era su criada y que él le había dejado toda su fortuna." Os juro que hice un tratado sobre la envidia en patio de vecinos. "Muchas bocas se callarían si supieran..." Tuve un momento de pánico: la mujer se resistía a dar detalles. Le di un chicle que llevaba en el bolso y yo cogí otro. El chicle une mucho. En resumen chavales, que la rica era ella y no el inválido que en paz descanse. El pobre hombre vivía a su costa y era su tío. Como la mujer no daba síntomas de querer bajar en ninguna parada, continué. "Tenía un hijo, ¿no?". Puso cara de palo y se santiguó. "¿Hijo? ¡Qué barbaridad!" La mujer sabía menos que yo. Me extrañó un montón. Le pregunté cuánto tiempo llevaba en la casa y contestó que unos diez años. Esa puede ser la clave: a la señora le van los misterios. El inválido había muerto en el dos mil. Y aún hice un servicio más que ni siquiera me habíais pedido. "¿Usted sola se encarga toda la casa?", le pregunté. La respuesta fue un no matizado por la información de que ella era la que más trabajaba. Por lo visto hay un jardinero multiusos con su mujer, la cocinera, que lleva allí desde hace más de treinta años. *And that's all, folks.*

El monólogo se cerró con una salva de aplausos.

—¡Esta es mi chica! —Pedro lo dijo sin pensar.

—A mí siempre me toca el papel de malo —se quejó el marido de Marina.

—Desde luego, eres única —exclamó Tina.

Paloma se había quedado muy seria, tiesa como una vara de San José y Pedro se preguntó qué estaría pasando por su cabeza. Se dirigió a ella.

—¿Y ahora qué me dices? ¿Estoy loco?

—No sé —contestó—, me siento confundida.

—Un momento —Luis volvía de la nevera con más latas de cerveza—. Aún queda por explotar la mina del jardinero y su mujer.

—No, no, Luis, lo siento —se adelantó Marina—. Yo ya he cumplido.

—La próxima vez me toca a mí —dijo Paloma.

La reacción se su chica desconcertó a Pedro. La mesa estaba servida. Se hizo un silencio incómodo al que siguió un intento de Claudio por solventarlo.

—Esto tiene una pinta fabulosa, Paloma —miraba con gula de pecado capital las berenjenas rellenas y la tortilla de patata.

Paloma salió a la cocina para buscar otras delicias de alquimia culinaria avanzada. Lola y Tina la siguieron.

—Hacía tiempo que no cenábamos en esta casa —comentó Goyito con nostalgia.

—Ya sabes que ha habido tormenta y la cosa aún no está nada clara. Además los amigos de Paloma nos tienen secuestrados.

—¿Qué tal son?

—Fantásticos. Sobre todo Quique Rubio.

—¿Quién es Quique Rubio?

—Un MIR encantador que me quiere levantar la chavala.

—Mátalo —le recomendó Goyito.


Acababa de pasar dos semanas estresantes yendo y volviendo de Madrid a Haarlem. Y para colmo, al volver a casa, se encontró con que Paloma tenía guardia. En el sistema de alertas de Google no

196

había noticias nuevas sobre Torre Maldonado ni sobre ETA. Miró el teléfono. Se preguntó si era conveniente seguir actuando con frialdad y la respuesta fue no. Volvió a ponerse el abrigo y se dirigió en coche hacia el Tierno Galván. Hacía un viento apocalíptico que poco a poco iba dejando libre de nubes el cielo de la luna nueva.

Desde su torre de vigilancia intensiva, la celadora de noche que había en recepción lanzó su dardo.

—¿Qué pasa?

Tenía cara de adivina zíngara con falso distintivo hospitalario en el ojal. Hasta la pluma Parker que llevaba en el bolsillo superior del uniforme parecía de pega. Pedro enarcó la ceja derecha con aire chulesco, a pesar de que no podía soportar el olor a desinfectante.

—Necesito con urgencia ver a la doctora Iriarte, de Medicina Interna —la mujer le lanzó un interrogante prolongado con la ayuda de su mirada escéptica. Pedro, al sentirse indefenso, no se echó atrás—. Se me está perforando el estómago.

La gitana con pluma Parker se echó a reír.

—Ahora la aviso.

Cuando apareció Paloma, Pedro seguía sin salir de su asombro.

—¡Me conoce!

—No sólo ella. Tiene una memoria de elefante, es cierto, pero es que tú, hasta hace poco, venías por aquí muchas tardes, ¿o es que ya no te acuerdas?

—Caray, qué selva.

—¿Cuándo has llegado? —Paloma le acarició la nuca.

Ese gesto era una verdadera novedad y le hizo dar un paso adelante.

—Hace un rato. Oye, ¿no podríamos ir a otro sitio un poco más privado? La tía esta me pone nervioso.

Entraron en la sala de espera vacía y oscura de un semisótano bostoniano. Paloma cerró la puerta, puso delante una silla grande sin asas de escay marrón y reservó otras tres del mismo tipo para ellos.

—Así está mejor —dijo arrancando la americana de sus manos.

Pedro pensó con inquietud que ella tenía bastante práctica en ese tipo de puestas en escena, pero se contuvo para no estropear el giro positivo que había dado "la situación" con esa caricia en la nuca. Lanzó sus garras de tijereta sobre los botones de la bata de su amada. Se sentía muy excitado con la perspectiva de hacer las paces allí mismo, a escondidas; y por el estilo depravado de las películas porno con enfermeras salidas de uniforme abierto. Ella le quitó el cinto del pantalón. Pedro se quedó con las piernas al aire, pero calcetines, camisa y corbata siguieron en su sitio. No había tiempo ni ganas para muchos preámbulos, ni siquiera para cuidar la estética. En situaciones como esa, se dijo, un polvo rápido al estilo adolescente podía ser un muy buen polvo.

—Hay algo importantísimo que debo contarte —dijo Paloma aprovechando la calma, pero sin levantarse del triple sofá. Pedro hubiera preferido cerrar los ojos y continuar abrazado a ella en silencio. Ni siquiera pesó en su ánimo el "importantísimo" que acababa de escuchar—. He hablado con el jardinero de Villa Lugano.

—¿Y qué? —protestó somnoliento.

—Tenías razón en todo.

—¿A qué te refieres?

—La casa pertenece a Margarita desde que murió su padre —Pedro se situó por fin—. Hasta tengo la dirección de la familia en Medellín, imagínate —la cara de él era un signo de interrogación con un solo ojo útil—. Me la ha dado el jardinero sin más, no he tenido que preguntar nada, le ha salido de forma natural mientras contaba la historia. El padre de Margarita compró la villa a mediados de los años setenta, ¡desde Colombia!

El jardinero dijo que había sido una excelente inversión, pero no la única de Jorge Iván Arango en Madrid. Lo más triste para Paloma, supo Pedro, era que el matrimonio de servicio más antiguo de Villa Lugano ignoraba la existencia de Juan David. Y tampoco sabía nada de que madre e hijo habían pasado casi diez años en Brito. Esa información le parecía monstruosa.

—¿Por qué Margarita se avergonzaba de tener un hijo? No me lo explico.

—Para protegerle, supongo, es lo más lógico. Imagínate, el padre de Margarita debía de ser un pájaro de cuidado y quién sabe si lo sigue siendo. Porque hay más.

Pedro se había despejado de repente. Agarró las muñecas de Paloma como si sus manos fueran un par de esposas. Se sentía responsable del contagio de *obsesionina* de su amada. Aquello, se dijo, olía a peligro.

—Espera, ahora quien me tiene en vilo eres tú. Empecemos por el principio, ¿cómo has conseguido hablar con el jardinero?

—Fácil —la interrogada estaba dispuesta a cantar—. Pedí ayuda a Bigfoot, es un tipo estupendo. Le conté casi la verdad, que quería sonsacar al jardinero de la madre de mi novio.

El monstruo de pies colosales, escuchó un más que atónito Pedro de la Serna, tenía una casa con jardín en Pozuelo. Por indicación de Paloma llamó al jardinero de Villa Lugano por si podía hacer un trabajo en su casa y concertó una entrevista para el fin de semana pasado. "Oficialmente", supo Pedro, su chica era la sobrina de Bigfoot. Tal versión luchadora de Paloma casaba bien con la médico estudiosa y concienzuda que había sacado muy buena nota en el examen MIR. Aquella cuyo sentido del deber le había mantenido a raya durante tres meses en la sala de conferencias de ese mismo hospital.

—Cuando una mujer guapa quiere algo nadie está a salvo —comentó él con fines terapéuticos.

—Me ha costado la friolera de doscientos cincuenta euros podar las buganvillas de Bigfoot. Un atraco, pero en fin.

—De todos modos, señorita Marple —interrumpió él en un intento de poner orden—, a ver si te das cuenta de una vez de que ha sido una imprudencia.

Sonó un molesto *bip, bip*: era el busca de Paloma. Pedro escuchó sus breves respuestas con el pecho encogido. Sólo se tranquilizó cuando ella dijo, "hasta luego".

—¿Tienes que irte?

—No, era sólo una consulta de la enfermera de planta. Ya está solucionado —el busca volvió al bolsillo de su bata—. ¿Qué te estaba diciendo? ¡Ah, sí! ¿Dónde crees que tiene el dinero Margarita Arango? O al menos parte.

—No me has escuchado, Paloma: es peligroso.

Pero ella, se dijo Pedro, por efectos del hechizo estaba furiosa y dolida a la vez, y esa mezcla explosiva era imparable.

—¡En Suiza!

—Ya está bien, Palo, basta. La culpa es mía.

—Estoy segura de que la muerte de los etarras en Santo Domingo es una venganza por el asesinato de Juan David, como tú insinuaste —ella, se dijo Pedro atónito, iba a velocidad de metralleta—.

Los narcotraficantes colombianos no se andan con chiquitas. Tenías razón de pe a pa.

Pedro no podía imaginar a Margot con el intestino lleno de crisálidas de coca. Ella tenía que estar situada necesariamente en la cúspide del hormiguero.

—¡Entonces déjalo, por favor!

—¿Por qué? —no se atrevió a aprovechar la pausa para decirle que estaba muy sexy así, tan agitada—. ¿Crees que soy tonta? Ni siquiera existimos para ellos.

—Nunca se sabe, no seas imprudente. Le pediré a Goyito que se informe sobre el tal Arango y lo que haya a su alrededor.

—De eso también quería hablarte —ella dudó antes de continuar—. Me parece que todo este lío en que nos hemos metido es algo tuyo y mío, de nadie más. Siento que te pierdo cuando veo a tus amigos husmeando en la vida de Juan David, o en la de Margot, o en la mía.

Esa exigencia de intimidad a Pedro le pareció una propuesta de vínculo mucho más sólida que cualquier encuentro furtivo en cualquier sala oscura de hospital. Procuró que su voz no temblara y que sus ojos se mantuvieran secos.

—De acuerdo, pero aplícate tú también el cuento y olvídate de Bigfoot. Y prométeme que estarás quieta. Nada de hacer de detective, ¿vale?

Paloma asintió. Después de levantarse del sofá de escay marrón, se puso en jarras.

—Y ahora, Pedrito mírame —en esa posición parecían el ama y su siervo. Él obedeció la orden de la madame—. ¿Quién es tu chica?

Los celos recién estrenados de Paloma también sentaron muy bien a la autoestima de Pedro, algo tambaleante en materia amorosa. Ella y Marina, se dijo, eran como Microsoft y Apple, iguales pero distintas y ambas muy competitivas.

Ya en el piso deshizo la maleta. No tenía sueño. Se sentó en el sofá floreado con el periódico en la mano, ni siquiera había tenido ganas de hojearlo. En la primera plana, con un esquema que le recordó al colegio de jesuitas, el diario anunciaba un eclipse para esa misma noche. Subió a la azotea. La sombra opaca de la tierra empezaba a morder el círculo blanco de la luna. Permaneció allí observando el proceso completo. Por un momento muy breve se le ocurrió pensar que, a lo mejor, Paloma y él estaban equivocados. ¿Por qué no recurrir otra vez a las ideas y a los sentimientos?, se dijo. Enseguida descartó ideas y sentimientos como motivos del crimen de Torre Maldonado. Posibles sí, razonables no. Ambos eran decimonónicos, se dijo. Para Pedro decimonónico era un insulto grave que olía a cómoda Chippendale y a cornucopia. El dinero lo movía todo, pensó. En su imaginario de siglo veintiuno, Villa Lugano se había convertido en una evidencia.

Dos helicópteros procedentes de la casa real cruzaron el cielo de la azotea. De forma súbita, Pedro se puso en estado de alerta. Dos palabras volvieron a aparecer en la mente de Pedro: ideas y sentimientos. Ideas y sentimientos como coartadas para los crímenes de ETA y de Torre Maldonado.

—Espero que no sea nada —dijo en voz alta sin poderlo evitar.

# EL GUERRILLERO

Elkin temía que Margot acudiera acompañada. Cuando la vio avanzar en solitario por la calle Junín, respiró profundamente y fue hacia ella. El Omega indiscreto, en la muñeca del guerrillero, marcaba las seis menos cuarto de la tarde y la cruz de madera pendía de su cuello. Eran dos desconocidos que, por una suerte de casualidades, compartían secretos, se dijo Elkin con una extraña sensación de vacío a la altura del estómago. Y gracias al pañuelo que "casi siempre" tapaba sus caras en las acciones de la guerrilla, "casi nadie" podía reconocerles, ni a él ni a los demás, esa era una de las armas del Movimiento. Los dos "casi" eran en realidad sendos reproches dirigidos a sí mismo. En todo caso, se consoló, ninguno de los que paseaba en esos momentos por la calle le podría reconocer excepto ella, de eso sí estaba seguro.

Margot vestía un pantalón ligero azul oscuro que le llegaba por encima del tobillo y una blusa blanca de cuello en pico atada a la cintura por un cordón de colores. Ella le tendió la mano y Elkin la retuvo más de lo razonable. Era fácil desaparecer por Junín, fundirse con la multitud, recorrer los escaparates, las librerías, los cafés, los comercios. Parecía mentira, se dijo, que con lo que había detrás, ella se entretuviera preguntando si había venido en autobús y que él hiciera lo mismo contestando: sí, claro. Y que la conversación siguiera con el mismo tono entre frívolo y ligero. La mirada insistente de Margot torturaba el corazón del guerrillero y su proximidad le exaltaba. Aquel paseo por el centro de Medellín era, en ciertos aspectos, tan apacible como perturbador. Elkin comenzó a dudar. ¿Y si ella en realidad no sabía nada? ¿Y si sólo era una cita? ¡Sólo!, se dijo. Ese hubiera sido su mayor deseo. Margot, pensó, tenía que enseñar primero sus cartas.

Comenzó a llover. Para guarecerse atravesaron el Parque Bolívar y corrieron hacia la Catedral Metropolitana, una mole imponente de ladrillo rojo con menos fieles habituales que la Candelaria. Ella hizo que se sentaran en un banco de la zona intermedia del templo, en la nave central, junto a una columna redonda de capitel corintio. Cinco filas detrás, tres chicos casi niños mataban el tiempo de lluvia fumando marihuana.

—Gracias —dijo Margot sin más.

—Gracias al doctor —contestó Elkin mirando los vitrales de la catedral.

—Mi papá piensa como yo, pero mi mamá que es española y católica tradicional no lo entiende. Ella siempre se acuerda de ETA y de que los de ETA y ustedes andaban juntos por acá, ¿no es cierto?

—Fue hace tiempo.

A Elkin le sorprendió escuchar la palabra ETA en ese recinto tan colombiano. Un relámpago irrumpió en las paredes de ladrillo. La blusa blanca de Margot se iluminó durante décimas de segundo. Algo rezagado, el trueno pasó rodando como una bola de piedra sobre la superficie rizada de las nubes.

—Eso le digo yo —Margot hablaba tan bajo que tenía que esforzarse para escucharla entre los sobresaltos de la tormenta.

—¿Y cómo piensan su papá y usted?

—Que ustedes se ven obligados a vivir así —continuó ella jugando con los cordones de su cinturón. Elkin la miraba extasiado—. Que no ven otra salida. ¡Hay tantas injusticias en este país de locos! Colombia es un desastre: pelaos que matan por matar, pobreza, armas por todas partes, narcos, corrupción, milicias legales, ilegales y paralegales...

Pero Elkin tenía una preocupación mucho más cercana en la cabeza.

—Me han dicho que Montoya quiere quedarse con El Carmen y con usted. A lo mejor nos culpa por lo que hicimos a su papá. Créame señorita Margot, no teníamos salida.

—¡Yo sé, yo sé! —ella miró al guerrillero mientras retiraba su pelo de la frente— Odio la impotencia del estado, odio que no sepa parar a los traficantes de coca y odio que no más se regale el poder a malnacidos como Escohotado y Washington Montoya.

Margot había levantado la voz. Una señora sentada en las primeras filas volvió la cabeza y puso el dedo índice en sus labios.

—Cada cual elige su destino —logró articular Elkin cuando la señora volvió a sus rezos.

—La suya es una vida de sacrificios —Elkin descubrió en los ojos de ella algo que parecía admiración—. Me avergüenzo de estar con los brazos cruzados. Dígame qué puedo hacer.

Elkin estaba tan excitado que al oír esas palabras cometió otra imprudencia mayúscula.

—Resístase a esa gonorrea de Montoya, no la merece. Yo daría la vida por usted, se lo juro por lo más sagrado.

Margot apoyó su cabeza en el hombro del guerrillero.

—Sé que lo haría —suspiró—. ¡Qué paz!

Se quedaron así en silencio, hasta que el órgano anunció la misa de las ocho de la tarde. Luego cruzaron la arquivolta de la entrada y caminaron bajo la lluvia por todo el barrio Villanueva. A Elkin las dudas se le iban amontonando a medida que ella hablaba. Margot tenía un concepto de la guerrilla que no se parecía en casi nada a la realidad. Era un sueño de ideas y de gestas en las que nunca tenía cabida la parte fea de la muerte. Ella estaba bajo los efectos de un encantamiento ideológico, se dijo, de un hechizo que borrada ante sus ojos la dura realidad. Y lo más curioso para Elkin era que Margot se creía capaz de luchar contra todos los demonios de Colombia. Tenía el discurso de un líder y eso que jamás había librado ninguna batalla. No sabía, se dijo el guerrillero, cómo coger un arma, cómo hacer coberturas, cómo retirarse. No había dormido ni una sola noche sobre barrizales, no conocía qué era el hambre, la sed, el frío o la marginación. Su forma de hablar a Elkin le recordaba al discurso oficial de la izquierda que tanto odiaba Jairo Ortega: condescendiente, paternalista, teórico y bastante ambiguo. Pero aun así a Elkin le emocionó que ella, pudiendo estar en el lado de los afortunados, hubiera decidido colocarse en la frontera.

La acompañó al autobús.

—¿Cuándo podré verla de nuevo?

Era una pregunta que dirigida más a sí mismo que a Margot. Los sucesivos fracasos que estaba sufriendo el Movimiento le alejaban de Margot en el momento menos oportuno.

—Cada vez que venga a Medellín, si usted quiere.

—No puedo poner una fecha, ahorita tengo muchas obligaciones; de hecho estaba ya como quien dice de salida. Yo ya veré cómo hacerle llegar mis cartas, y si usted responde no alcanzo a decirle lo feliz que me haría. Y convenza a su papá de que no aparezca por El Carmen. Es riesgoso.

La rueda de informadores, pensaba Elkin mientras veía marchar el autobús con el pecho encogido, tendría que funcionar para hacer de correo. Casimiro Ribelles era el primer eslabón de ese engranaje postal y una empleada de El Carmen el último. O viceversa.

Antes de llegar al campamento, Elkin fue a dar una vuelta por el bosque. Tenía en mente localizar el sitio donde crecían las orquídeas más hermosas. Cuando caminaba por los bosques de Antioquia, se alegraba de la gran suerte que tenía de vivir en el territorio de las orquídeas. Las había de todos los colores y tamaños, unas crecían en los árboles, otras junto a las rocas y unas pocas, como esas dos que había cogido para Margot, en la tierra junto a laureles o sorteando los pumas del sotobosque, o entre frailejones y pajonales. El perro iba tras él, como casi siempre. Recordó los nombres con que Jairo Ortega distinguía a unas de otras, aludiendo siempre a supuestas virtudes difíciles de creer: de comunicación con los ángeles, de Venus, de alegría, de chocolate, de vidas pasadas, de inspiración, del Amazonas... La lista de las orquídeas insólitas rondaba aún en el pensamiento del guerrillero cuando cayó en la cuenta.

—Todos tienen nombre menos usted.

El animal empezó a revolverse y a emitir gritos agudos de dolor. Elkin le examinó con mucho cuidado. El foco de tal malestar estaba en su pata izquierda. Allí se estaba formando un bultito caliente que iba creciendo poco a poco.

—¡Le picó la nigua! —dijo compasivo—. Tendremos que poner loción de calamina.

Pero en su cabeza sólo cabía un pensamiento: ¿cuándo?


Margot esperaba como la otra vez en la parada del autobús. Elkin se sintió muy torpe mientras le daba la mano. En sus sueños todo sucedía de un modo muy distinto. Ella le preguntó qué tal, como si Elkin volviera de alguna excursión. Y Elkin le dio un par de orquídeas que había cogido para ella, con sus raíces recién sacadas de la tierra oscura y fértil del humedal: una era blanca y café, la otra rosa fuerte.

—¡Qué belleza!

—Buscaremos algún sitio para ellas, pero nunca se sabe. Es una plantica bien difícil.

En ningún momento Elkin preguntó hacia dónde iban. Margot parecía segura. Montaron en un bus pequeño y se sentaron los dos juntos, brazo con brazo, siempre mirándose a los ojos y sonriendo. Llevaba un vestido corto de cuello redondo estampado con minúsculas flores verdes y amarillas. Elkin observaba su mano derecha, que de tanto en cuando retiraba el pelo por detrás de las orejas y tenía que hacer verdaderos esfuerzos para que no se notara en qué otros recovecos de ese mismo cuerpo se perdían sus pensamientos. Estaba dispuesto a todo, incluso a aguantar.

Las calles de la ciudad iban pasando sin que, en apariencia al menos, ninguno de los dos se diera cuenta. Ella le contó que estudiaba química en la Universidad de Antioquia, y que le gustaría trabajar en algún laboratorio farmacéutico. Llegaron a la plaza de Santa Teresita, en Laureles. Margot hizo una seña y ambos bajaron del bus. Se había quedado callada de repente. Caminaron por calles de gustos mezclados, donde se alternaban hermosas casas con jardín con construcciones nuevas. Se detuvieron frente a una de aquellas, que hacía esquina. Margot sacó del bolso un manojo de llaves: Seleccionó la de la verja de hierro. Elkin, cuando ella le indicó que la siguiera, notó que estaba nervioso por primera vez. Margot fue directa como una flecha hacia la puerta de la casa y la abrió también. Desde la penumbra le invitó a pasar con la mirada, y el guerrillero lo hizo sin ninguna vacilación.

—Mis papás se han ido a Tuperedó, a la finca del doctor Silva.

Ella le explicó que seguían asustados por las amenazas de Montoya y por Escohotado y por la larga mano de Céspedes, el que lo manejaba todo. Y que el doctor Silva era como de la familia.

—Dicen que Silva quisiera ser algo más de usted —esa era una información de Jairo Ortega que el guerrillero quería aclarar cuanto antes.

—Dicen mucho, pero sólo yo sé lo que quiero.

Elkin suspiró aliviado.

A la izquierda había una escalera con baranda de hierro que subía al primer piso adosada a la pared, a la derecha comenzaba un pasillo en el que se veían dos puertas cerradas, y al fondo, tras pasar por una puerta grande de dos hojas, entraron el salón. Las cortinas estaban echadas y sólo había penumbra. Se quedó quieto intentando escuchar los ruidos de la casa. No oyó ninguno.

Cerró la puerta lentamente y después se volvió hacia ella. Margot se había apoyado en la pared junto a un espejo dorado y le miraba con la misma intensidad que en la plaza de Tuperedó. Elkin sintió sobre la muñeca el tic-tac de su Omega delator. No hacían falta las palabras. De un solo golpe, el vestido de flores verdes y amarillas estaba sobre el suelo.

Las manos nerviosas de Margot desabrochaban la camisa del guerrillero y luego la cremallera de su pantalón. Elkin se abrazó a ella y retiró su pelo de la espalda para intentar descubrir el secreto del cierre de su sujetador, la única prenda que aún quedaba en su sitio. Margot mientras tanto recorría con sus dedos las cicatrices del cuerpo del guerrillero y después las iba besando una a una. La mitad inferior del cuerpo de Elkin se había acoplado ya al de ella. Cuando los pechos de Margot se vieron libres, la muchacha puso sus brazos en cruz y Elkin comenzó un suave movimiento que poco a poco se fue haciendo más y más convulso.

—No he dejado de pensar en esto ni un solo minuto del día o de la noche —confesó el guerrillero antes de perder las fuerzas—. Ni uno solo.

—Dígame que así será para siempre.

Después la quietud, hasta que las manos de ella se posaron en los hombros del guerrillero y le obligaron a retirarse.

—¿Por qué se va?

—Nos hemos olvidado de las orquídeas —Margot las había dejado sobre el taquillón de la entrada—. Hay que plantarlas en el jardín cuanto antes.

Era medianoche. Elkin se puso los pantalones y la camisa, salió al jardín y cogió a tientas una pequeña azada que había en una caja de madera junto a otros instrumentos de jardinería. Cumplió la orden con diligencia.

—Ya está. Las he regado mucho, les gusta el agua más que el sol.

—Y ahora sígame.

Margot tomó su mano derecha y tras subir la escalera, le llevó a su habitación. Elkin intentó atrapar la imagen de aquel cuarto: secreter menudo, armario gigante, paisajes desconocidos colgando de las paredes, cama con dosel... Allí pasaron horas y horas, a ratos charlando, a ratos con una copa de vino en la mano, a veces delante de una bandeja de alimentos, a veces de pie, escuchando con reverencia una y otra vez las variaciones del canon de Pachelbel, casi siempre enlazados. Existía en la contraventana de madera compacta una imperfección antigua por la que se colaba la luz. Empujadas por la apena claridad, las ramas del laurel bailaban al son de la partitura. A las dos de la tarde la nueva dirección de los rayos solares se filtraría por una rendija que transformaría el recinto en una cámara oscura. Entonces aparecería la imagen invertida de una torre blanca con tejadillos de pizarra y campanas. Y Elkin se asombraría al ver ese milagro de la luz.

Cuando sucedió, quizás por asociación de ideas se dijo Elkin, Margot se incorporó y sacó una foto de la mesilla. Era él, sin pañuelo, acurrucado junto a la quebrada, lavándose. Se le veía muy bien, y también su reloj Omega, y la cruz de madera que llevaba al cuello, y al perro. Elkin suspiró.

—¡Qué torpeza la mía!

—Es mejor para todos que la tenga usted.

El guerrillero la metió en el bolsillo de su pantalón.

—Busque un nombre para el perro —pidió Elkin—. Algo que me recuerde a usted cada vez que lo diga.

Margot se quedó pensando pero no se le ocurrió nada en ese momento. Aquella habitación era una campana de cristal. Allí se quedaron, hasta completar con creces un día entero y medio del siguiente.

Elkin salió de la casa de Laureles exhausto, feliz. Iba caminando despacio, como si no tuviera ningún rumbo prefijado. Había restos de lluvia reciente. La estructura radial de las calles le confundía. Logró salir de allí para meterse en el laberinto luminoso de las grandes vías. Las paredes encaladas de la Candelaria brillaban bajo el alumbrado, pero las torres gemelas de la iglesia apenas resultaban visibles. Miró hacia atrás sonriendo. Había muchos coches aparcados a ambos lado de la calle. Eligió un Renault 12 blanco muy nuevo con radiocasete y a los pocos minutos ya lo había puesto en marcha.

Circulaba despacio por las calles de Medellín, con el recuerdo en el pensamiento, notando en cada receptor de su pituitaria el aroma afrancesado de Margot. Y con el eco vibrante de sus preguntas acerca de si había matado a algún hombre. Elkin no se lo negó, pero las reflexiones de Margot le hicieron pensar que ella tenía el concepto de muerte abstracta, sin caras, impersonal, con enemigos invisibles parapetados detrás de alguna frontera de la guerra convencional. Elkin no quiso explicarle que la muerte en la guerrilla solía ser una experiencia mucho más primitiva, mucho más directa, mucho más cercana.

Medio año después, en la misma habitación de Laureles, seguía sin escucharse ningún claxon, ningún tubo de escape mal programado, ninguna voz... Los ruidos de la calle, pocos a esa hora tan temprana, llegaban muertos al interior. Allí los violines que interpretaban el canon de Pachelbel volvían a dominarlo todo, y al compás de esa música en estado de gracia la casa se convertía en templo.

El guerrillero se removió perezoso. A su lado yacía Margot, con el pelo largo extendido sobre la almohada. Se había encogido sobre sí misma en un ovillo de seda quiescente y elástico. Elkin estudió cuál sería la forma más suave de deshacerlo. Con mucho cuidado se deslizó hacia abajo y pasó la lengua por su cintura como si fuera el arco de uno de los violines de la orquesta. Margot reaccionó con un movimiento automático de distensión y luego se arqueó. El guerrillero no sabía por qué ella tenía cosquillas allí y no en el cuello o en las axilas como todas las demás mujeres que había conocido. Poco a poco el ovillo se fue desgajando desde la columna vertebral hacia fuera. Margot abrió un solo ojo y miró el reloj del guerrillero

—Es muy pronto aún. ¿Qué quiere?

—Nada, lo tengo todo —su rodilla acarició el muslo de la mujer—. Pero debo irme.

—¿Ya? —no hubo respuesta, los dos sabían que él tenía que haberse ido incluso bastante antes, con la oscuridad. Ella volvió a consultar el Omega de Elkin–. ¡Qué hambre! ¿Hacemos café? Podríamos ir a la cocina a ver si queda algo.

–Le prepararé un jugo –Elkin estaba ya sentado en la cama.

–Espere.

Elkin se la quedó mirando. Cuando estaban solos a ella la ropa le molestaba. La mejor vestimenta para Margot, pensó al contemplarla, era su elegancia. Observó por enésima vez el modo en que su cuello recto sostenía la cabeza y la proyectaba hacia atrás con mentón levantado; y en cualquier instante, sabía él, podía hacer un rápido movimiento de rotación para quitarse el pelo de la cara.

Margot se acercó a la ventana y Elkin la siguió. Estaban los dos frente a la rendija, como harían dos *voyeurs* temerosos de ser descubiertos. Le había explicado la noche del viernes por qué el cielo era azul. Él lo había entendido nada más que a medias. Elkin, apoyado en los hombros de Margot, hizo memoria de los agentes implicados: el arco iris, la atmósfera, los átomos caprichosos que sólo reflejaban el azul... Que la luz estuviera programada para cometer semejante engaño le pareció misterioso más que mágico, como decía ella. Mágico para Elkin era el efecto cámara oscura que, horas más tarde, reflejaría la torre invertida de la iglesia en la pared de la habitación. Se propuso allí mismo escribir todas las cosas que iba aprendiendo para no olvidarlas.

–Me duele verla encerrada. Quiere salir a la calle, ¿cierto?

Ella se volvió hacia el guerrillero y le besó en la boca.

–¿Sabe lo que de verdad desearía en estos momentos? –Elkin dijo no con la cabeza– Ser la sombra de su perro y seguirle a todas partes. He pensado que podría llamarse Junín, ¿qué le parece? Así cada vez que le nombre recordará nuestra primera cita.

La variación número veintiocho del canon terminó. El guerrillero vio la guitarra apoyada en la pared de la habitación y fue a rescatarla de su mutismo. Ella se puso a cantar, "...*l'ombre de ton ombre, l'ombre de ta main, l'ombre de ton chien*...". Elkin no sabía francés, pero la acompañó como pudo. Cuando la canción terminó, dejó la guitarra y se dejó llevar otra vez a la cama.

Años más tarde, al recordar aquellos largos fines de semana, pensaría que nunca había sido tan feliz. Ni siquiera se martirizaba demasiado con los fracasos recientes de la guerrilla. El Carmen, después de las amenazas, se había vuelto un lugar peligroso para la familia Arango. Algunos viernes por la tarde el doctor y doña Victoria iban a la finca Rosales para matar la nostalgia del campo invitados por el doctor Silva. Margot y el guerrillero ocupaban la casa vacía del barrio de Laureles y se paseaban desnudos por ella, o hacían el amor, o tomaban jugos en la cocina. Allí pasaban las horas enclaustrados, sin que nadie los viera. Elkin hacía lo imposible por no faltar a esas citas, hasta jugarse la vida. Por aquella época no había nada peor para él que un fin de semana lejos de Laureles. Margot era lo único que iba bien para el guerrillero en esos momentos.

Podía distinguir con nitidez esa etapa de la anterior, cuando Margot le parecía sólo un sueño volátil y aún existía cierta esperanza en el Movimiento. Entonces ella quería opinar, insistía en hablar una y otra vez de política. Parecía saberlo todo y estar segura de todo. La riqueza abolía muchas incertidumbres, se decía Elkin a menudo. Ella hablaba con pasión de Allende, de Cuba, del Che, del mayo francés, de la universidad de Berkeley, de Bolivia, de la izquierda, de la lucha contra las injusticias, de rebeldía, de compromiso, de insurrección... Margot, pensaba él, se sentía fascinada por la trasgresión de la guerrilla. Le recordaba mucho a los comienzos de Oscar Flavio de la Torre, un estudiante de ingeniería bogotano que se había unido al Movimiento dos años atrás. Oscar, después del tiempo pasado, ya no era el mismo, pero Elkin sabía que la visión idealizada que seguía teniendo Margot de la praxis revolucionaria estaba lejos de La Cordillera.

Durante meses temió que todo acabaría cuando ella lo descubriera. Pero el tiempo y aquellas visitas casi periódicas a Laureles le habían devuelto, aunque sólo fuera a medias, la tranquilidad. Margot ya ni siquiera le preguntaba por el hecho de matar ni por los muertos que el guerrillero tenía en nómina. Quizás, analizaría Elkin años más tarde, ese tipo de felicidad no había sido tan intenso como el de las citas clandestinas en El Carmen antes del nacimiento de Juan David, pero era mucho más ingenuo. No existían aún las sombras negras que llegarían poco después.

Y a su vez el guerrillero, aunque no fuera consciente porque el amor que sentía por Margot le impedía ver todo lo demás, estaba fascinado por el modo de vida burgués que se respiraba tanto en Laureles como en El Carmen, por las exquisiteces de la educación

211

burguesa de Margot a la que él jamás había tenido acceso, por su belleza burguesa, por sus perfumes de niña bien, por esa forma de expresarse tan propia de la burguesía antioqueña, incluso por esa especie de complejo de superioridad con que ella veía el mundo. De eso sólo se daría cuenta cuando la perdió.

Ya no podía retrasar más la despedida. Al cruzar el pasillo Elkin, como siempre, se quedó mirando el cuadro que más le gustaba de todos los que había por la casa. Era el hermano pequeño de otro que presidía el salón de El Carmen, lo había visto allí una noche que entró de manera furtiva en la finca. Conocía ya la historia completa de aquel óleo y el periplo que lo había llevado hasta la pared de El Carmen. El cuadro de marco antiguo que tenía enfrente parecía sólo un esbozo de aquel. Resultaba fácil aventurar que el pintor se había entrenado con ese apunte para estudiar la composición definitiva, los colores y los elementos que compondrían el otro: *Salón de la casa de los Hidalgo*. Justo en frente, un paisaje de luz reproducía una casa blanca y verde, llena de ventanas desiguales, con un jardín salvaje al pie de un lago y las montañas al fondo. Aquel lugar idílico de buganvillas, hortensias y emparrados se aislaba del espectador real mediante una valla de hierro tan vieja como el resto. Su título: *Villa Lugano*. Había muchos óleos en la casa de Laureles, lo mismo que en El Carmen, pero esos eran sus preferidos. Y por añadidura los dos lienzos que reproducían un lejano *Salón de la casa de los Hidalgo*, el apunte y el original, tenían algo mágico para él. No le extrañaba que el doctor Arango y su esposa, lejos de conformarse con el cuadro final, se hubieran preocupado por enmarcar el apunte con idéntica dignidad.

—Me voy, Margot.

—¿Un ratico más? —esa insistencia de ella era un regalo para los oídos del guerrillero— Los domingos por la mañana todo el mundo se demora en levantarse y además tengo algo importante que decirle.

—¿Qué cosa?

El guerrillero sonrió. Margot estaba detrás de él, abrazada a su cintura. Elkin volvió la cara para mirarla. No podía esperar nada malo de aquel rostro tan radiante, pero algo inesperado sí. Aunque quizás no tanto.

—Estoy embarazada.

Lo dijo con un aplomo que no admitía dudas acerca de la veracidad del mensaje. Elkin se apoyó en la pared del pasillo para no caerse. De forma instantánea su sangre había huido hacia adentro desde la periferia y todo a su alrededor parecía tan invertido como la torre de la iglesia a las dos de la tarde.

—¿Por qué no me lo contó ayer o antes de ayer? —logró articular.

—Porque no estaba segura de su reacción —contestó ella sin dejar de mirarle—, y por lo visto no me equivoqué —el tono de su voz se había vuelto casi temeroso—. ¿Se ha disgustado?

—No, no es eso, yo tengo fuerzas para enfrentar el problema, Margot, usted debería saberlo, pero es que... ¡Carajo!, necesito un trago.

Entraron en la sala y Margot le sirvió ron. Elkin volvió a recuperar poco a poco la verticalidad correcta, pero se encontró mejor sólo después de vaciar el vaso por segunda vez. No tenía ni idea de cómo digerir aquel "estoy embarazada". Por el contario ella ni siquiera parecía asustada. Le dijo que en su familia las mujeres no se andaban con pavadas y que su madre se había casado con su padre sin el consentimiento de la familia. Y que no había duda: se había hecho la prueba en una farmacia.

—Mis papás aún no saben nada. Deberán aceptarlo no más, no pienso mentir —Elkin trataba inútilmente de descubrir algún cambio en su abdomen que hiciera real la noticia de su estado—. Claro que primero tenía que hablar con usted.

En el segundo lugar de la lista de sus consultas, dijo, por orden cronológico, estaba el bondadoso doctor Silva. Margot y él se adoraban mutuamente, sabía Elkin, aunque sospechaba que no de igual modo. Y en el tercero sus padres.

Elkin se quedó en Laureles hasta la medianoche. Antes de marchar, con Margot apoyada en su pecho, se acercó al óleo. *Salón de la casa de los Hidalgo*. La casa lejana y bidimensional que aparecía en el cuadro sólo era un elemento de decoración que unía Laureles con El Carmen, el lugar más preciado para ambos. La utopía de Margot pasaba por su adorada finca en peligro y Elkin la seguía en su sueño.

# PEDRO DE LA SERNA

Las habilidades ciclísticas de Pedro eran bastante limitadas. Nunca se había planteado, por ejemplo, sustituir el coche o el metro por la bicicleta para desplazarse por la ciudad como hacía Paloma-ecologista. Pero ella, dijo mientras desayunaban, quería aprovechar la festividad del dos de mayo para hacer un entrenamiento.

—Quique Rubio, ¿te acuerdas de él? —gruñido ininteligible de Pedro—, me ha recomendado la vía verde del río Oja, desde Ezcaray hasta Santo Domingo de la Calzada. Tengo un montón de folletos. Todo el trayecto es de bajada —Pedro se preguntó si ahí acababan las alegaciones, pero aún le quedaba una—. Además el día tres no trabajo y tú me dijiste que podías arreglarlo.

Se sintió acorralado. Mientras removía el café, se le ocurrió una solución salomónica: Paloma haría el trayecto en bici y él en el coche escoba, con el programa Google Latitude instalado en el móvil para perseguirla. Esa mañana de Nereidas desatadas, preocupado por arreglar de forma equitativa el largo fin de semana, ni siquiera se entretuvo escuchando las noticias de la radio.

Lo hizo por la noche. Era el último telediario. Estaba junto a Paloma, en el asiento floreado del salón, con el portátil sobre una mesita para sofá que había comprado en el chino del barrio. Ella se había acurrucado entre dos almohadones, con las piernas encogidas y la espalda apoyada en su costado. La mano izquierda de Pedro, en justa reciprocidad, se había metido por debajo del calcetín izquierdo de su chica y daba suaves masajes en el pie.

La noticia había abierto todos los informativos: existían nuevos datos sobre la detención de dos etarras el día anterior en un control de carreteras, cerca de Saint Jean de Luz. El periodista, después de elogiar el compromiso del gobierno francés, atribuía la parte más suculenta del mérito a los servicios de información de la guardia civil. Aquella forma patriótica que habían adoptado las televisiones para compensar el chauvinismo galo a la hora de repartir medallas, a Pedro le resultaba muy creíble. La única novedad de la noche era el contenido de un comunicado escueto del fiscal antiterrorista Lionel Thuillier enviado a los medios de comunicación. En él se desvelaba la identidad de los dos apresados: Leire Abasgoitia Gorrotxategui, alias Basi e Ion Uribe Goicoetxea, alias Yonu.

Los etarras capturados habían sido conducidos a París y estaban siendo interrogados por la juez encargada del caso, Odette Zazou. Del resultado de tal diligencia judicial aún no se sabía nada. El suceso de Torre Maldonado salió a la luz en el informativo como una incógnita más que esperaba respuesta. Y según leyó el locutor, el fiscal de la Audiencia Nacional ya estaba preparando las respectivas solicitudes de extradición. Ninguno de los dos etarras estaba acusado en Francia de delitos de sangre. En España sí.

–Poco a poco van cayendo todos –reflexionó ella.

Cuando el presentador del telediario cambió de tema, la *obsesionina* de Pedro ya había empezado a circular. Lo primero que hizo fue buscar en Google un mapa detallado del sur de Francia para localizar Saint Jean de Luz y estudiarlo despacio. Después, con automatismo inconsciente, amplió el área geográfica y llegó, vía Internet, un poco más al sur.


Dejó a Paloma en la vía verde construida aprovechando el trazado de un antiguo ferrocarril minero. Y a medida que avanzaba por carretera hacia las montañas camino del Puerto de Annaia, el silencio se iba apoderando del campo. El terreno a Pedro le pareció bárbaro y feraz. Aquella calzada que discurría por los aledaños de la vía ciclista era tan sinuosa y tan estrecha que sólo circulaban por ella quienes no tenían más remedio. El día, cómo no, era gris.

Se paró junto a una ermita románica erigida en honor a San Miguel y situada en medio de un quejigal, que daba al paisaje atlántico un toque mediterráneo. En la puerta se anunciaba romería para finales de septiembre. A la derecha, una señal de tráfico conducía al viajero hacia cierta necrópolis cercana. Fue caminando y se encontró con el enigma neolítico de dólmenes abatidos y círculos de piedra. Pensó que había llegado al fin del mundo. Sacó el bocadillo y el botellín de agua que llevaba en la mochila. Y después del almuerzo se tumbó sobre la hierba mirando al cielo y así estuvo hasta que sonó el teléfono. Era Paloma.

—Ya he llegado al final. ¿Dónde estás?

—Ni idea, pero cerca —Pedro miró el reloj y se asustó de lo rápido que había pasado el tiempo: era ya las cinco de la tarde—. Ahora mismo me pongo en marcha.

El GPS le condujo a la estación del ferrocarril minero donde acababa la vía verde. Paloma se había quitado ya el casco y el maillot de lunares rojos de reina de la montaña y vestía de paisano, con pantalón vaquero y blusa blanca. Después de una caña reparadora en el mirador del bar, reemprendieron juntos el camino. Ella le contó que a un excursionista se le había roto la tibia y el peroné en un lugar inaccesible para las ambulancias.

—Uno dijo, "a este le sacamos por cojones: somos de Bilbao".

—La gente de aquí es muy solidaria —concluyó Paloma.

La carretera continuó igual de solitaria y de retorcida que el propio paraje. Hasta que llegaron a un cruce. La gran cantidad de coches aparcados en las lindes del desvío anunciaba algún hecho extraordinario.

—¿Habrá fiesta en el pueblo? —preguntó Paloma.

En la calle mayor de Lendiaurri la gente se agrupaba en dos filas estáticas situadas en los laterales. Se habían colocado formando sendas grecas. El dibujo de ambas era milimétrico: una persona portaba la ikurriña, dos aplaudían, una portaba la ikurriña, dos aplaudían…, así hasta la saciedad. El tamaño de los palos de las banderas era siempre el mismo y las medidas de las telas también. Los portadores de los estandartes doblaban las enseñas respetuosamente, con ángulo fijo, para rendir pleitesía a quienes circulaban por el centro de la calle. Celebraban el cincuenta cumpleaños de ETA, su medio siglo de muerte.

Delante iba la alcaldesa con un retrato de Yonu de grandes dimensiones. Detrás caminaba el resto de la corporación municipal saludando a derecha e izquierda y agradeciendo los gritos de apoyo a ETA. Cerraban el desfile tres *txistularis* y un tamborilero. Al llegar al ayuntamiento, la alcaldesa subió al balcón y colgó el retrato de Ion Uribe Goicoetxea alias Yonu junto a otros que ya estaban allí, los de un juvenil Ander Etxeberri Idriozola, alias Canelo, Mikel Aranzadi Zalbide, alias Fito, y Sabino Zulaika Izko alias Txoko. Un *dantzari* se dispuso para bailar el *aurresku* de honor en señal de respeto hacia los cuatro etarras. Delante de él se colocó una mujer de rostro cóncavo y esqueleto huesudo vestida de azul marino y blanco, cuyas gafas apenas se sostenían en el puente esquivo de su nariz. A su lado había un hombre que era la versión envejecida de Ion Uribe Goico-etxea alias Yonu. La elegancia del *dantzari* pasaba por alto a los muertos que aquellas fotos del ayuntamiento tenían a sus espaldas. Cuando terminó, la masa congregada irrumpió en gritos de "*Presoak Etxera*". Los padres del etarra, pensó Pedro, también parecían estar muy orgullosos de su hijo.

Empezaba a desalojarse la plaza cuando apareció un encapu-chado en el balcón del ayuntamiento. Micrófono en mano, anunció que ETA acababa de cometer un atentado en Cantabria. Resultado: un concejal socialista muerto y su escolta malherido. El enmasca-rado colocó el micro en el cinto de su pantalón, extendió los brazos y formó con los dedos de ambas manos sendos símbolos de la victoria. La multitud rompió una vez más en una salva de vítores y aplausos.


Salieron de Lendiaurri a escondidas, sin pronunciar ni una sola palabra.

—¿Qué hacemos? —preguntó Pedro al ver el anuncio de Vitoria en un cartel de la autopista.

—Me gustaría llegar a casa cuanto antes, pero no sé si estás can-sado.

No, no lo estaba. Aún tenían por delante un día festivo, pero él también tenía ganas de volver a casa. Paloma se entretuvo buscando música por la radio. A la altura de Burgos se produjo el paréntesis habitual que daba paso al breve informativo de la medianoche. Empezaban a filtrarse a la prensa las supuestas declaraciones de Yonu en París. La matanza de Torre Maldonado, según el locutor, había sido obra de un solo hombre, "un profesional". La pregunta que se hacía el periodista era obvia: ¿cómo se había salvado Yonu de la masacre? ¿Y por qué? Según el etarra, ese supuesto profesional le había dejado escapar, pero su testimonio, dijo el comentarista, tenía muy poca credibilidad. Las teorías que se manejaban por los corros informativos estaban fuertemente influenciadas por la ideología del medio de comunicación que las emitía, y a veces eran de lo más pintorescas. Se relacionaba el suceso de Torre Maldonado con la guerrilla colombiana. A Pedro le parecía estar escuchando los capítulos de una novela histórica que arrancaba en 1948, en Bogotá, con el nacimiento de la OEA, con la presencia de Castro y de la CIA en la ciudad, con el asesinato de Jorge Eliézer Gaitán. Y que continuaba con Pablo Escobar, Con Céspedes, con Pardo, con Tirofijo y con todas las guerrillas marxistas del continente americano. Y con la internacionalización del conflicto marcado por la llegada a América del IRA y ETA. Paloma, de forma brusca, cambió de emisora. A Pedro, marcado por el hechizo de manera indeleble, le hubiera gustado escuchar la narración completa.

Ella cerró los ojos y Pedro adivinó que no tenía ganas de hablar. Aprovechó la tranquilidad de la autovía para poner orden en el caos en que había caído su cerebro por culpa de ese viaje. Después de lo que había visto en Lendiaurri, estaba seguro de que jamás podría quitarse del pensamiento a ETA, a Margot y a Juan David. A pesar de Villa Lugano, la hipótesis de narcotráfico para explicar el triple asesinato de Torre Maldonado ya no le parecía tan satisfactoria. Aunque cuando ETA estaba de por medio, se dijo, no se podían desechar otros ángulos menos explícitos. Al fin y al cabo, de los cuatro etarras que estaban en el apartamento de Torre Maldonado, sólo se había salvado el que no formaba parte del Comando Hegoalde. Ese era un hecho incontestable para Pedro, no una especulación. Pero había que aclarar los porqués de Villa Lugano, se dijo incapaz aún de dar "lo otro" por perdido.

Llegaron a Madrid muy tarde y, sin apenas deshacer el equipaje, se fueron a dormir. De madrugada Pedro se despertó sobresaltado: Paloma no estaba en la cama. Se levantó y fue al salón. La encontró sentada en el sofá de flores, con un álbum de fotos abierto, con una caja de vídeos viejos sobre la mesa, con la cara de Juan David congelada en el fondo de la pantalla del televisor, llorando.

# EL GUERRILLERO

El bus había recorrido algo más de cien kilómetros cuando Elkin y Melinda de Tirado, vestidos de camuflaje, con el rostro cubierto por sendos pañuelos negros y armados hasta la caricatura, le dieron el alto. Los limpiaparabrisas batían alas a velocidad máxima. Eran las dos en punto de la tarde en el reloj de Elkin y llovía en cascada. No solía suceder que la guerrilla actuara con un tiempo semejante, pero no podía elegir: la situación en el campamento provisional se había vuelto desesperada.

Cierto es que los asaltantes no esperaban encontrar resistencia. Las noticias circulaban con rapidez: días antes, al autobús que viajaba de Medellín a Urabá le había caído encima un centenar de balas. El conductor cometió la torpeza de menospreciar la capacidad de respuesta de los hombres que llevaron a cabo la emboscada. No debía repetirse, y ese día de lluvia feraz tanto asaltantes como asaltados lo sabían.

Los subversivos del Movimiento Revolucionario Jorge Eliézer Gaitán hicieron bajar a los pasajeros y comprobaron sus identidades. Las informaciones que tenía Elkin eran correctas: "Doctor Jorge Iván Arango Zalcíbar", decía la cédula de identificación. Respiró aliviado y se limpió el sudor de la frente. El Movimiento tenía una cadena de incondicionales infiltrados, y la correa de transmisión brillaba a gran altura.

Nadie se atrevió a protestar cuando el guerrillero anunció en voz alta su veredicto.

—Usted, doctor.

A los demás les echaron "*pa' un* lado", declararon días después algunos testigos ante el brigadier Franklin González. Al final, decía siempre el comandante Orito, se acababa sabiendo todo.

El conductor se encaramó diligente en lo alto y tiró la mochila color vinotinto del doctor. Demasiado diligente contaron los testigos al brigadier, que a punto estuvo de acusar de cómplice al empleado del autobús. Nadie se veía libre de sospecha, sabía Elkin.

Ni siquiera un campesino de La Esperanza antioqueña que, por humanidad, recogió al bebé de una rebelde muerta y los paramilitares le acusaron de subversivo.

—Tendrán que quedarse aquí no más, hasta que pase la tormenta —fue la despedida de Elkin al resto del pasaje. Una nube acababa de posarse en la montaña.

Miró su reloj. Pronto empezaría a anochecer. Sabía que, con aquella barahúnda de truenos y relámpagos, ese plazo indefinido acabaría como pronto la mañana siguiente. A pesar de todo reventó las ruedas del bus. La balacera resonó en la caverna de los montes con redobles de tambor.

El doctor Arango, muy tranquilo en apariencia, se cargó la bolsa a la espalda. A Elkin le gustó que tomara la iniciativa. Melinda le ató las manos detrás, puso una venda en sus ojos y los tres emprendieron la marcha. Seguía lloviendo a cántaros.

El guerrillero iba delante y se abría paso entre una vegetación machete en mano, con los pies hundidos en el suelo fangoso. Supuso que el médico, privado de la mínima visión y con zapatos de vestir, lo tenía bastante más difícil. Pero Melinda Tirado, que cerraba la comitiva, no se andaba con remilgos. Marchaba con paso firme a pesar de que se había cargado a la espalda los dos fusiles Galil. Orito, recordó el guerrillero, decía a menudo que las armas pesaban en todos los sentidos.

Se detuvieron jadeantes en un páramo alto que ni siquiera se asemejaba a un claro boscoso. Pero la lluvia iba perdiendo intensidad en el ascenso, y al menos allí el suelo, cubierto de hojas, no era un barrizal. La pausa fue breve, y tras ella siguieron caminando hasta que se hizo de noche. Entonces a Elkin le pareció que había llegado el momento de decir al secuestrado que Melinda y él pertenecían al "Movimiento Revolucionario Jorge Eliézer Gaitán". Y que podía estar tranquilo.

—Camarada, esto no es un secuestro propiamente dicho.

—¿No? —contestó el médico— Entonces, ¿qué quieren de mí? ¿Plata?

—Ya le explicaremos cuando llegue el momento, ¿si?

Continuaron subiendo a oscuras el plano inclinado de la ladera, surcaron a tientas sus trochas resbaladizas, en silencio, sin disminuir el ritmo de la marcha. Tras horas interminables, poco a poco, con la fatiga a cuestas, empezaron a escuchar el amanecer; luego lo vieron. Y a media mañana la vegetación se fue haciendo más leve, el terreno menos empinado, y olía a tierra cultivada. Melinda Tirado se adelantó para reconocer el terreno. Y cuando volvió dijo que podían entrar.

Elkin quitó la venda al reo para que pudiera ver el desastre. Era, dijo, obra de los grupos autodefensa llamados allí Cooperativas de Seguridad, contra los que el Movimiento se batía en el territorio. Nada más que de ellos, repitió Elkin cinco veces para exorcizar el peligro de la culpa. De los casi mil moradores que, según sus cálculos, había tenido ese pueblo en el pasado, sólo quedaban cinco. Un par de burros sin amo se les interpuso en el camino de una casa, la única con síntomas de vida. Las demás aparecían con las pertenencias esparcidas en el desorden de una huida precipitada, o habían sido consumidas por el fuego de las balas.

Un campesino robusto esperaba en la puerta moviendo sin cesar la hamaca que colgada inerte junto a la entrada. Tenía ojos ensimismados, fijos en una sola dirección de las montañas. Otros tres, dos mujeres y un hombre, acudieron allí por obligación, todos ancianos. Y por último Elkin vio llegar a un muchacho con la camisa hecha jirones. Sin quitarse en ningún momento el pañuelo de la cara, los guerrilleros comieron a toda prisa arepa y fruta, los alimentos que tuvieron que ofrecerles las mujeres; y su presa, libre de máscara, también.

El chico resultó ser hablador. Parecía divertirse contando detalles siniestros sobre los cadáveres que él mismo había enterrado en la vereda.

—No lo pasaron muy bueno en la fiesta.

Eran todos conocidos, dijo, campesinos y obreros, excepto un subversivo que citó con nombre y apellidos.

—A ese —recalcó el adolescente perverso—, los chulos le dieron con una cosa brillante.

Con toda seguridad no era la primera vez que el chico presenciaba algo parecido. Las viejas también conversaron, pero de cosas triviales relacionadas con la yuca y el gallinero. Sólo el hombre robusto parecía darse cuenta del precipicio en el que les habían colocado unos y otros. Elkin se llevó la mano a su cruz de madera. Sabía de sobra que a los campesinos no les servía la neutralidad:

apenas saludaban a unos, se convertían en objetivo del bando contrario.

–Nadie ha visto a nadie, ese es el acuerdo. Y usted –dijo dirigiéndose al muchacho–, cuidado con lo que habla, le puede costar la vida.

El anciano se quitó su calzado de monte y se lo dio al médico.

–*Pa* que pueda resistir la caminata, señor.

Arango dio las gracias de una forma que a Elkin le pareció inimitable, haciendo valer todo su cuerpo en ese solo gesto.

–Vayan con Dios –dijo una de las mujeres sin mucho entusiasmo.

A Elkin, mientras tapaba los ojos del doctor, le surgió de forma espontánea la misma pregunta que se hacía cuando observaba la muerte, a saber, qué coño pintaba Dios en la desgracia del mundo. Dio un prosaico empujón al médico lleno de rabia y los tres reanudaron la marcha.

Fueron sesenta horas de caminata rápida y penosa por montañas cada vez más difíciles, y sin apenas descanso. La desconfianza mantenía en alerta a los insurrectos, que tanteaban el terreno a cada paso por si se oían murmullos de muerte. Elkin contó que atravesaron cinco puentes, que su madera carcomida marcaban los pasos en alta fidelidad, y que cruzaron veintitantas veredas. El reo estuvo a punto de caer varias veces: corrían demasiado para un ciego.

Cuando llegaron al final del trayecto, el doctor parecía haber perdido por completo la orientación. Preguntó cuándo llegaría a El Carmen o a Medellín la noticia de su secuestro, y sobre todo por qué le había tocado a él la china. Elkin destapó sus ojos: una decena de rostros escondidos tras pañuelos oscuros le observaban en silencio.

El campamento provisional que había montado el Movimiento era tan simple como eficiente. Constaba de cuatro tiendas de campaña, una zona de servicios y otra de comidas. Sobre la tabla de intendencia se amontonaban reservas de tabaco, ron, sal, aceite, maíz, fríjoles, lentejas, papas, arroz, fruta y conservas. En un rincón varios pares de botas pantaneras esperaban su turno llenas de barro reciente. Y muy cerca se escuchaba el discurrir ágil de una quebrada

Había sido un secuestrado más que razonable, se dijo Elkin. El doctor Arango, por su parte, miraba el paisaje con síntomas de extrañeza. Tampoco los guerrilleros estaban en su terreno fuera de La Cordillera. Todo les resultaba raro, hasta que alguien cantara un villancico para aflojar los nervios.

*A que no me adivina qué me trajo el niño Dios.*
*A mí me trujo una bomba, pero ya se reventó.*

Gabo se fue a buscar al estudiante de medicina que se había convertido en médico del Movimiento por amor a la revolución. Él fue quien, por fin, contó al secuestrado el objeto del "viaje": amputar la pierna derecha al jefe del grupo.

—Yo ya no alcanzo más, doctor, lo dejo en sus manos —el aprendiz de médico se había rendido—. Pero me parece que no hay otra salida.

—Si les digo que deberían ir al hospital me contestarán que es imposible, ¿cierto? —reflexionó el doctor antes de examinar al herido. Elkin asintió—. Pues entonces, muéstrenme al enfermo cuanto antes.

El doctor Arango no preguntó quién era el paciente pero Jairo Ortega se lo dijo. En La Cordillera y alrededores todos conocían el nombre de Gustavo Orito, el mítico guerrillero nacido en el Valle del Silencio del que, lo mismo que pasaba con sus hombres de confianza, no existía ni una sola foto. El escribidor no explicó al médico ni cómo ni dónde había tenido lugar el percance. El cuándo sí, era un dato necesario para el galeno. No había tiempo que perder.

El comandante Orito permanecía inconsciente en un lecho improvisado de lona, y su frente ardía. Una barba feraz, esponjosa, heredada de la estética de Sierra Maestra, asomaba por los bordes de su rostro cubierto. Sus hombres miraban ofendidos la herida de bala que mantenía al jefe en tal estado.

—La van a pagar cara —prometió Gabo allí mismo.

A los pocos minutos el doctor tenía una idea bastante exacta del estado del comandante Orito y de cuáles eran los medios de los que disponía.

—Han perdido demasiado tiempo —el reproche, se dijo el guerrillero, iba dirigido sobre todo al estudiante de medicina.

—Estamos a sus órdenes, doctor —Gabo iba mirando uno a uno a todos los hombres.

–Hiervan agua, mucha agua. Quiero telas limpias y varios recipientes limpios también. Desinfecten al menos tres machetes, a fuego, los mejores. Traigan todo el alcohol que tengan, ron, o lo que sea. Necesito unas cuantas cuerdas –y mirando al estudiante de medicina:– Usted no se separe de mi lado.

Al atardecer el doctor se puso en acción. Elkin miró el calendario que había junto a la cama del enfermo: día de Navidad de 1976.

El guerrillero, mientras sus dedos jugaban con la cruz de madera que le había regalado Orito, no podría quitarse nunca de la cabeza semejante carnicería. Todo médico, cuando actuaba de cirujano, era un matarife sin alma. El doctor Arango, que no era especialista en cirugía pero tenía experiencia, parecía tranquilo aunque se le notaba fatigado, y el futuro galeno tampoco aguantó mal. Fue una intervención penosa a la que siguió una noche tensa y callada. A derecha e izquierda Elkin veía las figuras rígidas de sus camaradas enmascarados haciendo guardia y cumpliendo con diligencia las órdenes que les daba el médico. A pesar del cansancio, se esforzaba por seguir en pie, pero al alba se quedó dormido sobre la misma almohada en la que descansaban ya el comandante insurrecto y el doctor Arango.

El enfermo estuvo tres días debatiéndose entre una muerte segura y una muerte probable, hasta que en el cuarto la curva de su estado hizo una ligera inflexión hacia la vida. Las horas pasaban a cuentagotas. En uno de los intervalos de calma expectante que se producía de tanto en cuando entre dos crisis sucesivas, Elkin pensó en el infierno que debía de estar pasando la familia Arango.

–Cuando el comandante salga de peligro le llevaremos a su casa.

–¿Y si muere?

–No piense en ello, doctor –Jairo Ortega le miró a los ojos–, no merece la pena.

Para enfatizar sus palabras, el escribidor quiso quitarse el pañuelo negro que cubría su cara. El médico pareció verdaderamente asustado por primera vez.

–De poco sirve que prometa que no he visto nada y que no diré nada, ¿verdad?

Jairo Ortega entendió el mensaje, y rectificó. Su pañuelo negro siguió cubriéndole la cara.

—Tranquilo, doctor, no le pondré en ningún otro compromiso.

El comandante Guzmán Orito recuperó por fin la consciencia y con ella el mando. El jefe no se anduvo con preámbulos.

—¿Me ha cortado la pierna, doctor?

—Sí señor.

—¿A qué altura?

—Por encima de la rodilla.

—¿Prótesis?

—No, lo siento.

—¡Den un trago para el doctor, se lo ha merecido! Y otro para mí, si me da permiso.

El doctor Arango asintió con la cabeza y sonrió.

—Es usted más duro que una piedra, comandante. Debe de ser el aire puro del campo.

Elkin se encargó de contestar al médico, y lo hizo con mucha calma.

—No, doctor, no es el aire puro del campo, sino la fe en la causa del pueblo. ¿Ve este reloj? —preguntó— Me lo regaló el comandante para que pudiera medir el tiempo que cuesta alcanzar la victoria. ¿Ve esta cruz? —añadió señalando su propio pecho— Me la dio el comandante cuando aún era casi un niño para que no me dejara llevar por la desesperación. Esa es la fuerza del comandante Orito y la nuestra.

Al médico se le atragantó la sonrisa y asumió la reprimenda sin darle la vuelta. Elkin supuso que además de ser consciente de su posición, evitaba la polémica porque estaba en profundo desacuerdo con la guerrilla. Conocía de sobra el discurso: que allí abajo había más por hacer que en el monte. Pero Arango también debía saber que el Movimiento no creía ni en políticos ni en justicia sin armas.


Tras veinte días de cautiverio, Elkin, pertrechado con un fusil Kalashnikov y revólver, y el doctor, con los ojos tapados, dejaron el campamento provisional de madrugada. El resto de los guerrilleros se quedaron preparando el traslado del comandante Orito a La Cordillera. Ya habría tiempo de volver allí, se dijo Elkin mientras caminaba con el secuestrado camino de su liberación. Él nunca daba una batalla por perdida.

Esa vez tomaron una ruta menos escarpada. A los cuatro días se encontraban ya en un camino que deberían seguir durante otros cincuenta kilómetros. Elkin se puso el pañuelo en la cara y a continuación quitó la venda de los ojos del secuestrado. El silencio se había hecho carne en el valle. La batalla entre el Movimiento y la Cooperativa de Seguridad había sido tan encarnizada que hasta las moscas zigzagueaban sin producir ningún zumbido. Los caminantes iban dejando a derecha e izquierda ranchos quemados y minúsculos pueblos en ruinas. La techumbre de sus casas se torcía hasta alcanzar el suelo en total abandono, y sus espacios habían sido barridos por la intemperie. En las pocas paredes que aún permanecían en pie, unos y otros se habían dejado mensajes: "Guerrilleros hijoeputas no se escondan", "Paramilitares cobardes los vamos a matar". Había apuestas de quién acabaría antes y con quién, pero los campesinos, se dijo Elkin al recordar lo que había sido ese infierno, nunca tenían tiempo para jugar. "El que sienta miedo que se vaya", era la máxima.

Una manada de vacas dispersas cuidadas echó a perder el silencio con el ruido ronco de sus cencerros. Sólo los animales ponían coto a la desesperanza, la dominaban. Y uno de ellos les siguió. Elkin, que había tenido desde siempre una extraña fascinación por los perros, no pudo resistirse.

—Venga acá, flaco, no se rezague que le perdemos.


Pasaron por un río en el que flotaba el cadáver decapitado de un muchacho. El doctor dijo no atreverse a saciar la sed que le martirizaba la garganta con esa agua de muerte. Elkin sí lo hizo, pero no allí sino doscientos metros más adelante. Arango se retiró de la orilla y el guerrillero pensó que lo hacía por respeto. Aquel territorio desolado estaba en ninguna parte. Pero ató al prisionero a un tronco por si acaso.

Al saberse solo, Elkin desató el pañuelo que tapaba su cara y se metió en el agua con el mismo placer que el perro, que no se apartaba de su lado ni un milímetro. Y cuando terminó el aseo se tumbó junto al animal entre los ramajes de la orilla, ocultos ambos, respirando el aire fresco que recorría la quebrada. Hasta que el guerrillero consultó su reloj: había que reanudar la marcha. Tras ocultar de nuevo su rostro, se puso en pie y miró alrededor. Y la alarma surgió de inmediato: el prisionero no estaba. El nudo que ataba sus manos había sido hábilmente desatado.

—¡Doctor! ¡Doctor!

El médico apareció corriendo tras la maleza arreglándose los pantalones.

—Estoy aquí, no se alarme que no me he escapado —dijo con las muñecas dispuestas a recibir otra vez la cuerda—. Es que no podía más.

Elkin respiró hondo y sonrió. Y cuando el médico logró recomponer su atuendo, reanudaron la marcha.


Y otra vez la caminata, primero con sol, luego en la oscuridad. Llegaron al macizo tras el que estaba Siete Vientos poco antes del mediodía. Se separaron. El doctor Arango, siguiendo indicaciones, permaneció escondido entre la maleza un par de horas más y después se puso en camino. Elkin vigilaba desde lo alto. Una brigada militar recogió por fin al médico. No se lo llevó a El Carmen, sino al cuartel.

Elkin, en compañía del perro, se movió hacia la parte de la montaña en cuyo pie se encontraban El Carmen y la finca de los Montoya. Era importante saber cuál iba a ser la reacción del ejército y de las autodefensas frente a la declaración del doctor Jorge Iván Arango. Cuando alcanzó la valla, no se podía creer que fuera tan fácil pasar del infierno al cielo o viceversa. Junto a los espinos de alambre que acotaban la propiedad de Arango, había un erial de víboras tomando el sol. Ese balneario intransitable hacía de verdadera triple frontera entre El Carmen, los montes salvajes y el rancho Montoya. El paraíso estaba en el lado de El Carmen: a la hacienda de Montoya también se la disputaban las malas hierbas. Elkin cogió al perro en brazos: sus botas de caña alta salvaron a ambos de la muerte. Había ya poca luz y las víboras tenían un despertar muy malo. Detrás de esa barrera inhóspita vio un prado en cuyas parcelas acotadas pastaban los caballos por un lado y el ganado vacuno por otro. Y detrás de la casa, dedujo por exclusión, tenían que estar los campos de cultivo.

A lo lejos asomaron los faros de mirada astigmática de un coche. Elkin se caló el fusil Kalashnikov y siguió avanzando con ayuda de la creciente oscuridad y de una pericia de muchos años. Se encontraba ya cerca de la potrera cuando el coche dio un giro y enfiló el camino de El Carmen. El complejo que vio Elkin desde su escondite constaba de dos edificios adosados bien distintos. El primero era una típica casa paisa de doble altura, y el otro le pareció imponente, con planta baja abierta al campo, tres balcones en el frontal del primer piso y tres ventanas de desván en el segundo. Elkin dedujo que esa misma fachada se repetiría en la parte trasera de la casa. Había cinco personas entretenidas por los alrededores en tareas diversas, entre las que reconoció a Trajano Jaramillo.

Tras algunas vacilaciones, los trabajadores del rancho descubrieron también la luz doble que se acercaba. El coche llegó a la parte frontal de la vivienda y se detuvo junto a la entrada principal. La puerta estaba abierta y por ella asomó una figura. Esa fue la primera vez que Elkin vio a Margot, y años después, cada vez que cerraba los ojos, seguía recordándola del mismo modo. Conocía su nombre por el doctor, nada más. Apenas fue capaz de intuir su cuerpo tras aquella trasparencia iluminada que bajó los cuatro escalones de acceso de un solo salto, abrió la puerta del coche y se echó en brazos de su padre. Corriendo desde el interior de la casa, llegó hasta ellos doña Victoria Montojo, la esposa del médico, una señora de silueta aún más frágil que la de la chica y con idéntico pelo largo. Elkin sintió una punzada de envidia. Las noches en La Cordillera podían ser muy tristes sin compañía. Aquel doble abrazo de Arango a sus mujeres puso el corazón del guerrillero en estado de alerta. Pero su instinto le obligaba a mirar alrededor constantemente, para ver si había más vehículos por la carretera.

La puerta de la casa se cerró tras todos los personajes de la escena. Elkin se quedó vigilando hasta que se apagaron las luces. Después marchó despacio hacia la cima color perla negra de los montes. El guerrillero, por puro cansancio, tenía que ceder el relevo de la guardia a la omnisciente luna llena, pero prometió que iba a volver cuando no hubiera nadie.

Quien dio la alarma fue Casimiro Ribelles. En el campamento base de La Cordillera sólo estaban Orito y unos pocos. La campaña seguía ocupando la mayor parte de los efectivos del Movimiento. Los hombres de Orito, agrupados con lógica militar castrista en diversos campamentos provisionales, seguían situados a lo largo de su accidentada orografía.

—Washington Montoya quiere apropiarse de El Carmen —dijo Casimiro Ribelles—. El doctor Arango y su familia están en una buena.

El negro Montoya, contó, había llegado a El Carmen con un fajo de pesos en la billetera. Le faltaban años para entrar en la cuarentena, fuerte, ambicioso, tortuoso, con la tez en la gama del moreno oscuro y el pelo negrísimo. En la región, había dicho Jairo Ortega a Elkin tiempo atrás, decir negro Montoya era algo así como un pleonasmo.

—La cosa pintaba mal desde el inicio —añadió Gabo.

Recordó, para justificar su argumento, que, según los testigos, el doctor había tenido que declarar once veces en la fiscalía. Jorge Iván Arango incluso firmó un escrito que decía que no tenía ni idea de dónde estaba el campamento de los insurrectos, que no había hablado con civiles, que no padecía el síndrome de Estocolmo y sobre todo que el juramento de Hipócrates le obligaba a curar a todo hijueputa que se lo pidiera.

Casimiro continuó su relato.

—Montoya se plantó frente a Trajano y le dijo que tenía que hablar con Arango. Jaramillo le contestó que el doctor no estaba.

El negro Montoya, añadió Casimiro, llevaba las manos en el cinto donde lucía el cañón de su revólver. Se había plantado en el centro del camino con las piernas abiertas en forma de aspa. No había nada que hablar, contestó Jaramillo, porque El Carmen no estaba en venta. Al otro, aclaró Casimiro, se le notaba crecido. Muchos en Siete Vientos estaban afiebrados porque decían que el doctor era subversivo. Eso le quitaba los nervios a cualquiera, pero Trajano Jaramillo, según Casimiro Ribelles, no se había dejado avasallar.

—El amo ya rindió indagatoria ante el juez —contestó Jaramillo.

Eran dos gallos de pelea. Pero Montoya siguió con la letanía: que le ha colaborado a la guerrilla, que es su alcahueta.

—¡Bah! —fue el comentario de Gabo—, todos saben que el negro está dolido porque Margot Arango le dio calabazas.

A Elkin la pretensión de Montoya le pareció un sacrilegio. No podía imaginar a la transparente señorita Arango en brazos de lo oscuro.

Montoya había venido en yegua y en ella se fue después de colocarle de nuevo la silla de montar. Como el día era luminoso, añadió el guerrillero Ribelles, el cuero bruñido y los engarces de plata de la silla y de la grupa brillaban en tonos malva limpio. El caballo se había encabritado. Elkin lo imaginó proyectando las patas delanteras hacia adelante y ladeando la cabeza a la izquierda sin saber hacia dónde dirigir su ira, haciendo que el jinete mostrara sus cualidades. El negro, continuó Casimiro, había recogido a un compadre en la pedrera del portalón donde se hallaba quieto a la grupa de un potro bayo.

—Era Fredy Ariel Escohotado —añadió Ribelles.

La cosa, pensó Elkin, se ponía mal. Se trataba del jefe local de las brigadas de la Cooperativa de Seguridad del Llano, un sicario a sueldo del narco Emiliano Céspedes.

—¿Cuándo pasó? —preguntó Elkin.

—Antes de antes de ayer —contestó Casimiro sin inmutarse—. Muy temprano.

Elkin se dijo que como el sol a esas horas iba oblicuo, la sombra de los dos, al alejarse al galope, le debieron de parecer al pobre Trajano Jaramillo libélulas gigantes venidas de otros mundos para anunciar el fin del mundo.

—El pendejo desgraciao quiere desalojar al doctor —subrayó Gabo.

—Póngale vigilancia, Elkin, es lo justo —ordenó el comandante Orito desde su silla de inválido—. Hay mucha gente amenazada por los paracos, pero el asunto del doctor es bien serio. En la vida hay que ser agradecidos. Esto no es de política, compadres. Aquí se trata de pura platica y de tierras, que las del negro no dan sino hambre.

El guerrillero obedeció. Cada día, con paciencia vaticana, desde la atalaya de los montes y provisto de prismáticos, vigilaba la carretera de Siete Vientos, el rancho Montoya y El Carmen...

Otro soplo de los informadores civiles iba a llevar a Elkin a la fiesta de Santa Teresita, en el municipio de Tuperedó, a unos treinta kilómetros de Medellín. El doctor Arango y su familia, explicó en la cantina un informador sin sueldo, habían sido invitados por el doctor Ignacio Silva a la finca Rosales, la mayor de todo el término. Allí, añadió el soplón altruista, se habían trasladado también de forma automática Montoya, Escohotado y su cohorte de arcángeles caídos.

Elkin aparcó el coche y se situó en la esquina más oscura de la plaza. No temía ser reconocido por nadie y podía observar sin ser observado. Gracias a la hija de un viejo guerrillero, Elkin había conseguido el vehículo, un pantalón negro impecable y la camisa blancamente impoluta que completaba su atuendo. Velaban armas junto a la pared de la iglesia una peana portátil para transportar a la santa y dos estandartes. Justo delante, en el preámbulo de piedra de esa iglesia encalada, se hallaban situados cuatro músicos de rasgos andinos que hacían sonar sus instrumentos de viento, cuerda y percusión bajo la luz mortecina de tres bombillas desnudas. En el centro, las parejas de bailarines iban incorporándose poco a poco.

Elkin vio a Washington varado en la barra de la cantina, debajo de un fotograma en blanco y negro de Ava Gardner en Mogambo. La luz añil incidía a trompicones sobre el rostro de fabricante en quiebra de Montoya. Aquella expresión quejumbrosa se daba de bruces contra la alegría de la fiesta. El negro llevaba ya mucho ron encima, pensó Elkin sin temor a equivocarse, y no tenía ningún propósito inmediato de parar.

Escohotado sí estaba bailando. Ni una esfinge podía estar tan tiesa. Decir que era hombre de pocas palabras a Elkin le parecía un exceso. Pero tenía buena planta y eso, se dijo al comprobar los esfuerzos de la chica que estaba con él, junto a su posición como jefe de las autodefensas, a determinadas mujeres les debía de parecer suficiente.

Elkin, en un momento dado, notó en Montoya una cierta agitación. Pronto descubrió por qué: por una de las calles que confluían en la plaza, llegaban el doctor Arango, su esposa y un caballero de la misma edad que el médico con idéntico aspecto elegante. Sería el tal Ignacio Silva, aventuró Elkin para sus adentros. Y detrás de ellos, a distancia calculada, aparecieron también cuatro muchachas y dos muchachos. Elkin reconoció a Margot: vestido blanco con cinturón de cuero, melena lisa, ojos de gata y cara de Santa Teresita. Esperó para ver cuáles eran los siguientes movimientos del grupo. Arango y su esposa cruzaron la plaza sin mirar ni al negro ni a Escohotado, y continuaron caminando hasta perderse en la oscuridad de las calles de Tuperedó. Silva esperó a Margot. Hablaron un momento y después él siguió detrás de los padres de ella. Los jóvenes se quedaron allí, apoyados en la baranda que preservaba la horizontalidad de la plaza de una leve falla en el terreno.

Washington, por fin, se decidió a moverse de la cantina. Elkin no observó emoción alguna en el rostro de Margot Arango, pero sí un cierto rictus de desprecio. Ella le saludó con una sonrisa, y declinó con soltura la invitación del negro para bailar, lo mismo que hizo con todos los que la solicitaron esa noche. Montoya y Escohotado dieron una vuelta por la plaza y no volvieron de la excursión de vacío.

En la baranda de piedra, después de que dos parejas salieran a bailar, permanecieron la hermosa Margot, un chico con gafas muy hablador y una joven delgada y minúscula vestida con traje pantalón amarillento de escote pronunciado. Sin pensarlo dos veces, Elkin cruzó la plaza seguido del perro y sacó a bailar a esta última. Margot se quedó con el perro y el muchacho de aspecto intelectual.

El guerrillero era buen bailarín, pero Estrella, que así se llamaba la chica, tenía los pies sordos. La pareja más desequilibrada de la plaza se situó de tal modo que, sin demasiado esfuerzo y a pesar de la música, Elkin podía escuchar la conversación de Montoya con su partenaire. El cerebro de la mujer, se dijo Elkin, no parecía estar a la altura de su belleza. Por lo que pudo notar, el negro seguía de mal humor y a menudo era hasta grosero.

—Tengo que recoger beneficios, que yo de gratis no voy —contestó cuando la mujer le preguntó si se lo estaba pasando bien en la verbena.

Escohotado por su parte continuaba exhibiendo maneras. A Elkin le resultaba el tipo más petulante que había conocido. Con cada gesto parecía estar haciendo un grandísimo favor al universo sufrido que circulaba a su alrededor.

Un comentario de Estrella hizo que Elkin se olvidara un instante de Washington y Escohotado.

—Me fascina esta rumba —dijo la muchacha sin ser consciente de su torpeza—, es pura delicia, ¿cierto?

El guerrillero llevaba tiempo sin practicar el arte del coqueteo.

—Y a usted se la ve muy linda, muchísimo.

Su brazo izquierdo rodeó un poco más fuerte la leve cintura de Estrella, su mano derecha asia la izquierda de la chica, dejando que sus dedos se movieran suavemente entre los de ella. El acero del reloj Omega brillaba junto al puño de su camisa blanca, y en su cuello la cadena de plata de la que pendía la cruz de madera también. Se sentía uno más en aquel pueblo en fiesta. Y así estaba cuando de pronto sintió un golpe en la nuca.

Más adelante, cada vez que pensaba en ello, seguía convencido de que fue algo físico. Volvió la vista atrás siguiendo la dirección de esa fuerza desconocida y al final del vector estaban los ojos reflectantes de Margot, que no le dejaron de observar en toda la noche. El insecto se vistió de hoja. No hizo ningún movimiento que delatara emoción, ni sorpresa, ni disgusto, simplemente mantuvo el ritmo y siguió bailando con Estrella una pieza musical tras otra. Montoya y Escohotado recogían beneficios a su modo, así que Elkin podía concentrarse en su propio caso. Margot continuaba fuera del baile por elección, sin apenas parpadear, en la baranda de piedra, junto al perro. ¿Por qué no dejaba de mirarle?, se preguntaba sin poder mostrar el placer que le producía. Se sentía un cazador cazado. Nunca antes le había sucedido algo semejante y menos con una mujer. Era Margot, se dijo, quien tomaba la iniciativa. Era ella, pensó eufórico, la que le estaba provocando. Elkin se metió en el juego de sostener la mirada de la señorita Arango.

Cuando terminó la verbena de Santa Teresita, el guerrillero acompañó a Estrella hasta la baranda. Margot se inclinó junto al perro y Elkin aprovechó la ocasión.

—La veré en cuanto usted vuelva a El Carmen —dijo agachándose junto a ella.

Margot respondió con voz queda, pero de una manera que Elkin nunca hubiera imaginado.

—Lleva un reloj muy original —estaba mirando la muñeca derecha de Elkin.

El insecto hoja notó algo raro en ese comentario.

—¿Le gusta? —logró decir en el mismo tono quedo que había utilizado ella.

—Mucho —contestó Margot más por lo bajo todavía—. Mi papá conoció hace poco a un hombre que tenía una cruz de madera como esa y un reloj de la marca Omega idéntico. Vi la foto que le hizo y le puedo decir que eran bien iguales a los suyos —añadió mirando a los ojos al guerrillero. Luego se levantó con la correa del perro en la mano sin dejar de observarle—. Qué cariñoso es, parece un animal abandonado. En la foto que le digo también había un perro abandonado. Y un río.

Elkin escuchó atónito la confesión de Margot. Recordaba bien el momento en que, con toda probabilidad, la cámara oculta del doctor Arango había atrapado la cruz, el reloj, el perro y el río. Era un hombre de recursos, pensó horrorizado. Se reprochó su enorme descuido en la vigilancia del prisionero: ni siquiera recordaba cacheo alguno. ¿Para qué quería la foto?, ¿precaución, curiosidad? ¿Chantaje? ¿Una especie de seguro de vida? Los informadores de la guerrilla en la comandancia de Siete Vientos no habían mencionado ninguna foto, y hasta cierto punto lo que acababa de oír por boca de Margot indicaba que Arango no tenía el propósito de utilizarla para hacer ninguna acusación. Pero incluso con los nervios lógicos por el hecho de que la vida del comandante Orito hubiera estado en juego, no tenía disculpa. ¡Qué tremendo error!, se dijo varias veces seguidas.

Pero sobre todas las cosas Elkin se sentía decepcionado: las miradas de Margot no eran para él, sino para el secuestrador del río, la cruz de madera, el Omega y el perro abandonado. Ella se puso en pie y el guerrillero también. Estrella preguntó cómo se llamaba el perro y él dijo la verdad, que no tenía nombre. La chica sugirió Fufú, Pocholo y Canelo. Elkin tuvo que reprimir una sonrisa. ¡Canelo! El perro, quizás algo molesto por un aluvión de atenciones al que no estaba acostumbrado, intentó alejarse. Estrella fue tras él. El guerrillero aprovechó la ocasión para dirigirse otra vez a Margot.

—Me parece que tenemos que hablar otro día, ¿cierto? Puedo bajar a El Carmen.

—No, allí no —dijo después de mirar hacia la cantina con disimulo—. En Medellín tal vez...

Las otras dos parejas de muchachos se unieron al grupo. Escohotado y Montoya, desde una mesa del bar, observaban la escena. Elkin no podía andarse con sutilezas

—La veré en Junín a las seis de la tarde. Aún no le puedo decir de qué día, pero lo sabrá.

Y sin esperar respuesta, el guerrillero de la luna llena dio media vuelta y se fue hacia el coche.

Durante todo el trayecto de vuelta no hizo más que pensar en lo sucedido. Y cuando entraba en la capital paisa, escuchó el ruido de una moto de pequeña cilindrada que empezaba a oírse a lo lejos. Elkin se detuvo ante un semáforo y la motocicleta llegó hasta situarse a su lado. El muchacho que iba en el asiento de detrás miró el aparato de música, besó el escapulario que llevaba en el cuello y se llevó la mano a la cintura. Elkin fue más rápido. Dos disparos, y la motocicleta quedaba para siempre atrás, al pie del semáforo. Dos cuerpos sin vida rodaron por el asfalto.

El guerrillero siguió camino de Sabaneta con la idea de salir después hacia la carretera de Siete Vientos. Al pasar por el parque, las campanas del Santuario de María Auxiliadora dieron las dos. El coche viró hacia El Retiro para tomar después el camino de La Ceja, siempre subiendo, más montañas, más pendientes... Los faros iluminaron la pared de una fábrica textil abandonada. Alguien había escrito un pensamiento que a Elkin le dejó indiferente: "Mata, que Dios perdona".

# PEDRO DE LA SERNA

Lo primero que vio al salir al hall del aeropuerto de Río Negro fueron las manos en alto de Catherine Disneyworld. Se le pasó al instante el dolor de estómago producido por las turbulencias del vuelo. Hubiera querido desaparecer allí mismo, aunque fuera convertido en reo de los tres humanoides acorazados que vigilaban la sala. Con los brazos rígidos sosteniendo sendas bolsas, apenas se dejó estrujar por la secretaria de Yagüe. Una mirada incómoda hacia Paloma bastó para que Catherine frenara en seco su ímpetu emocional. Pedro aprovechó la coyuntura e hizo las inevitables presentaciones.

—La secretaria de Yagüe —dijo con voz envarada tras un carraspeo retórico, ahogado. Luego se volvió hacia la otra en litigio, que observaba atónita—. Paloma, mi novia.

En el taxi Pedro se colocó en medio de las dos. A la derecha, Paloma tenía la mirada puesta en el cristal de la ventanilla. A la izquierda, Catherine Disneyworld se limpiaba una lágrima con el pañuelo que acababa de sacar de la manga. A menudo Paloma le desconcertaba. Su reacción, tras enterarse de su breve *affaire* con la pobre Catherine Disneyworld, estaba siendo bastante moderada y por el contrario no podía soportar a Marina, que jamás había tenido ninguna historia con él. Eso sí, a Pedro le molestó que Catherine Disneyworld le tomara por un crápula desalmado y Paloma por un insensible ligón de aeropuertos.

Al llegar al Hotel EE se produjo el reencuentro con otra parte de su pasado antioqueño: Píodoce. Al ver a las dos mujeres, el conserje salió de su garita asustado.

—¿Algún problema, maestro?

—Ninguno, ninguno, por supuesto que no, je, je…

Catherine Disneyworld se fue del hotel enseguida. Paloma se la quedó mirando desde el ascensor.

—Pobre chica, está destrozada. Los hombres sois todos unos crápulas.

Al menos no ha dicho cabrones crápulas desalmados, pensó Pedro con cierto alivio. El leve episodio de Catherine Disneyworld tuvo la virtud de rebajar la tensión del viaje, pero al entrar en la habitación del hotel fue consciente de lo que significaba para él volver a Medellín.

Uno de los primeros objetivos era ir a la casa de la familia Arango, situada en el occidente de la ciudad, según había contado a Paloma el jardinero de Villa Lugano. Descansaron toda la tarde y a la mañana siguiente fueron hacia allí. El vestido blanco y negro de Paloma era mucho más ligero que su traje azul marino con corbata. Aquel tacto de seda le traía siempre muy buenos recuerdos.

El taxi atravesó la arteria principal que vertebraba el barrio de Laureles dentro de la gran urbe y a su vez lo aislaba de ella. Eran ya pocas las antiguas viviendas unifamiliares que no habían sido sustituidas por fincas de pisos caros y tranquilos. Aun así, Laureles guardaba el sabor recogido de una villa pequeña de nivel medio-alto a la que le molestara la ostentación. La estructura del barrio rompía el urbanismo en cuadrícula del resto de la ciudad y a sus calles no se las identificaba por coordenadas sino por nombres. Imaginó lo que tenía que haber sido cincuenta años atrás, con todas sus casas rodeadas de árboles y jardines. Casas como la que tenía delante.

Le pareció que era demasiado grande y no demasiado blanca. Las paredes necesitaban con urgencia una mano de pintura y el jardín mucho más que eso. Sólo un viejo laurel resistía impasible, con dignidad tozuda. Cualquiera hubiera podido pensar que la vivienda había sido abandonada tiempo atrás, pero ahí estaban las ventanas de la planta baja, abiertas. Paloma manifestó su temor a que dentro de sus paredes estuviera situada una sucursal de la cueva de Alí Babá. Pedro la tranquilizó con la promesa de que a la menor señal de alarma los dos saldrían corriendo.

La cara redonda de la criada vestida de azul oscuro que les abrió la puerta de Laureles lo decía todo. Evangelina, que así se llamaba, parecía encantada ante la posibilidad de hablar con alguien. Pero cuando él preguntó por el señor Jorge Iván Arango a la mujer se le congeló la sonrisa.

—¿Cómo dice?

Escucharon con asombro que el doctor Arango llevaba treinta años muerto. Sí, la casa pertenecía a la familia, sí, a la señora Victoria Montojo.

—¿Podríamos hablar con ella? —preguntó Paloma.

La doncella tardó en contestar.

—Perdón señores, ¿quiénes son ustedes?

Paloma sonrió y presentó a ambos como amigos de Margarita Arango en Madrid.

—Bueno, de Margot Arango —rectificó.

Evangelina se tapó la boca ahogando así un grito de sorpresa. Deshecha en disculpas les dejó pasar. Pedro dudaba, pero Paloma tomó la delantera y siguió tras ella.

El salón tenía la elegancia antigua de Villa Lugano: los mismos tonos claros, idénticas mesas ingrávidas, los cuadros, aquella pincelada fácil llena de color... El pintor de paisajes y de retratos era una constante que marcaba el carácter de la familia a ambos lados del océano.

Apenas tuvieron tiempo para contemplar los óleos. Sentada en una silla junto a la ventana del salón había una mujer muy vieja y muy frágil vestida de negro. Tenía la mirada perdida. Evangelina lo explicó de forma cruda:

—Padece la enfermedad de Alzheimer.

Paloma, con los ojos acuosos, tomó las manos arrugadas de la señora entre las suyas.

—Fui compañera de estudios de su nieto Juan David —le dijo al oído a sabiendas de que era inútil.

Antes de salir de la casa de Laureles, Pedro lo intentó de nuevo. Le importaban muy poco las posibles sospechas de Evangelina.

—¿Y qué hay del señor Silva?

Evangelina cruzó los brazos y miró por la ventana.

—La señora Margot no les habló de él, ¿cierto? —Paloma negó con la cabeza—. Lo imagino. Luego de morir el muchachito, ¿para qué, pues? —Paloma hizo un gesto que Pedro tradujo por "¡claro!". La mujer se santiguó—. El doctor Silva, que el señor lo tenga en su gloria, murió hace cinco años. Amaba a Margot y se portó como un caballero, pero...

Aquella puerta, pensó Pedro con desolación, cerraba todas las posibles pesquisas; creyó que el misterio de Margot permanecería para siempre sin respuesta. Paloma por el contrario parecía reconfortada. Repetía una y otra vez que los familiares colombianos de Juan David no eran narcotraficantes ni ladrones ni nada por el estilo. Pedro la escuchaba sin poderse quitar de la cabeza la muerte de Juan David, el suceso de Torre Maldonado y el silencio de Margarita Arango. No encontraba sentido en aquel empeño pertinaz e irracional de una madre por pasar desapercibida que hasta excluía las exequias de su propio hijo. Si Margarita, o Margot, no tenía nada que ocultar, ¿por qué había vivido en un piso de alquiler en Brito de la Sierra de cincuenta metros cuadrados existiendo Villa Lugano? Las incógnitas de Pedro después de la visita a Laureles eran aún más agudas que antes. Sus niveles de *obsesionina* sufrieron un duro golpe.

En el hotel les esperaba un mensaje de Yagüe. El ingeniero les invitaba a cenar esa misma noche.


A las siete en punto Paloma y él llegaban a la casa de Gustavo René Yagüe, en Envigado. Acudieron con la moral derrotada después del golpe de Laureles. El taxi les dejó ante la verja que limitaba los dominios de un vigilante jurado vestido de Pancho Villa. El ingeniero Yagüe de zapatos impolutos aguardaba allí, sonriente. Pedro también se alegró de volver a verle. Era un buen tipo, pensó al reconocer su cara de ardilla laboriosa en el arte del bricolaje caritativo.

María Eugenia, la esposa del ingeniero, no estaba en casa.

—Mamá fue ayer a Siete Vientos —dijo Sarita, la hija mayor, una muchacha de quince años esbelta y de seriedad inquietante.

Era, supo Pedro después, el ojo derecho de su padre. La segunda se llamaba Beatriz y resultaba mucho más vivaz pero menos hermosa. El tercero, Andrés José, un niño flaco de grandes ojos negros, se refugiaba en su ordenador para contrarrestar el influjo femenino de las hermanas mayores.

La casa estaba llena de acuarelas pintadas por María Eugenia, paisajes en su mayoría de colores grisáceos y verdes, brumas, lluvia y una suave tristeza que ponía obstáculos a la luz. Pedro pensó en las de Laureles y Villa Lugano, aunque no hizo ningún comentario. Pero Paloma sí habló de la visita que habían hecho. Y entonces sucedió el milagro. Estaban sentados los seis en la mesa del comedor. María Eugenia había dejado la cena hecha y Sarita oficiaba de anfitriona con gran solvencia. Bastaron unas cuantas palabras para que la situación diera un vuelco de campana.

—¿La señora Victoria? ¿La viuda del doctor Jorge Iván Arango? ¡Claro que la conozco! —Yagüe miró a Pedro—. Y usted también.

—¿Yo?

—A doña Victoria no, pero usted vio la finca de Arango, ¿recuerda? —Pedro seguía extraviado—. ¡Sí, hombre, una hacienda muy linda que hay entre Siete Vientos y La Cordillera! ¿Ya?

Pedro se levantó de la silla.

—¿Aquella?

El interrogatorio corrió a cargo de Paloma. En realidad don Gerardo René sabía mucho de la familia Arango. Conocía a Margot desde niña, tenían edades parecidas. Contó que el doctor Arango era doctor de verdad. Aquel título que los colombianos regalaban con tanta generosidad a la menor señal de respeto, sí respondía en él a una realidad académica en cierta rama de la medicina.

—Un gran hombre —matizó Yagüe—. ¿Y cómo está Margot? —quiso saber—. La muerte del chico debió de ser un golpe muy fuerte para ella.

Paloma contestó de una forma bastante escueta y muy poco informativa.

—Triste, muy triste.

Pedro estaba seguro de que lo hizo por respeto a la elección de Margot de permanecer escondida. Pero lo más importante para él fue que don Gerardo René y su esposa también les invitaban a ir el día siguiente a Siete Vientos. Y que dentro de esa invitación estaba la promesa de visitar El Carmen. Los niveles de *obsesionina* de Pedro se elevaron otra vez por encima de las nubes.


El ingeniero se olvidó por un segundo del volante para señalar el desvío que, de forma bífida, conducía a El Carmen y a la finca Montoya. Pedro lo reconoció enseguida. Poco después el Grand Cherokee se metió por la única calle de Siete Vientos, allá por donde silbaba el aire de las montañas.

María Eugenia los recibió en la puerta de su casa en proyecto eterno. Un puñado de conversos evangélicos de la Comunidad, con su lista de apaños pendientes, esperaba allí el maná de reparaciones del ingeniero.

—Deberían aprender a arreglar grifos y esas cosas fáciles —comentó Pedro—. Con semejante panorama usted nunca puede dedicarse a lo suyo.

—El señor es quien conduce nuestros pasos —contestó Yagüe con resignación fatalista antes de ponerse en ello.

La casa de Yagüe había avanzado bastante. Era agradable estar allí otra vez, pensó Pedro sin disimular su contento, agradable y esperanzador. Comieron, conversaron, pasearon por la calle empinada de Siete Vientos, cenaron... A través de la ventana de la habitación se veían los montes de La Cordillera. Paloma los miraba extasiada y él la miraba a ella. Esa noche aquel paisaje de luna llena le resultó muy estimulante.


En la puerta de El Carmen aguardaba a los recién llegados un hombre fuerte con sombrero de paja. Pedro calculó que debía tener unos cuarenta y cinco años. Saludó a Yagüe con la cabeza, se inclinó ante Paloma y María Eugenia y les dio la mano a todos, un apretón suave que nada tenía que ver con la ferocidad de sus músculos. Se llamaba Marcelo Cuevas y no le gustaba hablar. Lo suyo eran las onomatopeyas.

La finca resultó ser mucho más grande de lo que Pedro había pensado. Vio a la izquierda tres hombres montados a caballo recorriendo la valla que separaba la propiedad del Rancho Montoya. A lo largo de ese puesto fronterizo pastaban las reses y detrás de la alambrada se veía más ganado. A mano derecha del camino estaban los campos de cultivo, café, banano y algo de yuca. La exportación mandaba, informó el ingeniero y Marcelo asintió con un gruñido ininteligible.

Salieron a recibirles Amanda, la esposa de Cuevas y su padre, Trajano Jaramillo. Pedro recordaba los nombres de los dos en el relato que había hecho Yagüe sobre las vicisitudes de la finca, aquellas que formaban parte del misterio de Margot. Jaramillo era un tipo sólido, una especie de cómoda de sacristía con varios niveles de almacenaje. Llevaba unos pantalones con mil bolsillos, todos llenos, y un cinturón en el que cabía la sección de cuchillos de cualquier ferretería. Pedro descubrió en los ojos de aquel hombre excesivo la chispa inconfundible de Demetrio Bravo y Waldo de Jesús. Su hija Amanda, una colombiana típica de pelo negro largo, raya en medio y conjunto vaquero, tenía además un plus de picardía. Parecía más joven que su monosilábico marido.

—Somos amigos de Margarita Arango —Paloma intentó justificar de ese modo su interés por El Carmen—, de Margot, quiero decir.

Ellos ya lo sabían: Pedro pensó que se lo habría comunicado Evangelina. Y también era obvio para él que en El Carmen se tenían pocas noticias de España. Desde luego no le extrañó.

Paloma se ocupó de contestar a casi todas las preguntas: sí, Margot estaba bien, no, no le había oído decir que tuviera intención de volver a Medellín… Amanda quiso saber si habían conocido a Juan David. Paloma se entretuvo contando anécdotas del Instituto sin nombrar la palabra Brito. Pedro supuso que no estaba segura de que ellos conocieran esa parte de la historia.

Poco a poco se fueron acercando otros trabajadores de la finca, entre ellos Trajano Junior, el hijo mayor de Jaramillo, y su esposa Nydia, una mujer serena y enigmática de melena color café. Pedro sabía por Yagüe que el matrimonio se ocupaba de la hacienda Rosales, la propiedad que Ignacio Silva había dejado en herencia a Margarita. Era muy distinto a su padre y a su hermana, más alto, más delgado, menos vitalista. Pensó que debía parecerse a la madre.

Estaba tan ofuscado que hasta después de un buen rato no se dio cuenta de que había varias personas en aquel círculo improvisado con delantal a cuadros, mangas remangadas y un alarmante estampado de camarones rojos en los brazos. Y que por la parte trasera de las casas salía un humo de baja estatura con olor muy raro.

—¿Qué pasa? —preguntó señalando hacia el lugar de procedencia de la nube tóxica.

—¡Vengan, vengan ustedes! —invitó Jaramillo el viejo.

Lo que menos esperaba Pedro era toparse con un cerdo abierto en canal. El matarife Trajano Cuchillos había asestado un corte de cuello por el que se escapaban las últimas gotas de sangre coagulada del bicho. Varios cubos llenos de fluido viscoso color granate hacían fila. Los ayudantes depilaban los pelillos del gorrino de forma brutal, chamuscándolos con el electrodo primitivo de ramajes secos encendidos. Dos máquinas trituradoras esperaban el relleno de varios metros de tripas artificiales puestos a remojo. Cuando Pedro se dio cuenta de dónde estaba, ya era tarde. Notó un temblor en las rodillas a la par que el estómago subía hasta la garganta. Miró a Paloma. Ella hizo un gesto de impotencia.

—¿Puedo ir al baño? —logró articular.

Amanda le acompañó al interior de la casa. Apoyado en el lavabo con ambas manos se miró al espejo. "Estoy verde", se dijo. Dejó correr el agua hasta que empezó a encontrarse mejor. Y cuando salió del aseo no tenía ganas de volver al lugar en el que continuaba el martirio del cerdo, y sí de husmear.


La entrada tenía un porche con varios sillones de mimbre; dos hamacas blancas colgaban del techo, una a cada lado de la puerta. El suelo era de ladrillo rojo, brillante, encerado. Pedro se acordó de que su abuela andaba por su piso con un par de bayetas protegiendo las suelas de sus zapatos para preservar un fulgor similar conseguido a base de esfuerzo frotador. A la izquierda vio una escalera con baranda de hierro y a la derecha una puerta. Le pareció menos inapropiado permanecer en la planta baja. Sin pensarlo más abrió la puerta.

Las proporciones de la estancia eran exageradas, se dijo, aunque resultaban imprescindibles para que cupiera con comodidad la enorme chimenea de piedra que presidía el salón. Y sobre ella, por encima de la colección de lamparillas de aceite antiguas que había en la repisa, estaba el cuadro: *Salón de la casa de los Hidalgo*. Lo reconoció enseguida: era el óleo que reproducía la naturaleza muerta de aquel bodegón humano, el que colgaba en una pared de su homónima en Aravaca, pero mucho más grande.

Pedro no tuvo tiempo para ver otra cosa.

—¿Qué hace usted aquí? —escuchó a sus espaldas.

En el rincón opuesto a la ventana había una mujer en silla de ruedas con un enorme fusil en las manos. Pedro nunca había visto un ser vivo tan viejo ni tan flaco ni tan encorvado ni tan frágil… ni tan tembloroso. Que el cañón no apuntara hacia una dirección fija tampoco era ningún consuelo para él, más bien todo lo contrario.

—¡Tranquila, señora, tranquila! —Pedro extendió las manos y las movió pidiendo calma— Baje la escopeta que es peligrosa. No soy ningún ladrón, se lo juro. Sólo quería...

El rifle se empinó y la rueda de la silla giró unos cuantos grados con el impulso.

—¡Yo ya sé quién es usted, no me sea irrespetuoso! —la mujer había levantado la voz— ¡Y no me venga con la cantaleta de que esté tranquila! Yo estoy muy tranquila, ¿lo ve? —el cañón del arma se quedó milagrosamente quieto por unos segundos— Deje a la señorita en paz, ¿me oyó? Agarre al perro y váyase.

—¿La señorita? ¿El perro?

—¡Ánimas del purgatorio!, usted es un desobligado, un conchudo, un... —a Pedro lo de conchudo le sonó fatal—. Yo le conozco bien. Y yo nunca diré nada a nadie por ellas, pase lo que pase, pero lo sé —a Pedro le pareció percibir en esa declaración un cierto orgullo de espía—. ¡Qué vaina! —la vieja sonrió de forma enigmática, con aires de triunfo—. Yo, Luciérnaga Canales, fui la única que le descubrí.

—¿A mí? ¿Me descubrió a mí? —Pedro no podía comprender cómo había llegado a una situación tan absurdamente peligrosa— ¿Cuándo? Señora, me parece que se equivoca. Por favor deje de apuntarme y hablamos.

Miró a un lado y otro para calibrar las posibilidades que tenía de salir corriendo. Aquella mujer, se dijo, estaba completamente chiflada.

—¡Estese quieto, papito, que lo que me provoca es apretar el gatillo! —a Pedro no le gustó nada aquella declaración de intenciones, y el tono utilizado menos todavía. Obedeció al instante.— No, no me equivoco. ¿Quiere que se la baraje más despacio? —Pedro asintió, ¿qué otro remedio le quedaba? La razón de las pistolas no admitía peros.— Está bien. Fue hace unas noches. Yo no podía dormir pensando en mi pobre Ana Alicia, ¡ay señor! Me asomé al patio y vi un perro sentadico junto al abrevadero, tan calmao. Me dije, "Luciérnaga, alerta". No sabe lo que hemos pasado. Usted salió por la ventana del cuarto de la señorita ajustándose los calzones y dio un salto bien riesgoso. Usted llamó al perro, "¡vamos, Junín!". ¿Cierto?

—Lo que usted diga —Pedro se arrepintió enseguida de su tono impertinente.

—¡No me dé la razón como a los locos, que no lo estoy! —la vieja empezaba a perder los nervios. Y él se asustó por lo que pudiera suceder en la zona del gatillo.— Le repito, usted saltó por la ventana y le dijo a su perro, "¡vamos, Junín!". ¡Reconózcalo si quiere salir vivo de esta vaina! O si no encomiende su alma negra al Niño Jesús de Atocha.

—Vale, no lo niego —la voz le sonó humilde en esa ocasión—. Salté por la ventana y dije, "¡vamos Junín!". Ahora me acuerdo, disculpe.

—Así está mejor. Usted cruzó la finca y desapareció por donde las víboras, camino de La Cordillera. ¿A que sí?

—Exacto.

—Usted es un *raponero*.

—Sí señora.

—¡Llévese al perro y deje a la señorita en paz! La próxima vez no tendrá tanta chance, se lo prometo.

Pedro señaló la puerta de salida.

—Cuando quiera empiezo a andar.

—Ahorita mismo y no vuelva por acá mientras viva.

Inició un tímido retroceso caminando hacia atrás para no perder de vista el cañón del fusil. Se vio libre por fin, corrió hacia la puerta y una vez fuera siguió corriendo en estampida hacia el ara del sacrificio porcino. Cuando llegó allí su corazón era un redoble de tambores.


—¡Dios mío qué peligro! —se acercó a Trajano Cuchillos sin apenas respiración para informarle de lo que tenía en casa. Al lado de la vieja, el descuartizador de cerdos le pareció hasta inofensivo.— ¡Hay una loca en silla de ruedas ahí adentro con un fusil! ¡Por poco me mata! Se ha empeñado en que soy un ladrón o un seductor de señoras, ¡yo qué sé!

Amanda sacó las manos de la masa ensangrentada que iba saliendo de la trituradora.

—¡La abuelita Luciérnaga! Pensé que estaba en su alcoba rezando el rosario —limpió sus dedos con un trapo y se quitó el delantal—. Voy a ver qué le pasa. De vez en cuando se pone muy nerviosa y saca el fusil que guarda en su habitación.

Cuevas emitió un gruñido de gorrino vivo, nada más. Trajano Jaramillo, que velaba armas junto a los jamones, miró de reojo a su yerno y fue mucho más explícito.

—Esa vieja es insoportable, siempre lo ha sido. Pero el rifle...

—¿Estás bien? —interrumpió Paloma. Pedro pensó que aquello podía sonar muy melodramático, pero había sucedido.

—Por los pelos —contestó agradecido por el tono de preocupación de su chica—. Me ha estado encañonando sin contemplación. ¡Qué manía tienen en este país con las armas!

Trajano Jaramillo puso el juego de cuchillos de robustez utilitaria sobre la mesa y miró a Pedro.

—Le decía que el rifle no tiene munición. Con lo mal que mi mamá política anda de cabeza sería peligrosísimo.

La tragedia de Pedro se convirtió de pronto en una burla ridícula. Enfrentarse a una anciana en silla de ruedas nada más y salir derrotado no tenía nada de heroico.

—¡Pobre señora Luciérnaga! —exclamó María Eugenia compasiva. Trajano Jaramillo le lanzó una mirada llena de escepticismo—. Cumplió ciento cuatro años en abril —informó—. Es la más longeva del valle, pero su cabeza...

—Mala hierba nunca muere —sentenció el matarife.

Pedro al escucharle pensó que los cerdos debían de ser buenísimos para merecer una vida tan breve. Nydia sonrió. Le dio la impresión de que le entendía. Verla manipular los despojos del bicho con tanta precaución era muy significativo.

—¿Han tenido algún robo hace poco? —preguntó Pedro para seguir atando cabos.

—No señor —contestó Jaramillo con mucha calma mientras se empleaba a fondo con un juego de cuchillos de brillo espejeante—, pero mi señora suegra se lo inventa no más si hace falta para tenernos en vilo. Estamos acostumbrados a esa vaina.

—Como verán —añadió Nydia con más rabia que resignación—, vainas y pistolas son el pan colombiano de cada día.

—La abuelita Lucrecia no se lo inventa, papá —matizó Trajano Junior—, lo que pasa es que de vez en cuando se le embarulla lo de antes con lo de ahora.

—Estaba mirando el cuadro del salón y de pronto la vi apuntándome —siguió explicando. Se veía en la necesidad de lavar su maltrecha imagen–. Lo tenía todo clarísimo, dijo que yo era un tipo peligroso y punto. Vamos, hasta me obligó a confesar que había asaltado la casa.

–A esas edades ya es imposible cambiar –añadió Yagüe.

Pedro se volvió hacia Paloma.

–Por cierto, el cuadro del salón me parece que es igual a uno que vimos en Aravaca cuando visitamos a Margarita Arango. El del salón vacío, ¿te acuerdas? –ella asintió– Éste es de mayor tamaño, espléndido –se dirigió a Yagüe y su mujer–. La familia tiene muy buen gusto para la pintura.

–¡Faltaría más! –la rápida respuesta de Yagüe sorprendió a Pedro– No en todas hay un entendido como el papá de doña Victoria.

–¿Entendido en pintura? –preguntó Paloma.

–¡Claro! –el énfasis de Yagüe sorprendió a Pedro– Don David Montojo era amigo, vecino y mecenas del que fuera pintor de cámara de Alfonso XIII. ¿No lo sabían?

Pedro recordó el traje rojo del botones Sacarino encuadrado en una efigie real de bigote atildado. Se quedó mudo ante semejante desmesura.

–No –contestó Paloma de forma automática–. Margot nunca me habló de su familia.

–Eso sí me lo creo –apostilló Trajano Junior, el segundo carnicero, que se había mantenido hasta entonces muy callado.

Junior conocía muy bien a Margarita-Margot, se dijo Pedro al escucharle. Jaramillo padre permaneció mudo sin levantar la cabeza del cerdo.

–Ella… –prosiguió el ingeniero con dificultad–, en fin, toda esta vaina ya no es más que agua pasada –Pedro llevaba un rato esperando cualquier apostilla divina de Yagüe. El ingeniero no le defraudó–. Sólo el señor conoce los secretos del alma.

–Y siempre perdona –añadió María Eugenia indulgente.

–No me lo hubiera imaginado jamás –reflexionó Paloma–. Un pintor real, un mecenas…

–Cuando se proclamó la república –añadió Yagüe–, el pintor se exilió en Suiza y permaneció junto a la reina Victoria Eugenia más de veinte años –la mención de Suiza hizo que Pedro mirara a Paloma: ella había dado un respingo–. Volvió a Madrid con su familia a mediados de los cincuenta —le pareció que Trajano Jaramillo se sentía algo incómodo con esas revelaciones del ingeniero, pero no hizo nada para evitar que Yagüe continuara—. El papá de Margot, que tenía un comercio de joyería muy prestigioso, compró casi todos sus cuadros. Ser monárquico no era una chance con Franco, ¿cierto? El pintor tenía una casa palacio en algún pueblito de España que lo pasó mal en la guerra civil. Doña Victoria, cuando estaba en El Carmen, siempre decía que La Cordillera le traían a la memoria unas montañas de allá. ¿Recuerda el nombre del pueblo, Trajano?

—¡Cómo no! —contestó el matarife algo más animado—. La casa de los Hidalgo está en Cubillo, provincia de Teruel. De ahí vinieron los dos cuadros de Villa Lugano cuando doña Victoria se casó con el doctor Arango el año..., cuarenta y muchos, no me acuerdo. Se los regaló su papá. Ella pasó algunos veranos en la casa de los Hidalgo y tenía muy buenos recuerdos. ¿Conoce Cubillo?

—No, ni idea.

Pedro jamás había pisado la provincia de Teruel más que de paso y Paloma, por lo que notó en sus ojos redondos, tampoco. Una triste desolación apareció en la cara de ella, como si se echara la culpa, pensó Pedro, de su extensa ignorancia. Él sobre todo estaba atónito. Aquello ponía una losa definitiva encima de muchas sospechas y explicaba el porqué de ciertos hechos que le habían resultado incomprensibles.

Amanda llegó hecha un Océano Pacífico de disculpas.

—La viejita anda con sus letanías —dijo mirando a Pedro—. Discúlpela, no sabe lo que se hace —luego sonrió de manera irresistible—. Olvide lo que sucedió, ¿si?

—Claro —contestó él, aun sabiendo que no lo haría.

Salieron de El Carmen al anochecer. La cara del cerdo seguía intacta, observó Pedro con lástima infinita, y los jamones también. El resto del cuerpo del animal, debidamente clasificado, descansaba en las fuentes gigantescas de aluminio que había sobre el ara del sacrificio. Vio varias tiras de lomo, un manojo de costillas alargadas, dos enormes paneles de tocino y unas cuantas sartas de embutidos. Una masacre muy organizada, pensó con cierta admiración macabra.

A Pedro le esperaba mucho trabajo en la red hospitalaria de Medellín. No le apetecía demasiado: tenía aún muy cerca los horrores del cerdo. Por fortuna aquello era otra cosa. La tecnología GPS había irrumpido en la medicina como una tormenta perfecta: sin avisar y con prisas. Melvin estaba desbordada. La lucha por conseguir navegadores médicos podría ser el factor discriminante de la industria GPS futura. Pedro tenía como primer objetivo del viaje asesorar a los técnicos sanitarios en el manejo un aparato muy concreto. Y hacerlo con sencillez, con claridad cartesiana, pero sin simplificaciones pueriles. Él se consideraba sobre todo un manual de instrucciones.

El Hospital Carlos Restrepo Salazar era una de las instituciones con las que el área metropolitana de Medellín quería sacudirse la narcodemocracia y otras malformaciones históricas que habían gobernado en la ciudad durante décadas. El Medellín sin Tugurios, tras el que se había escondido Pablo Escobar, se hacía realidad, a golpes audacia, de una manera muy distinta a lo que imaginó en su día el capo de los capos. Paloma entró al hospital con el aura puesta. Para ella, sabía bien Pedro, el utillaje médico sofisticado era material bendecido. Tenía una reverencia vaticana por los artilugios de tecnología insultantemente avanzada. Veneraba la ciencia con fe monoteísta, y cuando hablaba del método científico a Pedro le parecía estar metido en la Fragua de Vulcano. Y en esa religión el doctor Hugo Lehder era una especie de vicario del MD Anderson Cancer Center of Huston en la ciudad paisa. Lehder, de cutis blanco y lentes de ratón de biblioteca, a Pedro le pareció pedante. Utilizaba una plaga de tecnicismos médicos para, en su opinión, mostrar superioridad. Le molestaban los lenguajes de clase y consideraba que el uso de las jergas tenía que estar siempre justificado. Después de una pequeña clase práctica, dejó a Paloma con el doctor Lehder y sus ayudantes en el *sancta santorum* de la sala de la PET, la última adquisición del centro, una máquina blanca redonda y sin esquinas que parecía sacada de alguna *Odisea en el Espacio* del año 3001.

Al salir de allí se sintió aliviado. Entre la asepsia fría de aquella sala y la brutal mesa del cerdo, se dijo, debía de existir un punto intermedio.

El segundo objetivo que tenía en ese viaje a Medellín, en comparación, parecía modesto, pero podía resultar uno de esos logros sencillos aunque rentables, es decir, de los imprescindibles a las arcas de la compañía. Se trataba de u0n proyecto GPS para el seguimiento de pacientes a distancia. Contemplaba además la posibilidad de crear redes de médicos encaminadas a la atención de pacientes en zonas rurales dispersas y alejadas de centros urbanos.

La doctora Susana Berjano Maldonado era muy distinta a Lehder. Tenía ojos de color azul invierno y muchas arrugas, muchísimas. Y una brusquedad poco colombiana. A Pedro le cayó muy bien aquella mujer enérgica a la que le llegaban sólo las migajas del presupuesto. La doctora Berjano hizo un análisis rápido y certero de la medicina paisa: faltaba continuidad y sobraban golpes de efecto. Ella era partidaria de la medicina primaria, la del galeno de a pie que conocía al paciente aunque viviera más allá del fin del mundo.

Su despacho estaba situado en la primera planta. Pedro se dijo, nada más llegar, que aquella área del hospital había vivido tiempos mejores. La cal que cubría las paredes de ladrillo frágil necesitaba un relevo, lo mismo que las puertas que se asomaban al pasillo. Junto a una de ellas había una placa de metal dorado. Pedro leyó: "A la memoria del Doctor Jorge Iván Arango, director de los Servicios Primarios del Hospital de 1969 a 1978. Descanse en paz".

Tenía que existir, reflexionó muy impresionado, un factor extraño más allá de la *obsesionina* para justificar determinados hechos. ¿Azar?

—Le conozco —ante la mirada azul de la doctora Berjano, Pedro se vio obligado a matizar—. Mejor dicho, conozco a su hija.

—¿A Margot?

—Sí, aunque le parezca raro, así es. Vive en Madrid.

—Esta placa la puso su yerno, el doctor Silva —Susana Berjano metió la mano en el bolsillo de su bata y sacó una llave con la que abrió la puerta contigua—. Pase.

El retrato del doctor Arango presidía la habitación. Pedro reconoció la pincelada del pintor de reyes en el rostro de un hombre joven con ojos transparentes, pelo lacio y aspecto atlético.

—Margot se lo regaló al doctor Silva y él lo donó al hospital. Mire.

En una fotografía enmarcada que había cerca de la ventana, se veía la imagen de dos médicos con bata. Era fácil reconocer el pasillo de esa planta y los ladrillos encalados de las paredes.

—¿Por qué se fue a España?

—¿Margot? —Pedro asintió.

Susana Berjano empezó por el secuestro del doctor Jorge Iván. De los posibles responsables dijo nada más que todo apuntaba hacia "alguna guerrilla". Por aquellos días, añadió, existía una gran confusión. Luego llegaron las acusaciones al doctor Arango de colaboración con los subversivos. Y los intereses de Washington Montoya, el vecino que lo quería todo: a Margot y a la finca. Y los paramilitares hostigando. Y la matanza de El Carmen de la que tampoco había responsables juzgados y convictos.

—Debió de ser doloroso para Silva que ella se fuera —comentó Pedro.

—Pocas veces se ve una fidelidad semejante en este mundo. Imagine a quién hizo heredera universal de la propiedad que tenía en Tuperedó, la finca Rosales. Y eso a pesar de los rumores...

—¿Qué rumores? —quiso saber Pedro.

—No sé si debiera... —Susana Berjano dudaba, pero era chismosa—. Aunque ahora qué más da: rumores de que el doctor Silva actuaba de tapadera.

—¿De tapadera de quién? —insistió.

—De un amante secreto de Margot, un subversivo de los que operaban por La Cordillera, el mismo que mató al asesino del doctor Arango —la doctora estaba lanzada—. Yo por aquella época vivía en Estados Unidos y le puedo decir que los rumores que circulaban por el hospital llegaron hasta allí. Se decía que el hijo de Margot era suyo. Y luego sucedió la muerte del muchacho de esa manera tan brutal —la médico se paró un instante—. Acá nadie podía ni imaginar que un colombiano fuera víctima de la violencia en el exterior, y menos en España. El Señor puso a Margot una prueba bien dura.

Y de forma súbita a Pedro se le hizo la luz.

—¡Coño! ¡Pero qué burro soy!

—¿Pasa algo?

—No, nada —contestó como pudo—. Pensaba que un hombre de la guerrilla trataría de vengarse de los asesinos de su hijo...

—Si el *pelao* hubiera muerto en Colombia seguro, ojo por ojo. Pero la bomba explotó en España.

251

—¿Y qué fue de los guerrilleros del M 19 a la muerte de Pizarro? —apenas era capaz de emitir más que un hilo de voz

—Unos dejaron la lucha armada y se quedaron por acá —contestó Susana Berjano—, otros se integraron en las FARC, y unos cuantos marcharon al Caribe para continuar la revolución.

Pedro dio un suspiro mientras miraba el reloj.

—¡Qué tarde es! ¿Trabajamos?


Mientras iba en busca de Paloma, le parecía que el suelo flotaba bajo sus pies. Se sentía el gran ganador del Geocatching. Lo incomprensible, se dijo, era que fuera comprensible. Notaba que, después de tanto tiempo persiguiendo cabos sueltos, el círculo se cerraba, que los bordes de la historia encajaban unos con otros con facilidad. Recordó las palabras de la vieja: "Yo, Luciérnaga Canales, fui la única que le descubrí. Usted salió por la ventana del cuarto de la señorita ajustándose los calzones y dio un salto bien riesgoso. Usted llamó al perro, "¡vamos, Junín!". Usted cruzó la finca y desapareció por donde las víboras, camino de La Cordillera". Las teorías verdaderas, reflexionó, se caracterizan precisamente por eso, por la facilidad con que integran sucesos en apariencia inconexos e incluso contradictorios. El asesinato de Torre Maldonado, el silencio de Margot, todo podía ser explicado de golpe. Pensó que había llegado al final, que sabía todo lo que se podía saber. La identidad del asesino de Torre Maldonado, después de que la enfermedad de Alzheimer arruinara la cabeza de doña Victoria Montojo, ya sólo estaba en dos sitios: en la cabeza blindada de Margot y en la de una vieja centenaria con el entendimiento tambaleante y la voluntad dispuesta a callar, en caso de que ese entendimiento le jugara una mala pasada: "Yo le conozco bien. Y yo nunca diré nada a nadie por ellas, pase lo que pase, pero lo sé". Ahí, en esas dos plazas inexpugnables, quedaría para siempre la identidad de aquel hombre, creyó firmemente Pedro, si es que el tiempo no se lo había llevado también a la tumba. Si no hubo justicia ni en Madrid ni en Torre Maldonado, se dijo, al menos todos tuvieron su penitencia, todos, tarde o temprano, expiaron sus culpas. Se sintió en paz, terriblemente en paz, ligero como un globo aerostático pleno de helio.

Liberó a Paloma de las garras del doctor Lehder y del PET. Esa noche se fueron a cenar a una terraza de la calle Junín. Él habló muy poco: el brusco bajón en la tasa de *obsesionina* que circulaba por su sangre le había dejado vacío. No todo lo que contaba podía ser contado y viceversa. Y si no estaba en lo cierto, ¿qué importaba más, se preguntó, la imaginación o el conocimiento? La realidad, ¿no era acaso una ilusión persistente?

Cuando volvió a Madrid, Pedro de la Serna explicó a Paloma que ya estaba libre del hechizo. Y que sería vegetariano lo que le quedara de vida.

Se conocía bien poco.

# EL GUERRILLERO

—Tardan mucho —se quejó Gabo.

Los insectos palo y hoja miraban el cielo con calma de espera, mientras fumaban sendos cigarrillos. Se habían recostado en paralelo sobre una mole rocosa rodeada de yarumos blancos.

—¿Que piensa usted? —preguntó Elkin. A lo lejos se escuchaban los silbidos de las mirlas.

—Ya veremos.

Gabo, se dijo el guerrillero, no lograba desprenderse de una desconfianza atávica; estar tan cerca del lugar donde había nacido parecía haberle sentado muy mal al insecto palo. Su bajo estado de ánimo le hacía percibir por todas partes señales de infortunio: pájaros pintados de negro, hongos de maldad, sombras cubiertas por salvajina o árboles de tronco podrido. Él, por el contrario, se sentía eufórico. Septiembre del 69 marcaría un hito en su historia, pensaba el guerrillero de la luna llena. Por primera vez iban a compartir enseñanzas con otro grupo de insurrectos. La expectación flotaba en ese rincón elegido de La Cordillera y cada cual la incorporaba como podía a sus expectativas.

—Yo estoy deseandico que lleguen.

—Jairo Ortega y usted son un par de locos. ¿Por qué andan tan contentos?

—Habla como si le fueran a poner los cachos.

El problema central, según opinaba Elkin, venía motivado por las dificultades de comunicarse con el exterior desde la barbarie del bosque. Existían muchas incógnitas. Una de ellas era el número de invitados que se barajaban. Orito había ido a buscar a una cantidad indeterminada de personas, a las que tenía que alojar durante un mes como mínimo, y todos le esperaban.

—Igual pueden ser diez que veinte.

—Que sean veinte. Cuantos más mejor. No se olvide de que son luchadores como nosotros.

—En otros asuntos y en otras partes.

Elkin miró a su amigo y se encogió de hombros. Cuando Gabo se ponía pesimista, no veía más que las sombras de los árboles.

—No sé qué tiene usted en esa dizque cabeza. La revolución es internacional.

—Me importa un carajo lo que piensen los cubanos. Yo le digo que somos demasiados.

—¿Pero no acaba de decir que no sabe cuántos vienen?

—Hoy no se puede hablar con usted. Está como meticuloso.

Gabo bajó de la roca de un salto y se fue cabizbajo. Elkin pensó que era mejor no discutir. Metió una mano en el bolsillo, sacó una piedra de obsidiana y se entretuvo puliendo la superficie rugosa de una rama muerta hasta que apareció la blancura que llevaba dentro. El tiempo pasaba y Orito seguía sin llegar. Tumbado en la piedra con los ojos cerrados, se puso a imaginar cómo serían esos lugares lejanos en donde también había prendido la revolución. Recordó que días atrás, en un número muy viejo de la revista *Life* que tenía el comandante, había encontrado una foto magnífica. Abrió los ojos. Bajo la luz de la tarde, las rocas agrestes tenían ya el color rosáceo de una ciudad nabatea.


El día siete, a las diez de la mañana, el comandante Orito llegó por fin al claro de bosque donde se había instalado de forma provisional el "Movimiento Revolucionario Jorge Eliézer Gaitán". Venía acompañado de dos héroes de Sierra Maestra, uno a cabeza descubierta, el otro con sombrero de yarey. Detrás de ellos caminaba una decena larga de extraños personajes, de los que Elkin y los demás compañeros sólo conocían su procedencia.

—Ya están aquí —dijo Gabo en voz baja.

Al paso de los recién llegados, se iba construyendo un pasillo silencioso de respeto.

Los líderes cubanos vestían uniforme completo de líderes cubanos, habano incluido. A Elkin el llamado Cundo Menéndez le pareció frágil. Sus ojos acuosos se movían melancólicos bajo la espesura de los pelos rituales de su cara y andaba algo encorvado. Un intelectual, se dijo Elkin mirando a Jairo Ortega. Wilfredo Ponce, el otro, tenía pinta de excesivo: por su corpulencia, por su sonrisa, por la forma rotunda con que sus botas se hundían en el barro, por la apertura amplia de sus gestos...

Orito les seguía de cerca y los soldados del IRA cerraban el desfile. Aquellos hombres pelirrojos y frágiles con pinta de niños, recordó Elkin a sí mismo para no dejarse confundir por las apariencias, llevaban más de diez años de lucha feroz contra la poderosa Gran Bretaña. Los ojos del guerrillero siguieron al oficial irlandés de mayor rango que caminaba inmediatamente detrás de Orito. La comitiva se paró e introdujo a sus invitados.

—Les presento al capitán O'Reilly y a sus hombres.

El aludido contestó con un pequeño discurso incomprensible lleno de *gratefuls* y de *wonderfuls*. Al guerrillero, acostumbrado al *spanglish* radiofónico de la locutora Luisa Fernández cuando se las daba de cosmopolita, aquella versión escupida del idioma le pareció muy peligrosa. Si O'Reilly seguía hablando al mismo ritmo, temió angustiado, entraba dentro de lo posible que la nuez prominente del irlandés llegara a perforar su cuello. Para tranquilidad de Elkin, el capitán del Ejército Republicano calló por fin sin que hubiera sucedido ninguna catástrofe y se quedó quieto, clavado en el suelo húmedo del monte, mirando alrededor. Después hizo un gesto a sus hombres. Los irlandeses casi al unísono descubrieron sus cabezas. O'Reilly tendió su mano a Manuel Ossa, el primero de la fila y los demás le siguieron.

A medida que daban su nombre, Elkin los fue catalogando a través de alguna característica mnemotécnica: O'Reilly "el jirafa", Robin "manos frías", Sean "el pecas", Ian "pelo tupé", Daniel "rizos de oveja", Martin "ojos azules", Gerry "el gafas", Thomas "pies grandes", Patrick "nariz de silla"... Uno de ellos, "el padre Brian", llevaba alzacuellos. Elkin se fijó que el cura Rojas se ponía muy contento y que retenía las manos del otro más de la cuenta. El guerrillero se preguntó si, por la parte contraria, algún irlandés les estaría poniendo a ellos motes de identificación. Tenía cierta curiosidad por saber con qué peculiaridad suya se habría quedado ese hipotético catalogador.

Todos iban con uniforme militar menos uno, el último, que vestía pantalones vaqueros y camisa gris. El guerrillero se preguntó por qué. Esa fue la primera característica que de verdad llamó su atención; la segunda, que ese hombre se parecía muy poco a los

256

otros. Elkin calculó que tendría poco más o menos su edad. De estatura media baja, pelo negro y barba prieta, su esqueleto se mostraba poderoso a pesar de que parecía tan delgado como los demás. Lo tercero que Elkin vio en aquel extraño singular era la forma insolente con que miró a derecha e izquierda antes de saludar, algo muy distinto a la timidez que notaba en la forma huidiza con que los otros bajaban la cabeza. Y lo cuarto, el calor exagerado que desprendía su mano.

—Ander —oyó que decía el extraño.


La primera vez que Elkin se encontró con Ander Etxeberri Idriozola, alias Canelo, pensó que tenía los dientes muy blancos. "Colmillos de lobo", le llamó en ese primer instante, cuando aún ignoraba que no era irlandés sino vasco. Eso lo supo muy poco después. O'Reilly puso la mano sobre el hombro de Canelo, le miró con una sonrisa cómplice e hizo los honores a su prohijado.

—*Mi amigou dtze Etchza*.

Elkin miró alrededor: en las caras de sus compañeros existía el mismo interrogante pero sólo Jairo Ortega se atrevió a formular la pregunta. Patrick "nariz de silla" se rascaba los brazos con avaricia. El guerrillero le echó la culpa a los tábanos.

—¿ETA?

—Euzkadi Ta Askatasuna —la voz de Etxeberri sonó por las copas de los árboles con la fuerza de lo incomprensible. El etarra se tradujo a sí mismo—, Euzkadi Libre.

Elkin suspiró aliviado cuando vio que el cura Rojas, y no O'Reilly, tomaba la iniciativa de las explicaciones. Se maravilló una vez más de la ubicuidad de la iglesia. Palabras del cura Rojas tales como "lucha contra la dictadura totalitaria del régimen franquista y perdedores de la guerra civil", o "represión, falta de libertad, miedo, torturas, oligarquía, Brigada Político Social y explotación", o en el otro extremo "rebeldes, obreristas, socialistas, revolucionarios y vencedores morales de la misma guerra civil", debieron de sonar mucho más que las de "independencia y nacionalismo", pensaría Elkin años más tarde al recordar ese momento. Se trataba en cualquier caso, escuchó el guerrillero, de una organización casi recién nacida.

—¿Cuántos militantes, compay? —le preguntó Cundo Menéndez. Un azulejo cruzó el cielo y Elkin observó cómo el cubano lo seguía con la vista hasta verlo desaparecer.

—Entre cincuenta y cien —contestó Etxeberri—. El año pasado cometimos el error de abrir la mano y entraron algunos infiltrados. Ahora vamos con mucho más cuidado. Pocos militantes aún, pero estamos unidos por el compromiso firme de liberar a nuestro pueblo oprimido, tal y como aprendimos del Che.

La mención del mito revolucionario recién desaparecido sobrecogió al guerrillero. Le pareció que la atmósfera olía a incienso. Rojas explicó a grandes rasgos el funcionamiento asambleario de ETA. Orito intervino mirando a O'Reilly. Contó que un líder del grupo, Txabi Etxebarrieta, había pedido ayuda al IRA para organizar el aparato militar. Ander Etxeberri interrumpió al comandante. Dijo que no había viajado solo a Colombia. Una docena de hombres esperaban en Medellín el permiso para asistir a los entrenamientos. Los soldados del IRA tenían los ojos puestos en su jefe. Si Orito y los irlandeses al parecer lo aprobaban, pensó Elkin, la solicitud que hacía Etxeberri iba dirigida directamente a los instructores.

—¿Tenéis armas? —volvió a indagar Cundo Menéndez.

A esas alturas Elkin ya había adivinado que "el intelectual" era el jefe de los cubanos. Aquella segunda pregunta fue en realidad el comienzo de un interrogatorio minucioso. El guerrillero escuchó a uno y a otro como águila al acecho.

—Apenas. Unas pocas metralletas Stern, varias pistolas Star...

—¿Cómo lucháis? —Elkin descubrió en el cielo una nube de oscuros arrendajos salpicados de amarillo que se desplazaba por el oeste.

—Sacamos de quicio a las fuerzas franquistas de represión con pintadas, octavillas, y acciones de propaganda. Hemos atacado objetivos clave como centrales eléctricas, una petrolera, varias emisoras locales de radio, la conducción de gas, carreteras, el puerto, la fábrica de armas de Eibar...

—¿Algo más?

Ese interrogante incomodaba a Etxeberri, se dijo el guerrillero. El vasco se sobrepuso exhalando un suspiro largo.

—Hace un año dimos un paso que, por cierta razón... —Elkin observó que por vez primera el etarra dudaba—, en fin, no importa;

258

vamos, dimos un paso que era muy difícil para nosotros: matar. Siete tiros de tres militares acabaron con la vida de un torturador franquista que además era el jefe de la policía secreta de San Sebastián. Fue una acción impecable, bien planeada y bien ejecutada.

A Elkin le pareció que ese discurso encerraba una gran contradicción: inseguridad y perfeccionismo, calor y frío. No entendía por qué el hecho de matar resultaba tan difícil a un grupo guerrillero que, por otra parte, se jactaba de hacerlo muy bien. Agradeció la siguiente pregunta de Cundo Menéndez.

—Aquí todo viene al caso —rectificó el líder cubano—. ¿Qué razón es esa?

—La leyenda del árbol Malato —contestó el interrogado con la arrogancia de un desafío.

Elkin escuchó la historia antigua que contaba Etxeberri con una enorme distancia: el mítico Juan Zuria, la batalla contra el rey de León, la frontera, el matar y el morir. Oyó también que hablaba del padre Aitor y la madre Amaia, de Roncesvalles y Carlomagno, de la aldea y el caserío, de la edad del bronce y del euskera. Y cuando el etarra terminó, lo cierto es que sólo quedaron en la cabeza del guerrillero ecos de palabras y los cantos alegres de los arrendajos.

—¿Qué buscáis acá? —quiso saber Cundo Menéndez.

Tampoco, se dijo Elkin, parecía querer indagar más sobre la respuesta de Etxeberri. El cubano jefe, pensó, era tan escéptico como él o más.

—Acabamos de recibir un golpe muy duro. No podemos seguir así, necesitamos material técnico, lanzagranadas, morteros y sobre todo expertos.

—¿Y el árbol Malato? —insistió Cundo Menéndez.

—Se ha quedado atrás para siempre.

Los irlandeses tenían puestos los ojos en el vasco. Parecían incrédulos.

—¿Estás seguro, compay? —volvió a incidir Cundo Menéndez— Es una decisión bien difícil.

—Sí —contestó Etxeberri con la frialdad que Elkin había descubierto minutos antes ya recuperada.

El cubano pisó con insistencia la colilla extinta de su puro y encendió otro igual de fastuoso que llevaba en el bolsillo de su camisa militar.

–¿Y qué me dices del territorio de las operaciones? Sabrás que no somos partidarios de la insurrección urbana, sino en la estrategia de guerrillas.

Etxeberri se agachó y sacó un mapa de su mochila. Elkin, que estaba atento, le ayudó a sostenerlo y Daniel "rizos de oveja" también. El etarra lo extendió a la vista de todos. Estaba hecho a mano. En la periferia el guerrillero encontró la escritura espinosa de algunos nombres incógnita: Mar Cantábrico, Cantabria., Burgos, Logroño, Iparralde…. Los montes dibujados por el interior hablaban de una orografía escarpada. Las ciudades parecían estar situadas en los valles, se dijo Elkin, lo mismo que en Colombia. El autor del croquis había dividido el espacio en tres agrupaciones, cada una con tres comandos operativos; varias zonas logísticas de almacenamiento se indicaban también sobre el papel.

–Lo conozco como la palma de la mano. La misión de los que hemos venido será armar y adiestrar a los demás militantes, como primer paso para la insurrección de Euzkadi. Nuestro objetivo es tener una fuerza operativa dispuesta siempre a entrar en acción.

–¿Y el pueblo? Ya sabes lo que decía Gaitán, "No soy un hombre, soy el pueblo".

Etxeberri sonrió.

–El pueblo vasco estará con nosotros.

–Es lo más importante, compañero. Sin él la revolución no es nada –Cundo Menéndez recorrió el semicírculo que rodeaba a Etxeberri–. Si un día los obreros de las fábricas o los campesinos os ven como enemigos, si no sois la solución sino el problema, abandonad las armas y volved a casa.

–Bien dicho, camarada.

Elkin no se sorprendió al oír la voz de Jairo Ortega. Él pensaba exactamente lo mismo. Se preguntó si, en caso de que llegara el momento al que se refería Cundo Menéndez, sería capaz de decir no a la lucha armada. Tardaría casi veinte años en dar respuesta a un interrogante que aquel día parecía cuanto menos improbable.

–Eso no va a suceder jamás, compays –la voz de Wilfredo Ponce se izó sobre la naturaleza vertical de los árboles como fanfarria apocalíptica. Toda la atención estaba ya concitada sobre él. Acto seguido, con el dedo índice señalando al cielo, inició un discurso repleto de ardor revolucionario.– Si me preguntáis cómo quiero que sean los futuros revolucionarios de corazón, os contesto que el modelo es el Che. Tremenda lección. "Dígale a Fidel que él verá una revolución triunfante en América latina", fueron las últimas palabras del Che en la escuelita de La Higuera antes de... —Ponce se paró en seco al darse cuenta de que Cundo Menéndez agitaba las manos. Elkin tradujo aquel movimiento y lo convirtió en un contundente "corta ya". La señal que salía del poste emisor también fue descifrada de inmediato por el receptor—. Nada más, ya no digo nada más.

El cubano intelectual sonrió por primera vez. Miró al escribidor, luego a Etxeberri y después se volvió hacia Orito.

—Por mí que se queden.

La hierba se había vuelto gris: estaba lloviendo y nadie parecía darse cuenta. El guerrillero observó a los camaradas: frentes angostas, sombras de cejas, manos toscas, barro en los pies. Por un diferencial de tiempo apenas mesurable, Elkin sintió que los ojos del Che observaban el monte con clara y entrañable transparencia.


—No puedo dejar de darle la vuelta a la vaina del árbol Malato —comentó Jairo Ortega.

El escribidor era el único que cuestionaba intelectualmente el acto de matar. Todos en el "Movimiento" esperaban el momento en que empezara a cuestionar las doctrinas de Cundo Menéndez.

—Como diría Wilfredo Ponce, tremenda historia —añadió Melinda Tirado.

Los cinco, Melinda, Gabo, Casimiro Ribelles, Elkin y el escribidor estaban sentados en torno a la hoguera. Alrededor de los troncos, las lenguas de fuego habían urdido una telaraña de luces en ebullición. Las manos de Elkin rasgaron las cuerdas de su guitarra una sola vez. Apenas conocía tres o cuatro acordes pero eso casi siempre era suficiente. De la oscuridad surgió el relincho agudo de un caballo que luego desapareció a idéntica velocidad. Se hizo un silencio largo. A Elkin le pareció que sobre el monte nocturno estaba pasando un ángel con largavistas. Una vez superado el síndrome del espíritu husmeador, el guerrillero esperó a que Jairo Ortega continuara su razonamiento con la guitarra apoyada en su regazo.

—Fíjense lo que ha dicho el muchacho: "yo llevaba una pistola para que me mataran, no para matar". ¿Han pensado ustedes alguna vez así de crudo? Yo no, les confieso, yo siempre he tenido claro que antes de morir había que matar. Pero la cantaleta de que existe una frontera que uno nunca debe traspasar es muy linda.

—¿Y si esa frontera fuera así como la raya entre matar y no matar? —preguntó Melinda Tirado.

Jairo Ortega hizo un chasquido con los dedos de su mano derecha.

—¡Chévere, Melinda, usted ha dado en el clavo! ¡Esa debe de ser la moraleja verdadera del cuentico! Uno siempre piensa que el enemigo está fuera. Si el árbol Malato prohíbe salir a buscarlo pues de rebote también prohíbe matar. ¡Está pero que muy bien pensado!

—Yo no me fío de las historias de viejos —repuso Gabo—. ¿Han escuchado? El tal Juan Zuria era hijo de un duendecasa y de una infanta escocesa. ¡Qué vaina!

—No sea tan *atravesao*, carajo —recriminó Elkin al insecto palo—. Precisamente usted, que en cada río de estos montes ve la sombra del Mohán.

—Es que el Mohán existe.

—Sí, y la Madremonte y la Patasola y el Hojarasquín y el Sombrerón y la Candileja y la Llorona y el Cura sin Cabeza y la Muelona… La Cordillera para usted está llena de gente rara. Pero claro, unos son mentira y otros no.

—Esos que usted dice no le aseguro que existan, sólo el Mohan.

—Y la Patasola también —puntualizó Casimiro Ribelles—, que yo la he visto.

—¿Sí? ¿Y cómo es? —quiso saber Gabo.

—A mí se me apareció en una noche oscura sin luna ni estrellas ni nada. Me dije, "qué bellezota de hembra". Ya andaba yo caliente bajándome los calzones cuando de pronto le vi la pata de oso. Salí corriendo y ella detrás dando saltos con su único pie. La cara le había cambiado, hermanos. Sólo recordar los colmillos de la tipa se me pone el cuerpo malo.

—¿Le vio la cara, la pata y hasta los colmillos? —preguntó Elkin— . ¿No dice que estaba tan oscuro?

—No le haga caso —Gabo puso la mano sobre el hombro de Casimiro Ribelles—. Este buscaría tres pies a la Patasola con tal de joder.

Elkin se dio cuenta de que todos miraban hacia algo que había a su espalda: se trataba de Orito y de "ojos azules".

—Muchachos, el soldado Martin Ryan quiere charlar un ratico con ustedes —dijo el comandante—, ya verán qué bien habla español. ¿De qué conversaban?

—De eso que Gabo llama creencias, Elkin supersticiones y yo mitos, señor —contestó Jairo Ortega—: el árbol Malato, el Mohán, la Patasola, los duendecasas... ¿Tienen ustedes creencias o mitos o supersticiones en Irlanda, señor?

Elkin, parapetado detrás de su guitarra, siguió el desarrollo de la reacción en cadena que la cuestión provocó en Martin "ojos azules". No le interesaban las tríadas divinas, ni los druidas de pociones mágicas y encantamientos, ni las hadas ni los elfos. Escuchó con atención mermada que en Irlanda aún había paraísos terrenales, robles sagrados, fiestas en las noches de los solsticios, fuentes de sabiduría, ciudades sagradas y agua mágica, mucha agua mágica.

El guerrillero sólo recuperó la atención cuando Melinda preguntó a Martin "ojos azules" qué sabía de ETA. El soldado del IRA habló de la edad de bronce, del pueblo más antiguo de Europa, de la lengua más antigua de Europa, de muchas derrotas, de un sentimiento, de una historia... Jairo Ortega resumió todo aquello con una sola frase que dejó boquiabierto al auditorio.

—Deben de ser algo así como los indios de acá.

Tal juicio de valor fue recibido por el soldado Martin con un respingo que se propagó como onda sísmica por su columna vertebral. El guerrillero se preguntó qué estaría pensando el irlandés en esos momentos.

—Bueno —carraspeó "ojos azules", en apariencia para darse ánimos—, no exactamente.

Elkin miró hacia las tiendas de campaña. "Colmillo blanco" estaba solo, sin su árbol Malato, sin su gente. Tras el discurso de Martin y las deducciones etnográficas de Jairo Ortega, el guerrillero percibía la confusión. A pesar de que lo deseaba, no se atrevió a ir hacia él para hacerle compañía.

—Por hoy hemos acabado —gritó Wilfredo Ponce—. Tiempo libre.

—¡Menos mal! —se escuchó desde el sector de los colombianos.

Elkin miró a Casimiro Ribelles y sonrió. La disciplina del entrenamiento, el estar siempre a merced de órdenes y contra-órdenes, pensó, era mucho peor que el cansancio. Se fue solo a dar un paseo hacia lo que parecía el final de la montaña, donde se hallaba la ladera más escarpada. Llevaba un cinturón de cuero que servía de pórtico a la vestimenta, del que colgaba la funda del revólver que bailaba al compás de los desequilibrios del terreno. Notaba sus oscilaciones de fuera hacia adentro alrededor de sus caderas como plomadas de un péndulo corto. Apoyado en su hombro izquierdo, el cañón del rifle parecía mucho más cómodo. Estaba, se dijo el guerrillero, más que acostumbrado al peso de las balas. En lo que restaba del día Elkin no pensaba usar ninguna de las dos armas.

Entre los estrechísimos valles discurría el curso de riachuelos y arroyos, que después de unirse en una sola quebrada, bajaban la pendiente arrastrando arena y barro de aluvión. Y eso mismo sucedía con otros ríos que bajaban por la pendiente a derecha e izquierda. Al fondo, entre perfiles de montes, Elkin veía el reflejo del sol en una nube de poniente y de vez en cuando el cielo entero se iluminaba con la lívida veta de un relámpago. Siguió caminando. La vegetación se fue haciendo cada vez más escasa y la corriente más abundante. Se sentó junto a la orilla, cerró los ojos y respiró hondo.

—Mire.

Era Gabo, que llegaba corriendo. Quién sabía de dónde, se dijo Elkin, a lo mejor había visto al Mohán. El guerrillero siguió la dirección del dedo de su amigo que apuntaba hacia abajo, muy abajo, hasta alcanzar el pie de la ladera. Lo que vio fue un camino apenas horadado que se abría entre los árboles y después el convoy. Se trataba de un camión grandísimo que avanzaba con lentitud exasperante. Iba escoltado por dos jeeps. Los guerrilleros fueron testigos de cómo, a los pocos minutos, la caravana se paraba. Y de que del vehículo que iba delante salían dos hombres; y de que extendieron un mapa sobre el capó.

—¿Sabe dónde van?

—Más o menos, pero ellos parece que no. Mi padre trabajó cuarenta años en la Mina Sacramento. Es tan grande que ni le puedo decir hasta dónde llega. ¿Ve las torrenteras?

El insecto palo explicó que los riachuelos habían sido filones auríferos, que las quebradas arrastraban la arena y el oro. Que si tenían suerte, los obreros de entonces podían sacarlo de allí con la criba, pero que si no a picar y picar. Que esa parte de la mina de aluvión estaba agotada. Que hacía años la actividad se había trasladado a occidente, hacia donde iba el camino. Que por la nueva área se iban descubriendo vetas de oro y plata más rentables. Que el convoy debía de dirigirse hacia allí. Que su padre había sido de todo en la mina: cortero en diversas cuadrillas, *catanguero* de transporte del mineral desde la bocamina y cuando había hambre, *machuquero* ilegal. Que toda la montaña estaba horadada por una red de galerías subterráneas que llegaban hasta lo que podría ser el nivel -40. Que cuando llovía los ríos estancados de la explotación se llenaban de tábanos y fantasmas. Y que el fango que dejaba las capas de arenas removidas, arcillas tamizadas, cascajos y conglomerados deshechos, había sido un infierno para los trabajadores de la Mina Sacramento. Su padre, contó Gabo al guerrillero, murió de fiebre cuando él tenía apenas dos años.

—Ahorita la Mina Sacramento ni siquiera es colombiana. Don José Mendiluce se la vendió a la *Gold Mines Trust* por unos millones de pesos, no sé cuántos. El cargamento debe de ser importante.

—¿Explosivos?

—Casi seguro, y maderas para la estibación y bombas de desagüe... Y armas para defender el predio.

—Muy goloso.

—Todo lo que usted ve pertenece a la mina en teoría —dijo Gabo mirando alrededor—, aunque a ellos sólo les interesa lo que es rentable. El resto lo dejan para los que no tienen títulos de propiedad.

—¿Qué se le ocurre?

—Nada. Con una llovidera sería otra cosa. Tienen que vadear la quebrada varias veces y si cayera fuerte se meterían ellos solos en la trampica del barro, pero está bastante seco —Gabo pateó el suelo con sus botas—. A no ser que el Mohan... —se paró y miró hacia el río—. Pero es imposible.

—Mire que está usted pesimista, compadre. Dígame y ya veremos.

A no ser que pudieran ir soltando las presas de la quebrada que los mineros habían hecho años atrás para atrapar las pepitas que arrastraba el río, dijo Gabo. A no ser que, una a una, las barreras se fueran deshaciendo para permitir que el ímpetu torrencial del riachuelo se precipitara sobre el camino. A no ser que...

—Es imposible —repitió Gabo.

Elkin besó su cruz de madera.

—¿Me acompaña o se va a quedar parao?

Corrieron ladera abajo. Había que empezar a una altura media y después subir poco a poco, ir destruyendo de forma gradual las barreras arenosas, ir liberando al agua cada vez más, y más...

Derribar la primera presa de lodo de la antigua mina fue lo más difícil, a pesar de que era la menos poderosa. Elkin se limitó a seguir los movimientos de Gabo, que sabía bien dónde estaba. En primer lugar el insecto palo se ocupó de los útiles, viejos despojos de la antigua mina: un mango de pico, una cadena, hierros oxidados, restos de cedazos y de sacos, el tambor de un malacate desaparecido, tres palas carcomidas por la humedad...; se podía, le oyó decir Elkin con ánimo renovado, aprovechar muy bien toda aquella morralla. Después Gabo calculó el punto más débil del remanso artificial. Metidos en el fango hasta la cintura, los guerrilleros fueron abriendo paso a las aguas hasta que la barrera cedió y el torrente volvió a circular otra vez libre e impetuoso. Repitieron el trabajo en el escalón del cauce inmediatamente superior, y luego en el otro y...

El optimismo de Elkin, al contrario de lo que parecía sucederle a Gabo, era cada vez menor. Le parecía que todo aquel esfuerzo sólo conducía al fracaso. La quebrada podía con todo hasta que, poco a poco, la situación fue cambiando. A medida que el agua se acumulaba en la zona baja, la corriente iba ocupando las márgenes y allí quedaba depositado lo más espeso del fluido. Así, a paso lento, la lengua de barro se fue apoderando de la ladera.

Los dos guerrilleros, cubiertos de lodo, exhaustos, observaban los movimientos del convoy desde arriba mientras continuaban abriendo pasos al agua. Gabo dijo que sólo había que esperar. Existían, contó, lo menos siete oportunidades. El camino, obligado por la orografía accidentada del terreno, no tenía más remedio que cruzar el río.

El camión quedó encallado la primera vez que el camino se cruzó con la quebrada ya crecida. Los hombres empujaron a fondo y la ruedas lograron salir de allí con cierta facilidad. La segunda les costó bastante más, y la tercera lo mismo, pero la cuarto... Las ruedas delanteras se habían clavado en un aluvión de arenas movedizas. Una fuerza de succión iba hundiéndolo de forma incomprensible para todos menos para Gabo.

—Han caído como moscas en el hueco de una galería.

La discusión de los custodios del convoy puso en alerta a los guerrilleros. Abrieron el capó del camión.

—¿Qué hacen?

—Los muy cabrones van a trasportar la carga importante a los jeeps —contestó Gabo desilusionado.

El guerrillero saltó impulsado por algún muelle interno.

—¡Ah, no! ¡Eso sí que no! Estos no se llevan ni las armas ni la pólvora.

Elkin agarró su fusil y se puso a disparar de forma indiscriminada con ambas manos, el revolver en una, en la otra el rifle; primero hacia el cielo y luego, más reflexivo, dirigió las balas a un grupo de rocas poco firmes que asomaba inclinado sobre el cauce.

—¿Se ha vuelto loco? ¡Son lo menos diez! Usted no es valiente, usted es temerario.

Gabo, a pesar de las protestas, hizo lo mismo. El ruido seco del desprendimiento se propagó por los montes, cargado de ecos. Piedras enormes bajaban rodando sin ningún control, enloquecidas. Los guardianes del convoy subieron a los jeeps y se alejaron por el camino de vuelta a toda la velocidad que permitía la furia de la quebrada. Los guerrilleros esperaron hasta cerciorarse de que la huida era definitiva y después corrieron hacia el camión encallado. Elkin miró a Gabo.

—Ahorita hay que avisar al comandante —dijo.

—Vamos a estar arrestados un mes.

Los disparos de los guerrilleros tuvieron en esa ocasión el ritmo pausado de un mensaje en clave. Tras varios segundos de espera silenciosa, llegó la respuesta.

Elkin se subió al camión.

Su sorpresa nada más apartar la lona que cubría la parte trasera fue mayúscula:

—¡Carajo!

—¿Pasa algo?

Entre la masa organizada de los bultos, sobresalía el rostro oscurísimo de un hombre flaco que parecía estar viendo juntos al Mohán, a la Patasola y a todos los seres extraordinarios de las montañas.

—¡Se han dejado a un negro aquí adentro!

Gabo lo sacó de un golpe.

—Díganos no más cómo se llama y de dónde viene —le preguntó mientras lo ataba a un árbol—. El resto del interrogatorio que lo haga el comandante. ¡Qué hijueputas!

—Aníbal León, del Remedio.

Una vez inspeccionada el resto de la carga, Elkin se desnudó, dejó las armas y el reloj Omega en terreno seco y se metió en el agua con la gorra puesta.

—De perdidos al río —sentenció Gabo haciendo lo mismo.

—¡Ya llegó el Mohán! —gritó Elkin.

Se produjo un amago de lucha que tiñó la quebrada de marrón. El negro los miraba tembloroso. Gabo hizo un guiño al cautivo mientras señalaba con un dedo acusador la gorra de su compañero. De vez en cuando uno de los dos salía del río y disparaba al aire para orientar a sus compañeros, pero nada más. Tenían la intención de esperar a Orito allí, en aquel cuarto de baño al aire libre que servía también de lavandería.


Años más tarde, el guerrillero recordaría muchas veces esa aventura no por las armas ni por la pólvora que había en el camión; ni por el arresto que Gabo y él tuvieron que soportar durante un mes. Ni por los elogios de Cundo Menéndez, que aplacaron en parte las iras de Orito y de Wilfredo Ponce, partidarios de la disciplina militar sin excepciones; ni siquiera por el trastorno que aquella acción podía haber causado a la *Gold Mines Trust*, sino porque a partir de ese día los vascos miraban a los colombianos con otros ojos. El guerrillero hasta esa noche cálida y febril no había hablado ni una sola vez con Etxeberri.

—Buena acción

Lo dijo sentándose junto al fuego al lado de Elkin. Gabo y él, vestidos con retazos de solidaridad militar, intentaban secar sus ropas mientras soportaban las consecuencias del primer arresto. Los demás habían pasado varias horas bajo la luz de la luna trasladando el botín, mientras Orito y Cundo Menéndez se ocupaban del rehén. En esos momentos todos menos ellos tres jugaban una partida de dardos con la diana improvisada sobre cartón que había dibujado Daniel "rizos de oveja".

—Gracias.

Se fijó en que Canelo tenía las manos destrozadas. Echó la culpa a Wilfredo Ponce y a sus métodos expeditivos de entrenamiento.

—Le he dado mil vueltas a la cabeza. En Euzkadi nos falta experiencia real. Sólo hemos hecho un atraco a mano armada y salió como el rosario de la aurora.

—Poco a poco —dijo Gabo.

Los dedos enrojecidos del etarra hurgaban la tierra en busca de algo desconocido para Elkin.

—Habéis estado bien. Algo rápido, psicológico, selectivo —siguió reflexionando Canelo.

—Por lo que le oí decir, ustedes conocen bien sus montañas, ¿cierto? —"colmillo blanco" sonrió— Eso es importante, Gabo sabía todo de esta condenada mina.

El insecto hoja emitió un suave gruido, nada más. Sonrió señalando a los cubanos, que intentaban comunicarse con O'Reilly directamente, con un puro habano y sin el concurso de Martin "ojos azules". Nadie parecía tener sueño esa noche. La partida de dardos, se dijo con la envidia del que tenía prohibido participar, seguía muy animada.

—Muy pronto estaremos preparados para atacar a las fuerzas represivas, a las comunicaciones y a los centros de producción —Etxeberri parecía reflexionar en voz alta—. Y conseguiremos armamento. No tenemos casi nada. Con rifles y munición los *txacurras* se pensarán mejor dónde ponen los pies.

—Hemos tenido suerte, no más.

—Eso es cierto —reconoció Canelo —. Si llegan a disparar…

Elkin se le quedó mirando. Estaba seguro de que el vasco, al hacer esa reflexión, estaba pensando en el árbol Malato.

—Hubiera habido muertos, seguro.

—¿Te has planteado alguna vez si es lícito matar?

Elkin se encogió de hombros.

—No, estoy metido en esto desde niño. Según lo veo yo, forma parte de la lucha.

—Yo no lo tengo tan claro —Canelo enderezó su espalda, cruzó las piernas y desvió la cuestión—. Nuestro territorio es pequeño si se compara con esto.

El guerrillero se dio cuenta de que cualquier lucha con muertos visibles aún era un tema difícil para Canelo. Tender emboscadas, machacar al enemigo, dar golpes en su retaguardia sí, incluso tomar rehenes para canjearlos por dinero, pero… Él no había tenido nunca ninguna duda sobre tales cuestiones, ni siquiera sobre las que giraban en torno al papel de la muerte en la lucha armada revolúcionaria. La guerra era así, se dijo antes de contestar de forma poco comprometida a la última reflexión del etarra.

—Puede ser una ventaja.

—Y seguro que son ustedes más disciplinados —añadió Gabo—. Acá anda uno mal preparado para la vida militar. Los colombianos somos así.

A Elkin le pareció ver una mueca de desprecio en la boca perfecta de "colmillo blanco".

—Conmigo de *komandoburu* no hubierais salido tan bien parados —Etxeberri, para asombro de Elkin, hablaba en serio.

—Pues menos mal, compadre. Ya tiene uno bastante.

Canelo trató de enmendar la brusquedad de su manifestación con una perorata inconexa.

—También es verdad que hay que aprovechar las circunstancias. No sé, ahora mismo tengo un lío en la cabeza y…

—El que está peor es el pobre negro —dijo Gabo cuando el etarra dio por finalizado el recuento de sus confusiones—. Por mí lo soltaría ya.

A lo largo de la noche, el prisionero había pasado de estar atado a un árbol a estar atado a otro árbol.

—Si en lugar de esa sardinita —Etxeberri señaló hacia el cautivo—, hubiese caído en el anzuelo una merluza del Cantábrico, oye, habría sido la hostia.

Gabo repitió lo que Jairo Ortega acababa de argüir ante Orito a favor del reo.

—¡Pobre negro! Es un trabajador de la mina nada más, un hijo, nieto, biznieto y tataranieto de esclavos. Vamos, que su árbol genealógico de esclavitud se remonta a la época de la conquista.

A Elkin le sorprendió la respuesta de Canelo.

—A mí no me vengas con esas —Etxeberri sostuvo la mirada de Gabo—. Yo no soy español.


Don Severo apareció el penúltimo día del entrenamiento. Elkin, cuando le vio llegar, creyó estar presenciando la procesión del Domingo de Ramos de Siete Vientos. El sacerdote entró en escena como Jesús glorioso, montado en su caballo ruano mientras agitaba un ramaje de palma para ahuyentar a los insectos. Elkin se puso a hacer comparaciones. El cura Rojas, pensó, por su condición de cura C con uniforme militar, estaba perfectamente insertado en la guerrilla colombiana. Los curas B como el padre Brian o el de Siete Vientos, los que llevaban alzacuellos, resultaban un poco más conflictivos para él: cuando había problemas serios, pensaba Elkin, exigían no darse por enterados. El concilio Vaticano II, sabía por Jairo Ortega, había liberado a los curas B y C de la sotana; el guerrillero no acababa de acostumbrarse a tal licencia. Don Severo Ojánguren, con la hilera de botones de su uniforme de cura A, le pareció un ejemplar de los de antes, pero enriquecido en soberbia y boato. Era, concluyó, el cura más cura que había visto en su vida.

Las crines y la cola blanca del caballo ponían un toque de misa solemne a la escena.

Y además el cura llevaba *txapela*, grande, ladeada, bien puesta.

Gabo le miraba extasiado.

—No se me ponga a temblar, hermano —le dijo el guerrillero por lo bajo—. Al menos no es el Cura sin Cabeza

"Colmillo blanco" y sus amigos le recibieron con lo que a Elkin le pareció una sonrisa protocolaria, ambigua. Don Severo, por el contrario, se bajó del caballo de un salto, corrió hacia ellos y los fue estrujando uno a uno a base de abrazos paternales.

—¿Cómo estáis, majos? Mecá, ya tenía ganas de llegar.

Los jefes del campamento, con el comandante Orito al frente, esperaban. El cura pareció darse cuenta por fin de que en la milicia existía otro tipo de protocolo. Los saludó uno a uno con conmiseración, como si fuera el militar de mayor rango. Orito, vio Elkin a lo lejos desde su condición de arrestado, era el único indiferente. O'Reilly se mostraba encantado, Cundo Menéndez trataba de superar la majestad del clérigo con más dosis de majestad y Wilfredo Ponce parecía simplemente fastidiado.

Después entraron en escena los otros dos ungidos por el sacramento del sacerdocio.

—¡Carajo, cuántos curas! —exclamó Jairo Ortega.

Don Severo contó allí mismo que había conocido a Canelo en un entierro. El etarra, escuchó Elkin con atención, acudió a la iglesia para buscar refugio porque la guardia civil le pisaba los talones. Frente al altar había un féretro. El cura, percatado de lo que sucedía, dio órdenes a un monaguillo de que vistieran a Etxeberri de sacristán. Después se lo llevó tras él y el difunto camino del cementerio. Y los guardias civiles, añadió con una carcajada, se quitaron el tricornio al paso de la comitiva. Al guerrillero le pareció que a lo mejor algunos sacerdotes A también podían encajar bien en La Cordillera.

Esa misma noche Elkin se enteró de que apenas había acertado en las valoraciones de primera vista. Don Severo, supo por el propio Canelo, a pesar de su disimulo vaticano, miraba con desconfianza al padre Brian y a O'Reilly aunque los respetaba. Con el resto su actitud era de reproche constante: a los cubanos por ser ateos, marxistas y descendientes de españoles, a Orito por ser ateo, marxista y por haber creído que los vascos eran españoles, y el resto no existía. La gente de a pie no existía para don Severo, dijo Etxeberri. Pero el demonio de don Severo se llamaba Rojas. El cura guerrillero tenía todos los números para merecer el desprecio de don Severo: marxista, español y cura C sin sotana, sin alzacuellos. Era un triste producto del Concilio Vaticano II, añadió Canelo de su propia cosecha.

"Colmillo blanco" esa noche también se acercó a Elkin para charlar con los del arresto. La luna menguante, como el cura Rojas, no era más que de una C escrita con trazo fino. Don Severo, le contó Canelo, era un nacionalista de los de antes, de los que pregonaban que había que hablar con ETA de independencia pero no de revolución. Y del árbol Malato tampoco. El guerrillero supo que entre los miembros de ETA había existido un debate intenso sobre el hecho de matar y que muchos militantes se confesaban dispuestos a morir pero no a matar... Que los curas, en contra de lo que se esperaba de ellos como católicos, no tenían un criterio definido. Unos, los antiguos requetés, se mostraban abiertamente a favor de la lucha armada, con el argumento de que quien ejercía de verdad la violencia eran los represores. Otros como don Severo tenían una postura más ambigua: prevenían contra el acto de matar y a la vez estaban dispuestos a dar la absolución a todo aquel que cometiera un crimen por la causa.

—Fíjate hasta dónde hemos llegado: un *gudari* propuso hace poco asesinar a un guardia civil y hacer una película en color para ver si su sangre era igual de roja que la de los compañeros muertos. No, les dije, no se puede comparar un vasco con un español y menos con un *txakurra* español. A estas alturas el dilema no es morir o matar, sino ser vencidos o vencer.

El último día de campamento, "Colmillo blanco" dio a Elkin una foto en la que se veía a Etxeberri en compañía de don Severo.

Elkin nunca llegaría a saber si, a través de aquellas conversaciones con Etxeberri, habría tenido la potestad de cambiar el curso de su futuro y el de Canelo. Esa sería, con el tiempo, la carga más grande que tendría que soportar el guerrillero.

# PEDRO DE LA SERNA

Pedro lo dijo sin más.

—Nena, nos vamos a Santorini.

Acababa de sacar un anuncio publicitario del buzón con fotos de Santorini: casas blanquísimas asomadas a la caldera del volcán, paisajes desnudos, cúpulas azules, reflejos de luna en el agua, puestas de sol…, y una oferta tentadora de fin de semana para dos.

Ella se volvió despacio dejando la puerta del horno sin cerrar. Pedro, prospecto en mano, comenzó a describir las fotos de la isla y las bondades de la oferta viajera.

—¿Cuándo? —preguntó ella.

—El puente del 12 de octubre —contestó Pedro sin vacilar.

—El 12 de octubre cae en domingo.

—¡No puede ser! ¿Estás segura?

Se lanzó en picado hacia el pequeño calendario que Paloma había pegado a la nevera mediante un magneto con forma de huevo frito. Por enésima vez a Pedro se le vino encima el peso de la crisis.

—Verás… —ella se puso en pie—, llevo pensando varios días en un viaje mucho más corto. Bastaría un fin de semana normal para ir y volver a Teruel —cada ojo de Pedro era ya una semiesfera—. A Teruel no, ¿cómo se llama el pueblo en el que está la casa de los Hidalgo?

Pedro era consciente de que, desde que volvieron de Colombia, su sistema hormonal apenas segregaba *obsesionina*. Con el viaje a Medellín había llegado mucho más lejos de que lo jamás pensó y para él el asunto estaba zanjado. Y también era obvio que a Paloma parecía sucederle todo lo contrario. A veces, cuando volvía a casa, le contaba que había pasado la tarde con Margot hablando de Medellín, de la calle Laureles, de El Carmen o de Trajano Jaramillo. O de aquel Brito ajeno a la tragedia, donde cabían bien el Instituto Clara Campoamor y doña Josefina. El encantamiento de Paloma no estaba marcado por el mismo carácter de búsqueda que había caracterizado al suyo. Interrogaba a Margot a pesar de saber que era inútil: la madre de Juan David se había construido un refugio atómico inexpugnable. Lo que tenía hechizada a su chica desde el último viaje a Medellín, pensaba Pedro, era el descubrimiento de la nueva Margot. Y como conocía bien el poder de los hechizos, dijo adiós por el momento a las casas blancas de Santorini, al mar Egeo y a todas las ofertas de "Viajes Homero".

Nada más pisar las estribaciones del núcleo urbano, que se extendían a ambos lados de la antigua carretera, Pedro pensó que debajo de algunas capas de maquillaje, se colaba la estructura humilde de un lugar donde la vida nunca había sido fácil. Y ese pasado de privaciones casi extremas, del que Pedro sólo conocía lo que Paloma había encontrado por Internet, sería muy útil, se dijo, a la hora de afrontar cualquier futuro tan sombrío. La austeridad, por culpa de los *neocon*, había adquirido para él categoría de virtud teologal.

Muy pronto se dio cuenta de que las fotos color sepia no tenían remedio. Bastó observar la cautela con que una mujer, desde su ventana, creyéndose protegida por el visillo y la luz apagada, observaba al hombre que salía de la puerta de enfrente, para que la estampa bucólica se viniera abajo. Aquel era un lugar en el que habían pasado cosas. La información de Internet hablaba de un pueblo partido en dos por la guerra civil, de una columna de anarquistas que llegó victoriosa, de la contraofensiva del bando nacional, de un alcalde fusilado, de un sacerdote fusilado, de fuertes combates, de victoria para unos y derrota para otros... Eso no se curaba fácilmente y las ideologías tampoco. Los lugares donde habían sucedido cosas eran propensos a repetir sus experiencias. El realimentado pesimismo de Pedro siguió su curso. Pasar cosas...

—¿Pasa algo? —preguntó Paloma de forma inquietante.

—No, no pasa nada —mintió para salir del paso—, ¿qué va a pasar?

Ni siquiera fue preciso preguntar, se limitaron a seguir el reguero de gente, que circulaba por las calles en formación compacta. Los partes meteorológicos habían acertado de pleno: el anticiclón de las Azores extendía su brazo de ameba por el valle del

Ebro y después continuaba hacia el Mediterráneo, dejando la inestabilidad anclada en latitudes más septentrionales.

—¡Qué noche más cojonudamente buena! —dijo Pedro mirando el esplendor de un cielo apenas contaminado. Olvidaba que sólo eran las ocho de la tarde.

Después de atravesar la plaza, las líneas del fluido humano continuaron por una calle estrecha que descendía en suave pendiente. Su densidad de población en aumento era un indicador fiable de que estaban cada vez más cerca de la fiesta, tan cerca que ya empezaban a vislumbrar resplandores de luces anaranjadas. En un momento dado la calle se hizo más ancha; y aparecieron las hogueras. La fila en zigzag de llamas recién encendidas bajaba con fatalismo hacia lo oscuro. El aroma del monte se expandía con el chisporroteo de la lumbre, que devoraba las ramas con alegría derrochadora, pensó Pedro, ajena a la crisis.

—¿Sabías lo de las hogueras?

—No, ni idea.

Comenzó a percibirse una vibración sincrónica de cuerdas que llegaba desde lo alto de la calle. La rondalla estaba dirigida por un hombre calvo con peinado estilo Anasagasti y gafas de Rompetechos, y llevaba el acompañamiento de dos joteros. Pero Paloma parecía volar por encima de batutas, solistas y partituras.

—¡Qué casualidad!

—¿Cómo dices?

—Conozco al de la guitarra.

Pedro se fijó en los músicos.

—¿A cuál?

—Al de la derecha. El que está al lado del cura.

Volvió a mirar al hombre que en esos momentos rasgueaba las cuerdas de su instrumento bajo la atenta mirada del cura. El pelo semicano y el color de piel le hacían parecer un campesino de siempre o de un pastor de siempre, alguien acostumbrado a la intemperie; y su forma de agarrar la guitarra tenía un plus de dificultad. Era como si estar de pie le costara un gran esfuerzo.

—¿Dónde le conociste?

—En Brito. Cada mañana, cuando íbamos al Instituto, Juan David y yo nos cruzábamos con él.

—Trabajaría por allá.

—Seguramente. Después desapareció.

—Un emigrante más que vuelve a su pueblo.

—Claro.


La rondalla descendió hoguera a hoguera hasta alcanzar la antigua muralla. El hombre semicano pasó junto a Paloma indiferente. Su mirada, como la del resto de los músicos, estaba puesta en lo alto. Allí, asomada a una ventana que había sobre la puerta del antiguo adarve, la Virgen del Pilar presidía la fiesta. Pedro pensó que debía de sentirse incómoda con la condena de tener que permanecer en pie por toda la eternidad sobre una columna de jaspe.

Dos mujeres cogidas del brazo hablaban de sus cosas: una de ellas mencionó "la casa de los Hidalgo".

—¿Dónde está? —preguntó Paloma sin más preámbulos—. Perdonen la indiscreción, las he escuchado sin querer —se disculpó sólo por compromiso.

—Ahí mismo, galana —contestó la mayor de las dos señalando el edificio situado a la derecha del portal de la Virgen.

Paloma siguió con la mirada el dedo de la mujer. A Pedro le pareció que había entrado en éxtasis. Pensó que los niveles de *obsesionina* en el riego sanguíneo de su amada debían de ser altísimos en ese momento y se preguntó por qué. Él miraba el entorno con frialdad, como si se tratara de un escenario vacío. La casa de los Hidalgo, se dijo, formaba parte de los recuerdos, nada más, la historia había concluido. Si no sentía los efectos del encantamiento, dedujo, era porque ya no había ningún reto.

El caserón, de piedra sólida, exhibía con orgullo un escudo de caballero en la fachada y tenía buena madera, buena puerta, buen alero… Todas esas características la diferenciaban con el resto. Las demás casas de la calle, encaladas con mimo, se habían construido a base de materiales menores. Se las veía habitadas. La de los Hidalgo no, al menos en apariencia. Pero era tan austera que Pedro estaba desilusionado. La humilde villa de Cubillo, se dijo, no llegaba ni siquiera para que su casa más emblemática tuviera algún signo de vanidad decorativa más allá del escudo. Costaba imaginar que, dentro de aquella arquitectura de líneas rectas, hubiera habido alguna vez un salón, un clavecín blanco azuloso, un costurero con adornos áureos, una mesa de juego, sillas tapizadas, alfombras y un ventanal de cristales cuadriculados que daba a algún jardín trasero. Pero así había sido, se dijo. Y para Paloma, con el catalizador de la *obsesionina*, ese pasado de relativo esplendor contaba más que el olvido del presente. La culpa según él la tenía Margarita; rectificó enseguida: Margarita no, Margot.


Las hogueras estaban ya en franca recesión. Alguien prorrumpió en vivas a la Virgen y el pueblo entero contestó con el mismo entusiasmo. Acto seguido, varios músicos de la rondalla dejaron sus instrumentos de cuerda, sacaron de los estuches otros de viento y tocaron el himno nacional. Los guardias civiles se cuadraron. A Pedro le pareció que acababa de entrar en otra dimensión.

El hombre de Brito no formaba parte de la banda. Tenía la cabeza baja, como si rezara mirando al suelo. Aún sonaban los últimos acordes del himno, cuando se oyó una traca modesta al otro lado de la muralla. Un perro, que se había colocado junto al hombre semicano, comenzó a ladrar asustado. Por primera vez en toda la tarde, Pedro se dio cuenta de que además de hogueras, casa de los Hidalgo, jotas y rondalla, había un perro. El hombre de Brito se agachó y le acarició el lomo con mimo infinito. Pedro estaba fascinado con la estampa.

La multitud agolpada frente al balcón de la Virgen empezó a dispersarse.

—¿Damos una vuelta? —sugirió a Paloma.

—Vamos.

Alrededor de las hogueras ya extintas, había bollos, mantecados mistela y cazalla para los asistentes. El hombre de Brito pasó acompañado de su perro y de un guardia civil. El pobre animal seguía alterado y no paraba de dar carreras cortas delante y detrás de su dueño.

—No me ha reconocido —dijo Paloma desilusionada.

—Habrás cambiado.

—No mucho.

A codazo limpio, se pusieron en la primera cola que encontraron. El reparto, les dijo un chiquillo flaco, lo llevaban a cabo, graciosamente y en distintos puntos, los miembros de una cierta Comisión de Fiestas.

Las vituallas se acabaron pronto y el estómago de Pedro reclamó una segunda ronda. Esa vez se propuso ser más educado.

—Espérame aquí –dijo a Paloma, que había logrado apoyar su espalda en una pared.

Se puso detrás de un septuagenario con chaqueta de punto de color granate y pelo de envidia.

—Qué, ¿le gusta la fiesta? –el hombre planteó esa cuestión gnoseológica esencial en cualquier pueblo con una sonrisa.

—¡Mucho!

La respuesta de Pedro podría haberla dado hasta un Austrolopitecus: no cabía otra, dadas las circunstancias.

—Este año hay muchos forasteros. ¿Es la primera vez que viene a Cubillo?

—Sí señor, la primera.

—Pues no será la última. ¿Ve aquel?, el de la cazadora marrón y jersey amarillo. Cada año vuelve. La primera vez que estuvo aquí hará por lo menos treinta y cinco años.

—¡Vaya, eso es mucho!

—Vino deportado.

Pedro inclinó la cabeza y dirigió al hombre una mirada picasiana.

—¿Cómo?

—Lo que oye. Ahí donde le ve, se llama Julen Belaunzarán y era de la ETA.

El señor de melena leonina contó a Pedro que, a comienzos de los setenta, un día llegó al pueblo un joven vasco custodiado por la guardia civil. Era discreto, amable y educado. Pedro repitió el nombre del ex etarra para retenerlo.

—Así que Julen Belaunzarán... ¿Y la gente? ¿Qué decía la gente?

—¿Decir? ¡Punto en boca! Cómo se nota que es usted jovencico.

—Le mirarían de reojo.

—Eso sí. Todos los días tenía que presentarse en el cuartel. Nos acostumbramos a verle. Cuando Adolfo Suárez ganó las elecciones se debió de acoger a alguna amnistía y pudo volver a su casa.

–¡Es acojonante! O sea, que aquí vivió un etarra durante años, deportado y vigilado por la guardia civil. Nunca había oído nada parecido.

–Entonces ETA no era como ahora.

Por su edad, estaba pensando Pedro, el ex etarra tenía que haber coincidido más de una vez con Etxeberri.

–Acojonante.

–Ya ve, no pasa un año sin que venga unos días por el pueblo.

Nada más se sabía de la razón por la que las autoridades franquistas decidieron imponerle una condena tan atípica; ni si había habido alguien en sus mismas circunstancias en algún otro lugar. Y mucho menos se tenía la más remota idea de por qué el pueblo elegido para tal destierro había sido precisamente Cubillo. A Pedro eso último no le extrañó demasiado: Cubillo, estaba ya plenamente convencido, era un lugar en el que pasaban cosas. A medida que el hombre de pelo esplendoroso hablaba, iba notando cómo empezaba a circular por los canales venosos de su cuerpo la ya casi olvidada *obsesionina*. Miró al ex etarra. Tenía una mano en el bolsillo y en la otra un vaso de cazalla. Los dos hombres que estaban con él aún no se habían terminado la ración de bollo. Era todo tan cotidiano que sintió un escalofrío. Presentarse a él le pareció una insensatez. ¿Qué podría decirle? ¿Qué tenía curiosidad? ¿Qué corría el peligro de caer de nuevo en el hechizo?

Justo antes de que le llegara el turno, sobrecogido aún, miró de forma distraída hacia la parte alta de la calle. El hombre de Brito, tocado de una extraña gorra de rapero, observaba a Paloma con una intensidad extraña. Pedro sonrió con la suficiencia del profesor que lleva meses intentando pillar in fraganti a un alumno escurridizo. Ella continuaba con el vaso de mistela en la mano, ausente, perdida. Pedro pensó que nunca la había visto tan hermosa. Y quizás, se dijo, el hombre de Brito tampoco.

Después de recoger sendos vasos generosos de cazalla y mistela, y una servilleta de papel con cuatro tortas finas y dos bollos, buscó al viejo de pelo enhiesto y chaqueta granate. Quería preguntarle si conocía al hombre de Brito, nada más. Pero su efímero amigo estaba ya charlando con otras personas. Había una gran concentración de impostura en esa calle que olía a hoguera y en la que pasaban cosas, se dijo: un amigo que no lo era, un etarra con modales de funcionario, un caserón espartano que escondía su mobiliario exquisito o un emigrante que fingía no haberlo sido nunca. Volvió junto a Paloma. No le dijo nada de la mirada del hombre de Brito, temía disparar peligrosamente sus niveles de *obsesionina*. Pero como se sentía observado, simplemente la besó. Por si acaso, se dijo, había que marcar el territorio.


La fiesta poco a poco iba entrando en su fase menguante y a Paloma se le cerraban los ojos. Mientras caminaban calle abajo, Pedro iba buscando al ex etarra. Quería echarle una ojeada antes de atravesar el arco de la Virgen del Pilar y decir adiós a su peripecia vital. Le localizó con su eterno vaso de cazalla, hablando con el sargento y el hombre de Brito. Pedro, pletórico de *obsesionina*, no dudó en utilizar la única arma que disponía para acercarse a él.

—Disculpe —se dirigió al hombre de la guitarra—. ¿Es usted de Brito?

El aludido tardó en contestar y Pedro le entendió a la perfección: seguramente no se lo esperaba.

—He vivido en Brito de la Sierra unos años, sí —respondió al fin acariciando la cabeza de su perro.

—Ya decía yo que me sonaba su cara —Paloma intervino de forma inmediata.

—Yo también la he reconocido, pero...

Cualquier otra respuesta hubiera extrañado a Pedro, esa no. Incluso el tono de disculpa que utilizó era el adecuado.

—Antonio es tímido —explicó el sargento haciendo gala de una sonrisa misericorde que a Pedro le pareció forzada. Él también sonrió, pero no con presunta caridad sino con suficiencia.

—De eso hace muchos años —matizó el aludido.

Pedro sabía que en esos momentos a Paloma le apetecía recorrer con el hombre de Brito algún trecho de su pasado común, pero él no estaba dispuesto a "malgastar" la oportunidad. Se dirigió la ex etarra.

—Me gustaría preguntarle una cosa, pero no sé..., en fin, un señor que anda por ahí ha dicho que usted...

—...había sido de la ETA, con esas mismas palabras, "de la ETA", ¿a que sí? —Pedro asintió. El guardia civil parecía interesado por la conversación, nada más, y el hombre de Brito ni eso–. Es cierto. De eso hace muchos años, aunque aquí a la gente no se le olvida.

–No me extraña, la verdad.

–Cosas del régimen franquista. Tuve suerte en que me deportaran a Cubillo. Aquí me llaman el vasco, como si sólo hubiera uno en el mundo.

–Posiblemente en el mundo de este pueblo usted es único.

–Eso sí.

El guardia civil sonrió de nuevo pero siguió sin decir nada. Y Pedro tenía que continuar con el interrogatorio al ex etarra: no podía hacer otra cosa por culpa de la *obsesionina*.

–Si le molesto dígamelo...

–No, qué va, estoy acostumbrado a ser una especie de mono de feria.

–Debió de coincidir con algunos etarras –añadió Pedro para avanzar en la dirección que le interesaba–. Me refiero a los de esa época.

Todos parecían esperar la respuesta con algo más que atención.

–Con unos cuantos, sí.

Pedro dio otro salto cualitativo.

–Últimamente se ha hablado mucho de Ander Etxeberri, el que mataron en la República Dominicana.

–Nos movíamos en círculos diferentes: a mí me interesaba más la política. Pero sí, como éramos pocos, más o menos nos conocíamos todos. Etxeberri cambió mucho. Entonces parecía un hombre lleno de dudas. O a lo mejor fui yo el que cambió.

–Mi novia conocía a una de las víctimas de Etxeberri, ¿verdad Paloma?

–Sí, mucho –Paloma, para sorpresa de Pedro, se volvió hacia el hombre de Brito, que seguía acariciando la cabeza de su perro–. Y usted también.

–Así es –contestó el aludido sin síntoma alguno de sorpresa o emoción–, le conocía de vista.

–Era colombiano –matizó ella.

–Lo mismo que Antonio –el guardia civil señaló al de Brito y éste volvió a asentir acompañándose de un gesto con la cabeza.

–Exacto, como yo.

La gráfica que describía los niveles de *obsesionina* de Pedro volvió a presentar un pico. Pensó que no había sido demasiado perspicaz: ningún hombre de Cubillo ni de Brito de la Sierra llevaría esa gorra.

—¿Y a la madre del chaval? —preguntó Pedro.

—No, a ella no la conocía —contestó el hombre de Brito con aplomo.

—No me extraña, salía poquísimo de su casa —remató Paloma.

La *obsesionina* de Pedro volvió a bajar de nivel. Se dirigió al sargento.

—Si le digo la verdad, estamos aquí por ella. La madre de esta señora había estado más de una vez en la casa de los Hidalgo.

Todos se quedaron en silencio mirando la fachada del edificio.

—¿Quién mató a Etxeberri y a los otros? —preguntó Paloma de súbito, dirigiéndose hacia algún oráculo desconocido.

El eco de esas palabras resonó en la bóveda interior de Pedro. Se arrepintió de no haber contado a su novia sus últimas certezas, pero tal arrepentimiento le duró sólo un instante.

—No se sabe —contestó el ex etarra—. Se mataba por nada.

—Ni se sabrá —añadió Pedro muy seguro de lo que decía.

Sonó una alerta telefónica con el canon de Pachelbel en versión de la London Symphony Orchestra. Pedro tuvo que reprimirse para no tatarear el *ostinato* del bajo continuo que estructuraba la melodía a través de ocho notas repetitivas, pero prometió incluir a Pachelbel en la lista de víctimas de la *obsesionina*. El hombre de Brito sacó el móvil de su bolsillo y se fue separando del grupo hasta quedar apoyado en la pared de los Hidalgo. Y una vez allí, escuchó sin apenas abrir la boca lo que podía ser desde algo interesante hasta una campaña publicitaria. Una luz mortecina de farola proyectaba sombras, primero sobre la acera y luego, deformada por el ángulo recto, sobre la casa. Nada parecía estar en su sitio: ni el guardia civil, ni el ex etarra, ni el colombiano, ni Pachelbel. Pero existía otro detalle loco en esa imagen diferida con sonido de violines que tampoco pasó desapercibido a los ojos de Pedro: el hombre, con la mano libre que le dejaba el teléfono, no acariciaba a su perro, sino a la sombra de su perro.

El sargento, muy serio, dio la espalda a la casa de los Hidalgo y con gesto amigable agarró a Pedro por los hombros.

—No sea pesimista, las cárceles están llenas de criminales que se creen perfectos —era obvio que el guardia civil estaba haciendo gala de su profesionalidad—. Y le aseguro que casi nunca son tan perfectos. Basta dar con un pequeño detalle, y de ahí, tirando del hilo, se resuelve el caso —miró a cada uno de sus contertulios—. Tiempo al tiempo.

No compartía tal optimismo, pero tampoco le pareció oportuno iniciar una discusión a esas horas.

—Podríamos ir ya al hotel —dijo Paloma dando un bostezo involuntario.

Pedro se despidió del grupo con gran pesar y caminó hacia el Arco de la Pilarica. Estaba impresionado: no se podía creer que acabara de encontrarse con un trozo del pasado de Etxeberri allí mismo, junto a la casa de los Hidalgo. Esa emoción hacía que de vez en cuando tuviera que volver la vista atrás con el fin de alargar el momento. Mientras tanto Paloma se había sentado en el bordillo de la acera para atarse el cordón de las botas. El sargento y el hombre de Brito pasaron junto a ella y se desviaron por una bocacalle. Y el vasco siguió con el periplo de saludos propio de cualquier celebridad.


Cuando Pedro iba a atravesar la puerta de la muralla, ella le alcanzó. La voz de Paloma, descontrolada por la poción mágica del sueño, le pareció más grave de lo habitual, más lánguida

—Fíjate qué detalle más curioso…

Pedro sintió un golpe en el hombro que a punto estuvo de desestabilizar su vertical. Paloma, empujada de forma diferida por la misma fuerza, enmudeció al instante. El responsable de aquel atropello era un quinceañero de la generación ni-ni, que se les quedó mirando con extravío. La cara del chico sufrió una convulsión repentina y sin dar tiempo a nada, vomitó sobre el zapato izquierdo de Pedro.

La socioesfera del muchacho acudió en tropel.

—¿Qué pasa?

—Javi ha vomitado en el pie de un tío.

—¡Joder, qué palo!

—¿Alguien tiene un *kleenex*?

—Oye perdona, es que ha bebido más de la cuenta.

—Se lo he dicho mil veces pero el muy cabrito ni caso.

—Siempre le pasa lo mismo. Mira que es capullo.

—Aquí hay una botella de agua.

Uno de ellos se hizo cargo de la situación.

—Los *kleenex* no valen, necesito un pañuelo de tela. Sonia, dame tu pañuelo.

—¡Jo!, es nuevo...

—Toma el mío. Tía, eres una egoísta.

—Mónica, rellena la botella en casa de tu abuela, anda, corre. Y trae serrín.

—¡Voyyyy!

—Javi, te has *pasao*.

—Deprisa, hay que ir a la disco.

—Pero este tío es tonto. ¡Que acabas de vomitar, gilipollas!

—Joder, cómo huele.

—Vaya mal rollo.

—Encima se queja. ¡Es que me pone mala!

—Tú tranquila, que en un momento lo arreglamos.

—Le ha salpicado el pantalón.

—Aquí tienes más agua. Y una toalla.

—Eres cojonuda, Moni.

—Voy a echar serrín en el pastel.

Pedro asistió a aquel acto como si estuviera en el patio de butacas. Notaba el vaivén de la toalla frotando su zapato, luego el paño subió hacia el calcetín y tras recobrar el brío, viró hacia la parte baja del pantalón. Paloma, como una adolescente más de la pandilla, miraba con admiración las maniobras del chico que había tomado la iniciativa. La eficiencia de aquel líder natural también asombró a Pedro: tenía un talento extraordinario para la estrategia. Mientras tanto el tal Javi, con el estómago aliviado, se movía al compás del reguetón que salía por los auriculares de su MP3.

Por fin se pusieron todos en pie. Pedro empezó a notar el frío de la humedad, pero por fortuna el mal olor había desaparecido.

—Ya vale. Y perdona. Ese tío es más tonto...

—No pasa nada, tranquilo.

—¡Tú, mamón! Les vas a pagar ahora mismo un cubata en la disco.

—No tengo un clavo, estoy en crisis.

—Pues te aguantas.

—No, gracias, nos vamos a dormir.

—¿Seguro?

—Seguro.

—Entonces…

—¡No ha pasado nada, que os divirtáis! Buenas noches.


Extramuros sólo quedaba el silencio. Las casas dormían escondidas tras paredes opacas, guarecidas bajo cobijas de tejados negros, adornadas por geranios de otoño.

—El chico que te ha limpiado el pantalón me recordaba a Juan David.

—Y tú eras su Mónica, ¿a que sí?

Paloma no contestó, simplemente cerró los ojos y se dejó llevar. Pedro temió que se quedara dormida allí mismo, pero ella siguió caminando al amparo de alguna ley primitiva que volaba por encima del subconsciente.

—¿Qué te estaba contando antes de la vomitina? —preguntó con voz soñolienta—. Tengo la sensación que era importante.

Pedro reprimió su escepticismo para que Paloma no se molestara.

—Algo de un detalle —eran las palabras que se habían quedado en su memoria—. No sé si te referías a lo que ha dicho el sargento de tirar del hilo.

—¿Tirar del hilo? No, no me suena nada —ella bostezó de nuevo—. En fin, ya saldrá.

Descendían por la cuesta que daba salida al pueblo cuando se encontraron frente a frente con el ex etarra. Ríos de *obsesionina* comenzaron a circular otra vez por la fontanería orgánica de las venas de Pedro. Nada más llegar a Madrid tenía que buscar en Internet el nombre de Julen Belaunzarán.

—Buenas noches —saludaron los dos casi al unísono.

El vasco se dirigió hacia un monovolumen de color metálico aparcado en el chaflán e instantes después se produjo el milagro de la luz eléctrica. Pedro no dejó de observar el camino abierto por los focos hasta que el vehículo desapareció por la antigua carretera. A oscuras otra vez, suspiró resignado, químicamente neutro, como un ajo fósil.


Por la parte trasera de un edificio grande y blanco con el emblema de la Benemérita, asomó un primer desconocido, que luego desapareció tras la misma esquina cómplice y oscura. Pedro imaginó una historia caliente de adulterio rural. Introdujo la mano bajo el jersey de su amada y ella respondió apoyando la cabeza en su hombro. Y así, muy juntos, con los fantasmas bailando alrededor, dejaron que Cubillo se fuera quedando tras el muro elevado que dejaba a su izquierda la inmensa mole del cuartel de la guardia civil.

Un cambio en la dirección del viento trajo rumores de voces. Pedro se detuvo y miró hacia arriba. Sentados de espaldas en la barandilla del paredón, dos hombres charlaban, pero nada más que la figura de uno era visible desde la carretera. Y la de su perro. Creyó estar frente al anuncio de Nitrato de Chile que tenía colgado en su habitación cuando era adolescente. Negro, estilizado y algo exótico, el hombre de Brito había saltado por encima de la tierra hasta alcanzar el Mar de la Tranquilidad y el Océano de las Tormentas. Sólo él parecía tener sitio en los claroscuros del satélite.

Un segundo hombre que subía la cuesta se cruzó con ellos, saludó ligeramente con la cabeza y siguió su camino. Le pareció tan misterioso como el primero: vampiros, muertos vivientes, licántropos... Pedro se encogió de hombros: cosas de la luna llena. Era demasiado tarde para meterse en otro laberinto.

—¡Vamos, preciosa!

Pero Paloma no hizo caso. Abrió los ojos con sorpresa, como si acabara de emerger del océano con la escafandra puesta.

—¡Ya lo tengo! —estaba señalando hacia algún punto de su cerebro—. ¿Sabes cómo llamó al perro? Dijo: ¡Vamos, Junín!

Y sin más, la figura esquemática del hombre que charlaba en lo alto, aquel a quien iba dirigido el recuerdo de Paloma, salió del anuncio de Nitrato de Chile para escalar a escondidas las paredes de El Carmen. Luciérnaga Canales, escopeta en mano, vigilaba sus movimientos bajo la misma *ilargi* de plata que iluminaba el cuartel de la guardia civil. El perro esperaba inmóvil bajo la ventana. "¡Vamos, Junín!", escuchó Pedro otra vez, pero no era la voz de Luciérnaga

Canales ni la de Paloma. En otro pliegue de un tiempo a la deriva, por las calles de Brito de la Sierra, la silueta negra del embozado acechaba en la sombra a un muchacho de secundaria que, si el razonamiento de Pedro era correcto, llevaba su sangre y la de Margot. Sangre por la que el guerrillero de la luna llena habría jurado venganza junto a la pared de los Hidalgo. Y...

Pedro detuvo la secuencia de especulaciones que comenzaban a tomar forma en su cerebro: le daban miedo. El atentado del 9 de noviembre del 93 le daba miedo. Torre Maldonado le daba miedo. Y la perspectiva de juntar los dos sucesos aún le daba más miedo.

El segundo hombre, el que sólo unos minutos antes subía por la cuesta, la volvía a bajar. Y la silueta de un tercero apenas resultaba visible al otro lado de la carretera.

Parado en el arcén, cuando las últimas palabras de Paloma golpeaban aún los huesecillos de su oído medio, Pedro escuchó con toda claridad la voz del sargento que llegaba desde lo alto del cuartel, luego su risa, y entonces, justo entonces, cayó en la cuenta de que había algo que se le estaba escapando. Ni tórridos adulterios rurales, ni Drácula, ni hombres lobo. Por mucho que le pesara, resultaba impensable que él hubiera llegado tan lejos y otros más expertos no. Ilógico. Improbable. Hacer que creyera en semejante eventualidad había sido una gran hazaña de la *obsesionina*. Pero el problema no era ninguno de esos enunciados que daba por ciertos, sino otro mucho más grave. ¿Qué expertos? ¿Quién estaba detrás de esos hombres que merodeaban por los alrededores del cuartel...? ¿ETA?

Asió a Paloma del brazo y se marcharon a toda prisa hacia el hotel.


La dejó en la cama con la excusa de que se había olvidado la cámara de fotos en el coche, y con la seguridad de que en pocos minutos su amada estaría entrando en la fase REM. Se dirigió al aparcamiento. Sin encender el motor, dejó que el vehículo se deslizara hasta quedar casi en frente de la Fuente de los Siete Caños. Allí, apostado tras el macizo que protegía las huertas, esperó tres cuartos de hora de reloj. Por fin vio pasar por la carretera al hombre de Brito seguido de su perro. Y aunque ningún otro hecho le era perceptible, tuvo el presentimiento de que alguien más, posiblemente varios, se estaban moviendo alrededor siguiendo los pasos del ex guerrillero colombiano. Lo que no podía ni imaginar era que uno de esos "alguien" se encontrara tan cerca.

Escuchó un golpe en el cristal de la puerta: un hombre encapuchado, vestido con vaqueros y jersey de lana, le hacía señas para que la abriera. Distinguió al instante el arma que llevaba en la mano. A pesar de la parálisis que le produjo el fusil, logró salir del vehículo con los brazos en alto. El encapuchado indicó con señas que permaneciera callado, y que se tendiera de bruces sobre el capó, palmas extendidas, piernas bien abiertas. Permaneció en tal postura un buen rato, al menos a Pedro ese intervalo de noche se le hizo inconmensurable. El otro, mientras tanto, seguía vigilante y quieto, y de vez en cuando hablaba con voz queda a algún destinatario incógnita, posiblemente utilizando un dispositivo telefónico de manos libres.

No podía esperar de Paloma ninguna ayuda y tampoco tenía pista alguna acerca de la identidad de su captor, pero el pánico le inducía a situar la acción en el peor de los escenarios posibles. La iconografía del rostro oculto, que asoció de forma automática a los comunicados de ETA, no añadía ningún dato positivo, y la sospecha creciente de que Julen Belaunzarán rondaba por allí tampoco. Procuró dominarse. Recordó el lema de Luis: sufrimientos, los mínimos. Muchas veces, decía el psiquiatra loco, se tortura uno de forma gratuita. Empezó a elaborar la estrategia de defensa, que luego evolucionó de forma natural hacia un abanico de estrategias y justificaciones. Porque todo, absolutamente todo, dependía de quiénes fueran "ellos".

El hombre sin rostro se movió por fin. A base de golpes ligeros con la culata, le indicó que se incorporara y que pusiera las manos detrás de la nuca. Su raptor le esposó, le colocó una venda en los ojos, otra en la boca y acto seguido ambos empezaron a andar. Pedro notaba en su espalda el cañón del fusil marcando el rumbo. Recordaba el entorno. Antes de ir al pueblo, Paloma y él habían estado paseando un rato alrededor del hotel. Por el ruido ampliado de sus pasos, le pareció que estaban cruzando el túnel que atravesaba la carretera, y que se dirigían hacia un antiguo lavadero que había junto a la Fuente de los Siete Caños. Escuchó un ruido de puerta que se abría y a continuación su captor le dio un empujón. Pedro, en ese momento, creyó firmemente que había llegado su hora. Pero de forma inesperada se encontró en el asiento trasero de un coche pequeño, quizás un Citroën C5 o algún otro similar, al lado de su presunto verdugo, que había sustituido el fusil por un revolver. Aquello iba de mal en peor, se dijo: el cañón del arma corta ya no se apoyaba en su espalda sino en su sien. Notó irradiaciones de calor humano que salían de los asientos delanteros ¿Y si alguno de ellos resultaba ser Julen Belaunzarán?, pensó sin poder precisar si eso era bueno o malo. Sólo una de las conjeturas que iba haciendo tenía visos de ser certera: su "ángel custodio" parecía ejercer de jefe de la banda.

El vehículo se puso en marcha y Pedro se preguntó hacia dónde irían. Estuvieron un rato que se le hizo muy largo, larguísimo, dando vueltas, quizás con la intención de desorientarle, pensó. Lo cierto es que con ese propósito de sus raptores o sin él, cuando el motor se detuvo no tenía ninguna idea de dónde estaban. Aguzó el oído: habían entrado en algún recinto cerrado, garaje, patio, no sabía precisar. Escuchó rumores de pasos que iban y venían, excitación, pero palabras pocas y nada reveladoras: interjecciones, monosílabos, carraspeos... Evidentemente aquella comunicación bajo mínimos era premeditada, y el pandemónium que notaba alrededor tampoco le servía para situarse. Hizo una deducción interesada: si sus captores tuvieran el proyecto de eliminarle no se estarían tomando tantas molestias en ocultar su identidad. Descartada la vía quitarle de en medio, sólo quedaba el encierro en algún zulo excavado en medio del bosque. Esa idea era aterradora para Pedro. Se consideraba a sí mismo un claustrofóbico de manía adquirida a base de subir y bajar en los ascensores del edificio Fujitsu. El mecanismo de la super- vivencia se puso en marcha: tenía que resistir.

Se abrió la puerta del coche y alguien empujó de él para que saliera. El suelo rugoso que notó bajo sus pies parecía de cemento y la bocanada de aire que llegaba de lo alto le convenció de que aquel recinto no tenía techo alguno. Se sabía empapado en sudor y a la vez tenía frío, por eso se puso a temblar. El mismo alguien que le había sacado del vehículo le fue conduciendo hacia cubierto, hasta que el frío cesó y se quedaron sólo los temblores.

Unas manos deshicieron el nudo que sostenía la venda de su boca. A su raptor se le había unido un segundo personaje, que fue quien le quitó la cartera que llevaba en el bolsillo. El jefe fue dictando datos de su DNI, de sus tarjetas y de su carnet de conducir. Además del inalámbrico, el hombre debía de disponer de algún otro mecanismo de comunicación a distancia, porque se oía un chisporroteo crepitante de radio mal sintonizada. De tanto en cuando el tipo se desentendía de los documentos y hablaba utilizando una jerga incomprensible para Pedro, no porque estuviera en eusquera, sino porque se trataba de un lenguaje cifrado hecho a base de palabras castellanas, pero colocadas una tras otra sin sentido aparente:

—Chimenea-mesa-orangután-terciopelo-grúa...

Y tras la agitación, en un momento dado se hizo el silencio, inquietante, agónico. Pedro llegó a la conclusión de que ya estaba enterrado en el zulo. No recordaba haber bajado escaleras, pero su memoria inmediata tampoco era demasiado fiable a causa de los temblores y del miedo. El ritmo de sus pulsaciones iba subiendo y le costaba respirar. Contra el ataque de pánico sólo se le ocurrió un ejercicio metódico: ponerse a contar. "Uno, dos, tres... "

La voz de la supuesta radio provocó la resurrección de lo sonoro, pero lo hizo con idéntico no sentido:

—Chimenea-gafas-almendro-libro-cadena...

Cuando cesó el mensaje, el mandamás le pidió que contara qué había hecho en Cubillo esa misma tarde y Pedro contestó adornando el relato con casi todos los detalles que guardaba en los estantes de su memoria reciente. Sólo "se olvidó" de nombrar a Julen, a Paloma y al hombre de Brito. Y cuando hubo terminado, el interrogador se dirigió a él en un tono mucho más personal. Pero que esa vez sus palabras sí tuvieran sentido no hizo ni que la pregunta fuera menos incomprensible ni que la respuesta resultara fácil.

—¿Conocía a alguna de las personas que estaban esta tarde en Cubillo?

—No... —Pedro rectificó a tiempo—, pero mi novia sí, a uno, pero sólo de vista, de cuando vivía en Brito.

—¿Se trata del hombre a quién usted estaba vigilando esta noche?

–¿Vigilando? Sólo había salido del hotel para buscar la máquina de fotos.

–No, así no vamos a ningún sitio. Al grano: ¿por qué vigilaba a Antonio Zarco?

–Yo no...

No pudo medir el tiempo que le dejaron solo hasta que se abrió la puerta. Y sin más sintió que Paloma le abrazaba. La venda que tapaba sus ojos se deslizó suavemente hacia abajo, y para su sorpresa nadie corrió a colocarla en su sitio. Respiró profundamente mirando alrededor. Estaba en una especie de despacho que no podría calificarse de minimalista, sino de desangelado, pero que contaba con dos elementos de última generación: un portátil con conexión USB a Internet y un radiotransmisor. Y aunque las dos puertas que tenía el habitáculo fueran metálicas aquello no era un zulo: había una ventana enjaulada por cuyas rendijas se metía el escaso fulgor de la noche. Un hombre manejaba el ordenador fuera de su alcance visual, pero al jefe y a un tercero que permanecía en pie con los brazos cruzados los tenía enfrente. Aunque de poco le servía que estuvieran tan cerca: ambos llevaban el rostro oculto.

Pedro escuchó el bombardeo de preguntas que le hacía Paloma, tan seguidas unas de otras que no daba tiempo a que se colase entre ellas respuesta alguna.

–¿Qué pasa? ¿Quiénes son estos señores? ¿Por qué no les dices lo que quieren saber y nos vamos? ¿Dónde estamos? ¿Por qué te han esposado? ¿Qué has hecho?

Por primera vez en toda la noche, Pedro se sintió con fuerzas para plantar cara a sus raptores.

–¿Se puede saber qué hace ella aquí?

El encapuchado en jefe ni siquiera se inmutó. Sin cambiar de tono, retomó el hilo de preguntas que se había interrumpido con la llegada en tromba de Paloma.

–No me ha contestado. Repito: ¿por qué estaba vigilando a Antonio Zarco?

Paloma pareció empezar a entender.

–Por favor, Pedro. No es a ti a quien buscan, ¿verdad? –mientras el encapuchado negaba con la cabeza, a Pedro le pareció que los agujeros de burka afgano por los que asomaban sus ojos se hicieron un poco más grandes–. No sé qué pasa con el hombre de Brito, pero estos señores creen que tú sí.

Pedro suspiró. Y tras una pausa empezó por el segundo principio de la historia, el que partía de su encuentro con Paloma. Tampoco lo contó todo: creyó que nadie entendería la química de la *obsesionina* ni los mecanismos del encantamiento al que había estado sometido durante meses. Y a medida que hablaba, fueron apareciendo Juan David, Margot, Medellín, El Carmen, Luciérnaga Canales y Cubillo. Así hasta llegar a los tres ¡vamos, Junín!, el de Luciérnaga Canales, el del hombre de Brito y el de Paloma. Ella, mientras tanto, le miraba con ojos redondos de pez mariposa.

Terminó el relato formulando una pregunta:

—Es él, ¿verdad?

El encapuchado que dirigía el cotarro se quitó la máscara y tras ella apareció la cara pálida y desencajada de un hombre rubio completamente abatido. Pedro se asustó: ver el rostro del depredador solía suponer una grave desventaja para la presa, pero se abstuvo de intranquilizar a Paloma.

—Pásalos al otro cuarto –dijo el rubio al carcelero número dos.

—¿Hasta cuándo? –quiso saber Pedro.

A pesar de los malos presentimientos, a esas alturas de la noche estaba ya algo crecido. El rubio no contestó, pero le quitó las esposas.

La habitación contigua era una especie de sala de espera con sillones de escay de estilo funcional años sesenta y una bombilla desnuda hasta de vatios. Sólo llegaban al interior la raya de luz que se metía por debajo de la puerta metálica y los ruidos. Aquellos tabiques, dedujo Pedro, debían de ser coetáneos de los muebles, y durante la época de los planes de desarrollo se construía rematadamente mal. Con la oreja puesta en la pared, pudo escuchar la arenga con la que el rubio se dirigió a los otros encapuchados:

—Como podéis comprender, no queda más remedio que adelantar el operativo a esta misma noche...

De hecho, el hombre hablaba muy alto, dejando a un lado la precaución que había mantenido hasta entonces. Paloma y Pedro se miraron. El rubio, pensó él, debía de sospechar que al otro lado del muro los cautivos estarían con las antenas puestas, y a pesar de todo no se esforzaba por acallar sus palabras. Ese dato psicológico no

293

paso desapercibido al "fino" instinto detectivesco de Pedro. Y lo interpretó por su lado malo: ya no les consideraba en el mundo de los vivos.

El jefe terminó la arenga con una frase de ánimo:

—Sabéis lo que hay que hacer. Cada cual a su puesto y, ¡suerte!

Y sin más empezaron a arreciar ruidos de motores por todas partes.

Poco después el silencio se apoderó de nuevo de aquella habitación clausurada.

—Lo siento

Ella se encogió de hombros y sonrió.

—Tú no tienes la culpa.

—Cuéntame, ¿te han hecho daño?

Paloma dijo que no, que la despertaron de forma brusca, que eran dos, que se tuvo que vestir rápidamente, que le pusieron una capucha y que la metieron en un coche grande, posiblemente un todoterreno. Al llegar al edificio hicieron que subiera por unas escaleras. Y empezó el interrogatorio.

—De mí lo sabían absolutamente todo. Lo que querían era que les dijera cosas sobre ti.

—¿Por ejemplo?

—Tus ideas políticas, tus viajes, Melvin, los amigos, si había notado en ti algo raro últimamente... Incluso si consumías coca. Me han preguntado cómo nos conocimos y yo les he tenido que hablar del curso para obesos del Tierno Galván y de doña Josefina. Y de repente uno me dice que les hable de Juan David y de Margarita Arango.

—¿Dijo Margarita o Margot?

—¿Qué más da? No hagas un mundo de ese detalle, por favor, porque te juro que esta vez no aciertas: lo saben todo. Por cierto, ¿tienes idea de quiénes son?

Esa seguía siendo "la pregunta". Pedro a cada segundo se volvía más pesimista: "ellos" eran unos cuantos, estaban bien organizados y contaban con una buena infraestructura. Pero tenía la obligación de no contagiar sus temores a Paloma.

—No, aunque por ahora nos han tratado razonablemente bien. Te he interrumpido, ¿qué más pasó?

—Me preguntaron si habías estado últimamente en la República Dominicana. Les expliqué que sí, que por cuestiones de trabajo. Y justo entonces me enseñaron la foto. No sé de dónde la habrán sacado, quizás de allí. Uno era el hombre de Brito pero mucho más joven y el otro..., ¡ya sabes! Desde que estuvimos en Lendiaurri me acuerdo de su cara todos los días. Estaban los dos juntos y tan sonrientes. Me hice la sueca: "A este sí le conozco, pero a ese no". Y luego, cuando oí tu versión, por poco me caigo de espaldas: ¡el padre de Juan David y su asesino! ¡Podías habérmelo dicho antes! Jamás lo hubiera imaginado. Después bajamos al primer piso y llegamos adonde tú estabas.

Pedro, mientras la escuchaba, pensó que esa foto, tan reveladora como su ¡vamos, Junín!, les había colocado de forma inexorable al borde mismo del tiro en la nuca. Pero tampoco se atrevió a exponer ante Paloma sus malos augurios, todo lo contrario.

—Saldremos de ésta, ya verás. ¿Tienes miedo?

—Sí.

—Yo también.

—Menos mal que estamos juntos.

Cuando volvieron a oírse los ruidos, Paloma miró su reloj: habían permanecido encerrados durante dos horas y media. Y tuvo que transcurrir media hora más antes de que se abriera la puerta metálica y apareciera el jefe.

Avanzaron los tres por un pasillo, el rubio delante, sin tomar precauciones, ellos detrás, abrazados. Desembocaron en un patio con suelo de cemento que a Pedro le resultó conocido. Era lo último que iban a ver de este mundo, se dijo desesperado. Porque aquello tenía muy mal aspecto. Hombres armados con capucha ocupaban las paredes. Pero al menos no le apuntaban ni a él ni a Paloma. En el centro, allá adonde se dirigían los cañones de todos los fusiles, había un solo vehículo.

Lo penúltimo que vio Pedro antes de salir a la calle fue el rostro impasible del hombre de Brito. La forma en que le miraba a través de los cristales del blindado no era hostil, simplemente parecía decirle que lo que pudiera suceder en el futuro le importaba un carajo. Y lo último, las siglas G.A.R. escritas en la chapa del vehículo junto al emblema del Grupo de Acción Rápida, el cuerpo de elite de la Guardia Civil en la lucha antiterrorista.

Un perro gemía junto a la puerta del cuartel.

—Tranquilo, Junín —escuchó Pedro con cierto sobresalto. El sargento cogió al animal en brazos e hizo una pregunta eufónica, la que más le apetecía escuchar en esos momentos—. ¿Os llevo al hotel?

Pero Paloma necesitaba saborear allí mismo y en ese instante el vértigo de la resurrección.

—¡Qué luna!

Pedro miró también hacia lo alto. La farola celeste a la que iba dirigido el dedo índice de Paloma destapaba el luto espectral de un planeta envuelto en resplandores de color añil. Y bajo la blancura manchada de su foco serpenteaba una fila de duelos, la que después de recorrer valles y meandros unía los montes que rodean Medellín con la Sierra de Javalambre. Ciudades situadas a ambos lados del Atlántico, ETA, el hombre de Brito, su perro, ellos dos, todo estaba a merced de la esfera de Pascal en la que se iba condensando la luz de los muertos.

Made in the USA
Lexington, KY
20 April 2016